Meurtres et biscuits au sucre

DU MÊME AUTEUR
AU CHERCHE MIDI :

Meurtres et pépites de chocolat
Meurtres et charlotte aux fraises
Meurtres et muffins aux myrtilles
Meurtres et tarte au citron meringuée
Meurtres et cupcakes au caramel

À PARAÎTRE
AU CHERCHE MIDI :

Meurtres et cheesecake aux cerises

Joanne Fluke

Meurtres et biscuits au sucre

Meurtres et biscuits au sucre
suivi de
Meurtres et cobbler aux pêches

Les enquêtes d'Hannah Swensen : 6

Traduit de l'anglais (États-Unis)
par Florianne Vidal

le cherche midi

Vous pouvez consulter notre catalogue général
et l'annonce de nos prochaines parutions sur notre site :
www.cherche-midi.com

Directeur de collection : Arnaud Hofmarcher
Relecture : Hubert Robin

Titre original : *Sugar Cookie Murder (A Hannah Swensen Mystery)*
Éditeur original : Kensington Publishing Corp
et

Titre original : *Peach Cobler Murder (A Hannah Swensen Mystery)*
Éditeur original : Kensington Publishing Corp

92, avenue de France
75013 Paris

Mis en pages par Nord Compo
Dépôt légal : octobre 2022
ISBN 978-2-7491-7255-2

Meurtres
et biscuits au sucre

Chapitre 1

Une boulette de viande, mais pas n'importe laquelle, une boulette de taille respectable, sortit en roulant de la penderie et s'arrêta près du lit. Hannah vit qu'elle avait un visage et, au milieu de ce visage, des yeux la fixaient douloureusement. Des larmes en jaillirent qui coulèrent sur ce qui lui tenait lieu de joues. De cette chose ronde et charnue sourdait une tristesse si poignante que Hannah fut tentée de la serrer dans ses bras.

« Tu m'as oubliée, gémit la boulette. Je suis un plat de résistance et, si j'en crois la rumeur, tes plats de résistance ne cassent pas des briques.

— Je ne t'ai pas oubliée... Nous... bredouilla Hannah.

— C'est bon, je ne t'en veux pas. Enfin pas trop. Mais reconnais tout de même que je suis bien meilleure que le rôti hawaïen de ta chère mère. En fait, ce qui me déçoit, c'est que tu m'as oubliée alors que tu as mis le gâteau à la gelée d'Andrea au menu de ce soir. Pas besoin d'avoir fait l'école hôtelière pour verser des fruits au sirop dans de la gelée. Si tu tiens absolument à inscrire le nom de ta sœur dans ton livre de recettes, tu devrais d'abord lui apprendre à cuisiner. »

Visiblement, la boulette de viande ignorait qu'Andrea ne saurait jamais cuisiner, quoi qu'on fît pour remédier à son handicap culinaire. Agacée par tant d'impudence, Hannah se redressa dans son lit, prête à défendre l'honneur familial. Mais la boulette et son délectable fumet à base de champignons n'étaient plus là. Il n'y avait personne dans sa chambre, hormis le gros chat roux et borgne nommé Moshe qui dormait roulé en boule sur l'édredon.

Hannah cligna des paupières une fois, deux fois, puis se rendit à l'évidence. Elle avait rêvé. Surgie de son inconscient, la boulette mécontente lui avait exposé ses griefs avant de repartir d'où elle était venue. Elle n'existait peut-être pas vraiment, mais son message était clair : Hannah avait oublié d'inscrire la recette d'Edna Ferguson, les boulettes de viande à la suédoise, sur la liste des plats prévus pour le banquet de Noël, lequel devait avoir lieu le soir même. Cette année, l'événement tant attendu avait ceci de particulier qu'il s'organisait autour du livre de cuisine auquel la plupart des habitants de Lake Eden avait contribué, l'objectif consistant à réaliser puis à goûter chacune des recettes sélectionnées.

« Mince », gémit-elle en explorant la moquette du bout des orteils. Ayant trouvé ses pantoufles en peau de mouton, elle les enfila et tapota l'édredon en disant : « Allez, Moshe. Il est temps d'aller renifler tes croquettes. »

Moshe la lorgna de son œil unique. Puis, le mot « croquettes » ayant atteint son cerveau, il bondit sur le sol avec une souplesse que sa maîtresse ne pouvait que lui envier.

Dans la cuisine, après avoir rempli la gamelle du fauve, Hannah se versa une tasse de café corsé qu'elle posa sur la table en formica, une antiquité qui prenait de la valeur chaque jour un peu plus. Dès la première gorgée, les boulettes d'Edna Ferguson lui revinrent en tête. Cet oubli était entièrement de sa faute. Et il risquait de lui coûter cher car, si jamais Edna ne trouvait pas sa spécialité dans le livre de cuisine de Lake Eden, elle en entendrait parler jusqu'à la fin de ses jours. Hannah n'avait donc pas le choix : elle allait devoir rectifier cet oubli.

Hannah baissa les yeux vers son mug. Il était vide. Étrange. Elle avait bu son café sans même s'en apercevoir. Au lieu de se resservir tout de suite, elle fila dans la salle de bains, sachant que la perspective d'une deuxième dose la ferait sortir plus vite de la douche.

Avant que la trotteuse de la pendule en forme de pomme accrochée au mur de la cuisine ait effectué douze tours de cadran, Hannah réapparut, habillée de pied en cap. Sa robe de chambre en laine avait laissé place à un jean et à un pull vert bouteille. Les chaussons en peau de mouton étaient devenus des bottes en peau d'élan, une garantie contre les températures polaires du mois de décembre, et ses boucles rousses se dressaient dans tous les sens d'avoir été séchées à grands coups de serviette-éponge.

« Café, marmonna-t-elle en reniflant le divin breuvage avant d'y tremper les lèvres. C'est presque aussi bon que... »

La sonnerie du téléphone la coupa dans sa recherche d'éléments comparatifs.

« Maman ! » maugréa-t-elle comme si elle venait de se cogner le petit orteil contre le pied de la table.

Pourtant, elle décrocha. Faire la sourde oreille n'aurait servi qu'à retarder l'inévitable. Si Delores Swensen voulait parler à sa fille aînée, elle arriverait à ses fins quitte à rappeler toutes les cinq minutes.

« Bonjour, maman », fit Hannah avec un entrain qu'elle ne ressentait pas. Puis, sachant par expérience qu'elle en avait pour un bout de temps, elle se laissa choir sur une chaise.

« Bonjour, ma chérie. On dirait que tu t'es levée du bon pied, ce matin, commenta Delores. Bon, je t'appelle pour te proposer mon aide. Je sais que ce banquet citoyen te donne énormément de travail. Puis-je faire quelque chose ? »

Une sonnette d'alarme retentit dans la tête de Hannah. Delores ne lui proposait jamais son aide à moins d'avoir un service à lui demander en retour.

« C'est gentil à toi, maman, mais tout est sous contrôle.

— Je n'en doute pas. Tu es une vraie pro, ma chérie ! Au fait, t'ai-je dit que Luanne avait déniché une pièce exceptionnelle dans une vente aux enchères ? Un magnifique couteau à gâteau en argent datant du début du XIXe siècle.

— Non, je l'ignorais. »

Au risque d'arracher le fil du téléphone, Hannah alla se resservir sans lâcher le combiné. Cette nouvelle ne l'étonnait qu'à moitié. Luanne Hanks était une chineuse hors pair, et, depuis que Delores et son amie Carrie l'avaient embauchée pour les seconder à la boutique, elle écumait avec bonheur et réussite toutes les salles des ventes de la région.

« Veux-tu que je te le prête pour ce soir ? Son manche est orné d'un arbre de Noël ciselé, et comme ce sera bientôt Noël, je me disais que...

— Si j'ai bien compris, il s'agit d'une pièce d'argenterie fabriquée sous la Régence anglaise ?

— En effet, ma chérie.

— Pourtant, sauf erreur, l'Angleterre de cette époque ne connaissait pas les arbres de Noël.

— Tu as raison. Il s'agit d'un motif décoratif typiquement germanique. Mais ce couteau a été fabriqué pour la cour du régent et, comme tu le sais, le régent était d'origine allemande.

— Dans ce cas... Oui, je veux bien que tu me le prêtes. Il fera bel effet sur la table des desserts.

— Tu peux en être sûre. Je l'ai montré à Winthrop, hier, et il a dit que couper un gâteau Régence avec un couteau Régence sera du plus grand chic. »

Hannah fronça les sourcils en entendant le prénom du « chevalier servant » de sa mère, un lord anglais que la petite Tracey, la fille de sa sœur, avait surnommé « Winnie ». Hannah n'avait rien à lui reprocher en particulier, et pourtant elle ne l'aimait pas. Elle avait même demandé à son ami Norman Rhodes, le fils de Carrie, d'enquêter sur lui. Norman avait cherché sur Internet sans rien trouver de répréhensible le concernant. Tout compte fait, Winthrop était peut-être celui qu'il prétendait être : un aristocrate britannique en villégiature à Lake Eden.

« Assurément, rebondit-elle. Cela dit, à ma connaissance, il n'y a pas de gâteau Régence sur la liste des desserts...

— Bien sûr que si, ma chérie. Tu oublies le moelleux au chocolat de lady Hermoine.

— Lady Hermoine ? » répéta Hannah d'une voix suraiguë. En s'entendant piailler ainsi, elle se dit que le prof de chant du lycée avait peut-être eu tort de la placer d'office parmi les altos. « Quelle lady Hermoine ? C'est moi qui ai inventé ce moelleux au chocolat ! Tu le sais pertinemment !

— Oui, je le sais ! Seulement vois-tu, il y a un léger problème, ma chérie. Ce couteau est très précieux. Comme je ne voulais pas que n'importe qui y touche, j'ai un peu brodé.

— Qu'entends-tu par "*un peu brodé*" ?

— J'ai prétendu qu'il s'agissait d'une recette ancestrale. En l'apprenant, Winthrop a été enchanté. Quel mal y a-t-il à lui faire croire que ce gâteau est dans notre famille depuis des siècles ? Si ça lui fait plaisir… »

Hannah soupira. Elle n'aimait pas mentir, même pour une bonne cause, et faire plaisir à Winthrop n'entrait pas dans cette catégorie.

« Ta broderie risque de se découdre, maman. Ce moelleux au chocolat contient du jus d'orange concentré. Que je sache, le jus d'orange concentré n'existait pas au XIXe siècle.

— Aucune importance. Winthrop n'y verra que du feu, soupira Delores. Si par hasard il s'en aperçoit, je dirai que le jus d'orange remplace la marmelade d'orange figurant dans la recette originale. »

Un ange passa. Quand elle reprit la parole, sa voix tremblait légèrement. « C'est d'accord, n'est-ce pas ? »

Hannah capitula. Elle n'avait jamais su résister aux tremblements de sa mère.

« Oui, c'est d'accord. Si Winthrop me pose la question frontalement, je ne mentirai pas, mais, s'il n'évoque pas le sujet, je jouerai le jeu.

— Merci, ma chérie ! Bon, je dois te laisser, maintenant. Carrie passe me chercher dans dix minutes et je ne suis pas maquillée. »

À peine Hannah eut-elle raccroché que le téléphone se remit à sonner.

« Encore ? » marmonna-t-elle.

Delores avait dû oublier de lui dire quelque chose. Une chose qui, bien entendu, ne pouvait pas attendre. Elle reprit le combiné.

« Qu'y a-t-il encore, maman ? demanda Hannah en jetant un coup d'œil inquiet sur la pendule en forme de pomme.

— Ce n'est pas votre mère, s'esclaffa l'homme au bout du fil. C'est Mike. »

Hannah s'assit. La voix de Mike Kingston avait toujours le même effet sur son métabolisme : palpitations, jambes en coton, etc. Elle inspira à fond dans l'espoir de faire baisser la tension.

« Je ne serai pas long. Je voudrais juste savoir qui est chargé de tester ma recette de pâté. »

Hannah respira encore un bon coup. Mike était si séduisant, si sexy, qu'elle dut se faire violence pour ne pas enfreindre le règlement.

« Je n'ai pas le droit de vous le dire. Les personnes qui testent les recettes doivent rester anonymes. Pour éviter les fâcheries, les rancœurs, ce genre de choses.

— Mais il faut absolument que je le sache. Je crois que j'ai oublié un ingrédient.

— Lequel ? »

C'était une recette extrêmement simple. Un enfant aurait pu la réaliser.

« Je crains d'avoir écrit *raifort* au lieu de *sauce au raifort*. Si on met du raifort râpé, ce sera trop piquant pour certains.

— Tranquillisez-vous, Mike. Vous avez bien noté *sauce au raifort*.

— Comment le savez-vous ? Dois-je en conclure que... C'est vous qui testez mon pâté ! »

Hannah gémit intérieurement. Mike n'était pas enquêteur pour rien. Il savait faire parler les gens.

« Je n'en dirai pas davantage.

— OK, je comprends. En tout cas, merci de m'avoir rassuré. Comment fait-on, ce soir ? Je passe vous chercher ?

— Non, il vaut mieux qu'on se retrouve sur place. Je fermerai la boutique aux environs de 15 heures. Après quoi je rentrerai chez moi pour m'habiller, prendre les plats que j'ai testés et les apporter à Edna, au centre communautaire. Comme il sera encore tôt, j'en profiterai pour donner un dernier coup de main en cuisine.

— Entendu. On se voit au centre. »

Hannah crut percevoir une note de soulagement dans sa voix.

« On dirait que ça vous arrange.

— Pas du tout. Si vous aviez eu besoin de moi, je serais venu vous chercher avec plaisir. Le problème, c'est que Shawna Lee m'a demandé si je pouvais l'emmener dans ma voiture. »

Hannah ferma les yeux et compta jusqu'à dix. Shawna Lee Quinn avait travaillé sous les ordres de Mike, à l'époque où celui-ci était inspecteur à Minneapolis. Après son emménagement à Lake Eden, il l'avait convaincue de le rejoindre et de se faire embaucher comme secrétaire là où lui-même exerçait ses fonctions, c'est-à-dire au poste de police du comté de Winnetka. À l'en croire, ils étaient seulement amis. Hannah s'interdisait d'être jalouse, mais comment tenir à distance le monstre aux yeux verts alors que la dénommée Shawna Lee, ex-Miss Atlanta, appelait Mike à son secours dès qu'elle avait une panne de moteur ?

« Hannah ? Que se passe-t-il ? »

Hannah prit une bonne goulée d'air.

« Arrêtez-moi si je me trompe, mais je pensais que nous avions rendez-vous tous les deux ?

— Nous *avons* rendez-vous. Je la conduis au centre communautaire, un point c'est tout. Elle a prévu d'y retrouver une copine. Ensuite, elle rentrera chez elle par ses propres moyens.

— Oh. Eh bien… d'accord », dit Hannah en priant le ciel que la copine en question n'ait pas d'empêchement.

L'idée de passer la soirée avec Mike *et* Shawna Lee ne l'enthousiasmait guère.

« Vous êtes vraiment une chic fille.

— Pourquoi dites-vous cela ? » répliqua-t-elle, agacée.

Une réaction qu'elle regretta aussitôt, sa mère lui ayant toujours répété : Si un homme te fait un compliment, ne cherche pas à en savoir plus. Contente-toi de sourire et de le remercier.

« Shawna Lee m'a confié que vous aviez ajouté sa recette de brownies à votre livre de cuisine.

— La personne qui l'a testée les a trouvés excellents.

— Mais vous auriez pu mettre votre veto, et vous ne l'avez pas fait. »

À dire vrai, Hannah avait dû se faire violence pour ne pas balancer la recette à la poubelle. En tant que coordonnatrice du projet, elle avait droit de vie et de mort sur chacune des recettes composant l'ouvrage. Si elle l'avait conservée, c'était uniquement pour ne pas être taxée de mesquinerie.

« Pourquoi aurais-je fait une chose pareille ? Surtout qu'ils sont très bons. »

Mike produisit un petit gloussement, du genre de ceux qu'on entend plus souvent sur l'oreiller qu'au téléphone. Aussitôt, Hannah ressentit des fourmillements dans les orteils.

« Vous les avez goûtés ?

— Non, pas encore », répondit-elle en fronçant les sourcils un quart de seconde.

Dans un magazine qu'elle avait feuilleté à la caisse du supermarché, Hannah avait lu que, passé trente ans, froncer les sourcils donnait des rides. Or, elle avait eu trente ans un mois auparavant.

« Vous verrez, reprit Mike. Ils sont divins. Et croyez-moi, je m'y connais en brownies. Je lui ai conseillé de les appeler "*hot brownies*".

— *Hot brownies ?*

— Oui. Pas *hot* dans le sens de "piquant". *Hot brownies* comme "brownies d'enfer" ! Vous me suivez ?

— Plus ou moins.

— Ils sont d'enfer, je vous jure ! Avec un peu de chance, elle acceptera peut-être que vous les mettiez sur la carte du Cookie Jar. À condition de mentionner son nom, bien sûr. Qu'en dites-vous ?

— Bonne idée », marmonna Hannah tandis que dans son esprit apparaissait l'enclume qu'elle prévoyait d'abattre sur le crâne de Mike.

Mettre les brownies de Shawna Lee sur la carte du Cookie Jar ? Même pas en rêve !

Cinq minutes plus tard, toujours assise devant la table en formica, Hannah contemplait sa tasse de café d'un œil torve. Des « brownies d'enfer », avait dit Mike en les qualifiant de « divins » par la même occasion. Cette contradiction sémantique avait provoqué comme un court-circuit en elle. Une boule de chaleur s'était formée dans son ventre, suivie deux secondes plus tard d'une terrible déflagration. Puisque Mike trouvait divins les *hot brownies* de Shawna Lee, il allait goûter au divin courroux de Hannah Swensen.

Chapitre 2

« Bonjour, Hannah ! » Lisa Herman entra dans le fournil par la porte de derrière. « Il neige pour de bon, ce coup-ci. Il y avait une couche de trente centimètres sur le capot de ma voiture, ce mat... C'est quoi, ça ? »

Hannah leva les yeux et, devant l'air horrifié de sa jeune associée, éclata de rire.

« Une préparation instantanée pour brownies, répondit-elle en finissant de verser la poudre brune au fond de son bol à mélanger.

— Je vois bien. Mais qu'est-ce que ce truc fait ici, chez nous ?

— Figure-toi que Mike m'a appelée tout à l'heure pour me chanter les louanges des *hot brownies* de Shawna Lee Quinn. Il paraît qu'ils sont d'enfer. Alors je me suis dit que j'allais lui préparer des brownies d'enfer à ma façon.

— OK. Mais je ne vois toujours pas pourquoi tu te sers de ce... »

Lisa s'interrompit en voyant son amie déboucher un bocal de piments *jalapeños,* les couper en menus morceaux et les ajouter à la pâte. Sidérée, elle cligna des paupières puis s'écria :

« J'ai pigé. *Hot brownies* au sens littéral.

— Littéral et incendiaire. Si j'utilise cette préparation instantanée, c'est pour ne pas gâcher mon temps et mon énergie à réaliser un gâteau que Mike balancera aux ordures au bout de dix secondes. »

Lisa attrapa le bocal et l'approcha de son nez. À peine eut-elle senti le jus que ses yeux s'emplirent de larmes.

« Quelle horreur, gémit-elle. L'effet est immédiat.

— Florence me l'a garanti », répondit Hannah. La Florence en question était la gérante du supermarché Red Owl où elle s'était procuré l'ingrédient surprise. « Dernièrement, elle en a mis dans du chili con carne et ses invités ont déclaré forfait. »

Lisa accrocha son manteau, troqua ses bottes contre des mocassins et alla se laver les mains dans l'évier.

« Tu comptes le faire venir ici pour qu'il les goûte ?

— Je ne suis pas suicidaire. N'oublie pas qu'il est armé. Non, j'irai les déposer à son bureau.

— En catimini ?

— J'avoue que j'y ai songé, mais Mike est un bon détective. Il comprendra vite que ça vient de moi. Donc, j'irai à visage découvert, je les remettrai au planton et je m'en irai aussitôt.

— Sage décision », conclut Lisa en enfilant son tablier de pâtissière. Comme elle était menue, elle le roulait plusieurs fois au niveau de la taille et faisait deux tours avec la ceinture. « Par quoi dois-je commencer ?

— Jette un coup d'œil dans la chambre froide, s'il te plaît. Je voudrais savoir si la gelée à la framboise a bien pris.

— De quelle gelée à la framboise parles-tu ? s'étonna Lisa.

— De celle entrant dans la composition du gâteau à la gelée version Andrea. Tu sais, celui avec différentes couches de couleurs. Comme elle manquait de temps, je lui ai promis de le faire à sa place et de l'apporter au banquet, ce soir.

— J'en conclus qu'il figurera dans notre livre de cuisine ? »

Hannah poussa un grand soupir.

« S'il est réussi, oui. Je n'aurai pas trop le choix. On ne peut rien refuser à la famille.

— Ne m'en parle pas. Mon père voulait te refiler la recette des appâts pour poissons-chats qu'il tient de son propre père. J'ai réussi à l'en dissuader, mais j'ai eu du mal.

— Dommage, je l'aurais bien mise dans le bouquin. »

La bouche de Lisa s'ouvrit d'elle-même.

« Tu plaisantes !

— Pas du tout. Dis-lui que tu m'en as parlé et que je suis d'accord. J'estime que chaque livre devrait comporter une dose d'humour.

— Même un livre de cuisine ?

— Surtout un livre de cuisine. Depuis que les mesures ont été standardisées, les listes d'ingrédients ont perdu de leur poésie. Tout cela à cause de Fannie Farmer. Je regrette presque l'époque où l'on parlait d'une pincée de sel, d'un soupçon de poivre ou d'une lichette de persil ciselé.

— J'ignorais que Fannie Farmer était à l'origine de cela, répondit Lisa, enchantée. En revanche, je sais qu'elle a révolutionné les sciences ménagères. Quand j'étais petite, j'étais persuadée qu'elle était née dans le Minnesota ! Comme Sinclair Lewis. Sauf que lui, je l'aime moins.

— Qu'as-tu contre Sinclair Lewis ?

— Rien. C'est un grand dramaturge, je ne le nie pas. Mais il me donne le cafard. Je n'ai vraiment pas besoin de ça. Ma mère est morte, mon père est atteint de la maladie d'Alzheimer et, maintenant, je ne me marie plus.

— Que dis-tu ? » Hannah lui prit le bras, la fit asseoir, courut chercher de quoi gérer la crise et revint avec deux tasses de café. « Vous vous êtes disputés, Herb et toi ?

— Pas du tout. Je l'aime et il m'aime. Là n'est pas le problème.

— Alors quoi ? »

Hannah posa une tasse devant son associée et se percha sur le tabouret en face d'elle.

« Ce mariage tombe au mauvais moment. Nous en avons discuté hier soir, et nous sommes tombés d'accord.

— Vous annulez ? Pour de bon ? Je veux dire... si c'est trop personnel, tu n'es pas obligée de m'en parler, mais...

— Ça n'a rien de personnel, l'interrompit Lisa. Le mariage n'est pas annulé. Nous avons juste décidé d'attendre que l'état de papa se stabilise.

— Il est souffrant ? » fit Hannah sur un ton angoissé.

Lisa adorait son père. Elle avait même renoncé à sa bourse universitaire pour rester auprès de lui.

« Non, papa va bien. C'est juste que Marge lui a trouvé un nouveau médecin, un excellent neurologue qui lui a proposé de suivre un traitement expérimental contre la maladie d'Alzheimer. Il s'agit d'une thérapie combinant trois substances censées provoquer une réaction chimique au niveau du cerveau. Pour améliorer sa mémoire. Papa a accepté. Seulement voilà, le programme démarre lundi prochain et, comme il dure deux mois, nous préférons attendre que ce soit terminé. Ce mariage va bouleverser son quotidien puisqu'il devra déménager peu après.

— Vous avez pris la bonne décision », répondit Hannah, soulagée.

À ses yeux, Lisa et Herb formaient le couple parfait. Leur union s'annonçait sous les meilleurs auspices. La mère de Herb, Marge Beeseman, avait fait don de sa maison aux futurs mariés et proposé de s'installer chez Jack Herman afin de remplacer Lisa auprès de son père. Tout le monde en ville savait que Jack et elle étaient sortis ensemble au lycée, et, comme ils étaient veufs tous les deux, cet arrangement ne posait aucun problème.

« Vous avez fixé une nouvelle date ? »

Lisa regarda sa bague de fiançailles avec un petit sourire.

« Mi-février. Mais nous ne ferons rien de particulier. Ce sera un mariage civil, dans la plus stricte intimité.

— Quel dommage ! » dit Hannah en se levant pour mettre ses boulettes de viande dans la chambre froide.

Elle avait prévu de les emporter au centre communautaire vers midi et de les cuire sur place.

« Pourquoi tu dis ça ?

— Ton père se faisait une joie de te conduire jusqu'à l'autel. Et Tracey d'être ta demoiselle d'honneur. En plus, les robes de cortège sont déjà commandées.

— Oui, je sais tout cela, fit Lisa, contrariée. Nous rembourserons les frais engagés par les uns et les autres. Je ne vois pas d'autre solution.

— Moi, si.

— Pardon ?

— Écoute, Lisa. Gardez votre argent. Personne n'en voudra, et, de toute façon, ce n'est pas le plus important. Imagine la déception que vous allez causer à tous vos amis ! Que vous reportiez la date, soit, mais ne renoncez pas à faire les choses comme il faut.

— J'ai toujours rêvé d'un grand mariage le jour de la Saint-Valentin, soupira Lisa. Mais pour organiser un tel événement, il faudrait que je sois libre de mes mouvements. Or, comme je tiens à rester auprès de papa pendant son traitement, je n'aurai pas le temps nécessaire.

— Demande à Andrea. Je suis sûre qu'elle sera ravie de s'occuper de tout à ta place. Les mariages, c'est son dada.

— Mais elle sera débordée après la naissance du bébé !

— Détrompe-toi. "Mamie" McCann s'en occupera pendant la semaine. Elle l'avait déjà embauchée pour garder Tracey. Non seulement cela, mais Al lui a octroyé trois mois de congé maternité ! Elle aura du temps à revendre, et, comme je la connais, elle va vite s'ennuyer. Ta proposition tombera à point nommé. Je suis sûre qu'elle te remerciera et non l'inverse.

— Tu crois ?

— Absolument.

— Quel plaisir ce serait de n'avoir rien d'autre à faire que profiter de ce grand jour ! Mais... tu penses vraiment qu'Andrea acceptera ? Cela représente un travail énorme.

— Tu sais bien qu'elle est capable de déplacer des montagnes, répondit Hannah. Je l'appellerai tout à l'heure.

— Elle a prévu de venir au banquet, ce soir ?

— Oui. Enfin, j'espère que le Dr Knight n'y verra pas d'inconvénient. Elle doit le voir dans la matinée.

— Je croise les doigts. Si jamais il l'obligeait à rester chez elle avec les pieds en hauteur, elle deviendrait folle. Personnellement, je ne supporterais pas qu'on m'interdise de sortir. Je continuerais à travailler jusqu'à l'accouchement. »

Hannah lui jeta un regard inquisiteur.

« Tu essaies de me faire passer un message ?

— Quelle idée saugrenue, Hannah ! Herb et moi ne sommes même pas encore mariés.

— On peut faire un enfant sans être mariée, non ?

— Certaines femmes, oui, mais pas moi. Je vais voir comment se porte ta gelée. »

Quand Lisa eut disparu dans la chambre froide, Hannah se reprocha d'avoir parlé sans réfléchir, encore une fois. Visiblement, le sujet qu'elle venait d'évoquer faisait partie des choses dont son amie ne souhaitait pas discuter.

« Voilà le futur chef-d'œuvre, annonça Lisa en ressortant avec le gâteau incomplet. Tu veux que je termine ?

— Oui, avec plaisir. La recette est sur le comptoir. »

Lisa consulta la liste des ingrédients.

« Ça m'a l'air fameux.

— Ça l'est. Andrea en fait un pour Tracey à chacun de ses anniversaires. C'est la seule fois de l'année où elle touche une casserole.

— Ça doit faire bizarre d'avoir une sœur qui ne cuisine pas, non ?

— Pas vraiment », dit Hannah en haussant les épaules.

Entre sa sœur cadette, qui ne savait pas faire cuire un œuf, et sa mère, qui ne faisait jamais de desserts, Hannah avait pris l'habitude d'être la seule cuisinière de la famille. Mais depuis que Michelle, sa benjamine, lui avait demandé des recettes qu'elle comptait expérimenter sur ses camarades de fac, elle se disait que grand-mère Ingrid avait peut-être transmis ses gènes à une autre fille Swensen.

Lisa mit de l'eau sur le feu et, en attendant qu'elle bouille, ouvrit le sachet de gélatine au citron.

« Quand j'aurai fini avec ça, je m'occuperai des cookies. Ainsi, tu pourras te consacrer entièrement aux autres recettes prévues pour ce soir. »

Hannah la remercia d'un sourire. Elle se félicitait chaque jour de l'avoir prise comme associée, un an auparavant. Lisa n'avait que dix-neuf ans, mais elle la trouvait plus mûre que la plupart des adultes de son entourage.

Les cookies du jour étaient tous cuits. Hannah avait déposé les brownies pour Mike au poste de police, et les deux femmes étaient à présent installées au fond de la boutique devant une tasse de café fumant.

« Qu'est-ce qu'il a dit en voyant tes brownies ? demanda Lisa.

— Il n'était pas là. Du coup, je suis allée jusqu'à son bureau, j'ai laissé un petit mot près de la boîte et je suis repartie.

— À quelle heure faudra-t-il se planquer ? »

Hannah éclata de rire.

« Pas avant midi. D'après Barbara, il devrait passer toute la matinée sur le terrain. Si toutefois il revenait plus tôt et débarquait ici tel un taureau furieux, je suis sûre que tes décorations de Noël lui feraient oublier sa colère.

— Tu les aimes ?

— Elles sont encore plus belles que l'année dernière. J'adore les motifs que tu as dessinés sur la vitrine. Personnellement, je n'aurais jamais songé à utiliser du Polish mélangé à des pigments en poudre.

— J'ai trouvé l'idée dans un magazine. C'est pratique, quand on les enlèvera, on nettoiera la vitre en même temps.

— Eh bien, grâce à toi, notre boutique est drôlement jolie », dit Hannah en regardant les serpentins argentés et dorés qui dansaient sous les ventilateurs. Lisa avait même accroché de petits bouquets de gui aux tirettes. « Heureusement que Moshe n'est pas ici.

— Pourquoi ?

— Parce que les baies du gui sont toxiques pour les chats. De même que les feuilles de poinsettia.

— Je l'ignorais !

— Tu n'es pas la seule, rassure-toi. Peu de gens savent que leurs chats courent de grands dangers à la période de Noël. Sue m'a dit que, l'année dernière, le Dr Bob en avait soigné trois qui avaient avalé des bouts de guirlande. Elles s'étaient entortillées dans leurs intestins. Ils ont failli en mourir.

— Herb parlait d'adopter un chien, dit Lisa en hochant la tête. D'après ce que tu me dis, je crois que ça vaudra mieux.

— Pas forcément. Les poinsettias et le gui sont toxiques pour les chiens également. Et ils mangent les guirlandes eux aussi. En plus, ils s'attaquent aux boules de Noël.

— Ils essaient de les attraper, elles tombent et se brisent.

— Exactement, et, après cela, ils lèchent les éclats de verre. Je ne te parle même pas du chocolat. Souvent, les gens laissent traîner des boîtes ouvertes pour leurs invités. Sur la table basse, pile à la bonne hauteur. S'ils en mangent trop, ça peut les tuer.

— Ces pauvres bêtes n'ont vraiment pas de chance, fit Lisa sur un ton navré. Au moins, nous, si nous mangeons trop de chocolat, nous ne risquons pas grand-chose.

Un surcroît d'énergie, peut-être… À ce propos… nous devrions en prévoir une réserve pour ce soir. Histoire de rester vigilantes.

— Pourquoi ?

— Martin Dubinski s'est remarié pendant son séjour à Las Vegas. Il a prévu de venir au banquet avec sa nouvelle épouse.

— Zut ! gémit Hannah. Le gâteau aux graines de pavot de Shirley fait partie des desserts. Donc elle sera là.

— Oups. Il risque d'y avoir du spectacle. Imagine : Martin, sa femme et son ex dans le même espace. Un vrai vaudeville. Surtout que Shirley voudrait récupérer Martin.

— Ah ?

— C'est ce que j'ai entendu dire.

— Je n'en savais rien ! Maintenant je me sens coupable d'être sortie avec lui.

— Tu es sortie avec Martin ? s'écria Lisa, éberluée. Pourquoi as-tu fait ça ?

— À cause de ma mère. Elle s'était mis en tête de nous marier. Détends-toi, il ne s'est rien passé entre nous. Dis-moi plutôt ce que tu sais sur sa nouvelle épouse.

— Eh bien… » Lisa prit une gorgée de café. « Elle est danseuse à Las Vegas et elle s'appelle Brandi Wyen.

— Drôle de nom ! Comment se sont-ils rencontrés ?

— Je n'affirme rien, mais, d'après la rumeur, ils se sont mariés cinq heures à peine après que Martin a atterri à Las Vegas. Il y allait pour une conférence.

— Ça ne me dit rien qui vaille. Quoi d'autre ?

— Avant qu'ils s'embarquent pour Minneapolis, Martin lui a acheté un manteau de fourrure à vingt mille dollars. Il craignait qu'elle n'attrape froid, sans doute. »

Hannah gémit intérieurement. Elle venait de penser au manteau de lainage que Shirley portait depuis trois ans faute de pouvoir s'en payer un neuf.

« Donc, d'après toi, il faut s'attendre au pire, ce soir ?

— Il y a des risques, en effet. D'autant qu'il y a une troisième candidate en lice.

— Une troisième ? » s'écria Hannah, incrédule.

Une femme, c'était déjà beaucoup pour un garçon comme Martin ! Non pas qu'il fût désagréable à regarder. C'était juste qu'il n'avait aucune conversation et ne s'intéressait pas à grand-chose en dehors de son boulot. Hannah se souvenait de la soirée interminable qu'ils avaient passée chez Delores. Comment avait-il pu croire une seule seconde qu'elle se passionnait pour la dernière réforme fiscale ?

« Après avoir déposé papa au club du troisième âge, je suis allée saluer Janice Cox à Kiddie Corner, expliqua Lisa. Tu sais que Janice et la secrétaire de Martin, Laura Jorgensen, étaient copines de lycée. Eh bien, figure-toi que Janice m'a dit qu'à son avis Laura avait le béguin pour Martin.

— Grands dieux ! » Hannah regrettait presque de n'avoir pas terminé son doctorat de lettres car à présent elle travaillerait dans une atmosphère calme et studieuse, à mille lieues du champ de mines que deviendrait le centre communautaire dès que Laura et Shirley se retrouveraient face à Martin et Brandi. « Heureusement, Laura a cours de comptabilité, ce soir.

— Le cours a été annulé, m'a dit Janice. Et Laura tient absolument à assister au banquet, ne serait-ce que pour vérifier si son sauté de volaille au bacon a été correctement réalisé. »

Hannah hocha la tête d'un air accablé.

« Au moins, on pourra manger quelque chose avant que la vaisselle commence à voler à travers la salle. » Hannah se leva et s'approcha du téléphone posé près de la caisse enregistreuse. « Je vais appeler Andrea et lui demander si elle peut s'occuper des préparatifs de ton mariage.

— Dis-lui bien qu'elle aura carte blanche.

— Elle en sera d'autant plus ravie. » Hannah souriait en composant le numéro. « La connaissant, elle sera incapable de résister. »

Andrea répondit dès la première sonnerie, et sur un ton particulièrement enjoué.

« Bonjour, Hannah !

— Comment savais-tu que c'était moi ?

— Mon nouveau portable affiche les numéros appelants. C'est une option indispensable pour nous, agents immobiliers.

— Si tu le dis », fit Hannah, indulgente. Toujours à l'affût des dernières innovations, Andrea avait coutume de mettre sa profession en avant pour justifier la plupart de ses achats. « Je t'annonce que Lisa et Herb reportent la date de leur mariage à la Saint-Valentin.

— Mince alors ! Attends, ne quitte pas ! » Andrea revint en ligne dix secondes plus tard. « Excuse-moi. Pourquoi reportent-ils leur mariage ?

— Jack Herman est inscrit dans un programme d'essais thérapeutiques destiné à lutter contre la maladie d'Alzheimer. Lisa et Herb préfèrent attendre que le traitement soit terminé.

— Je comprends. Mais je sens que ce n'est pas tout...

— Comme Lisa doit s'occuper de son père, elle n'aura pas de temps à consacrer aux préparatifs. Elle cherche une personne de confiance pour la remplacer et j'ai pensé que... peut-être... tu pourrais... Attends une seconde. » Hannah posa le combiné et dit à Lisa : « Je crois avoir entendu frapper. Tu peux aller voir ?

— Bien sûr.

— Désolée, Andrea », dit Hannah en reprenant le téléphone. « Il y a quelqu'un à la porte. Lisa est allée ouvrir. J'imagine que c'est Delores ou bien Carrie.

— Non, ce n'est ni l'une ni l'autre.

— Comment le sais-tu ?

— Parce que c'est moi.

— Qu'est-ce que tu racontes ? bredouilla Hannah, surprise par l'écho que produisait la voix de sa sœur.

— Retourne-toi et tu comprendras. »

Brownies aux piments

Préchauffer le four à la température inscrite
sur le paquet de poudre à brownies.

Note : d'habitude, je n'utilise pas de préparations instantanées mais, pour cette recette, je ne pouvais me résoudre à gâcher une bonne pâte à brownies avec des piments.

1 paquet de poudre à brownies (n'importe quelle marque fera l'affaire)
1 bocal de piments *jalapeños* (125 g)

Chemiser un moule et préparer la pâte à brownies en suivant les indications sur le paquet.

Égoutter les piments dans une passoire posée au fond de l'évier (une bonne manière d'assainir la tuyauterie).

Couper les piments en menus morceaux, les ajouter à la pâte et mélanger. Verser le tout dans le moule et cuire en suivant les indications sur le paquet.

Chapitre 3

Hannah effectua un demi-tour sur elle-même et faillit heurter le gros ventre de sa cadette, qui la regardait en souriant, son portable collé à l'oreille. Bien qu'elle fût presque aussi large que haute, Andrea était plus resplendissante que jamais grâce à ses cheveux blonds rassemblés dans un amour de chignon, son maquillage parfait, son écharpe en cachemire rehaussant d'une touche vert forêt son élégant manteau caramel... Elle aurait pu faire la couverture d'un magazine de mode pour femmes enceintes.

« C'est bon, tu peux raccrocher, lui conseilla-t-elle.

— Euh... oui, bien sûr. » Hannah reposa le combiné sur son socle et prit sa sœur par le bras. « Suis-moi. Il faut que tu t'assoies. Je vais te chercher de quoi poser tes pieds.

— Je n'ai plus besoin de les poser nulle part. Le Dr Knight m'a autorisée à reprendre une activité normale. »

Hannah jeta un coup d'œil à Lisa, laquelle semblait pareillement étonnée.

« Je croyais qu'il t'avait ordonné le repos jusqu'à la naissance du bébé.

— Ça, c'était la dernière fois, mais depuis... les choses ont changé. Ce matin, après m'avoir examinée, il a dit que le terme était dépassé et qu'il faudrait peut-être accélérer les choses.

— En clair ?

— Le bébé aurait dû naître il y a une semaine, voire dix jours, et attendre davantage ne serait pas bon pour lui. » D'un geste preste, Andrea retira son manteau, le tendit à sa sœur et désigna le devant de sa robe bordeaux. « Tu vois comme je suis grosse ? »

Hannah écarquilla les yeux. En effet, Andrea avait pris beaucoup de volume depuis qu'elles s'étaient vues au début de cette semaine-là. On aurait dit qu'elle avait avalé une montgolfière.

« Le docteur me donne jusqu'à vendredi, poursuivit-elle. Si à cette date le bébé n'est pas arrivé, il déclenchera l'accouchement.

— Comment s'y prendra-t-il ? s'enquit Lisa.

— Tu n'as pas envie de le savoir. Moi non plus, d'ailleurs. Donc je n'ai rien demandé. J'espère juste que le bébé se décidera avant. Conclusion, il faut que je bouge.

— Et si tu essayais le cheval ? suggéra Lisa.

— Quoi ? fit Hannah, perplexe.

— C'est ce que ma grand-mère faisait. Si l'enfant tardait trop, elle allait chez ses parents, à la ferme, et elle grimpait sur un cheval. Il paraît que ça marchait à tous les coups. »

Hannah éclata de rire.

« Merci pour le tuyau, mais j'imagine mal Andrea se mettre à l'équitation, surtout en ce moment.

— Ne m'en parle pas. La seule fois où Bill m'a emmenée faire une balade à cheval, je me suis cassé la figure. Non, je préfère encore tourner en voiture pendant des heures. Mais d'abord, je veux du café. Ça fait des semaines que je bois de la chicorée ! Ensuite, vous me donnerez du chocolat pour que je reprenne des forces, et, enfin, vous me trouverez quelque chose à faire.

— Quoi, par exemple ? demanda Lisa pendant que Hannah allait chercher la commande.

— Eh bien... à vous de voir. Je m'ennuie comme un rat mort, chez moi. Quand je suis partie, mamie McCann retournait toute la maison au prétexte de faire le ménage.

— Et si tu décorais ton salon pour Noël ? proposa Hannah. Quand le bébé sera là, tu n'auras plus le temps.

— C'est déjà fait. Lucie Dunwright et deux autres mères d'élèves s'en sont occupées. Elles ont organisé une petite fête chez moi avec l'aide des enfants et elles ont mis des guirlandes partout. Je dirigeais les opérations depuis le canapé.

— Sympa de leur part, dit Hannah en déposant devant sa sœur un mug fumant et deux délices aux deux chocolats sur une serviette en papier.

— Oui mais résultat, je n'ai plus rien à faire. Je me disais que vous auriez peut-être besoin de moi pour tester une dernière recette, vu que l'heure du banquet approche.

— Merci pour ta proposition. Malheureusement, de notre côté, tout est bouclé », répondit Hannah en décochant à Lisa un regard censé lui rappeler qu'Andrea ne devait pas s'immiscer dans la préparation des plats puisqu'elle faisait partie des contributeurs.

Lisa se contenta de sourire en disant :

« Hannah a raison. Ici, tout est sous contrôle. En revanche, je sais qu'Edna a un petit problème.

— Vraiment ? fit Andrea avant de prendre une gorgée de café. Pourquoi le vôtre est-il toujours meilleur que le mien ? »

Au lieu de lui fournir la réponse évidente, à savoir que le café fraîchement moulu n'avait rien à voir avec la version lyophilisée, Hannah préféra hausser les épaules comme si elle n'en savait rien.

« Je la dépannerais avec grand plaisir, reprit Andrea. J'ai toute la journée devant moi, même si la cuisine ce n'est pas trop mon truc. »

Bel euphémisme ! Hannah retint un soupir de désespoir. Andrea était une vraie calamité. Elle n'avait jamais réussi aucun plat, fût-il d'une simplicité enfantine.

« Non, tu n'auras pas à cuisiner, se hâta de répondre Lisa. Edna dit que les gens oublient toujours d'apporter des cuillères de service. Donc, je lui ai promis de trouver quelqu'un qui l'aidera à en collecter.

— C'est tout à fait dans mes cordes. J'irai sonner aux portes et j'en profiterai pour distribuer nos calendriers publicitaires. Celui de cette année est particulièrement réussi. On y voit les douze plus belles maisons achetées par l'intermédiaire de Lake Eden Realty au cours des douze derniers mois. À moi seule, j'en ai vendu dix !

— Ce qui m'étonne, c'est que tu en aies laissé deux aux autres », s'esclaffa Hannah. Andrea aurait pu vendre de la litière pour chats aux nomades du désert. « Bref, pour en revenir au mariage de Lisa, es-tu d'accord pour l'organiser ?

— Tu en doutais ? dit Andrea avant de se tourner vers Lisa. Tu n'auras qu'à me remettre la liste des invités et me donner ta couleur et ta fleur préférées. Je me charge du reste.

— Merci, Andrea. Ton geste me touche énormément. » Lisa finit son café et se leva. « Je vous laisse. Il faut que je décore les cookies au sucre pour ce soir. »

Andrea attendit que Lisa franchisse la porte battante qui séparait la salle du fournil et se pencha vers sa sœur par-dessus la table.

« Si tu m'offres encore deux cookies et une autre tasse de café, je te dis ce que je viens d'apprendre. »

Andrea étant toujours au fait des derniers ragots, Hannah s'empressa de la satisfaire.

« Si c'est à propos de la nouvelle épouse de Martin Dubinski, je suis déjà au courant. Lisa vient de m'en parler.

— Excuse-moi, mais ce truc-là date un peu. Si tu travaillais dans l'immobilier comme moi, tu l'aurais appris hier.

— Bon, d'accord. Mais sais-tu que son manteau de fourrure coûte vingt mille dollars ?

— Vingt-deux mille, corrigea Andrea. C'est ce qu'on raconte, du moins. Non, mon scoop à moi est autrement plus intéressant.

— Vas-y, je t'écoute.

— C'est au sujet de Shawna Lee Quinn !

— Oups ! »

Hannah inspira profondément. Ce scoop aurait-il à voir avec Mike ? se demanda-t-elle non sans une certaine angoisse.

« Elle quitte la ville. Ce soir.

— Tu plaisantes ?

— Est-ce que je plaisanterais sur un sujet pareil ? Bill m'a appelée du bureau pour me l'annoncer. Il y a eu un décès dans sa famille. Du coup, elle doit retourner en Géorgie pour les obsèques. »

Hannah faillit hurler de joie mais opta pour une attitude plus adaptée aux circonstances.

« Je suis désolée pour elle. Qui est mort ?

— Le mari de Vanessa. D'après ce qu'elle a dit à Bill, il fallait s'y attendre.

— Qui est Vanessa ?

— La sœur cadette de Shawna Lee. Elles ont à peine un an d'écart et elles sont très liées. Figure-toi que son mari était octogénaire. »

Hannah écarquilla les yeux. Shawna Lee avait dans les vingt-cinq ans. Après un rapide calcul, elle conclut que Vanessa avait épousé un homme de soixante ans son aîné.

« Il avait dépassé les quatre-vingts ? demanda-t-elle inutilement.

— C'est le sens du mot octogénaire, non ? Ils étaient mariés depuis un an environ. »

Hannah s'abstint de tout commentaire. L'expression *croqueuse de diamants* lui avait traversé l'esprit, mais, après tout, elle n'en savait rien. Il s'agissait peut-être d'un mariage d'amour. Elle cherchait une façon délicate d'exprimer sa pensée quand Andrea lui coupa l'herbe sous le pied.

« Je sais à quoi tu penses, et je suis d'accord avec toi. Cet homme possédait une chaîne de magasins de bricolage. D'après ce que Shawna Lee a dit à Bill, sa fortune s'élevait à plusieurs dizaines de millions ! Il lui a tout laissé.

— Combien de temps Shawna Lee compte-t-elle rester là-bas ?

— Bill lui a posé la question, pour les besoins du service.

— Et ? fit Hannah en priant pour que l'absence de sa rivale dure le plus longtemps possible.

— Elle a répondu qu'elle n'en savait rien, qu'elle avait le mal du pays, qu'elle avait envie de passer les fêtes de Noël en famille et de profiter un peu de sa sœur, malgré le deuil qui la touche. Elle lui a promis de l'appeler dans deux semaines pour lui dire si elle compte réintégrer ses fonctions... ou pas.

— Attends, tu veux dire qu'elle pourrait ne jamais remettre les pieds ici ? s'écria Hannah qui ne se tenait plus de joie.

— C'est ce qu'il a cru comprendre. Bill est contraint de lui garder son poste pendant un mois. C'est la règle. Après cela, il pourra en disposer à sa guise.

— Et sa guise sera immédiate ?

— Je ferai en sorte qu'elle le soit ! En ce qui concerne cette personne, j'ai la même opinion que toi, et manifestement sa frangine lui ressemble comme deux gouttes d'eau. Enfin... j'ai peut-être tort de la juger sans l'avoir rencontrée, mais rappelle-toi l'époque où tu avais vingt-quatre ans.

— J'essaie. »

Hannah revit le studio minable qu'elle avait loué à trois kilomètres du campus, les meubles d'occasion, la déco bon marché et la douche qui donnait de l'eau chaude pendant deux minutes, pas plus.

« Tu étais jeune et insouciante, n'est-ce pas ?

— Ce n'est pas faux.

— Et tu fréquentais des garçons de ton âge, voire un peu plus vieux, n'est-ce pas ? »

Hannah haussa les épaules.

« Je l'aurais fait, s'ils avaient voulu.

— Tu t'es bien rattrapée depuis. Aujourd'hui, tu en as deux qui te tournent autour. Mais dis-moi, à vingt-quatre ans, serais-tu tombée amoureuse d'un vieillard cloué dans un fauteuil roulant ? »

Hannah tâcha d'imaginer un tel cas de figure et n'y parvint pas.

« J'en doute fort, répondit Andrea à sa place. Vanessa l'a épousé pour son argent. Point barre. J'espère seulement qu'elle aura la bonne idée de partager le fric avec sa sœur et qu'elles s'établiront définitivement là-bas, en Géorgie ! »

Chapitre 4

Avec tout ce qu'elle avait à faire et à penser, les brownies aux piments lui étaient totalement sortis de la tête. Hannah ne s'en souvint qu'à 11 h 30, durant l'accalmie entre les habituels coups de feu du matin et du midi. Quand elle prit conscience de son oubli, le cri de stupeur qui lui échappa mit son associée en alerte.

« Ce n'est rien, la rassura-t-elle. Je viens juste de penser aux brownies pour Mike. Je vais l'appeler pour lui dire de ne pas y toucher.

— Quoi ? Tu baisses les armes parce que Shawna Lee va bientôt partir et que tu n'auras plus à te battre pour garder Mike ?

— Exact. C'est le monstre aux yeux verts qui m'a poussée à déclarer la guerre des brownies. Maintenant, je suis bien embêtée. »

Lisa haussa les épaules.

« Pourquoi ? Mike a mérité ta colère et il la mérite toujours. Te proposer d'inscrire ces machins sur notre carte ! Non mais, quel culot !

— Je suis d'accord, mais si je ne veux pas faire tapisserie ce soir, il faut que je signe l'armistice dès à présent.

— Bien raisonné, concéda Lisa en souriant. Ce serait dommage, vu la superbe tenue que tu t'es achetée. Tu devrais peut-être appeler Barbara avant qu'elle prenne sa pause déjeuner. Peut-être qu'elle pourra récupérer les brownies sur le bureau de Mike et les faire disparaître.

— Bonne idée. »

Barbara Donnelly assurait le secrétariat du shérif. Dix secondes plus tard, Hannah l'avait au téléphone.

« Bonjour, Hannah, lança gaiement Barbara. Prête pour le banquet ?

— Moi, oui. Et vous ? Vous savez qu'Edna est en train de tester votre rôti irlandais ?

— Oui, je le sais. Je suis sur des charbons ardents depuis ce matin. Avez-vous appris pour Shawna Lee ?

— Bill a prévenu Andrea qui m'a prévenue.

— Je connais quelques épouses que cette nouvelle soulagera grandement. Vous-même n'aurez plus de souci à vous faire pour votre petit copain.

— Quel petit copain ?

— Où avais-je la tête ? s'esclaffa Barbara. J'oubliais que vous en aviez deux.

— N'exagérons rien. Je ne suis même pas sûre d'en avoir un. À ce propos, pourrais-je parler à Mike ?

— Il n'est pas au bureau, Hannah. Je l'ai croisé il y a une heure, mais il est resté à peine une minute et il a dû repartir en urgence. »

Hannah respira un bon coup puis aborda le sujet qui la taraudait.

« J'ai laissé un paquet sur sa table, ce matin. Sauriez-vous par hasard s'il y est toujours ?

— Attendez une seconde, je vérifie. »

Il y eut un déclic sur la ligne, suivi d'un message énumérant les mesures à respecter avant de prendre le volant en hiver lu par un homme qui parlait comme s'il était enrhumé. Hannah connaissait la plupart de ces consignes, et les respectait. Par exemple, elle ne partait jamais sans une bougie et des allumettes, de manière à pouvoir réchauffer l'habitacle et transformer de la neige en eau potable au cas où elle resterait coincée en rase campagne. L'homme au nez bouché recommandait de laisser dans son coffre un gros sac de litière pour chat, à répandre sur la glace afin d'améliorer la traction des pneus si nécessaire, quand Barbara revint en ligne.

« Votre paquet n'y est plus, Hannah. Mike a dû l'emporter. »

Hannah ravala un juron. Elle qui craignait que Mike ne se ridiculise en goûtant les fameux brownies devant ses collègues de travail devait à présent redouter qu'il ne les mange alors qu'il était seul dans son véhicule. Une bouchée de brownie aux piments, une plaque de verglas et c'était l'accident assuré.

« Savez-vous à quelle heure il a prévu de repasser ?

— Je ne pense pas qu'il reviendra. Pas aujourd'hui. Il mène une enquête en collaboration avec deux autres services de police, ce qui signifie qu'il en a pour l'après-midi. À mon avis, il rentrera directement chez lui. Si jamais il appelle quand même, je peux lui transmettre un message.

— Non, ça ira. Je le verrai ce soir. Merci, Barbara. »

Hannah se colla un sourire sur le visage, alla porter les boulettes de viande d'Edna au centre communautaire et regagna sa boutique juste à temps pour la bousculade de midi, quand les clients venaient en masse s'offrir un café-cookies en guise de dessert. Elle s'installa derrière la caisse pour s'occuper des ventes à emporter pendant que Lisa faisait le service en salle. Une répartition des tâches qui fonctionnait à merveille depuis qu'elles l'avaient instituée. La foule des consommateurs commençait à s'éclaircir quand, levant les yeux, Hannah aperçut un visage familier. Norman venait d'entrer dans le Cookie Jar, muni d'un joli sac à anses estampillé *Le Grenier de Mamie.*

« Bonjour, Norman ! » lança-t-elle joyeusement.

Avec sa calvitie naissante et son léger embonpoint, Norman n'avait pas le physique d'un jeune premier. Pourtant, elle le trouvait fort séduisant. Sans doute grâce à son sens de l'humour et à la droiture de son caractère. Comme Delores et Carrie aimaient à le répéter, leurs enfants respectifs semblaient faits l'un pour l'autre.

Hannah attendit qu'il ait suspendu sa parka au portemanteau près de la porte d'entrée et pris place au comptoir pour lui proposer une tasse de café.

« Avec plaisir, répondit-il. Je n'en connais pas de meilleur dans toute la ville. Mettez-moi aussi deux cookies. À vous de choisir lesquels. Je suis d'humeur aventureuse, aujourd'hui.

— Aventureuse... » Hannah se tourna pour passer en revue les bocaux alignés derrière elle. « Dans ce cas, que diriez-vous d'une bombe à la cerise ?

— Qu'est-ce que c'est ?

— Une recette de ma grand-mère Ingrid. Je l'ai essayée pour la première fois ce matin.

— Je veux bien vous servir de cobaye, fit Norman en remuant le nez.

— Vous êtes doué. Vous me rappelez le cochon d'Inde de l'école maternelle !

— Tant mieux, parce que c'est lui que j'essayais d'imiter. Je le connais bien. Mercredi dernier, Janice Cox m'a appelé pour une urgence dentaire. M. Moustache avait une graine coincée entre les incisives.

— Vous soignez à domicile, maintenant ? s'étonna-t-elle avant de se rappeler qu'elle n'avait pas téléphoné à Norman depuis plusieurs jours.

— Non, j'ai fait une exception pour lui. Depuis mon intervention, M. Moustache a retrouvé l'appétit.

— Comment avez-vous procédé ?

— Avec délicatesse. Et rapidité. » Norman jeta un œil sur les adorables bouchées recouvertes de sucre glace que Hannah lui présentait. « On dirait des bombes miniatures. Et cette mèche rouge qui dépasse ! Qu'est-ce que c'est ?

— La queue de la cerise. J'enveloppe le fruit dénoyauté dans un petit carré de pâte, et après la cuisson je saupoudre de sucre glace. On n'est censé manger que la partie charnue.

— OK », dit Norman. Il goba une première bombe, mâcha et déclara : « C'est drôlement bon ! Quand on croque, ça fait comme une explosion sous la dent. » Lorsqu'il eut goûté une deuxième bombe et déclaré qu'elle valait la première, Norman déposa son sac à anses sur le comptoir. « De la part de votre mère.

— Qu'est-ce que c'est ?

— Le couteau en argent. Elle me l'a confié en me recommandant d'en prendre bien soin. »

Hannah se pencha au-dessus du sac et en sortit un coffret joliment sculpté.

« Vous l'avez vu ?

— Oui, il est magnifique. »

Hannah prit le temps d'admirer les motifs gravés dans le bois puis souleva le couvercle et s'exclama, stupéfaite :

« Quelle merveille ! Je m'attendais à quelque chose de très différent.

— C'est-à-dire ?

— La lame est beaucoup plus fine que celle des pelles à gâteau dont je me sers habituellement. Elle m'a aussi l'air beaucoup plus tranchante.

— Elle a été forgée par l'artisan qui fabriquait les épées de la cour d'Angleterre.

— Je comprends mieux ! Le sapin de Noël sur le manche est d'une telle finesse ! Et quelle bonne idée d'avoir incrusté ces petites pierres colorées pour représenter les boules !

— Ces "pierres colorées", comme vous dites, sont des saphirs jaunes et bleus, des rubis et des émeraudes. Et l'étoile au sommet de l'arbre est un authentique diamant. Je pense que vous devriez ranger ce couteau en lieu sûr.

— C'est ce que je vais faire, dit Hannah en refermant le couvercle d'un geste révérencieux. J'imagine qu'il vaut extrêmement cher. »

Norman jeta un regard autour de lui mais personne ne faisait attention à eux.

« Oui, surtout s'il date réellement de la Régence. Or, nos mères et Luanne pensent que c'est le cas.

— Merci de me prévenir. » Hannah remit la boîte dans le sac à anses et déposa le tout derrière le comptoir. « Je ne le sortirai qu'au moment des desserts, sinon quelqu'un risquerait de le prendre pour découper la dinde.

— Ce ne serait pas très grave. C'est moi qui ai choisi la dinde et elle sera préparée selon la recette de Rose. Normalement, la chair est si tendre qu'elle se détache d'elle-même.

— La dinde de Rose n'a pas sa pareille dans toute la région, abonda Hannah en jetant machinalement un coup d'œil dans la rue. Vous savez quoi ? ajouta-t-elle avec une grimace. Il neige. Heureusement, trois malheureux flocons n'ont jamais fait peur à nos concitoyens. À moins que ça ne s'aggrave au cours de l'après-midi, je suis sûre qu'ils viendront tous au banquet et resteront pour le bal.

— Bien sûr qu'ils viendront. Personne ne veut rater la fête. »

Hannah resservait Norman quand le téléphone sonna.

« Le Cookie Jar. Hannah, j'écoute.

— Bonjour, Hannah. Kurt Howe à l'appareil.

— Bonjour, Kurt », dit Hannah non sans une pointe d'inquiétude. Kurt s'occupait de la publication du fameux livre de cuisine chez Savory Press, et, la dernière fois qu'il l'avait appelée, c'était pour lui demander de remettre le manuscrit plus tôt que prévu. « La date de sortie n'a pas encore changé, j'espère ! »

Kurt gloussa.

« Non, non. Mais j'ai une question au sujet de l'une des recettes.

— Laquelle ?

— Les cupcakes au caramel. Vous avez inscrit *bicarbonate de soude* dans la liste des ingrédients.

— Bicarbonate de soude ? marmonna Hannah en fronçant les sourcils.

— C'est ce qui est noté.

— Attendez une seconde. » Hannah fit signe à Lisa d'aller chercher le classeur où elles rangeaient leurs recettes. « On va vérifier. Mais à mon avis, c'est plutôt de la levure. Avec du bicarbonate de soude, les cupcakes gonfleraient trop pendant la cuisson et retomberaient ensuite comme des soufflés.

— C'est ce que pense mon directeur. Mais je préfère que vous me le confirmiez. »

Hannah prit le classeur que Lisa lui tendait et chercha la recette des cupcakes au caramel.

« C'est bien de la levure, Kurt. Une cuillerée à café et demie de levure chimique.

— Donc il avait raison.

— Je suis vraiment navrée, dit Hannah en rougissant d'embarras. Ça m'a échappé. Pourtant j'ai tout vérifié moi-même avant de vous envoyer le texte.

— Ce sont des choses qui arrivent, surtout quand on connaît bien son sujet. D'où l'intérêt de relire avec un œil neuf. Mais ce n'est pas la seule raison de mon coup de fil. Je vais pouvoir assister à votre banquet de Noël.

— Formidable ! Ainsi vous aurez l'occasion de goûter toutes les recettes du livre !

— J'en ai bien l'intention. Avant de vous appeler, j'ai discuté au téléphone avec notre photographe. Je voulais qu'il vienne avec moi pour immortaliser les plats, les convives, la salle de banquet... histoire d'illustrer l'ouvrage.

— Excellente idée, Kurt. D'autant que ma mère nous a prêté un couteau à gâteau absolument magnifique. Une pièce d'argenterie ancienne. Je m'en servirai ce soir.

— Dommage !

— Comment ça "dommage" ?

— Eh bien, notre photographe n'est pas disponible. Ce qui signifie que nous devrons repasser un autre jour.

— Ou pas, répondit Hannah en regardant Norman. Je connais quelqu'un qui s'y connaît en photo. Et par chance, il est là devant moi. Ne quittez pas, je lui pose la question. »

Norman acquiesça d'un hochement de tête avant même que Hannah lui explique l'affaire.

« Dites-lui que je serais ravi de me mettre à sa disposition mais que je n'ai aucune expérience en la matière. La photo culinaire, ça ne s'improvise pas.

— Rassurez-le, réagit Kurt qui l'avait entendu. Ce n'est pas si difficile. Je compte partir de bonne heure pour éviter les embouteillages. Je devrais arriver entre 17 heures et 17 h 30. Où serez-vous à ce moment-là ?

— Au centre communautaire. Je fermerai la boutique vers 15 heures pour rejoindre Edna en cuisine.

— Dites-lui qu'il neige chez nous, intervint Norman.

— Merci pour l'info, lança Kurt. Dans ce cas, je vais partir encore plus tôt. Par simple précaution. À tout à l'heure, Hannah. »

Elle raccrocha en souriant et se tourna vers Norman.

« Avez-vous le temps de repasser au Grenier de Mamie avant votre prochain rendez-vous ?

— Certainement. Quel message dois-je transmettre ?

— Si notre éditeur nous fait l'honneur de sa visite, il faut que tous nos contributeurs soient prévenus. Mais j'ai trop de travail pour diffuser la nouvelle moi-même.

— Et vous voulez que nos mères s'en chargent ?

— Un simple coup de fil chacune et Radio Cancan fera le reste. Ça fonctionne bien, en règle générale. La première personne en prévient deux, qui en préviennent quatre... et ainsi de suite. Je parie que si vous leur passez l'info à 13 heures, à 13 h 30 dernier carat toute la ville sera au courant. »

Bombes à la cerise

préchauffer le four à 175 °C,
la grille en position médiane.

Cette recette me vient de ma grand-mère Ingrid, qui la réservait pour les grandes occasions.

3 tasses* de farine (inutile de tamiser)
½ cuillerée à thé de levure chimique
½ cuillerée à thé de bicarbonate de soude
¼ cuillerée à thé de sel
1 tasse de beurre ramolli (2 plaquettes, soit 250 g)
2 œufs battus
1 tasse de sucre blanc (semoule)
2 pots (ou 500 g) de cerises au marasquin avec les queues (soit environ 70 cerises)
1 petit bol de sucre glace pour l'enrobage

Ouvrir les bocaux et laisser les cerises égoutter dans une passoire pendant la préparation de la pâte.

Dans un grand bol, mélanger soigneusement la farine, la levure chimique, le bicarbonate de soude et le sel. Ajouter le beurre ramolli en plusieurs fois et l'incorporer à la pâte

*** Une table de conversion des volumes se trouve en fin d'ouvrage !**

en l'écrasant avec deux fourchettes. Le résultat doit ressembler à de la farine de maïs. (On peut aussi utiliser un mixeur muni d'une lame en acier, et, dans ce cas, on mettra du beurre froid coupé plus grossièrement).

Battre les œufs dans un bol de taille moyenne. Incorporer le sucre tout en continuant à battre.

Verser les œufs au sucre dans le bol contenant les autres ingrédients. Bien mélanger.

Envelopper chaque cerise au marasquin d'un petite quantité de pâte prélevée avec les doigts, en laissant dépasser la tige. Déposer les cerises enrobées de pâte sur une plaque préalablement enduite de matière grasse en appuyant délicatement pour qu'elles ne roulent pas. 16 bombes pour une plaque de taille standard.

Cuire à 175 °C pendant 10 minutes. Les bombes doivent rester blanches – si elles commencent à dorer, réduire le temps de cuisson. Laisser refroidir sur la plaque puis plonger les bombes dans le sucre glace (en évitant de blanchir la queue).

Rendement : 5 à 6 douzaines.

Les enfants les adorent, sûrement parce qu'ils peuvent les saisir par la queue et les mettre tout

entières dans leur bouche. Pour Noël, je fais une fournée dont la moitié est au marasquin rouge et l'autre moitié au vert. Quand on les dispose sur un plat recouvert d'un napperon en papier, l'effet est garanti.

Chapitre 5

« Alors, comment me trouves-tu ? » demanda Hannah en tournant sur elle-même, sans susciter de la part de son colocataire félin perché sur le dossier du canapé autre chose qu'un regard médusé.

Moshe reporta son attention sur l'écran de télévision. Mais comment lui en vouloir ? Après tout, elle avait choisi à son intention une chaîne spécialisée dans les documentaires animaliers. Aucun chat digne de ce nom ne pouvait résister à la vue d'un petit rongeur grassouillet ou d'un faisan courant dans un sous-bois. Son instinct lui dictait de guetter ses proies, même s'il en était séparé par une plaque de verre.

Pour choisir sa tenue de soirée, Hannah aussi avait suivi son instinct. La jupe évasée de sa robe tricot bleu cobalt mettait en valeur les atouts de sa silhouette et en atténuait les imperfections, lesquelles étaient au nombre de quatre, selon l'intéressée elle-même – voire cinq, si l'on comptait les biceps qu'elle avait développés à force de soulever des sacs de farine et de sucre. Comme d'habitude, Claire Rodgers, la patronne du Beau Monde, avait visé juste. Une minute après s'être vue dans le miroir du salon d'essayage, Hannah avait sorti sa carte de crédit sans même demander le prix, un réflexe qui aurait pu avoir de graves conséquences sur son budget car la boutique de prêt-à-porter avait beau se trouver à côté du Cookie Jar, Claire ne lui accordait que rarement des remises confraternelles.

« Je suis ravie que ma tenue te plaise », poursuivit Hannah en savourant le comique de la situation. Non seulement Moshe ne connaissait rien à la mode, mais une seule chose le motivait réellement : la nourriture.

« Bon, ta gamelle est pleine. Tu as pris tes vitamines. Maintenant, si cela ne t'ennuie pas, je vais y aller. »

Hannah se dépêcha d'enfiler le manteau noir qui attirait les poils de chat comme un aimant, attrapa le minuscule sac à main que Claire lui avait fait acheter parce qu'il était assorti à sa robe, puis elle prit ses gants, la poche en plastique contenant le pâté de Mike, jeta quelques friandises au saumon sur le sol près du canapé et déclara à l'intention du chasseur de faisans virtuels :

« Il se peut que je rentre tard. Ne m'attends pas pour dormir. »

Alors qu'elle exerçait une légère pression sur la poignée de la porte pour s'assurer que cette dernière était correctement fermée, Hannah regretta de n'avoir pas emporté un masque de ski ou au moins un bonnet de laine tant l'air était glacé. Et encore, ce n'était rien comparé à ce qui l'attendait lorsqu'elle rentrerait, dans la nuit. Elle descendit l'escalier extérieur en remerciant l'architecte d'avoir pensé à le doter d'un toit, franchit d'un bond la plaque de verglas qui s'était formée sur le palier du rez-de-chaussée et continua jusqu'au parking souterrain. Dans sa précipitation, elle faillit percuter son voisin du dessous, Phil Plotnik, qui montait.

« Désolée, Phil, s'excusa-t-elle en s'accrochant à lui pour ne pas tomber. Ne dis rien, je sais, je devrais regarder devant moi.

— J'allais plutôt te rappeler de débrancher ton chauffe-moteur.

— Merci ! Quand je suis pressée, j'oublie systématiquement de le faire. Résultat, j'en suis à deux câbles arrachés depuis le début de la saison.

— Essaie d'en rester là. » Phil fit volte-face et l'escorta jusqu'à son véhicule. « Quel est ton record ?

— Tu veux dire en un seul hiver ?

— Oui. »

Phil s'arrêta devant les grosses prises électriques alignées le long du mur et débrancha lui-même le câble qui sortait du break de Hannah.

« Sept. L'année où je l'ai acheté. Rien à faire, j'oubliais tout le temps. Vous venez, ce soir ?

— Plutôt deux fois qu'une. Sue veut une photo de Kevin devant l'arbre de Noël. On a essayé l'année dernière mais il était trop petit pour tenir assis. Elle compte en faire des cartes de vœux qu'elle enverra à la famille.

— Ils vont adorer. Merci pour ton aide, Phil. À plus tard », dit Hannah en s'installant au volant du break rouge cerise immatriculé *COOKIES*.

À en croire son comptable, les plaques minéralogiques et l'inscription sur les flancs en lettres d'or étaient déductibles des impôts.

Hannah s'engagea sur la rampe de sortie. Lorsqu'elle émergea dans l'allée qui serpentait entre les immeubles, quelques lumières scintillaient déjà aux fenêtres. Bien qu'il fût à peine 16 heures, les ombres des conifères s'étiraient sur le manteau neigeux. Bientôt, elles passeraient du bleu lavande à l'indigo, tandis que dans le lointain une brume gris foncé commencerait à voiler l'horizon. Hannah alluma ses phares. À l'aube comme au crépuscule, le manque de visibilité pouvait causer des accidents, même à l'intérieur du lotissement.

Cinq minutes plus tard, alors qu'elle franchissait le portail de sortie, la nuit la rattrapa. Hannah prit à gauche sur Old Lake Road, mit les essuie-glaces pour dégager la neige qui s'était amoncelée sur son pare-brise et alluma la radio sur sa station locale préférée, KCOW. Le bulletin d'information venait de se terminer et Rayne Phillips, le présentateur météo, donnait les prévisions.

« ... risque de chutes de neige en fin de soirée. Actuellement, le ciel est clair et les températures avoisinent les moins douze degrés sur le comté de Winnetka. C'est une nuit magnifique, les amis. Sortez, profitez-en. »

Hannah augmenta la vitesse des essuie-glaces en grommelant : « Tu n'es qu'un imbécile, Rayne. Si tu regardais par la fenêtre, tu verrais qu'il neige déjà ! »

Edna Ferguson parut surprise de la voir surgir dans les cuisines du centre communautaire.

« Pourquoi si tôt ? Je ne t'attendais pas avant 17 heures.

— J'ai pensé que tu aurais peut-être besoin d'aide », répondit Hannah en ouvrant le frigo pour y déposer le pâté de Mike. Le gâteau à la gelée d'Andrea trônait sur l'étagère du haut. « Lisa est passée ?

— En coup de vent. Elle devait vite rentrer pour s'habiller. Au fait, vos cookies de Noël au sucre sont magnifiques.

— Lisa manie la douille à pâtisserie comme une fée sa baguette magique. Et Andrea ? Elle t'a trouvé des cuillères de service en nombre suffisant ?

— Oui, c'est bon. Je ne sais pas comment elle fait, enceinte comme elle est. Ta frangine est une sacrée bonne femme.

— Parce qu'elle t'a apporté des cuillères ? »

Edna secoua si fort la tête que les boucles grises de sa permanente rebondirent comme des ressorts.

« Pas seulement. En arrivant tout à l'heure, elle est tombée sur le comité chargé de la déco. Comité, c'est un bien grand mot, vu qu'elles étaient deux : les sœurs Hollenbeck. Bernice Maciej devait venir mais elle avait mal au dos. Et voilà notre Andrea qui leur propose son aide, toute gentille, comme elle sait faire. Bien sûr, elles ont refusé : "Pas dans ton état." Du coup, Andrea a appelé deux de ses copines. Les filles ont débarqué, et, dans la foulée, elles se sont mises à déplacer des trucs, à accrocher des machins... Tu aurais dû voir ça. Un vrai tourbillon, ces gamines. Moins de deux heures plus tard, tout était en place, même le sapin de Noël.

— C'est Andrea tout craché. Deux, trois coups de fil et hop, c'est réglé.

— Tu ne sais pas tout. Je te jure, je n'en croyais pas mes yeux. Elle a voulu accrocher elle-même l'ange au sommet de l'arbre. À quatre mètres du sol, quand même ! »

Hannah était contente de n'avoir pas assisté à une telle folie. Le Dr Knight l'avait autorisée à reprendre une activité normale, mais comment aurait-il pu imaginer qu'elle appliquerait ses recommandations à la lettre ?

« Vas-y, allume et tu verras, dit Edna. C'est tout bonnement magnifique ! »

Hannah suivit son conseil. Sans la lumière, elle n'avait rien remarqué tout à l'heure en traversant la salle. Lorsqu'elle appuya sur l'interrupteur, la splendeur du spectacle la fit cligner des paupières. Effectivement, sa sœur avait accompli des miracles.

Quatre tables, des planches posées sur des tréteaux, s'étiraient dans le sens de la longueur, chacune recouverte d'une nappe de couleur différente et garnie en son centre d'un énorme bouquet d'hiver mélangeant poinsettias, pommes de pin et boules de Noël. De ces compositions florales émergeaient de petits fanions fixés à des sucres d'orge bicolores en forme de canne. Sur chaque fanion était inscrit un type de mets. On savait ainsi que la table rouge était réservée aux entrées, la table dorée aux plats de résistance et à leurs accompagnements, la table argentée aux desserts et la verte aux salades, potages et pains fantaisie. Installée un peu en retrait, une table plus petite, recouverte d'une nappe à carreaux rouges et verts, accueillerait le café, le thé et les boissons fraîches, ces dernières étant déjà stockées dans une glacière posée en dessous.

Sur le pourtour de la salle, d'autres grandes tables étaient disposées en quinconce, sans doute pour éviter la monotonie d'un schéma trop rectiligne. Leurs nappes multicolores étaient ornées de motifs : bonshommes de neige, pères Noël, branches de houx, sapins, flocons, etc. Sur chacune, trois bouquets étaient placés à équidistance les uns des autres, versions miniatures des gerbes décorant les tables principales.

Au plafond, Hannah découvrit une véritable canopée de serpentins rouges, verts, dorés et argentés tressés en guirlandes. Pour couronner le tout, un gigantesque arbre de Noël trônait au centre de la salle. À la place d'honneur, aurait ajouté Delores. Hannah s'avança, trouva l'interrupteur et, quand l'arbre s'illumina, ne put réprimer un cri de surprise. Les milliers de minuscules ampoules disséminées parmi les branches reproduisaient les couleurs de l'arc-en-ciel.

« Extraordinaire ! Chapeau bas ! » souffla-t-elle, sincèrement impressionnée.

Andrea s'était encore surpassée. Décidément, leur petite communauté avait bien de la chance de compter parmi ses membres une personne aussi douée qu'elle, capable de transcender la banalité du quotidien grâce à son énergie et à sa créativité hors du commun, songea Hannah qui se savait très différente. Dans leur enfance, cette différence les avait maintenues éloignées l'une de l'autre. Mais depuis qu'elles avaient collaboré sur leur première affaire de meurtre, laquelle avait permis à Bill d'être promu inspecteur, les deux sœurs ne cessaient de se découvrir de nouvelles affinités. Désormais, dès qu'un problème se présentait, elles le résolvaient main dans la main en se témoignant estime et confiance.

Hannah formula le vœu que leur grand banquet de Noël soit une réussite puis alla proposer un coup de main à Edna avant l'arrivée de son équipe.

Quarante minutes plus tard, après avoir été expulsée des cuisines au prétexte que sa place était ailleurs, Hannah prit position en bas de l'escalier et se tint prête à recevoir les premiers convives. La musique d'ambiance qui sortait des enceintes rappelait un peu trop les compilations de Noël qu'on achète pour deux sous dans les magasins de discount. Mais on devrait s'en contenter.

« Bonsoir, Hannah. »

Kirby Welles, le prof de musique du lycée Jordan, arriva le premier, suivi des dix élèves composant son jazz-band. Ils s'étaient mis sur leur trente et un, les garçons en veste de satin rouge et pantalon noir, les filles en robe de satin vert.

« Quelle classe ! » fit Hannah, admirative.

L'orchestre devait interpréter un pot-pourri des grands standards au moment des desserts puis animer le bal prévu en fin de soirée.

« Si vous avez besoin de quoi que ce soit, n'hésitez pas.

— Merci, mais je crois que ça ira », répondit Kirby en exposant une rangée de dents trop étincelantes pour n'avoir pas été blanchies par un expert, autrement dit Norman.

Grâce à son physique avantageux, le jeune et célibataire professeur de musique jouissait d'une grande popularité auprès des lycéennes.

« Je suis déjà passé ce matin pour tout vérifier. En fait, nous avons juste besoin de chaises pliantes. Le reste du matériel attend dehors, dans la camionnette. »

Hannah l'accompagna sous l'escalier jusqu'au local servant au stockage des meubles puis se dépêcha de regagner son poste. Bien lui en prit car, dix secondes plus tard, Kurt Howe se présentait au sommet des marches.

« Bonsoir, Kurt ! lança-t-elle avant même qu'il arrive à sa hauteur. Je suis bien contente que vous ayez pu venir.

— J'aurais pu être là plus tôt, mais il s'est mis à neiger alors que je longeais la rive de l'Elk. Du coup, j'ai dû lever le pied. Mais dites-moi, qu'est-ce qui sent si bon ?

— La nourriture, sans doute, s'esclaffa-t-elle en le prenant par le bras. Avant que la foule débarque, permettez-moi de vous présenter Edna et ses assistantes. Ensuite, je vous trouverai une bonne place où vous pourrez attendre Norman. Il a prévu d'arriver de bonne heure. Vous aurez tout le temps de lui expliquer la marche à suivre pour prendre les photos. »

Ayant salué comme il se doit le personnel de cuisine, Kurt se dirigea vers la table choisie par Hannah et s'assit devant deux ramequins, l'un contenant des radis, des branches de céleri, des bâtonnets de carotte et des mini-cornichons à l'aneth, l'autre un assortiment de petits légumes au vinaigre. Une mise en bouche très prisée des Minnésotains.

Hannah finissait de lui vanter la qualité de ces produits cultivés à la ferme quand Norman fit son apparition. Il portait sa parka fourrée repliée sur l'avant-bras, son appareil photo en bandoulière et, dans les mains, il avait un paquet emballé aux couleurs de Noël. Hannah le trouva très élégant avec sa veste en daim fauve, son pull à col roulé et son pantalon noirs.

Norman se dirigea droit sur elle, la prit dans ses bras et la garda serrée contre lui un peu plus longtemps que ne l'auraient jugé convenable les commères de Lake Eden, si par hasard elles avaient assisté à la scène. Après quoi il lui remit le paquet en disant :

« C'est pour vous. Un cadeau de Noël avant l'heure. Si j'en crois notre amie Claire, vous aurez plaisir à le porter ce soir.

— Merci, Norman », dit-elle en déchirant le papier d'un geste impatient.

C'était un magnifique cardigan de Noël assorti à sa robe.

« Il est superbe ! Je l'adore ! » Elle l'enfila et fit un tour sur elle-même pour qu'il puisse l'admirer.

« Claire a dit qu'il vous irait mais elle était en dessous de la vérité. » De nouveau, il la serra contre lui puis, s'adressant à Kurt : « Bonsoir, Kurt. Ravi de vous revoir.

— Moi de même, répondit l'éditeur en lui désignant le siège sur sa gauche. Je vous en prie, asseyez-vous et partageons ces délicieux amuse-gueules.

— Ce n'est pas de refus. Mais d'abord, je vais mettre ma parka au vestiaire.

— Laissez, je m'en charge, dit Hannah en le débarrassant. Avant de reprendre mes fonctions d'hôtesse d'accueil, je voudrais voir comment me va mon nouveau cardigan. N'oubliez pas de demander à Kurt quel genre de photos il souhaite. »

Elle suspendit la parka de Norman dans la petite pièce servant de vestiaire, ressortit, fit un détour par les toilettes des dames, se contempla dix secondes dans le miroir puis reprit sa place en bas des marches. Durant le quart d'heure qui suivit, elle vit défiler une bonne quarantaine de personnes qu'elle orienta vers la cuisine pour qu'elles y déposent marmites, bols et autres saladiers. Hannah songeait à prendre le même chemin pour avaler un café quand elle aperçut Mike et Shawna Lee au sommet de l'escalier.

« Bonsoir, Hannah ! » roucoula Shawna Lee en amorçant la descente, un plat à gratin posé en équilibre sur l'avant-bras. Une vraie performance, surtout avec des talons de dix centimètres. « J'espère les avoir réussis. J'ai suivi exactement la recette.

— Je suis sûre qu'ils seront parfaits », répondit Hannah en se disant que, pour rater les cannellonis aux épinards de Suzan Zilber, il fallait le faire exprès.

« Je les ai coupés en biais. Ils sont plus présentables comme ça, je trouve. »

Hannah jeta un coup d'œil à travers le film alimentaire. De fait, ses cannellonis avaient de l'allure.

« Très jolis.

— Et très bons. J'ai goûté les entames après les avoir tranchées.

— C'est le privilège de la cuisinière, lui renvoya Hannah avec la mansuétude d'une femme qui venait d'apprendre que sa rivale devait s'envoler le soir même pour une destination lointaine. Apportez-les à Edna. Elle veillera à ce qu'ils se retrouvent sur la bonne table au bon moment. Vous lui direz quoi faire du plat quand on l'aura nettoyé.

— Mike le rapportera chez moi. Il sait où je le range. »

Hannah resta interdite. Pour savoir où Shawna Lee rangeait sa vaisselle, Mike devait être familier des lieux. Aussitôt, plusieurs scènes d'intimité – dîners aux chandelles, petits déjeuners en pyjama – défilèrent dans son esprit.

« Malheureusement, je n'assisterai pas au banquet, lui précisa Shawna Lee, interrompant ses projets de double homicide. Vous m'en voyez désolée, mais j'ai un avion à 22 heures et je dois être à l'aéroport deux heures avant l'embarquement. Mike a proposé de m'accompagner. N'est-ce pas adorable de sa part ?

— Tout à fait adorable, grinça Hannah avec un sourire si crispé que ses joues lui faisaient mal.

— Pendant que vous y serez, pourrez-vous regarder s'il reste du café chaud ? demanda Mike en poussant légèrement sa blonde compagne pour l'orienter vers la cuisine. J'en prendrais bien une tasse avant qu'on se mette en route.

— Vous le buvez avec un sucre et un nuage de lait, c'est cela ? roucoula Shawna Lee. Enfin, sauf le matin, où vous ne mettez pas de lait.

— Absolument. »

Mike attendit que Shawna Lee s'éloigne pour se tourner vers Hannah.

« Il faut que je vous parle de vos brownies. »

Hannah déglutit. Heureusement, il y avait du monde autour d'eux. Mike n'oserait pas l'agresser devant témoins.

« Écoutez, Mike, je suis vraiment désolée pour...

— Je n'ai pas encore eu le temps de les goûter, l'interrompit-il. Mais je voulais vous remercier pour cette délicate attention. Je les ai rangés dans un tiroir de mon bureau pour éviter que mes collègues ne les mangent. »

Hannah n'avait entendu que la première phrase. Le reste s'était perdu dans un flou artistique.

« Vous... bredouilla-t-elle. Vous ne les avez pas encore goû... ?

— Non. Dois-je les mettre au frigo ? Ou puis-je les laisser dans mon tiroir jusqu'à demain ?

— Dans le tiroir, c'est parfait », répondit Hannah, faussement désinvolte.

Tout en parlant, elle se demandait comment faire pour récupérer ses brownies pimentés avant qu'il soit trop tard. « Dommage que vous ne puissiez assister au banquet. »

Mike la prit par les épaules et l'attira contre lui.

« Je dépose Shawna Lee à l'aéroport et je reviens. Gardez-moi une place. Et tant pis s'il n'y a plus rien à manger. C'est mon premier banquet de Noël avec vous. Je n'ai pas l'intention de le rater. »

Chapitre 6

Quand Mike et Shawna Lee furent partis, en emportant chacun un cookie au sucre pour le trajet, Hannah reprit son poste en bas des marches. Chaque fois que la porte du rez-de-chaussée s'ouvrait sur un nouveau groupe d'affamés, elle entendait le vent hurler au-dehors. Les enfants poussaient des cris de joie en découvrant le petit village de Noël installé dans le hall. La section arts plastiques du lycée Jordan en avait fait don à la ville trois ans auparavant, et, chaque Noël, elle ajoutait de nouveaux éléments à la maquette d'origine. L'année précédente, c'étaient de minuscules ampoules derrière les fenêtres des maisons. Dernièrement, les élèves de terminale s'étaient lancés dans la fabrication de trois églises qui ressemblaient étrangement à celles de Lake Eden. Pam Baxter, la prof d'arts ménagers, avait demandé à sa classe de confectionner de minuscules couronnes de Noël pour décorer les portes et des guirlandes pour embellir les vitrines des magasins.

« Coucou, tante Hannah, lança une voix familière.

— Coucou, Tracey. »

Dans sa robe chasuble en velours vert foncé et son chemisier blanc en dentelle, la petite fille était jolie comme un cœur. Avec ses boucles blondes et son air mutin, elle ressemblait à un angelot.

« Où est ta mère ?

— Elle discute avec Mme Beeseman et M. Herman dans le hall. Tante Lisa et oncle Herb viennent d'arriver.

— Tu ne voulais pas rester avec eux ? »

Tracey secoua la tête.

« Je m'ennuyais. Ils parlaient de manteaux de fourrure, de bagues en diamant et d'alcool.

— D'alcool ? répéta Hannah en cherchant le lien entre ces trois éléments. À moins que... Tu veux dire qu'ils parlaient de Brandi ?

— C'est ça ! Maman a dit que je pouvais descendre et prendre un bain de foule.

— Ta mère t'a dit de "prendre un bain de foule" ? »

Hannah doutait qu'une enfant de cinq ans connaisse le sens de cette expression.

« Non, pas exactement. Elle a dit que je pouvais dire bonsoir aux gens que je connais. Mais ça revient au même, non ?

— En effet, répondit Hannah que le vocabulaire de sa nièce n'en finissait pas d'impressionner. Je crois que Norman est dans le fond de la salle. Il fait des photos. Commence par lui.

— J'y vais. J'aime bien oncle Norman. Et oncle Mike ?

— Il viendra plus tard. Il est allé conduire Shawna Lee Quinn à l'aéroport.

— Dans son Hummer jaune tout neuf ?

— Absolument.

— L'autre jour, oncle Mike a emmené papa faire une balade dans son Hummer. Ça secoue drôlement, mais tu t'en rendras compte la prochaine fois que tu sortiras avec lui. Tu préfères la voiture d'oncle Norman ou celle d'oncle Mike ?

— Tout dépend de la distance à parcourir », répondit Hannah en souriant.

Quand Tracey fut partie à la recherche de Norman, sa mère apparut au sommet des marches, resplendissante dans sa tenue de grossesse, un ensemble pantalon en velours violet. Au grand soulagement de Hannah, elle se tint à la rampe pour descendre.

« Bonsoir, Hannah. Quoi de neuf ?

— Rien. Martin et sa nouvelle épouse ne sont pas encore arrivés.

— Peut-être ont-ils renoncé à venir. Ce serait mieux pour Shirley, mais, moi, j'aimerais bien savoir à quoi elle ressemble. Tu crois qu'elle va débarquer vêtue en strip-teaseuse, avec une combinaison moulante et du strass dans les cheveux ?

— J'en doute. C'est peut-être quelqu'un de très convenable.

— Avec un nom pareil ? Brandi Wyen ? »

Hannah réfléchit deux secondes et sourit.

« Je te l'accorde. Bill est avec toi ?

— Il ne devrait pas tarder. Si jamais il a un empêchement, je suis censée lui garder une part de mon gâteau à la gelée. Il adore quand j'en prépare.

— Parce que c'est le seul dessert que tu sais faire ?

— Eh bien… c'est possible. À tout à l'heure, Hannah. Je vais chercher Tracey. Je parie qu'elle a filé dans la cuisine pour aider au service.

— Au cours de sa longue carrière, Edna a dû voir passer des apprenties moins douées qu'elle. »

Hannah regarda sa sœur s'éloigner d'un pas chaloupé. Elle était en train de se dire que les femmes enceintes ressemblaient à des voiliers pris dans la tempête quand le bruit d'une conversation lui fit tourner la tête. En reconnaissant le couple qui descendait les marches, elle qui s'était forcée à sourire pendant une heure sentit ses joues se tendre d'elles-mêmes.

Après avoir souhaité la bienvenue au maire de Lake Eden et à son épouse, ce fut plus fort qu'elle, Hannah éclata de rire. Autour de son cou, le maire Bascomb avait noué une large bande de tissu jaune parsemée de sequins rouges avec, au niveau du sternum, un sapin de Noël en feutrine garni de lumières clignotantes.

« Superbe cravate, monsieur le maire.

— Steffie l'a trouvée au centre commercial. Elle fonctionne avec le genre de pile qu'on met dans les appareils photo. »

Le maire Bascomb coinça le bras de sa femme sous son coude et lui tapota la main. « Elle n'a pas sa pareille pour dénicher des merveilles, n'est-ce pas, ma chérie ? »

Stephanie Bascomb esquissa un sourire affable qui n'atteignit pas ses yeux puis récupéra sa main. Hannah en conclut que l'ambiance dans le couple n'était pas au beau fixe. Les Bascomb essayaient de faire bonne figure devant leurs administrés mais n'y parvenaient guère.

« Je vous trouve très élégante, madame Bascomb », dit Hannah, sincèrement admirative.

La première dame de Lake Eden portait une robe haute couture en laine blanche brodée de minuscules flocons de neige autour de l'encolure, de l'ourlet et des poignets. D'autres flocons, des diamants cette fois, scintillaient à ses oreilles. Hannah grimaça intérieurement. Tout le monde savait que Stephanie écumait les boutiques de luxe chaque fois qu'elle soupçonnait son époux de lui être infidèle.

« Merci, répondit Mme Bascomb avant de donner à son mari le manteau qu'elle venait d'ôter. Veux-tu aller le suspendre, s'il te plaît, Richard ? Je vais voir si Edna a besoin d'un coup de main. »

Hannah regarda le maire s'éloigner docilement en direction du vestiaire tandis que sa femme se dirigeait vers la cuisine. Elle savait d'avance ce qui allait se passer. Stephanie offrirait son aide à Edna. Edna lui répondrait : « Merci bien mais vous allez tacher votre jolie robe. » Après ce bref échange, Stephanie s'en retournerait et les deux femmes s'estimeraient satisfaites, la première d'avoir montré qu'elle était simple et serviable, la seconde d'avoir fait place nette afin que ses assistantes puissent spéculer à loisir sur les frasques supposées de son édile de mari.

Quelques minutes plus tard, sans doute sur les conseils d'Edna, Barbara Donnelly vint proposer à Hannah de la remplacer. Grandement soulagée, elle en profita pour rejoindre Norman et Kurt, toujours en grande discussion. Elle parvenait à leur hauteur quand Shirley Dubinski, l'une des potentielles belligérantes de la soirée, passa dans son champ de vision. Shirley était venue accompagnée de son ex-belle-mère, Babs. Les deux femmes, qui ne s'appréciaient guère à l'époque où Shirley vivait avec Martin, avaient l'air de s'entendre bien mieux depuis quelque temps. Le remariage de Martin à Las Vegas était-il à l'origine de ce tardif rapprochement ?

« Bonsoir, Babs, lança Hannah à la femme qui jadis avait voulu la caser avec son fils Martin et avait persuadé Delores d'organiser un dîner chez elle à cette fin. Quelle jolie broche vous avez là !

— Merci bien. Shirley me l'a offerte pour Noël il y a deux ans. Je l'adore. » D'un geste machinal, Babs toucha la feuille de laurier plaquée or qui fermait l'encolure de son chemisier en soie rouge sombre. « Je suppose que vous connaissez la dernière ?

— Oui, depuis ce matin, répondit laconiquement Hannah avant de se tourner vers Shirley. Tu es très en beauté ce soir, Shirley. Quel magnifique ensemble ! Tu as fait couper tes cheveux, n'est-ce pas ? »

Shirley la gratifia d'un sourire radieux, visiblement ravie que sa nouvelle coiffure ait retenu son attention.

« Oui, je me suis décidée la semaine passée, avant d'aller à Chicago. Tu sais que j'ai eu de l'avancement ? Del et Benton Woodley ont décidé de présenter la marque DelRay dans toutes les grandes foires du pays. Et c'est moi qui suis chargée des ventes.

— Ça m'a l'air passionnant.

— Ça l'est. Moi qui me croyais nulle, je me suis brusquement découvert un don pour le commerce. Quand je suis rentrée de Chicago avec deux nouveaux contrats en poche, ils étaient tellement contents que j'ai eu droit à une prime vestimentaire. C'est dingue, non ? Et comme Babs a la gentillesse de s'occuper des garçons pendant mes déplacements, je n'ai plus à me préoccuper de rien.

— Les enfants sont ici ? lui demanda Hannah en cherchant du regard les fils qu'elle avait eus avec Martin.

— Non, je les ai laissés chez ma mère. Babs et moi avons préféré ne pas leur infliger... » Shirley s'interrompit. « Étant donné que leur père a décidé de venir accompagné.

— Oui. Je crois que c'est mieux ainsi. Je veux dire, ils ne comprendraient pas que... »

Hannah s'en tint là. Martin Dubinski et sa nouvelle épouse venaient d'entrer. Pour un nouveau marié, Martin n'avait pas l'air de nager dans le bonheur, songea-t-elle une seconde avant que ses yeux se posent sur la jeune femme pendue à son bras.

« Dieu du ciel ! » marmonna-t-elle, comme sans doute la quasi-totalité des convives déjà présents.

Brandi Wyen-Dubinski était d'une beauté renversante. Tout en elle frisait la perfection : une peau merveilleusement lisse, des yeux vert lagon, des cils épais et interminables, une épaisse chevelure auburn et une silhouette de rêve. Une chape de silence s'abattit sur la salle. Brandi était plus grande que la moyenne mais se déplaçait avec aisance, perchée sur ses hauts talons.

Ayant repris son souffle, Hannah dut cligner plusieurs fois des paupières pour s'assurer qu'elle ne rêvait pas. La nouvelle Mme Dubinski avait tout d'une apparition. Sa robe fourreau en satin argenté largement décolletée la moulait comme si on l'avait cousue sur elle. Ses bottes en cuir également argenté lui collaient aux mollets comme le film alimentaire sur un rôti. Le sourire qu'elle répandit sur les habitants de Lake Eden dut en aveugler certains tant ses dents étaient éclatantes.

Hannah coula un regard vers Shirley. Celle-ci contemplait sa remplaçante, bouche bée. Il fallut que sa belle-mère lui balance un coup de coude et lui murmure à l'oreille pour qu'elle retrouve sa dignité, se redresse sur sa chaise et feigne de s'intéresser au sapin de Noël qui clignotait au milieu de la salle.

« Alerte rouge », dit Hannah entre ses dents.

Que faire pour désamorcer la bombe ? se demanda-t-elle en reportant son attention vers Martin. Ce dernier venait de repérer sa mère et s'apprêtait à la rejoindre. Mais quand il vit Shirley assise auprès d'elle, il s'arrêta dans son élan. La tension était à son comble. Martin et Brandi épiaient Babs et Shirley avec méfiance, Babs et Shirley épiaient Martin et Brandi avec hostilité. Entre les deux camps, l'air se chargeait d'électricité.

Pas question de laisser leur querelle familiale gâcher la soirée, songea Hannah en regardant autour d'elle à la recherche d'un médiateur. Par chance, sa sœur n'était pas très loin. D'un signe discret, Hannah lui indiqua les nouveaux venus. Andrea avait toujours su arrondir les angles, quelles que soient les circonstances, mais, depuis que son mari avait accédé au poste éminemment politique de shérif, la diplomatie était devenue sa seconde nature. Andrea mesura la situation en une fraction de seconde, puis elle fonça sur le couple et l'escorta jusqu'à une table située à l'autre bout de la salle.

« Oh, j'aperçois ma mère ! », dit Hannah à Shirley. En effet, Delores descendait les dernières marches. « Il faut que j'y aille. Je vous souhaite un bon appétit, mesdames. »

Elle se précipita vers Delores, l'accueillit chaleureusement puis lui demanda, en levant la tête vers le hall :

« Où est Winthrop ?

— En train de garer la voiture. Avec ce froid, il a tenu à me déposer devant la porte. Charmante attention, tu ne trouves pas ? » Delores Swensen pénétra dans la salle comme une altesse ouvrirait le grand bal de la cour. « Veux-tu bien t'occuper de mon manteau, ma chérie ? Je vois qu'il y a de la place, là-bas. Nous y serons parfaitement bien. Winthrop est *gauche*, vois-tu ?

— *Gauche* ?

— C'est du français.

— Tu veux dire qu'il est gaucher.

— Absolument. Il devra donc s'asseoir en bout de table et à ma gauche. La plupart des gens ignorent à quel point les gauchers sont handicapés dans la vie courante où tout est fait pour les droitiers.

— Tu as bien raison, répondit Hannah pendant que sa mère lui tendait sa dernière folie, à savoir un manteau beige en cachemire.

— Essaie de te libérer tout à l'heure, ma chérie, que je te présente. Winthrop a hâte de te connaître. Et souviens-toi, le moelleux au chocolat de lady Hermoine est une vieille recette familiale que nous avons modernisée en y mettant du jus d'orange concentré. »

À son retour du vestiaire, Hannah accueillit encore une dizaine de convives, puis, soudain, vit apparaître un étrange individu. L'archétype du gentleman anglais. Ce ne pouvait être que Winthrop, se dit-elle en l'examinant à la dérobée. Quand il aperçut Delores, son visage s'illumina littéralement. Puis, sans autre forme de procès, il la rejoignit, ventre à terre.

Hannah sentit le regard de sa mère sur elle. Un regard qui signifiait : Viens par ici, et plus vite que cela. Hannah fut tentée de se mettre au garde-à-vous mais préféra obtempérer sans faire de vagues.

« Vous devez être Hannah », minauda le pimpant gentleman en se levant à son approche. Un instant, elle crut qu'il allait lui baiser la main, mais fort heureusement il se contenta de la lui serrer. « Je suis positivement enchanté de faire votre connaissance, très chère. Delores ne cesse de vanter votre beauté. »

Hannah eut envie de le traiter d'hypocrite mais opta pour l'humour.

« Elle doit me confondre avec mes sœurs. Mais bon, peu importe. Moi aussi, je suis ravie de vous rencontrer. Ma mère m'a tellement parlé de vous.

— En bien, j'espère ? répliqua Winthrop en excluant d'office une éventuelle réponse négative.

— Naturellement », abonda-t-elle sur un ton aussi obséquieux que celui de son interlocuteur.

Le chevalier servant de sa mère correspondait en tout point à l'idée qu'elle se faisait du don juan version Régence arrangé au goût du jour. L'idéal masculin de Delores. Winthrop portait un costume sur mesure, se mouvait, s'exprimait avec distinction. Trop raffiné, trop élégant pour un vulgaire escroc, songea Hannah. Pourtant, quelque chose en lui ne collait pas, et cette chose indéfinissable la mettait en alerte, comme un lapin face à un serpent.

« Où as-tu posé mon couteau en argent, ma chérie ? demanda Delores pour meubler le silence qui menaçait de s'installer.

— Près de ce magnifique gâteau, là-bas. Norman veut le photographier devant les plus beaux desserts. Kurt Howe m'a dit qu'il n'avait jamais rien vu de tel.

— Normal, c'est une pièce unique. Je ne remercierai jamais assez Luanne pour sa géniale intuition. Cette fille a un talent fou, je t'assure. Elle passe son temps à éplucher les annonces. Sur celle-là était écrit *couteau à gâteau ancien en argent*, sans autre précision, mais elle a tout de suite flairé la bonne affaire. Dès qu'elle m'a mise au courant, je l'ai envoyée à Saint-Paul pour qu'elle assiste à la vente. Au premier coup d'œil, elle a compris qu'il s'agissait d'un objet précieux. Il faut dire qu'elle a le regard... affûté !

— Affûté ! Pour un couteau, ça s'impose ! Comme vous êtes drôle, très chère ! » s'esclaffa Winthrop en lui prenant la main.

Hannah craignit de lui balancer une réflexion qu'elle aurait pu regretter par la suite. Elle n'avait qu'une envie : s'en aller au plus vite.

Était-ce de la télépathie ou la voix du sang ? En tout cas, Delores lui sauva la mise en disant :

« Je ne te chasse pas, ma chérie, mais je sais que tu es très occupée. Je voulais juste te présenter Winthrop. Vous aurez le temps de faire plus ample connaissance pendant les fêtes de Noël.

— Très bien, répondit Hannah en se gardant d'ajouter que, pour sa part, elle ne verrait aucun inconvénient à ce que ce monsieur passe les fêtes de Noël ailleurs. À plus tard, maman. Au plaisir, Winthrop ! »

« La plus spirituelle de mes trois filles », crut-elle entendre sa mère déclarer dans son dos. Elle fut tentée d'opérer un demi-tour et de soumettre Winthrop à un interrogatoire en règle, mais s'en abstint et décida de recourir une fois de plus à la voie diplomatique. Andrea était assise à trois mètres de là, avec Martin et Brandi, et leur parlait avec une cordialité étonnante pour une femme accablée d'ennui et enceinte de neuf mois et quelques jours. D'un simple geste, Hannah lui fit comprendre non seulement qu'elle viendrait bientôt la secourir, mais qu'elle avait aussi urgemment besoin de connaître son opinion au sujet du dénommé Winthrop. Andrea comprit en un quart de seconde et le lui fit savoir en hochant la tête. Toutes jeunes déjà, les deux sœurs avaient mis au point un langage codé, peut-être pour pouvoir exister face à une mère qui avait toujours le dernier mot.

Hannah poursuivit son chemin vers la cuisine. Sur le seuil de cette dernière, Edna, depuis quelques secondes, tentait d'attirer son attention. Il était temps de passer au premier service. Hannah se précipita à sa suite et ressortit presque aussitôt avec le chariot des hors-d'œuvre qu'elle poussa jusqu'à la table rouge. Une fois les plats disposés et les photos prises, le maire Bascomb invita les convives à s'approcher et à se servir. Ce qu'ils firent avec application en poussant des « oh » et des « ah » qui réjouirent les différents contributeurs, en particulier Hannah.

Elle-même choisit de commencer par sa tourte aux épinards. Comme elle était assez consistante, Hannah l'avait coupée en petites parts et présentée sur le genre de plat qui d'habitude sert aux amuse-gueules. Ayant garni son assiette, elle rejoignit Andrea, toujours aux prises avec le couple le plus admiré de la soirée.

Hannah félicita les nouveaux mariés et se fendit d'un :

« Brandi, votre robe est magnifique.

— Je sais. Martin m'a dit de choisir ce qui me faisait plaisir. Si vous aviez vu sa tête quand la vendeuse lui a présenté la note ! »

Hannah parvint à garder son sourire en place, mais difficilement. Le cabinet de Martin ne marchait pas très fort et il avait deux enfants à entretenir.

« J'imagine que Lake Eden doit vous changer de Las Vegas.

— C'est peu de le dire ! »

Que répondre à cela ? Elle aurait pu lui demander pourquoi diable elle avait épousé Martin, mais ç'aurait jeté un froid.

« Et vous... vous êtes mariée ? renchérit Brandi en regardant ostensiblement la main gauche de son interlocutrice.

— Non, bredouilla Hannah, avant de recourir à la formule consacrée. Je n'ai pas encore trouvé l'homme idéal.

— Ça ne risque pas de vous arriver si vous restez ici. Les petites villes sont redoutables pour les femmes célibataires, surtout quand elles ont passé la trentaine. Mais ne vous inquiétez pas... vous êtes loin d'être laide et je connais des hommes qui apprécient les filles comme vous. Naturelles, je veux dire. Je vous mettrai en contact avec un ami, un type génial qui habite Las Vegas. »

Hannah fronça les sourcils. Elle voyait à peu près le genre de type génial auquel Brandi faisait allusion.

« Vous connaissez les fils de Martin ? demanda-t-elle pour changer de sujet.

— Non. Les gosses, ce n'est pas mon truc. Enfin, heureusement, ce sont des garçons. Je m'entends mieux avec les garçons. »

Tu m'étonnes ! répliqua Hannah dans son for intérieur. Converser avec Brandi était comme tenter d'extraire un camion d'une vasière. Après chaque coup d'accélérateur, on repartait en arrière et on replongeait dans la boue.

« Qui est-ce ? demanda Brandi en montrant du doigt la table située à l'entrée de la salle.

— De qui parlez-vous ?

— Du bonhomme avec cette horrible cravate de Noël. Sa tête me dit quelque chose.

— C'est notre maire, Richard Bascomb.

— Il ressemble à un gars que j'ai croisé dernièrement, mais son nom ne me dit rien. »

Hannah se rappela tout à coup que le maire Bascomb s'était rendu à Vegas pour une convention deux mois auparavant. Il avait très bien pu rencontrer Brandi dans un lieu interlope et se présenter à elle sous une fausse identité, ce qui n'aurait rien eu d'étonnant.

« Excusez-moi un instant, voulez-vous ? reprit Brandi. Il faut que je dise un mot à Marty en privé. »

Hannah profita de ce qu'elle se penchait à l'oreille de son mari pour se tourner vers sa sœur et lui murmurer :

« Où est Bill ? Je croyais qu'il devait nous rejoindre.

— Il vient de m'appeler. Sa réunion au sommet va durer plus longtemps que prévu. Il ne sera pas là avant des heures. »

À cet instant précis, Brandi pivota sur sa chaise et tapota le bras d'Andrea.

« Vous qui êtes mariée au shérif du comté, y a-t-il beaucoup de délinquance dans votre bled ?

— Non, quasiment pas », répliqua Andrea avec une telle assurance que Hannah faillit s'étouffer avec sa tourte.

Cela dit, Andrea n'avait pas tort. À part les quelques meurtres qu'elles avaient contribué à résoudre, il ne se passait rien de méchant à Lake Eden.

« Tant mieux ! Dans ce cas, je mettrai peut-être mon manteau de fourrure au vestiaire après le dîner, roucoula Brandi en caressant le vison posé sur ses épaules. Marty m'a dit que je n'avais rien à craindre. J'espère qu'il aura raison, pour une fois. »

Hannah grimaça intérieurement. Ces deux-là étaient mariés depuis moins d'une semaine et il y avait déjà de l'eau dans le gaz.

« Il a raison, confirma Andrea tout sourire. Nous n'avons pas de voleurs chez nous. Je connais même des gens qui ne ferment pas leur porte à clé. Avez-vous remarqué le couteau en argent près du gâteau au chocolat ?

— Je l'ai aperçu quand on faisait la queue devant les hors-d'œuvre. Un bel objet, vraiment. J'adore ces petites pierres colorées sur le manche.

— La plus grosse, sertie au sommet de l'arbre, est un diamant taillé en étoile, et en dessous il y a des saphirs, des rubis et des émeraudes. Ce couteau vaut plusieurs milliers de dollars.

— Et... vous le laissez là, à la portée de n'importe qui !

— Précisément, répondit Andrea avant d'achever sa démonstration. Ça prouve que votre manteau de fourrure est en sécurité. Nos concitoyens sont des gens honnêtes. »

Profitant d'un nouvel aparté entre Martin et Brandi, Hannah se pencha vers sa sœur et lui dit :

« Si Bill est retenu, Mike proposera sans doute de vous raccompagner, Tracey et toi.

— Dans son Hummer ? s'écria Andrea. Mais c'est génial ! Tracey dit qu'il secoue drôlement. Ce sera peut-être aussi efficace que la promenade à cheval dont parlait Lisa ! »

Chapitre 7

Edna avait refait son apparition à l'entrée de la cuisine, signe qu'il était temps de servir les salades, les potages et les pains fantaisie.

« Désolée mais je dois vous abandonner, dit Hannah à l'intention des nouveaux mariés. On a besoin de moi. Andrea ?

— Oui ?

— Tu ne voulais pas jeter un œil sur ton gâteau à la gelée ?

— Mon gâteau... » répéta Andrea avant de comprendre. « Oui ! Bien sûr ! Merci de me le rappeler. » Elle se tourna vers leurs voisins de table. « J'ai adoré discuter avec vous, Brandi. Et encore toutes mes félicitations. Je vous souhaite tout le bonheur possible. »

Quand elles se furent éloignées de quelques pas, Hannah entendit sa sœur soupirer de soulagement. Andrea leur avait tenu la jambe pendant trente minutes. Même pour une pro comme elle, c'était beaucoup. Hannah s'apprêtait à la féliciter pour son exploit quand elle remarqua son air stupéfait.

« Qu'y a-t-il ?

— Lèvres en feu ! À 10 heures.

— Pardon ? » fit Hannah, inquiète.

Les femmes enceintes perdaient-elles la raison quand elles étaient sur le point d'accoucher ? se demanda-t-elle en regrettant de ne pas avoir ouvert les livres qu'Andrea lui avait prêtés sur le sujet.

« Lèvres en feu alias Vera Olsen, précisa Andrea en lui désignant un couple de sexagénaires assis au bout d'une table. Tu te souviens du jour où on a fouillé son appartement ? On était tombées sur sa messagerie. Vera correspondait avec un certain Loup cendré via un site de rencontres !

— OK, j'y suis », fit Hannah, rassurée.

Sa sœur n'était donc pas sur le point d'accoucher et elle n'avait pas perdu la raison.

« Vera est resplendissante. Elle a perdu du poids, elle s'est fait faire des mèches et peut-être même un lifting. »

Hannah tendit le cou pour mieux voir. Andrea était capable de déceler les moindres changements physiques chez une personne. Et elle repérait une nouvelle coupe de cheveux à cent mètres de distance.

« Tu as raison. Elle a rajeuni de dix ans.

— Tu crois que c'est lui, Loup cendré ?

— Ça m'en a tout l'air », répondit Hannah en tâchant de se remémorer le visage de l'homme qu'elle avait vu à la barre d'un voilier, en photo sur l'ordinateur de Vera.

De fait, il lui ressemblait comme un frère.

« En tout cas, je trouve qu'il a du chic. Tu as remarqué sa veste en cachemire ? Et son costume Armani ? Il sort de chez le coiffeur, c'est sûr, et pas n'importe lequel ! Et regarde ses mains !

— Loup cendré s'est fait une manucure ? supposa Hannah qui, n'ayant pas le regard aussi exercé que sa sœur, peinait à saisir ce type de détails.

— Il n'y a pas que les femmes qui prennent soin de leurs mains. Je sais que les grands chefs d'entreprise n'hésitent pas à faire venir des manucures dans leur bureau. Je te parie qu'il l'est.

— Manucure ? répliqua Hannah pour la taquiner.

— Mais non ! Je te parie que ce type est directeur d'une multina... »

Andrea poussa un petit cri. Inquiète, Hannah lui empoigna le bras.

« Il y a un problème ? Tu veux t'asseoir ? C'est le bébé ?

— Ne dis pas de bêtises ! Et cesse de me broyer les chairs, tu vas me faire des bleus.

— Désolée. » Hannah lui lâcha le bras mais prit sa main, au cas où. « Pourquoi tu as crié ?

— Regarde sa bague et tu comprendras. »

Hannah regarda et poussa le même genre de cri. Vera portait un énorme diamant à la main gauche et, pour que nul ne l'ignore, s'employait à faire de grands signes aux gens qui passaient devant elle.

« Ça veut dire qu'elle est fiancée ?

— Il y a des chances, oui. Je vais tenter d'en savoir plus. »

Les deux sœurs se séparèrent. Andrea partit vers le couple Lèvres en feu/Loup cendré. Hannah retourna dans la cuisine où elle trouva Edna occupée à examiner la vaisselle du prochain service.

« Où dois-je poser les bols pour les potages, Edna ? En bout de table ?

— Bonne idée. Mais je m'en charge. Occupe-toi plutôt d'apporter les soupières.

— Avons-nous assez de louches ?

— Oui, grâce à ta sœur. Commence par le gaspacho de Vera puisque son fiancé est venu en avion spécialement pour les fêtes de Noël. C'est pour lui qu'elle l'a préparé et les tomates de serre coûtent les yeux de la tête, à cette saison. »

Hannah souleva la soupière en question et suivit Edna dans la salle.

« Il a l'air sympa, lança-t-elle pour l'inciter à parler davantage.

— Oui, je trouve aussi, mais pour connaître un homme il faut avoir vécu avec... Sauf si on l'a rencontré à l'église. »

Hannah retint un rire nerveux. Elle aurait pu lui citer plusieurs contre-exemples mais préféra se taire et retourner en cuisine. Il restait quatre potages. En premier venait le consommé de radis que Sally servait aux clients de son auberge. Hannah laissa Edna répandre par-dessus de fines rondelles de radis et s'approcha du chili irlandais de Bridget Murphy.

« J'apporte les accompagnements du chili, l'avertit Edna qui la rattrapa en emportant un plateau où elle avait rassemblé les oignons hachés, la crème fraîche, les olives noires coupées en morceaux et les tranches de céleri. Va prendre le potage au maïs. Je m'occupe de mon velouté aux champignons. »

Quand les cinq soupes furent réparties entre les bols et une multitude de petites tasses à disposition de ceux qui voulaient toutes les goûter, Hannah et Edna retournèrent en cuisine.

« Je me charge des entremets, annonça Edna. Mets tout ça sur la table et reviens m'aider », ajouta-t-elle en lui montrant les pains fantaisie disposés dans des paniers, assiettes et autres planches.

Il lui fallut plusieurs minutes pour présenter les pains de manière à ne froisser aucun des boulangers amateurs. Parmi les spécialités locales, il y avait le pain à la banane de Sally, le pain à la fraise de Gina, un assortiment de muffins à la canneberge et les donuts de tante Grace. Hannah contempla son œuvre quelques instants et, s'estimant satisfaite, partit chercher le reste. Dans la cuisine, elle trouva Edna en train de contempler deux gâteaux à la gelée.

« Sers d'abord la salade *coleslaw* et ensuite la Waldorf. Dis-moi, Hannah, que penses-tu de cette gelée au gingembre ?

— Quoi ? Elle est trop molle ?

— Non, ce n'est pas ça. Sa consistance me va mais, comme il y a des fruits à l'intérieur, je me demandais si on ne devrait pas plutôt la servir avec les desserts. »

Hannah s'accorda une seconde de réflexion puis haussa les épaules.

« À toi de voir. Mais nous avons déjà beaucoup de desserts.

— Tu as raison. Vas-y, prends-la. Quand tu reviendras, j'aurai peut-être réussi à démouler l'autre. »

Quand Hannah revint dans la cuisine, Edna, qui semblait avoir opté pour la manière forte, plongeait le moule dans une bassine d'eau chaude.

« Ça devrait marcher, dit-elle en le sortant de l'eau avant d'en sécher l'extérieur à l'aide d'un torchon. Approche cette assiette, Hannah. »

Hannah lui apporta l'assiette, Edna la plaqua sur le moule et retourna le tout d'une adroite torsion des poignets. On entendit la gelée se décoller avec un bruit de succion.

« Parfait, dit Hannah. Je crois qu'il reste un hors-d'œuvre à servir, non ?

— Oui, un plat de crudités. La vinaigrette de Claire doit être présentée à part. Je vais mettre quelques rondelles d'oignons frits par-dessus et laisser le reste à portée de main, dans un bol. Comme ça, les gens pourront en rajouter s'ils le souhaitent.

— Qu'as-tu fait de la salade express aux cornichons du révérend Knudson ? »

Edna se frappa le front du plat de la main.

« Bénie sois-tu, Hannah. Si je l'avais oubliée, le révérend n'aurait pas osé me le reprocher, il est tellement gentil. Mais ses ouailles, je ne te raconte pas. J'en aurais entendu parler jusqu'au Jugement dernier ! »

« OK, Norman, vous pouvez commencer, dit Hannah après avoir posé le dernier plat sur la nappe verte.

— Que de merveilles ! Au fait, Hannah, Kurt voudrait savoir quand vous prendrez le temps de manger.

— Bientôt, j'espère, répondit-elle en regardant son éditeur assis un peu plus loin, devant une assiette bien garnie. Je vois qu'il fait honneur à notre cuisine locale.

— Je crois qu'il a pris un peu de chaque plat. » Norman se déplaça pour photographier la gelée de menthe sous un meilleur angle. « Je fais encore deux plans d'ensemble et vous pourrez donner la parole au maire. »

Quand il eut immortalisé la table verte, avant la razzia, Hannah fit un signe au maire Bascomb, lequel convia aussitôt ses administrés à attaquer la deuxième partie du banquet. Ce à quoi ils s'appliquèrent avec un enthousiasme renouvelé. Norman en profita pour photographier les files d'attente. Puis il se dirigea vers les tables disposées en quinconce sur le pourtour de la salle, où il espérait réaliser plusieurs portraits de convives en pleine dégustation.

Hannah le suivit. Lorsqu'il arriva au niveau de Martin et de Brandi, elle se demanda s'il avait pris suffisamment de pellicule. Brandi était si photogénique qu'elle ne pouvait laisser aucun photographe indifférent. Aucun photographe ni aucun homme, d'ailleurs, ajouta-t-elle dans son for intérieur.

Or, contre toute attente, Norman se contenta d'un seul cliché et passa au groupe suivant. Attitude qui l'étonna tant qu'elle poussa un petit cri de surprise parfaitement involontaire.

« Vous avez un problème ? s'inquiéta Norman.

— Aucun, répondit-elle avant de s'interrompre car elle venait de reconnaître une voix derrière elle. Michelle ! »

Hannah serra sa jeune sœur dans ses bras. Inscrite en deuxième année à l'université Macalester de Saint-Paul, Michelle n'était plus une enfant, mais Hannah la considérait toujours comme sa petite chérie.

« Qu'est-ce que tu fais ici ?

— Je mange et je m'en vais, lui renvoya Michelle en lui faisant un clin d'œil. Non, je rigole, sœurette. Et ne t'inquiète pas, je n'ai pas séché les cours. J'ai sauté dans un bus cet après-midi et Lonnie est venu me chercher au terminus. »

Hannah balaya du regard l'espace autour d'elle et repéra Lonnie Murphy, qui discutait avec son frère et sa belle-sœur tout en observant Michelle à la dérobée.

« C'est lui ? demanda cette dernière.

— De qui tu parles ?

— De Winthrop Harrington II. Là-bas, près de Delores.

— Oui, c'est Winthrop.

— Il est plutôt bien conservé pour un sexagénaire.

— Tu plaisantes ? Il n'a même pas cinquante ans. Il est plus jeune qu'elle.

— Elle s'est bien gardée de me le dire, fit Michelle, contrariée. Tu lui as déjà parlé ?

— Oui, pour la première fois tout à l'heure. Quand tu auras un moment, va te présenter. J'aimerais bien avoir ton avis.

— Ça marche. J'ai hâte de connaître celui pour qui elle a mis ces étonnantes chaussures.

— Quelles chaussures ?

— Tu n'as pas remarqué ses sandales ? Des talons aiguilles, je te jure ! Ces lanières vont lui esquinter les pieds ! Il faut être en chasse pour porter des trucs pareils.

— En chasse ? bredouilla Hannah, qui avait du mal à suivre le raisonnement de sa sœur.

— Oui, tu sais... quand une nana veut séduire un mec, lui expliqua Michelle, pédagogue. Delores essaie de séduire Winthrop. Ça crève les yeux. Et on dirait que ça marche. »

Laissant Hannah se démonter le cou pour tenter d'apercevoir les sandales sexy de sa mère, Michelle promena son regard à travers la salle. Elle reconnut plusieurs personnes qu'elle salua de la main et finit par apercevoir la nouvelle Mme Martin Dubinski.

« Qui c'est, *ça* ? demanda-t-elle en poussant sa sœur du coude.

— Brandi Wyen-Dubinski. Elle est danseuse à Las Vegas. Martin l'a épousée voilà deux jours.

— Martin a épousé une... ?

— Michelle ! Ne sois pas mauvaise langue !

— Bon, d'accord, mais avoue que tu as pensé la même chose que moi la première fois que tu as entendu son prénom.

— Moi ? Jamais de la vie..., s'indigna Hannah avant d'admettre l'évidence : Bon d'accord, c'est vrai, j'y ai pensé. Mais je n'exclus pas que Brandi soit une vraie danseuse.

— Tout est possible. Ses parents sont peut-être assez idiots pour lui avoir donné ce prénom ridicule. Je vais commencer par Winthrop, et après j'irai causer avec Brandi et Martin.

— Tu comptes la questionner sur son prénom ?

— Non, à moins qu'elle n'aborde le sujet d'elle-même. Vois-tu, en ce moment, je travaille un rôle pour la pièce de fin d'année. Il se trouve que j'incarne une danseuse de revue. Ça tombe bien, non ? Je pourrais lui demander des conseils. Il paraît qu'elles font tenir leurs minuscules bustiers avec du chewing-gum. »

Hannah riait encore lorsque Michelle s'éloigna. Sa benjamine avait beaucoup d'humour, décidément. Elle la regarda serrer la main de Winthrop et, quand Delores se leva pour embrasser sa benjamine, en profita pour observer les fameuses sandales.

« Nom d'un petit bonhomme ! » murmura-t-elle en branlant du chef.

Ces chaussures, elle les connaissait. Delores les avait achetées en solde l'année précédente mais ne les avait jamais mises pour la bonne raison qu'elles lui faisaient horriblement mal aux pieds. Si, comme le prétendait Michelle, seule une femme en chasse était capable de s'infliger une pareille torture, alors oui, Delores était en chasse et son gibier s'appelait Winthrop.

Une idée lui traversa l'esprit. Mais où donc était Shirley, l'ex-épouse de Martin ? Elle la chercha dans la foule et l'aperçut au moment où elle regagnait sa place à table. L'espace de dix secondes, elle eut ses pieds en ligne de mire. Pour une femme qui n'aimait rien autant que les chaussures pratiques et confortables, elle semblait avoir dérogé à ses habitudes. Shirley était perchée sur de délicates bottines en daim crème bordées de fourrure. Or, comme chacun sait, le daim et la neige n'ont jamais fait bon ménage. En vertu de la théorie énoncée par Michelle, Hannah conclut que Shirley avait l'intention de séduire quelqu'un. Et ce quelqu'un était probablement Martin.

« Incroyable », fit Hannah quand, un instant plus tard, ses yeux se posèrent sur Laura Jorgensen occupée à piocher dans le grand saladier de crudités. Laura portait des mules rouges à hauts talons et, si l'on en jugeait d'après son air crispé, elle souffrait le martyre. Elle devait être en chasse, elle aussi. Probablement visait-elle le même gibier que Shirley.

N'ayant plus qu'une paire de chaussures à vérifier, Hannah chercha sa petite sœur et la trouva assise un peu plus loin. D'abord elle ne vit que son dos, puis, comme

Michelle croisait les jambes, elle put enfin apercevoir ses pieds. Quel ne fut pas son soulagement lorsqu'elle vit dépasser du vieux jean en velours beige une paire de boots marron passablement éraflées dotées de semelles en caoutchouc.

Donc, Michelle ne cherchait à séduire personne. Et moi non plus, songea-t-elle en baissant les yeux sur les grosses bottes fourrées qu'elle avait enfilées le matin même. Elle les avait choisies pour leur souplesse, en prévision des kilomètres qu'elle allait parcourir entre la cuisine et la salle de banquet.

Oublierais-tu les escarpins qui sont dans ton fourre-tout ? Celui que tu as déposé au vestiaire en arrivant tout à l'heure ? susurra une petite voix en elle. Tu n'avais pas l'intention de les mettre pour danser après le dîner ?

Bien malgré elle, Hannah dut reconnaître que sa conscience disait vrai. Elle avait effectivement prévu de troquer ses bottes contre une paire d'escarpins à brides parce que ces derniers lui amincissaient la jambe.

Hannah n'eut pas le temps de poursuivre sa tournée d'inspection ni même de parlementer avec sa conscience car, de nouveau, Edna apparut sur le seuil de la cuisine. Il était temps de présenter les plats de résistance à la foule impatiente de découvrir la suite d'un banquet citoyen qui déjà promettait de rester dans les annales gastronomiques de Lake Eden.

Chapitre 8

Sur la table dorée étaient à présent rassemblés tous les plats de résistance. Il y avait, entre autres, les boulettes suédoises d'Edna, le rôti de porc hawaïen de Delores, la dinde de Rose, le sauté de volaille au bacon de Laura, du poulet au paprika, des lasagnes-minute, du ragoût de gibier, le pain de viande d'Esther et un rôti de bœuf à l'irlandaise. Et comme dans tout banquet citoyen qui se respecte trônait au centre le fameux *hotdish*, l'une des grandes spécialités du Minnesota. Une marmite de chou rouge braisé entre les mains, Hannah observait tout cela avec un léger froncement de sourcils. Où allait-elle pouvoir caser les accompagnements ?

« Un souci ? demanda Norman qui venait de la rejoindre muni de son appareil photo.

— On manque de place et j'ai encore dix garnitures qui attendent dans la cuisine.

— Dix garnitures ?

— Oui, des pâtes, des pommes de terre, du riz, des légumes. On appelle garnitures tout ce qu'on sert avec le plat principal. Ces accompagnements doivent être placés à proximité, comme leur nom l'indique.

— Je vais vous arranger ça, promit Norman en lui tapotant l'épaule. Allez voir s'il reste une nappe. Si mon idée fonctionne, je pourrai doubler votre espace de présentation. »

Quand Hannah revint avec la nappe demandée, Kurt et Norman avaient regroupé les restes des deux premières tables de manière à en libérer une et placé cette dernière de telle sorte qu'elle forme un T avec celle des plats de résistance. Une disposition pratique autant qu'harmonieuse. Une fois la nappe propre correctement disposée, Hannah retourna en cuisine aider Edna à transporter la purée de patates douces, le riz à l'indienne, les flans aux carottes et aux épinards, les pommes de terre sautées, le maïs et les haricots verts, sans oublier les spaghettis, farfalles et autres coquillettes ainsi que le chou rouge braisé qu'elle n'avait pas réussi à caser au départ.

« Tout cela m'a l'air diablement comestible », lança Norman, au grand amusement d'Edna qui n'avait pas pour habitude de rire en travaillant. Sans lui laisser le temps de protester, il la prit en photo en lui promettant de ne rien publier sans son accord.

Norman consacra quelques minutes à immortaliser les mets posés sur la table en T, puis le maire Bascomb donna son feu vert. Au lieu de rejoindre la file d'attente, Hannah alla se verser une tasse de café, mit le cap sur la table que Norman et Kurt venaient de quitter et s'écroula sur une chaise. Il ne lui restait plus qu'à apporter les desserts, et ce serait vite fait puisque les préparations sucrées étaient déjà presque toutes exposées sur la table argentée.

Depuis son poste d'observation, Hannah étudiait l'attitude des gens autour d'elle. La plupart d'entre eux avaient le nez plongé dans leur assiette. À priori, c'était bon signe. « La qualité d'un plat se mesure à celle du silence qui l'entoure », murmura-t-elle en citant son arrière-grand-mère Elsa.

Impatiente de savoir ce que Brandi pensait de la gastronomie du Middle West, Hannah la chercha du regard. Mais les Dubinski n'étaient visibles nulle part, ni à leur table ni parmi les gens qui piétinaient devant les plats de résistance. Où donc étaient-ils passés ? Chose étrange, Michelle avait disparu elle aussi. La dernière fois qu'elle l'avait vue, sa sœur prenait congé de Winthrop pour rejoindre Martin et Brandi, quelques mètres plus loin.

Peu après, Hannah repéra Martin près de Babs et de Shirley. Elle supposa que Brandi et Michelle étaient allées se refaire une beauté et que Martin en avait profité pour tenter de se réconcilier avec sa mère et son ex-épouse.

« Vous m'avez l'air fatiguée, dit Kurt en revenant avec une assiette pleine.

— Je le suis, mais c'est pour la bonne cause. Vous vous régalez ?

— Jusqu'à présent, tout était délicieux. » Kurt mordit dans sa côtelette et gémit de bonheur. « J'aurais dû me réserver pour la viande. Ces côtelettes sont à se damner.

— C'est la recette de Norman. N'oubliez pas de le féliciter.

— Promis. Vous devriez manger un peu, Hannah. Sinon, vous risquez d'être emportée par le vent. »

Hannah éclata de rire.

« Il faudrait un typhon ou au moins une bonne tempête. Mais vous avez raison. Je goûterais bien le poulet au paprika.

— Il y en a dans mon assiette, sous la purée mousseline d'Edna. Vous n'avez qu'à piocher.

— Ce sont des boulettes de viande que je vois, pas du poulet, le reprit Hannah.

— Oups, désolé. J'ai dû le manger sans m'en rendre compte pendant que je revenais m'asseoir. Vous allez devoir faire la queue, Hannah. En vous attendant, j'essaierai les lasagnes-minute de votre mère. Elles sont terriblement appétissantes. Je suis sûr que Marcia voudra la recette.

— Comment va-t-elle ? demanda Hannah, sachant que Kurt venait d'épouser la fille de son patron.

— Très bien. Nous allons avoir un enfant.

— Quelle bonne nouvelle, félicitations ! » Dans un premier temps, le père de Marcia s'était opposé à leur idylle, mais les deux jeunes gens avaient fini par obtenir gain de cause. « Bon, je vous laisse, je vais me servir.

— Vous pourriez me rapporter un muffin aux canneberges ? lui demanda Kurt la bouche pleine.

— D'accord. À tout de suite. »

« Me revoilà ! » dit Mike en se glissant près de Hannah au moment où elle finissait de remplir son assiette.

Elle frissonna de plaisir en sentant son bras lui frôler l'épaule.

« Vous avez fait vite, dit-elle, toute ragaillardie. Shawna Lee est arrivée à temps pour l'enregistrement ?

— Oui, nous n'avons rencontré aucun problème sur la route. En revanche, au retour, la neige tombait dru. J'ai bien fait d'y aller avec mon Hummer et pas le véhicule de patrouille.

— Certes. »

Mike la raccompagna et lui tint sa chaise. Cet homme avait de nombreuses qualités, songea-t-elle, flattée, parmi lesquelles la galanterie et le fait de posséder la plus grosse voiture de la région. La Jeep qu'il conduisait auparavant aurait pu lui suffire, mais le mois précédent il avait décidé de passer à la catégorie supérieure. Le Hummer qu'il s'était offert manquait de confort, ce que Shawna Lee avait sans doute appris à ses dépens, mais son moteur était assez puissant pour déjouer toutes les embûches guettant les automobilistes circulant l'hiver sur les routes du Minnesota.

« Merci, Hannah », fit Kurt lorsque Hannah lui remit le muffin désiré. Il le déposa près de son assiette puis se tourna vers Mike qui venait de s'asseoir à sa gauche. « Vous disiez que la neige tombait dru ?

— Oui. La visibilité est quasiment nulle.

— Croyez-vous que les routes soient encore praticables ? Je dois regagner Minneapolis ce soir.

— Vous y arriverez certainement, à condition que vous partiez maintenant. La tempête se dirige vers nous par le nord. Avec un peu de chance, vous la devancerez. Quel genre de véhicule avez-vous ?

— Un SUV de taille moyenne.

— Quatre roues motrices ?

— Traction intégrale et freins antiblocage.

— Il résiste bien au vent ?

— Pas trop mal.

— Bon, je crois que ça ira. Je vous aiderai à dégager la congère qui bloque la sortie du parking.

— Merci, mais je ne suis pas garé sur le parking. Comme j'étais en avance, j'ai trouvé de la place le long du trottoir. »

Après avoir présenté ses excuses aux personnes qu'il connaissait, Kurt quitta la salle de banquet. Mike l'escorta jusqu'à sa voiture pour s'assurer qu'elle démarrait. À son retour, Hannah le vit se diriger vers la table de Delores, saluer cette dernière et échanger une poignée de main avec Winthrop. Quand il la rejoignit et s'installa sur la chaise laissée vacante par Kurt, elle avait hâte qu'il lui confie ses impressions sur l'homme que sa mère fréquentait.

« C'est lui, le type qui vous tracasse ? dit-il en devançant sa question.

— Comment le trouvez-vous ?

— Normal. Vous avez été présentés ?

— Oui, en début de soirée. Il s'est montré parfaitement poli, mais il y a quelque chose en lui de trop... »

Hannah chercha vainement le terme adéquat, ce qui, pour une femme ayant failli décrocher un doctorat de littérature anglaise, n'était pas chose courante.

« Lisse ?

— Exactement ! Il n'a rien de repoussant et ma mère semble le trouver à son goût, mais il me met mal à l'aise. Je me méfie. »

Mike lui pressa gentiment l'épaule.

« N'ayez pas d'inquiétude. Vous savez que Bill l'a convoqué, ce matin ?

— Non, je l'ignorais. C'est Andrea qui lui a demandé de le faire ?

— Je ne crois pas. Enfin bref, ce Winthrop est blanc comme neige. Pas de casier, pas même une amende pour excès de vitesse. Votre mère ne sort pas avec un tueur en série.

— Là n'est pas le problème ! Et quoi que vous disiez, je resterai sur mes gardes. D'abord, il est beaucoup plus jeune qu'elle. Ensuite, il l'a draguée dans un cours de danse, alors qu'ils apprenaient le tango... ou le mambo... ou je ne sais trop quoi. »

Mike la considéra longuement puis se pencha vers elle.

« Si vous le détestez, c'est peut-être parce qu'il pourrait remplacer votre père aux côtés de Delores.

— Absolument pas ! répliqua-t-elle avant de se raviser. Vous avez sans doute raison... mais je n'ai pas encore le courage de l'admettre. Allez donc vous servir tant qu'il reste des trucs à manger. Je vous garde la place. »

Après le départ de Mike, Hannah réfléchit à ce qu'il venait de dire. Son père était mort depuis bientôt quatre ans. Delores avait tout à fait le droit de refaire sa vie. Seulement voilà, chaque fois que Hannah évoquait cette éventualité, elle avait l'impression de trahir la mémoire du cher disparu. Elle avait parfaitement conscience que c'était injuste, voire absurde, mais elle n'y pouvait rien.

Choisissant de reporter l'examen de ce terrible dilemme, Hannah promena son regard autour d'elle en attendant le retour de Mike. Norman était toujours accroché à son appareil photo, les lycéens du jazz-band installaient leurs pupitres en prévision du pot-pourri qu'ils avaient prévu de jouer au moment des desserts et la chaise de Brandi était toujours vide. Intriguée, Hannah essaya de trouver Babs puis Shirley. Elles aussi avaient disparu. Toute la famille Dubinski semblait s'être volatilisée.

Lonnie Murphy croisa son regard et la salua de loin. Quand elle lui rendit son bonsoir, Hannah vit que la chaise de Michelle était inoccupée. Sa sœur était-elle encore dans les toilettes des dames, en train d'interroger Brandi sur sa carrière artistique pendant que Martin, de son côté, discutait avec sa mère à l'abri des regards ? Ou bien Babs avait-elle suivi Brandi aux toilettes pour la cuisiner et découvrir ses intentions à l'égard de son fils pendant que, dans un coin discret, Martin tentait d'expliquer à Shirley pourquoi il jetait par les fenêtres l'argent qui aurait dû servir à élever leurs enfants ? Les possibilités étaient si nombreuses que Hannah renonça à les étudier toutes.

« Bravo pour le pâté, dit Mike en se rasseyant. Ma sœur n'aurait pas fait mieux. »

Hannah eut envie de lui rétorquer que, pour rater une recette aussi simple, il fallait le faire exprès. Mais, fidèle aux règles de savoir-vivre que lui avait inculquées sa mère, elle se contenta de répondre « merci », puis jeta un coup d'œil en direction de Delores, histoire de vérifier si les ondes mère-fille circulaient dans les deux sens. Hélas, Delores était bien trop occupée à sourire béatement à Winthrop pour recevoir les messages télépathiques envoyés par sa fille aînée.

Une femme adulte pouvait-elle décemment materner sa propre mère ? Ou était-ce le signe d'une névrose ? se demanda-t-elle en voyant Delores poser la main sur le bras de Winthrop. Et ce geste-là, comment fallait-il l'interpréter ? Était-ce de l'amitié ou autre chose ? Delores avait-elle vraiment succombé au charme d'un aristocrate anglais tiré à quatre épingles qui possédait un manoir dans le Sussex ?

« Hannah ? » Mike la poussa du coude.

« Oui ? Quoi ?

— Je crois qu'Edna vous réclame. Elle vous fait des signes relativement explicites.

— Vous avez raison. » En effet, Edna gesticulait comme une diablesse en la pointant du doigt. « Je reviens de suite.

— Vous avez intérêt, grogna Mike avec un regard féroce. Nous avions prévu de passer la soirée ensemble, j'espère que vous ne l'avez pas oublié.

— Vous seriez donc prêt à vous passer de dessert pour me garder auprès de vous ? »

Mike prit le temps de la réflexion.

« Je n'ai pas dit cela. Je voulais juste vous rappeler que nous rentrons ensemble après le banquet.

— OK. »

Hannah lui sourit puis fonça en direction de la cuisine. Au bout de quelques pas, les dernières paroles de Mike atteignirent son cerveau. Ils rentreraient ensemble ? Première nouvelle ! Elle n'avait pas souvenir d'avoir accepté une telle proposition. C'était peut-être une façon de lui dire qu'il comptait la suivre en voiture pour s'assurer qu'elle regagne son domicile sans encombre.

« Nom d'un petit bonhomme ! » marmonna-t-elle. Un lycéen qui passait avec son étui à trombone sous le bras crut qu'elle s'adressait à lui.

« Pardon, que dites-vous, mademoiselle Swensen ?

— Rien. Je parlais toute seule. Ça arrive quand on vieillit.

— Mais vous n'êtes pas vieille !

— Merci », répondit-elle, amusée mais ravie.

Elle ne le connaissait pas, mais elle se renseignerait auprès de Kirby. Avec son visage d'ange, ses boucles blondes et son physique d'athlète, ce garçon était plutôt craquant. En plus, il savait parler aux femmes. Il irait loin.

D'autres personnes croisèrent son chemin. Les unes l'arrêtèrent pour lui demander quelle tarte elle mettrait sur la carte du Cookie Jar le vendredi suivant, les autres voulurent savoir qui tiendrait le rôle du père Noël lors de la prochaine fête des enfants. Comme si elle savait tout ! Elle passait devant l'alcôve où était installé le jazz-band quand une jeune musicienne l'interpella.

« Mademoiselle Swensen ? » C'était Beth Halverson, la flûtiste qui n'avait pas pu participer à la parade du 4-Juillet, au grand dam des mélomanes. Apparemment, quelque chose la contrariait.

« Bonsoir, Beth. Que se passe-t-il ?

— M. Welles n'est pas là et nous jouons dans cinq minutes. Vous ne l'auriez pas aperçu, par hasard ?

— Non, Beth, désolée. Vous ne pouvez pas commencer sans lui ?

— Impossible. M. Welles remplace notre batteur. On ne peut pas se passer de lui. »

Au même instant, Kirby Welles apparut sur sa gauche et les rejoignit en courant presque.

« Désolé, j'ai été retenu, s'excusa-t-il auprès de ses élèves. Prêts ? »

Les lycéens acquiescèrent d'un hochement de tête, y compris le joueur de trombone que Hannah avait trouvé si mignon. Elle les quitta et repartit vers la cuisine sous les notes de *We Wish You a Merry Christmas*. Ils jouaient assez fort pour qu'on les entende mais pas suffisamment pour couvrir les conversations. Le volume idéal pour une soirée comme celle-ci. Les compliments ne faisant jamais de mal,

Hannah se promit d'en toucher un mot à Ken Purvis, le proviseur du lycée Jordan.

« Il t'en a fallu du temps ! grommela Edna quand enfin elle pénétra dans la cuisine. C'est la panique, ici.

— Quoi ? »

Au mot « panique », son cœur se mit à battre deux fois plus vite.

« Il n'est plus sur la table des desserts !

— De quoi tu parles ?

— Du couteau de ta mère ! gémit Edna en la prenant par le bras. Je l'ai cherché partout. Il a disparu ! »

Chapitre 9

« Le couteau à gâteau de ma mère a disparu ? répéta Hannah quand elle eut retrouvé l'usage de la parole.

— Oui, je viens de te le dire.

— Tu as regardé sur la table des desserts ?

— Ça aussi, je te l'ai dit !

— Bon. Pas d'affolement. Il doit bien être quelque part.

— Où ça ? J'ai regardé partout !

— Respire lentement. Fais comme moi », dit Hannah en lui montrant l'exemple.

Edna l'imita, elle qui d'habitude n'écoutait jamais les conseils des autres. Sa présente docilité prouvait à quel point elle était désemparée.

« Quand l'as-tu vu pour la dernière fois ? ajouta Hannah.

— Il était encore sur la table des desserts quand j'ai apporté le deuxième plat de boulettes. Je me rappelle m'être dit qu'il faisait encore plus d'effet sous une lumière vive. »

Hannah regarda le coffret en bois sculpté posé sur le comptoir.

« Quelqu'un l'a peut-être rangé ?

— Non. Tu penses bien que j'ai vérifié immédiatement. Ce coffret est aussi vide que l'église du Rédempteur le dimanche matin quand l'équipe de football du lycée Jordan a joué à domicile la veille. »

Hannah réprima une envie de rire. Edna avait raison. Après avoir fait la fête le samedi soir, peu de paroissiens trouvaient le courage de se lever à temps pour assister à la messe dominicale.

« Je ne mets pas ta parole en doute mais... j'ai besoin de le constater de mes propres yeux. » Hannah ouvrit la boîte et, bien sûr, elle était vide. « Désolée, Edna.

— T'inquiète. Moi-même, j'ai regardé par deux fois. »

Adossées au comptoir, les deux femmes s'abîmèrent dans leurs pensées. Le silence était tel qu'on entendit la pendule marquer la minute.

« Et si quelqu'un l'avait pris pour couper autre chose ? finit par proposer Hannah. Je veux dire... Imagine qu'une personne ait eu besoin d'un couteau pour couper la dinde, par exemple, et que, au lieu d'aller en chercher un en cuisine, elle ait attrapé celui qui était posé en évidence près du gâteau au chocolat ? Cette personne s'en serait servie et ensuite...

— Elle l'aurait laissé près de la dinde, du moins quelque part sur la table des plats de résistance ! l'interrompit Edna, oscillant entre espoir et incrédulité.

— Exactement. Ce serait plausible, non ?

— Va vérifier. Je ne veux pas alerter ta mère avant d'être absolument sûre que son couteau a disparu. Il faudra donc agir en... euh... comment dit-on ?

— En toute discrétion ? proposa Hannah.

— Oui, c'est ça. Je suis tellement bouleversée que je ne trouve plus mes mots. Je voulais dire “en douce”, mais “en toute discrétion”, c'est plus distingué. »

Un objet de cette taille et d'un aspect aussi remarquable ne pouvait passer inaperçu, songeait Hannah en soulevant saladiers, assiettes et gerbes de fleurs. Elle chercha partout et, sans surprise, ne trouva rien.

« Rien ? fit Edna en la voyant revenir, la mine contrite.

— Hélas.

— Ta mère va me tuer. Tu le sais, hein ? Il faut absolument le retrouver avant qu'elle s'aperçoive qu'il n'est plus là. » Edna s'avachit sur un tabouret puis leva les yeux vers Hannah. « Tu crois qu'on l'a volé ?

— Un voleur à Lake Eden ?

— Non, laisse tomber. Personne ne ferait une chose pareille, ici.

— Il est forcément quelque part. Tu devrais faire un tour de salle sous un prétexte quelconque. Moi je reste ici et je fouille les tiroirs, les placards...

— Bonne idée, dit Edna en soulevant le couvercle d'un tupperware assez grand pour y ranger un manteau. Je vais distribuer une partie de tes cookies de Noël. Tout à l'heure, j'ai vu que certains avaient déjà pioché dedans. Loin de moi l'idée de leur jeter la pierre. Ils sont tellement mignons !

— S'ils sont mignons, c'est grâce à Lisa. Moi, je me suis contentée de préparer la pâte et de les cuire.

— Ils ne sont pas que mignons. Ils sont bons, aussi. Croustillants, avec juste ce qu'il faut de sucre et de beurre.

— Tu les as goûtés ? » s'étonna Hannah.

Quand Edna s'occupait d'un grand banquet, elle mangeait toujours en dernier, après les convives, et contrairement à Hannah qui avait tendance à grappiller tout en cuisinant, elle ne commençait jamais par le dessert.

« Juste un. C'était un père Noël avec une jambe en moins. Si je l'avais laissé avec les autres et qu'un enfant l'avait trouvé, ça lui aurait donné des cauchemars. » Avant de sortir, Edna se retourna et dit : « J'ai un mauvais pressentiment, mais je continue à croiser les doigts. »

Quand Edna fut partie, Hannah ouvrit les tiroirs et les placards les uns après les autres, déterminée à ne rien laisser au hasard. De son côté, Edna faisait de rapides allers-retours entre la salle et la cuisine, transportant plus de cookies que nécessaire. Quand la matière première commença à manquer, elle alla chercher d'autres desserts dans le frigo.

Alors qu'elle tranchait tartes et gâteaux en parts égales, Hannah la rejoignit et, tout en remplissant les assiettes qu'on lui tendait, lui adressa un signe négatif. Le couteau en argent demeurait introuvable. Son dernier espoir avait fondu comme un glaçon plongé dans une tasse de café brûlant.

Hannah devait s'avouer vaincue. Il ne lui restait plus qu'à annoncer la mauvaise nouvelle à Delores avant que celle-ci l'apprenne par quelqu'un d'autre. Elle n'avait pas l'intention de se dérober, mais, pour éviter de se faire tuer par la femme qui l'avait mise au monde, elle allait devoir s'armer de prudence.

Or, Hannah n'avait jamais su travestir la vérité, et encore moins celle qui fâche. Elle était plutôt du genre à tout déballer d'un coup, comme on arrache un sparadrap.

Elle se savait un peu plus diplomate qu'Edna, mais ceux qui l'accusaient de manquer de tact n'avaient pas entièrement tort.

Elle en était là de ses réflexions quand elle vit de la lumière filtrer par la porte entrouverte du garde-manger. C'était le seul endroit où elle n'avait pas cherché, pour la bonne raison que personne n'était censé y entrer. Les gens étaient arrivés avec leurs plats déjà préparés, Edna et ses assistantes s'étaient contentées de les garder au chaud, ou bien au frais, jusqu'au moment de les servir.

À force de cogiter, un scénario lui vint à l'esprit : une personne apporte un gâteau, s'aperçoit qu'elle a oublié le sucre glace, s'affole, et au lieu de retourner chez elle, fouille dans le garde-manger. On pouvait même aller plus loin et supposer que, après avoir saupoudré son gâteau, cette personne avait emprunté le couteau en argent pour le couper. C'était un peu tiré par les cheveux, mais pas totalement farfelu.

Hannah ouvrit la porte en grand. Chaque chose était à sa place. Rien ne traînait sur les étagères, pas même un couteau à gâteau. Elle s'apprêtait à éteindre la lumière quand elle vit que l'autre porte, celle qui donnait sur l'aire de livraison, n'était pas fermée au verrou.

Hannah tira sur le battant et passa le nez dehors. La tempête faisait rage. Derrière l'épais rideau de neige, on apercevait les formes blanches des voitures alignées sur le parking. Le voleur s'était-il enfui par là ? Si tel était le cas, il devait être loin, à présent.

Une bourrasque chargée de cristaux de glace la transperça. Son premier réflexe fut de se retrancher dans le local tiède. C'est alors qu'elle aperçut une forme sombre sur le sol, entre deux véhicules. De loin, on aurait dit un animal, sans doute à cause des poils qui la recouvraient. Mais quel genre d'animal ? Trop gros pour un chien, trop petit pour un ours.

Telle une marée montante, la curiosité l'envahit peu à peu. Pas question de faire comme si de rien n'était. Elle devait en avoir le cœur net. Hannah partit au petit trot, bien contente d'avoir mis des bottes souples en peau d'élan. Porter de la peau d'élan n'était pas très éthique mais, pour la plupart, les défenseurs des élans n'en avaient jamais croisé et encore moins senti.

Quand elle arriva près du monticule poilu, son cardigan tout neuf était poudré de blanc. Elle se pencha et, pour assurer son équilibre, s'appuya sur l'aile arrière de la voiture la plus proche. Ce qu'elle avait pris pour un chien ou un ours n'était autre que le manteau de vison de Brandi Wyen-Dubinski. Le seul animal dans les parages était le renne dessiné par Lisa sur l'un des trois cookies au sucre ayant atterri dans la neige près de la jeune femme. Sur le deuxième, il y avait un sapin de Noël et, sur le troisième, une clochette rouge sur fond vert. Brandi avait dû les emporter pour les manger dehors. Question : avait-elle également pris le couteau en argent ?

Hannah se pencha et lui toucha l'épaule. Peut-être s'était-elle blessée en tombant.

« Brandi ? Je vous aide à vous relever ? »

N'obtenant pas de réponse, Hannah fronça les sourcils. L'affaire se présentait mal.

« Brandi ? »

Devait-elle retourner sur ses pas et appeler les secours ? Brandi était-elle évanouie ou faisait-elle semblant ? Allait-elle s'enfuir avec le couteau volé dès que Hannah aurait tourné le dos ?

Déplacer un blessé pouvait avoir de graves conséquences. Certaines victimes d'accident n'avaient pas survécu à l'intervention de ceux qui, croyant bien faire, les avaient transportées jusqu'à leur voiture. Hannah n'avait pas l'intention de courir un tel risque mais, comme elle avait appris les bases du secourisme à la fac, elle savait qu'on pouvait prendre le pouls de quelqu'un en posant un doigt à la base de son cou.

Pour ce faire, Hannah dut rabattre le col en vison. Le manteau glissa dans la neige, révélant une partie du corps qu'il recouvrait. Hannah poussa un cri étranglé.

Elle chercha le pouls, mais sans grand espoir. Nul ne pouvait survivre à ce genre de blessure. Hannah se redressa, chancelante, et s'efforça de respirer profondément pour tenter de combattre la nausée provoquée par la vue du sang imprégnant la doublure. Soudain, la porte du garde-manger s'ouvrit à la volée. La voix d'Edna retentit.

« Hannah ? Où es-tu ?

— Ici.

— Tu as trouvé le couteau ? »

Hannah posa les yeux sur le manche serti de pierres précieuses qui dépassait de la poitrine ensanglantée de Brandi Wyen-Dubinski. Une poitrine trop belle pour être vraie.

« Oui, je l'ai trouvé.

— Merci, mon Dieu, s'écria Edna. Rapporte-le avant que ta mère remarque sa disparition. »

Hannah aurait bien retiré la lame d'un coup sec, mais agir sous le coup de la panique ne donnait jamais rien de bon. De toute évidence, Brandi ne s'était pas poignardée elle-même. Il s'agissait donc d'une scène de crime, et une bonne citoyenne ne devait pas perturber une scène de crime.

« Désolée, Edna... je ne peux pas.

— Pourquoi ?

— Parce que... c'est Brandi qui l'a. »

Sur ces mots, Hannah repartit en courant vers le garde-manger.

Cookies de Noël au sucre

Ne pas préchauffer le four –
cette pâte doit passer au frigo avant la cuisson.

1 ½ tasse de beurre fondu (3 plaquettes, soit 375 g)
2 tasses de sucre blanc (semoule)
4 œufs battus
2 cuillerées à thé de levure chimique
2 ½ cuillerées à thé de sel
1 cuillerée à thé d'extrait de citron (ou un autre parfum au choix)
5 tasses de farine (inutile de tamiser)

Glaçage :

2 tasses de sucre glace
1 pincée de sel
½ cuillerée à thé d'extrait de vanille (ou un autre parfum)
¼ tasse de crème

Mélanger le beurre fondu et le sucre. Laisser refroidir. Ajouter les œufs battus, la levure chimique, le sel et le parfum.

Verser la farine petit à petit.

Laisser reposer la pâte au frigo pendant au moins 2 heures. Toute la nuit, c'est encore mieux.

Préchauffer le four à 190 °C, la grille en position médiane.

Diviser la pâte en quatre parties égales. Étaler le premier quart au rouleau sur une planche saupoudrée de farine (jusqu'à obtenir une couche uniforme de 3 mm d'épaisseur).

Plonger les emporte-pièces dans la farine avant de découper les cookies (on peut aussi le faire avec la pointe d'un couteau bien aiguisé). Récupérer les chutes de pâte et recommencer l'opération. Décoller les cookies de planche au moyen d'une spatule en métal et les déposer sur une plaque NON ENDUITE de matière grasse. Les espacer de 3 cm au moins.

Cuire à 190 °C pendant 8 à 10 minutes, ou jusqu'à obtenir une jolie couleur dorée. Laisser reposer les cookies sur la plaque pendant 1 ou 2 minutes puis les transférer sur une échelle pâtissière jusqu'à complet refroidissement.

Glaçage :

Mélanger les ingrédients en ajoutant un peu de sucre glace si le glaçage n'est pas assez épais ou un peu de crème s'il l'est trop.

Pour obtenir des teintes différentes, répartir le glaçage dans plusieurs petits bols et verser dans chacun quelques gouttes de différents colorants alimentaires.

Il ne reste plus qu'à « peindre » les cookies refroidis avec un couteau à glaçage ou un pinceau plat.

Chapitre 10

Lorsque Edna, dûment informée des derniers événements, lui eut promis de tenir sa langue jusqu'à nouvel ordre, Hannah retourna dans la salle et mit le cap sur Mike.

« Tiens, Hannah ! Comment vont les desserts ?

— Les desserts vont bien. C'est le couteau à dessert qui m'inquiète. Suivez-moi, j'ai un truc à vous dire.

— Maintenant ? s'écria Mike, redoutant de laisser refroidir son assiette de choucroute.

— Immédiatement, confirma-t-elle en l'empoignant pour qu'il se lève plus vite. Edna vous la gardera. Et prenez votre veste.

— On sort ?

— Souriez, Mike. Les gens vont croire qu'il y a un problème.

— Parce qu'il y en a un ?

— C'est le moins qu'on puisse dire. » D'une main, elle le poussa dans la cuisine, de l'autre, elle tendit l'assiette de choucroute à Edna. « Tu peux mettre ça au chaud ? Au fait, j'ai besoin de ta parka.

— Ça marche, répondit Edna en déposant l'assiette dans le micro-ondes avant d'aller chercher le vêtement demandé.

— Encore un cadavre dans le garde-manger ? plaisanta Mike en voyant Hannah ouvrir la porte menant à la scène de crime.

— Non.

— Tant mieux ! Pendant une seconde, j'ai craint que l'histoire ne se répète. Donc, vous n'avez pas trouvé de cadavre ?

— Je n'ai pas dit cela. » Hannah ouvrit la deuxième porte et s'accrocha à son bras. « J'ai bien trouvé un cadavre, mais pas dans le garde-manger. Sur le parking. »

Dès que Mike eut mesuré l'étendue de la situation, tout s'accéléra. Pour commencer, il envoya Hannah chercher le Dr Knight, lequel finissait de déguster une grosse portion du pain de viande d'Esther.

Le médecin, qui faisait également office de légiste auprès du shérif, s'agenouilla devant la dépouille de Brandi, prit le temps de l'examiner puis déclara :

« OK. J'en ai fini.

— Heure du décès ? demanda Mike en ouvrant prestement son calepin.

— Je dirais qu'elle est morte il y a une demi-heure, à dix minutes près.

— C'est un meurtre ? » intervint Hannah.

Elle qui s'était tenue à l'écart se rapprocha légèrement. Le Dr Knight se retourna en levant les sourcils.

« Eh bien, en tout cas, ce n'est pas un suicide.

— Pourquoi ?

— Une personne qui veut mettre fin à ses jours le fait rarement avec un couteau à gâteau ancien sur un parking, et par moins trente degrés.

— Dommage qu'il neige, marmonna Mike en regardant les flocons qui s'amoncelaient autour du corps de Brandi. Si le tueur a laissé des traces de son passage, elles ont disparu maintenant. Cela dit, nous savons quand même une chose.

— Laquelle ? s'enquit le Dr Knight.

— Il est retourné dans la salle après avoir commis son forfait. »

La bouche de Hannah s'ouvrit d'elle-même puis se referma avec un claquement.

« Comment pouvez-vous l'affirmer ?

— S'il était parti en voiture, il n'aurait pas pu franchir la congère qui bloque la sortie du parking. Elle est trop haute. Et s'il avait tenté de l'escalader à pied, il se serait enfoncé dans la neige jusqu'aux yeux. Je suis certain que personne n'est entré ni sorti de ce parking depuis mon retour.

— Mais comment pouvez-vous être sûr que Brandi était encore vivante quand vous êtes revenu de l'aéroport ? voulut savoir Hannah.

— En rentrant dans la salle, je vous ai cherchée du regard et j'ai vu qu'elle était là. »

Donc, Mike l'avait cherchée du regard mais avait d'abord remarqué Brandi. Devait-elle se sentir flattée ou froissée ? se demanda Hannah. Sur quel plateau de la balance fallait-il poser cet aveu ?

« Mince, grommela le Dr Knight en sortant le portable qui vibrait dans sa poche. J'avais demandé qu'on ne me dérange pas, sauf en cas d'urgence. »

Par discrétion, Hannah et Mike firent semblant de s'intéresser à autre chose, mais, bien sûr, ils comprirent assez vite de quoi il retournait, car mis à part le hurlement du vent qui projetait des paquets de neige sur les véhicules en stationnement, il n'y avait aucun bruit autour d'eux.

« Appendicectomie, confirma le médecin en rempochant son appareil. Il faut que j'y aille. Voulez-vous que mes brancardiers emmènent le corps ?

— Oui, dit Mike. Je sécuriserai la scène de crime en attendant leur arrivée.

— Je vous les envoie au plus vite. Il faut éviter qu'elle ne gèle avant l'autopsie. »

Hannah fut parcourue d'un frisson qui ne devait rien au froid. Brandi était peut-être morte, mais imaginer son cadavre congelé rajoutait à l'affaire une nuance macabre dont elle se serait volontiers passée.

« Merci, docteur, dit Mike en serrant la main du praticien. Vous n'êtes pas garé sur le parking, j'espère ?

— Non, j'ai laissé mon véhicule dans la rue. En double file, au cas où on m'appellerait pour une urgence. Et j'ai bien fait, apparemment. Vous allez me mettre une amende ?

— Bien sûr que non, s'indigna Mike. En tant que médecin légiste, le comté de Winnetka vous autorise à enfreindre les règles de stationnement. D'où le badge collé sur votre pare-brise.

— C'est un avantage dont je n'use qu'en cas de besoin impératif. Je suis un homme de principes, vous le savez.

À ce propos, j'imagine que personne ne doit savoir ce qui s'est passé ici ?

— Pas pour l'instant. Je vais vous raccompagner à votre voiture afin de m'assurer qu'elle démarre. Hannah restera auprès du corps. »

Hannah faillit rétorquer qu'il n'en était pas question mais préféra se mordre la langue. De toute façon, Mike ne lui avait pas laissé le choix.

« Non, ça ira. Mon 4x4 en a vu d'autres. Et j'ai un téléphone portable. En cas de problème, j'appellerai Earl Flensburg qui viendra avec sa dépanneuse. Il est de service ce soir. »

Hannah attendit que le Dr Knight s'éloigne pour demander à Mike :

« Vous m'auriez vraiment laissée avec... avec elle ? Toute seule ?

— Pourquoi pas ? fit Mike, perplexe. C'est vous qui l'avez trouvée, non ? Et vous étiez seule, à ce moment-là.

— Oui mais, à ce moment-là, j'ignorais qu'elle était morte. C'est différent quand on sait qu'une personne est morte.

— Oh, pardonnez-moi, Hannah, répondit-il en la serrant délicatement contre lui. Parfois j'oublie que vous êtes une femme. »

C'était bien agréable de sentir les bras de Mike se refermer sur elle. En revanche, ce qu'il venait de dire lui plaisait beaucoup moins. Mais bon, ce coup-ci, les plateaux de la balance étaient à l'équilibre. Un mal pour un bien.

« Je peux faire quelque chose pour vous aider ? proposa-t-elle en se pelotonnant contre lui.

— Certainement. Dites à Rick Murphy de me rejoindre ici.

— Entendu. »

Hannah enfonça ses mains dans les poches de la parka d'Edna. Le vent soufflait de plus en plus fort et elle n'avait pas mis de gants.

« Autre chose ?

— Allez trouver Lonnie et dites-lui de sécuriser le périmètre. Je veux un garde à chaque issue. Personne ne sort sans mon autorisation.

— Bien, répondit Hannah en claquant mentalement les talons.

— De toute façon... personne ne devrait sortir, avec ou sans mon autorisation.

— Pourquoi ?

— Parce que ce ne serait pas raisonnable. Je crains que la tempête ne s'aggrave et certains convives ont du chemin à faire pour rentrer chez eux.

— Vous avez parfaitement raison. »

En rase campagne, le blizzard pouvait rendre les routes impraticables en l'espace de quelques minutes. Ne voyant plus la chaussée, les automobilistes pris dans les tourbillons de neige perdaient rapidement le sens de l'orientation et basculaient dans le fossé.

« Je vais passer la consigne à Lonnie. Autre chose ?

— Nul ne doit savoir que Brandi est morte, sauf les personnes indispensables à l'enquête, bien sûr. Si le tueur ignore que nous sommes au courant, il dira ou fera peut-être une chose qui nous mettra sur sa piste.

— Donc, vous pensez... vous pensez vraiment qu'il est toujours parmi nous, en train d'attendre sagement qu'on serve le dessert ?

— J'en suis quasiment sûr.

— Et s'il avait laissé son véhicule dans la rue et non sur le parking ? Il aurait pu faire le coup, revenir dans la salle chercher ses affaires et s'en aller sous un prétexte quelconque en passant par la porte principale ?

— C'est une possibilité, je vous l'accorde. Tout à l'heure, quand je suis rentré après avoir raccompagné Kurt à sa voiture, je suis tombé sur Lisa et Herb, attablés dans le hall. Si quelqu'un était sorti, ils l'auraient forcément remarqué.

— Je veux bien leur poser la question.

— D'accord.

— Et Bill ? Vous allez le contacter, je suppose.

— Évidemment. Je vais appeler l'agent de faction au poste de police. Il saura où le trouver. » Mike desserra son étreinte et prit Hannah par les épaules. « Bon, maintenant, vous allez regagner la salle et faire tout ce que je vous ai demandé. À moins que vous ne préfériez rester ici avec...

— Non, non, j'y vais », s'empressa-t-elle de répondre avant de s'élancer telle une sprinteuse prenant le départ d'un cent mètres.

« Excuse-moi, Lonnie, dit Hannah en rejoignant les frères Murphy. Et toi aussi, Rick. Je peux vous dire un mot en privé ? »

Quand elle leur eut délivré son message, les deux adjoints du shérif se séparèrent. Rick sortit sur le parking pour relever son supérieur. Lonnie fit le tour de la salle pour informer ses collègues et leur dire d'ouvrir l'œil. Après quoi il alla se poster à l'entrée principale. Hannah l'accompagna dans l'escalier, puis, parvenue dans le hall, bifurqua vers Lisa et Herb, assis à une petite table ronde, et leur demanda s'ils avaient vu quelqu'un sortir durant l'heure précédente.

« Personne à part Mike et Kurt Howe, répondit Lisa. Mike l'a escorté jusqu'à son véhicule puis il est rentré.

— N'oublie pas le Dr Knight, intervint Herb. Nous l'avons vu sortir voilà une dizaine de minutes. Que se passe-t-il, Hannah ? Lonnie essaie de la jouer discrètement mais on voit bien qu'il monte la garde. »

Hannah s'accorda un instant de réflexion. Elle avait promis à Mike de n'informer que les personnes indispensables à l'enquête. Or, d'après elle, Lisa et Herb répondaient à ce critère. En plus, Herb était un policier assermenté. Certes, il était chargé de la circulation, mais dans les circonstances actuelles sa participation pouvait s'avérer précieuse.

« Il y a eu un meurtre », lâcha-t-elle avant de se rapprocher d'eux pour leur fournir les détails.

Quinze minutes plus tard, les adjoints avaient bouclé la salle, Herb était allé offrir son aide à Mike, les desserts s'étalaient sur la nappe argentée et Norman prenait ses dernières photos. Hannah s'apprêtait à donner la parole au maire Bascomb quand elle vit Mike s'approcher de ce dernier.

Les deux hommes s'entretinrent un bon moment, puis l'édile alla glisser un mot à l'oreille de Kirby Welles. Le jazz-band s'arrêta de jouer, le maire s'avança vers le micro et déclara d'un ton empreint de gravité :

« Mesdames et messieurs, j'ai une mauvaise nouvelle à vous annoncer. »

Surprise, Lisa se tourna vers Hannah en chuchotant :

« Je croyais qu'il ne fallait pas en parler.

— Mike a peut-être changé d'avis. »

Le maire Bascomb projeta son regard à travers la salle avant d'ajouter avec un sourire rassurant :

« Je crains que nous ne soyons tous coincés ici pendant deux bonnes heures encore, voire davantage, avec pour seules consolations tous ces délicieux desserts à déguster et cette bonne musique sur laquelle nous danserons tout à l'heure. »

Sa déclaration fut accueillie par des hurlements de rire. Savourant son succès, le maire poursuivit en ces termes :

« Je suis heureux de constater que vous passez un agréable moment parmi nous. Mais sachez qu'à l'extérieur, la situation empire. La météo locale prévoit du blizzard et je crois que, pour une fois, ils n'ont pas tort. Je viens de mettre le nez dehors et le vent a failli m'emporter. Pourtant, je n'ai rien d'une plume. »

Son trait d'esprit suscita d'autres rires. Le maire Bascomb était bon orateur et savait s'attirer les sympathies. Autant de qualités qui lui avaient valu d'être réélu pour la quatrième fois l'année précédente.

« Tout cela pour dire que vous êtes plus en sécurité dans cette salle que vous ne le seriez sur la route. Le centre communautaire vous accueillera jusqu'à ce que la tempête se calme et que vous puissiez regagner vos foyers en toute sécurité. Si toutefois vous deviez absolument partir, venez me voir ou adressez-vous à l'un des adjoints du shérif. Nous ferons venir un chasse-neige qui vous escortera jusqu'à votre domicile. Donc, je répète, sauf en cas d'absolue nécessité, ne sortez pas, je vous en prie. Je vous parle en tant que maire mais aussi en tant qu'ami. Une tempête hivernale de cette violence ne doit pas être prise à la légère. »

Il y eut des hochements de tête et des murmures d'approbation. Ceux qui avaient survécu aux précédents blizzards savaient de quoi il retournait.

« Janice Cox accueillera vos enfants dans les locaux de Kiddie Corner, au rez-de-chaussée. Ils y trouveront de quoi jouer, lire et se distraire. Et si cela s'avère nécessaire, elle sortira des couvertures et des lits pliants. Les lycéens qui sont parmi nous ce soir auront-ils la gentillesse de l'assister dans sa tâche ? »

Une clameur retentit, venant d'une vingtaine de garçons et de filles attablés au fond de la salle.

« C'est bien ce que je pensais ! Merci, jeunes gens ! Janice appréciera. »

Hannah ne fut pas surprise de voir la petite bande se lever pour rejoindre Janice qui les attendait en bas des marches. Les jeunes de Lake Eden avaient l'habitude de garder leurs frères et sœurs, et ils aimaient rendre service.

« Herb Beeseman m'a dit que le câble ne fonctionnait plus, mais si les plus grands ont envie de regarder un film, il y a plusieurs dizaines de cassettes vidéo dans la bibliothèque du club du troisième âge. Quant à ceux qui resteront dans cette salle, eh bien... ils participeront au grand bal. Mais avant cela... – le maire s'interrompit pour ménager le suspense –, place aux desserts ! À ce propos, j'ai cru comprendre qu'il y en avait plus d'une vingtaine. Je tiens l'info de notre chère Edna. Je vous donne la liste ou vous préférez goûter tout de suite ?

— On veut goûter ! répondirent deux ou trois personnes isolées, ce qui déclencha l'hilarité générale.

— Je vous comprends parfaitement, enchaîna le maire. Je tiens quand même à vous dire que nous aurons le choix entre une demi-douzaine de cookies différents. Et pour ceux qui font attention à leur ligne, nous avons prévu un cageot d'oranges venant tout droit de Californie et quelques kumquats en prime. Vous savez ce qu'est un kumquat ? »

Il y eut plus de « non » que de « oui ». Normal, les fruits exotiques étaient rares sous ces latitudes.

« Hannah ? Expliquez-leur ! »

Hannah ne s'y attendait pas. Elle chercha un trou de souris mais trop tard, tous les yeux étaient déjà braqués sur elle.

« C'est un petit agrume qu'on mange avec la peau. Je vous laisse essayer. Vous m'en direz des nouvelles. »

Des applaudissements fusèrent. Le maire Bascomb était aux anges.

« Mes amis, régalez-vous. Et n'hésitez pas à vous resservir, nous avons de quoi tenir un siège.

— Quel talent ! murmura Lisa en posant sur le maire un regard où se mêlaient la surprise et l'admiration. Je n'avais jamais remarqué à quel point il était...

— Fin politique ?

— Qu'entends-tu par là ?

— J'entends qu'il vient de leur interdire de rentrer chez eux mais que, au lieu de lui en vouloir, ils l'approuvent et le remercient.

— Tu as raison, c'est un fin politique. Comment fait-il ?

— Ça demande des années de pratique », répondit Hannah. Et de mensonges, songea-t-elle en pensant à ses nombreuses infidélités. « Viens, Lisa. Allons dire à Mike que vous n'avez vu sortir personne quand vous étiez dans le hall, Herb et toi.

— Hannah ! »

Delores venait d'apercevoir sa fille aînée.

« Maman ! Où est Winthrop ?

— Aux commodités, ma chérie. Une littéraire comme toi doit savoir ce que ce terme signifie ? »

Hannah le savait, mais il lui fallut deux secondes pour s'en souvenir. Elle avait trop de choses en tête, et des choses plus importantes que les subtilités du vocabulaire désuet.

« Bien sûr, maman.

— Dis-moi, t'es-tu servie de mon couteau pour trancher ton gâteau, ma chérie ?

— Absolument, répondit Hannah sans mentir mais sans pour autant préciser que le fameux couteau avait aussi tranché autre chose. Norman l'a pris en photo et Kurt a promis qu'il figurerait en bonne place dans notre livre de cuisine.

— Formidable ! Winthrop sera bien content. »

Hannah rembobina mentalement.

« Tu veux dire qu'il a quelque chose à voir avec ce couteau ?

— Non, c'est juste que Winthrop voue un culte à tout ce qui se rattache à l'Angleterre du XIXe siècle.

— Ah, fit Hannah en se demandant pourquoi un homme aussi raffiné s'intéressait à une bourgeoise du Minnesota au lieu de fréquenter les salons de Buckingham.

— Tu crois qu'on pourra partir bientôt, ma chérie ? J'ai entendu ce qu'a dit Marmouset, mais... – Delores désignait toujours le maire par le nom qu'elle lui avait donné à l'époque où elle était sa baby-sitter –, il a voulu plaisanter, n'est-ce pas ?

— Il était on ne peut plus sérieux.

— Tu veux dire que... nous n'avons pas le droit de rentrer à la maison ? »

Hannah confirma d'un signe de tête. Mais qu'est-ce que sa mère entendait par « la maison » ? se demanda-t-elle. Voulait-elle dire chez elle ou chez Winthrop ?

« Je t'en prie, reste, maman. Si tu partais maintenant, je serais horriblement inquiète.

— C'est vrai ? fit Delores, flattée.

— Absolument, répondit Hannah en se gardant d'ajouter que le blizzard l'inquiétait moins qu'un certain gentleman prénommé Winthrop.

— Eh bien... dans ce cas... De toute façon, Winthrop voulait goûter au gâteau de lady Hermoine. J'arriverai peut-être à persuader Kirby de changer de répertoire. Pour démarrer le bal, je trouve qu'il devrait choisir un morceau plus entraînant. »

Lisa attendit que Delores s'éloigne pour rejoindre Hannah et lui dire :

« Tu veux que je demande à Herb de faire chauffer le goudron pendant que je m'occupe des plumes ?

— Non, pas encore. J'avoue que ça me tente, mais imagine que Winthrop soit effectivement ce qu'il prétend être : un lord anglais en vacances.

— Tu ne penses pas ce que tu dis ?

— Non. Mais je sais que je deviens parano dès qu'il est question de la vie privée de ma mère. Donc... il se peut que, malgré tout, Winthrop soit parfaitement inoffensif. »

Chapitre 11

« Une seconde, Hannah ! »

Hannah se retourna et vit Martin Dubinski s'avancer vers elle. D'abord, elle fut tentée de sourire poliment, puis elle se ravisa. Mike l'avait peut-être informé du décès de sa femme. Dans ce cas, un sourire aurait été mal venu. Inversement, s'il n'était pas au courant, une absence de sourire pouvait susciter de sa part des questions embarrassantes. Donc, Hannah se contenta d'une expression aimable mais neutre, comme celle qu'arborait en permanence l'ours en peluche qu'elle avait reçu pour ses trois ans.

« Je voulais te remercier, fit Martin, affable. Je n'ai rien dit devant Brandi, mais je suis bien content que tu aies mis le dessert de Shirley dans ton livre de cuisine. Tu sais qu'elle tient cette recette de sa défunte mère ?

— C'est un excellent gâteau, lui répondit Hannah en ne s'interdisant plus de sourire puisque, apparemment, Martin ignorait encore qu'il était veuf.

— Tu as vu Brandi ? »

Hannah se figea, son sourire également. Oui, elle avait vu Brandi, mais elle aurait préféré l'oublier. Craignant de mécontenter Mike, elle opta pour le silence.

« Je commence à m'inquiéter, reprit Martin. Ça fait une heure qu'elle est partie se refaire une beauté. J'ai même demandé à Kate Maschler d'aller jeter un œil dans les toilettes des dames, mais Brandi n'y était pas. »

Hannah soupira. Comment allait-elle s'extraire de cette panade ? Devait-elle mentir à ce pauvre homme ou lui avouer la vérité ? Aucune des deux options n'étant envisageable, elle décida de couper la poire en deux et de conduire Martin dans la pièce que Mike avait transformée en salle d'interrogatoire.

« Si tu l'as vue, dis-le-moi, Hannah, insista Martin.

— Oui, je l'ai vue. Bon, suis-moi. Mike Kingston te dira où elle est. »

Fort heureusement, la pièce en question se trouvait non loin de là, près du hall d'entrée, ce qui lui évita de répondre aux questions dont Martin commençait à l'abreuver. Après qu'ils eurent grimpé les marches et tourné à droite, Hannah frappa trois coups sur la porte et laissa l'agneau aux mains du boucher. Puis, soulagée d'un grand poids, elle partit à la recherche d'Andrea. Entre la tempête de neige et Bill qui n'arrivait pas, elle voulait savoir comment sa sœur allait.

« Coucou, Hannah », fit Andrea en la voyant apparaître. Elle dégustait une part de cake au chocolat, assise sur une chaise à l'entrée du vestiaire. « Ce cake est divin. Je n'en ai jamais mangé d'aussi bon.

— Tu m'en vois ravie. Comment te sens-tu ?

— Très bien.

— Tu ne te fais pas trop de soucis pour Bill ?

— Pourquoi m'en ferais-je ? Il a son portable, un autre téléphone dans sa voiture de patrouille et une radio qui le relie en permanence au standard du poste de police. Si jamais il verse dans le fossé, tu peux être sûre que tous les services de secours de la région débarqueront pour le sauver.

— Tu as raison, et je suis contente que tu prennes les choses ainsi. Comme le Dr Knight t'a autorisée à reprendre une activité normale, que dirais-tu de mener une petite enquête pour moi ?

— Une enquête ? fit Andrea en écarquillant les yeux. Tu veux dire qu'il y a eu un meurtre ?

— Oui.

— Ici, dans le centre communautaire ?

— Oui.

— Qui est mort ?

— Brandi.

— Où ? Comment ?

— On l'a tuée sur le parking avec le couteau en argent de notre mère, déclara Hannah, consciente que sa réponse rappelait un peu le Cluedo.

— Heureusement que je mange du chocolat. » Andrea fit la moue mais n'en termina pas moins son dernier morceau de cake. « Je crois que je vais avoir besoin d'énergie. Delores est au courant ?

— Non.

— Tu comptes le lui dire ?

— Pas tout de suite. Mike préfère garder le secret. Il n'informe que les personnes indispensables à l'enquête.

— Donc, je suis indispensable à l'enquête ? Bon, d'accord, tu peux compter sur moi.

— Ta serviette.

— Quoi ?

— J'ai besoin d'un papier pour écrire.

— Oh. »

Hannah déplia la serviette garnie d'angelots flottant dans un ciel étoilé, la retourna côté pile, récupéra derrière son oreille le stylo qu'elle avait trouvé dans la cuisine et prit le mur comme écritoire.

« Bon, en premier lieu, demandons-nous qui a pu tuer Brandi et pourquoi.

— Tu veux dire, à part Shirley ? Et Laura Jorgensen ? Vu qu'elles sont toutes les deux jalouses d'elle. Du moins, elles l'étaient.

— Continue, dit Hannah en notant les noms des deux suspectes.

— Ensuite, il y a la mère de Martin. J'ai cru comprendre qu'elle n'approuvait pas ce mariage. Mais ce n'est pas une raison suffisante pour commettre un meurtre.

— Je vais quand même l'inscrire sur ma liste. À présent, cherchons quelqu'un de moins évident. Brandi a pu se faire tuer par une ancienne relation. Un habitant de Lake Eden qui l'aurait connue autrefois.

— Je ne te suis pas, bredouilla Andrea.

— Quelqu'un d'ici qui l'aurait rencontrée à Las Vegas. Un homme qui n'aurait pas apprécié son mariage avec Martin, précisa Hannah en songeant au maire Bascomb.

— Pigé. Une vengeance amoureuse.

— C'est un mobile très courant, lui rappela Hannah. Mais il en existe sûrement des tas d'autres. Je connais pas mal de femmes qui auraient aimé l'étrangler en la voyant se pavaner ce soir. Cela dit, on ne tue pas une inconnue parce qu'on la trouve plus belle que soi. Qu'as-tu appris quand tu discutais avec elle et Martin, tout à l'heure ?

— Plein de choses ! Son manteau n'est pas un vison ordinaire mais un Blackglama.

— Plaît-il ?

— Un vison noir à la fourrure très épaisse, très soyeuse. Un manteau de cette qualité coûte au moins vingt-deux mille cinq cents dollars. On aurait pu la tuer pour le lui voler, non ?

— Si tel était son mobile, l'assassin a dû prendre peur et s'enfuir avant d'accomplir son forfait jusqu'au bout. Brandi le portait toujours quand je l'ai trouvée. Raison pour laquelle je n'ai pas vu de sang sur la neige. Il avait été aspiré par la doublure. » Le visage d'Andrea vira au gris. « Ça va ? s'alarma Hannah.

— Oui, je crois. Mais j'ai un peu mal au cœur.

— J'aurais dû t'épargner ce détail macabre.

— Ce n'est pas à cause de ça. Tu sais que j'ai horreur du gâchis. Martin a dû se ruiner pour lui offrir une telle merveille, et, maintenant qu'il est taché, il aura du mal à le revendre. » Andrea s'interrompit. « À ton avis, quel genre de pressing pourrait... ?

— Je n'en sais fichtrement rien, l'interrompit Hannah. Oublie le manteau. Qu'as-tu appris sur son passé ? »

Andrea réfléchit un instant.

« Pas grand-chose. Elle a juste dit qu'elle avait renoncé à sa carrière pour épouser Martin.

— A-t-elle précisé dans quel lieu elle se produisait ?

— Non, j'attendais qu'elle le dise mais elle est restée très évasive. Elle a même botté en touche quand je lui ai demandé son âge. Comme si elle craignait de révéler quoi que ce soit de personnel.

— Intéressant.

— C'est ce que j'ai pensé aussi. Elle m'a rappelé ces témoins que la police place sous protection. Du coup, je ne sais rien de sa famille, de son enfance... Si, elle a quand même parlé de leur mariage. Ils ont prononcé leurs vœux sur le Strip à 3 heures du matin dans une chapelle tenue par un sosie d'Elvis.

— Tu te souviens du nom de cette chapelle ?

— Je ne crois pas qu'elle l'ait mentionné. Je sais seulement qu'Elvis avait vraiment l'accent du Tennessee, et qu'à un moment il a pris sa guitare pour jouer "Love Me Tender".

— La chanson de *Titanic* aurait été plus adaptée », marmonna Hannah.

Peut-être était-elle trop cruelle envers la pauvre Brandi. Cette fille était une opportuniste qui s'était mariée uniquement pour l'argent, mais elle n'avait pas mérité de mourir ainsi.

« Alors, par quoi je commence ? »

La question d'Andrea la fit redescendre sur terre.

« Je dois parler à Shirley Dubinski. S'il te plaît, trouve-la et amène-la-moi.

— Je ne dois rien lui révéler, n'est-ce pas ?

— Surtout pas. Mike exige la plus grande discrétion. Il part du principe que le tueur finira par se trahir. »

Andrea pâlit pour la deuxième fois en deux minutes.

« Tu veux dire que... qu'il serait toujours ici ?

— Oui, c'est fort possible. Raison supplémentaire pour marcher sur des œufs.

— C'est ce que je vais faire… du moins au sens figuré, promit Andrea en se levant de sa chaise. Je m'occupe de Shirley mais, d'abord, j'ai besoin d'une autre tranche de cake au chocolat. »

Quand Andrea fut partie, Hannah regarda autour d'elle pour tenter de localiser Michelle. Elle la trouva assise toute seule à la table que Lonnie avait quittée pour assurer sa garde.

En la voyant approcher, Michelle se leva puis lui susurra au creux de l'oreille :

« Encore un meurtre ?

— Comment le sais-tu ?

— Lonnie fait le pied de grue à l'entrée du bâtiment, Mike reçoit des gens dans une pièce fermée et, chaque fois que je t'aperçois, soit tu fais des messes basses avec Andrea soit tu cours comme une dératée.

— D'accord pour les messes basses. En revanche, je ne cours pas comme une dératée.

— Si, si, je t'assure.

— Non. C'est juste que… Bon, tu as peut-être raison. Veux-tu participer à l'enquête ?

— Plutôt deux fois qu'une. Qui s'est fait trucider, cette fois ?

— Brandi. As-tu réussi à lui parler ?

— Oui, peu après que j'ai vu notre mère et Winthrop. D'ailleurs, il faut qu'on cause de ça aussi. Bref, je suis arrivée près de leur table pile au moment où Brandi se levait pour se rendre aux toilettes.

— Et tu l'as suivie ?

— Évidemment. Tu sais bien que les toilettes sont le meilleur endroit pour papoter. » Pour sa part, Hannah n'avait jamais compris qu'on puisse passer autant de temps enfermé dans un lieu aussi exigu et inconfortable. « Dès qu'on s'est retrouvées seule à seule, reprit Michelle, Brandi est devenue plutôt loquace.

— Que t'a-t-elle dit ?

— Plein de choses. Par exemple, qu'elle a épousé Martin cinq heures seulement après l'avoir rencontré. Au fait, elle a grandi pas loin d'ici. »

Hannah récupéra une serviette en papier moyennement propre, la retourna pour éviter d'écrire autour des guirlandes de houx imprimées dessus et reprit le stylo coincé derrière son oreille.

« Elle t'a dit où ?

— Non, mais elle se souvenait du temps où le Quick Stop était encore un bar, et elle regrettait que le centre commercial des Trois Comtés n'ait pas existé à l'époque où elle vivait dans le coin.

— Autre chose ?

— Oui. Son vrai prénom est Mary.

— Mary comment ?

— Je n'en sais rien. Elle m'a raconté qu'elle s'était enfuie de chez elle à l'âge de seize ans, qu'elle avait fait du stop, qu'un routier l'avait emmenée jusqu'à Las Vegas, et qu'avant de se faire engager comme danseuse elle avait vécu avec un type plus âgé qui tenait une boutique de tatouage.

— Autre chose ? insista Hannah en constatant que Michelle semblait avoir hérité du talent familial consistant à amadouer de parfaits inconnus pour leur tirer les vers du nez.

— Oui. Tu veux que je te dise à quel endroit sa première colocataire l'avait persuadée de se faire un piercing ?

— Pas vraiment. Et je pense pouvoir survivre un certain temps sans le savoir.

— Je respecte ton choix. Bref, Brandi s'est révélée terriblement communicative – elle m'a même montré ses tatouages –, sans doute parce que je m'étais extasiée sur sa robe.

— Excellente tactique.

— Je crois surtout qu'elle avait envie de parler et qu'elle ne me voyait pas comme une ennemie. Elle m'a dit qu'elle avait failli oublier à quel point les petites villes étaient ennuyeuses, qu'il n'y avait plus rien à faire à partir de 20 heures et qu'on ne pouvait pas lever le petit doigt sans que la terre entière soit au courant dans le quart d'heure suivant.

— Ce n'est pas entièrement faux. Quoi d'autre ?

— Elle était contrariée parce qu'elle s'était disputée avec Martin en venant.

— Sais-tu sur quoi portait leur dispute ?

— Oui. Brandi voulait mettre sa bague de fiançailles pour que tout le monde la voie et Martin n'était pas d'accord. »

Hannah tenta de se rappeler si Brandi portait une bague en arrivant dans la salle. En vain.

« Cette bague, tu l'as vue ?

— Ça oui ! Elle est splendide !

— Tu ne pourrais pas être un peu plus précise ? » demanda Hannah, prête à noter la description sur sa serviette en papier.

Michelle soupira.

« C'est que je ne m'y connais pas trop en pierres précieuses.

— Peu importe. Donne-moi juste la taille, la couleur...

— Il y avait une grosse pierre verte et, autour, des tas de petits diamants. » Michelle s'interrompit et regarda sa sœur au fond des yeux. « Tu veux savoir pourquoi Martin refusait qu'elle la porte ?

— Évidemment.

— Eh bien... Martin craignait qu'entre le vison et la bague, les gens ne la prennent pour une... crâneuse. »

Hannah réfléchit un instant puis glissa la serviette en papier dans la poche de son cardigan et remit le stylo derrière son oreille.

« OK. Je crois que tu devrais tout raconter à Mike.

— Tu plaisantes ? s'indigna Michelle. Qu'est-ce qui t'arrive ? J'avais cru que tu garderais ça pour ta propre enquête.

— C'est ce que je ferais en d'autres circonstances. Mais ce soir, c'est différent. Mike n'a personne pour l'aider.

— Bon, comme tu voudras », soupira Michelle. Malgré sa réticence, elle suivit Hannah dans l'escalier. « Je dois vraiment tout lui dire ?

— Tout », confirma Hannah dans un grand élan de générosité.

Shawna Lee ayant choisi de partir, peut-être pour toujours, Mike était désormais entièrement à elle. À condition qu'elle veuille de lui, bien sûr. Pour l'heure, elle avait l'intention de lui faciliter la tâche par tous les moyens à sa disposition, pour peu qu'il accepte son aide.

Chapitre 12

En attendant qu'Andrea retrouve la trace de Shirley, Hannah effectua un petit sondage discret auprès des convives afin de connaître leur opinion sur Brandi. Les femmes, en grande majorité, regrettaient que Martin, sachant que Shirley serait présente, ait jugé opportun de venir au banquet avec sa ravissante épouse. Les hommes, pour la plupart, évitèrent de se prononcer, mais quelque chose dans leur regard semblait indiquer que Brandi leur avait laissé une impression dont ils ne parleraient jamais à leur conjointe.

« Je suis désolée, Imelda, mais je dois vous abandonner, dit Hannah en apercevant sa sœur en compagnie de Shirley derrière la table des desserts. Je crois qu'Andrea a besoin de moi. »

Bien que catholique pratiquante, Imelda Giese, la gouvernante du père Coultas, venait de lui confier qu'à la place de Shirley elle aurait déjà arraché les yeux de Brandi la pécheresse.

Hannah les rejoignit, essoufflée d'avoir joué des coudes et dit pardon au moins une centaine de fois tant la foule était dense.

« Shirley, si j'ai demandé à Andrea de te retrouver, c'est que j'ai quelque chose à te dire.

— À quel propos ?

— À propos de Martin. Et de Brandi.

— Oh. »

Shirley lui adressa le même regard que Moshe la fois où il avait renversé sa caisse.

« Où étais-tu passée ?

— Tu tiens vraiment à le savoir ?

— Oui, il le faut. »

Dans son catalogue d'expressions faciales, Hannah choisit la plus impérieuse, celle qu'elle avait adoptée pour expliquer à Moshe qu'il ne devait plus jamais commettre ce genre de bêtises. Restait à espérer que la méthode fonctionne mieux sur Shirley.

« Eh bien… gémit cette dernière en se tordant les mains. C'est bon, j'avoue. »

Andrea laissa échapper un petit cri, au grand dam de Hannah qui lui fit les gros yeux.

« Tu avoues quoi, Shirley ?

— Je suis toujours amoureuse de Martin. Et lui aussi, il m'aime. Nous venons de passer une heure ensemble. Quand Brandi est allée se refaire une beauté, il est venu à notre table et nous avons échangé quelques mots, Babs, lui et moi. Après quoi il a voulu qu'on discute en tête à tête, alors nous sommes allés nous cacher dans la remise sous l'escalier, là où on range les tables et les chaises pliantes.

— Qu'est-ce qu'il t'a dit dans la remise ? demanda Hannah, redoutant la réponse.

— Qu'il avait fait une grosse bêtise. Qu'il regrettait amèrement...

— De l'avoir épousée ? intervint Andrea.

— Exactement. Il s'en voulait de n'avoir pas compris à temps qu'il m'aimait toujours. Il a dit qu'il comptait se débarrasser de Brandi pour se remarier avec moi.

— Il a vraiment dit qu'il voulait *se débarrasser* de Brandi ? articula Hannah, consciente de la gravité d'une telle déclaration.

— Oui, dans ces termes précisément. J'ai répondu que je l'aiderais s'il avait besoin de moi.

— Nom d'un petit bonhomme ! »

Hannah soupira en regardant sa sœur à la dérobée. Andrea était aussi consternée qu'elle.

« Tu en as parlé à quelqu'un d'autre que nous ?

— Bien sûr que non. C'est une affaire strictement privée. Je ne veux pas mettre Brandi dans l'embarras, même si je la déteste. Vous me connaissez depuis longtemps, les filles. Vous savez que je ne fais jamais d'esclandre.

— Rassure-toi, Shirley... commença prudemment Hannah. Tu ne risques plus de la mettre dans l'embarras.

— Pourquoi cela ?

— Parce que Brandi est morte. On l'a trouvée sur le parking.

— Quoi ? »

Shirley vacilla sur ses hauts talons. « Elle a eu un accident ? »

D'un regard, Hannah ordonna à sa sœur de tenir Shirley par le bras. Après quoi elle lui porta le coup de grâce.

« Ce n'est pas un accident. Brandi a été assassinée.

— Mais c'est... c'est horrible ! Et moi qui vous ai dit que Martin voulait se débarrasser d'elle. Je parlais d'un divorce... pas de ça.

— Nous avions parfaitement compris, ne t'inquiète pas, murmura Andrea.

— Assassinée, répéta Shirley d'une voix tremblante. Quand cela s'est-il produit ?

— Ça fait presque une heure.

— En tout cas, ce n'est pas Martin ! On s'est quittés voilà vingt minutes à peine.

— Si tu es son alibi et lui le tien, vous n'aurez pas d'ennuis, dit Andrea.

— Le Ciel soit loué ! Est-ce que Martin est au courant ?

— Je pense qu'il l'est, à présent. Je l'ai emmené voir Mike il y a environ dix minutes. Ils sont dans la petite salle de réunion à côté de la bibliothèque. Tu devrais le rejoindre et confirmer ses dires. Qu'en penses-tu ?

— J'y vais de ce pas.

— Très bien. Et ne parle à personne en chemin. Mike ne veut pas que la chose s'ébruite.

— Je serai muette, c'est promis. »

À travers la cohue, Hannah regarda Shirley s'éloigner en direction de l'escalier. Fidèle à sa parole, elle marchait sans s'arrêter.

« Je crois que tu peux la rayer de ta liste, dit Andrea. Pareil pour Martin. Il reste qui ? »

Hannah retira de sa poche les serviettes froissées qui lui avaient servi de pense-bêtes.

« Babs Dubinski et Laura Jorgensen. Commençons par Babs. »

La mère de Martin ne fut pas difficile à trouver. Elle était toujours assise à la même table.

« Coucou, les filles, dit-elle en levant le nez du gâteau à la gelée qu'elle était en train de déguster. Bravo pour ton gâteau, Andrea. Il est aussi bon que beau. »

Andrea la gratifia d'un sourire radieux.

« Vous devriez goûter les cookies au sucre de Hannah et Lisa. Elles se sont surpassées. »

Babs montra les miettes qui traînaient dans l'assiette posée devant elle.

« C'est fait. J'ai choisi un cookie "étoile" et je me suis régalée.

— J'aimerais vous poser deux ou trois questions, Babs, les interrompit Hannah.

— Tu as un air grave, Hannah. Il y a un problème ?

— Oui, j'en ai peur. Pouvez-vous me dire où vous avez passé l'heure qui vient de s'écouler ?

— Moi ? Eh bien... je suis restée ici presque tout le temps. Martin est venu nous parler, puis il est parti avec Shirley et je suis allée chercher une tranche du saumon en croûte de Kitty. En revenant, j'ai échangé quelques mots avec des amis et, quand le maire Bascomb a fait son annonce, j'ai rejoint la file devant la table des desserts. Ah oui, je suis allée aux toilettes. Mais... je ne peux pas te dire ce que j'ai fait minute par minute. C'est si important ?

— Très important. » Hannah respira à fond avant de lâcher : « Brandi est morte. Sur le parking.

— Tu veux parler de... la Brandi de Martin ? bredouilla Babs. Il était avec elle quand ça s'est passé ? Il est blessé ?

— Martin va bien. Il s'entretient avec Mike Kingston en ce moment même. Shirley aussi. Et non, il n'était pas avec Brandi.

— Dieu merci ! Comment est-elle morte ?

— On l'a poignardée avec le couteau à gâteau de ma mère.

— Par tous les saints ! s'écria Babs en s'éventant avec sa serviette en papier. Donc c'est un meurtre ?

— Apparemment. L'autopsie le confirmera. Ou pas. En tout cas, Mike a ouvert une enquête pour homicide. »

Babs s'éventa un peu plus rapidement.

« J'espère que Martin n'aura pas d'ennuis !

— Non. Ça s'est passé pendant que Shirley et lui discutaient à l'intérieur des locaux. Ils ont donc un alibi réciproque. »

Babs parut soulagée. Soudain, elle plongea son regard dans celui de Hannah.

« Pourquoi toutes ces questions ? Vous me soupçonnez ?

— Nous devons étudier chaque possibilité, s'immisça Andrea, tout sourire. Nous savons pertinemment que vous n'êtes pas coupable, mais c'est la procédure. »

Hannah demeura coite, ébahie par le savoir-faire de sa sœur. Quel tact, Andrea ! Bravo. Moi je l'aurais cuisinée jusqu'à ce qu'elle soit cuite à point.

« Je comprends que vous m'interrogiez, reprit Babs. Je ne voulais pas de ce mariage. Ce n'est un secret pour personne.

— J'imagine votre déception ! embraya Andrea en jetant à sa sœur un coup d'œil signifiant : Je prends le relais. Vous aimez beaucoup Shirley et vous espériez qu'ils finiraient par se réconcilier, ne serait-ce que pour le bien des enfants.

— C'est ce que j'espérais, en effet, reconnut Babs.

— Vous avez dû recevoir un choc quand il vous a annoncé la nouvelle à son retour de Las Vegas.

— Ah, ça oui ! Surtout qu'ils ont débarqué comme ça, sans prévenir.

— Qu'avez-vous pensé d'elle, à ce moment-là ?

— J'ai évité de penser, répondit Babs avec franchise. Je suis restée polie, bien sûr, mais j'ai vite compris que Martin avait commis une terrible erreur. Hélas, c'était trop tard, ils étaient mariés. Il fallait que je m'y fasse.

— À votre place, je crois que je lui aurais volé dans les plumes, fit Andrea en branlant du chef. Donc, vous étiez prête à l'accueillir au sein de la famille ?

— Je n'aurais pas été jusque-là mais j'aime mon fils et je ne voulais pas me fâcher avec lui. »

Comme Hannah n'avait pas d'autres questions, les deux sœurs présentèrent à Babs leurs plus ou moins sincères condoléances, lui demandèrent de rester discrète et s'en allèrent chacune de leur côté. Andrea rejoignit Tracey à Kiddie Corner. Hannah s'approcha des musiciens pour les féliciter.

« Superbe prestation, dit-elle à Kirby Welles qui s'apprêtait à descendre de l'estrade.

— Merci, Hannah. Mes élèves vont faire une pause, histoire de recharger les batteries. Edna leur a mis de côté des tas de bonnes choses dans la cuisine.

— Tant mieux. Ç'aurait été dommage qu'ils ratent les desserts. J'en profite pour vous annoncer que la soirée risque d'être longue.

— Oui, je sais. À cause du blizzard. Mais ça ira, Hannah. Nous disposons d'un grand répertoire.

— J'espère. » Hannah réfléchit un instant puis, décidant que Kirby faisait partie des personnes indispensables à l'enquête, le prit par le bras et l'entraîna au fond de l'alcôve. « Il faut que je vous parle.

— Pas maintenant, Hannah. J'ai quelque chose de très important à faire.

— Ce que j'ai à vous dire l'est encore plus. Si nous empêchons les gens de partir, ce n'est pas uniquement à cause du mauvais temps. La nouvelle épouse de Martin Dubinski a été assassinée sur le parking, et Mike pense que le tueur est toujours parmi nous. »

Kirby pâlit.

« Vous voulez parler de... Brandi ?

— Oui. »

Les mains de Kirby se mirent à trembler. Elle n'était pas médecin, mais le professeur de musique du lycée Jordan semblait sur le point de défaillir.

« Vous allez bien ?

— C'est le choc, articula-t-il péniblement.

— Vous feriez mieux de vous asseoir. »

Hannah le guida vers une chaise et s'assit sur celle d'à côté. Kirby était-il si impressionnable que la simple mention d'un meurtre le faisait tourner de l'œil ? Ou avait-il une raison plus personnelle d'être bouleversé ?

« Excusez-moi, j'aurais dû prendre des gants pour vous l'annoncer, dit Hannah avant de tenter sa chance. Je n'avais pas compris que vous la connaissiez. »

Kirby cligna des paupières et reprit quelques couleurs.

« Je ne la connaissais pas. Enfin, pas vraiment. C'est Martin qui nous a présentés. Comment... » Kirby déglutit puis s'éclaircit la gorge. « Comment l'a-t-on tuée ?

— Elle a été poignardée avec le couteau en argent de ma mère. »

Kirby grogna comme si on l'avait frappé, une réaction excessive pour un homme qui prétendait ne pas connaître la défunte. Aussitôt, une alarme résonna dans la tête de Hannah. Fidèle à ses habitudes, elle poursuivit sans louvoyer.

« Je ne vous... savais pas si sensible. Vous m'avez bien dit que vous ne l'aviez jamais vue avant ce soir ? »

Kirby hocha la tête pour tenter de cacher son embarras.

« Désolé, mais les meurtres me font toujours cet effet, surtout quand ils sont commis avec une telle violence. Quand je pense que cette pauvre femme était encore en vie voilà quelques minutes... Je sais, c'est idiot de ma part, mais je n'y peux rien.

— Je comprends », répondit Hannah, même si c'était faux.

Apprendre la mort d'une personne à laquelle vous avez parlé pour la première fois deux heures auparavant pouvait vous frapper de stupeur ou vous faire songer à la fragilité de la vie. Mais de là à frôler la syncope... Non, décidément, c'était louche.

« Kirby ? reprit Hannah pour changer de sujet.

— Oui ?

— Votre orchestre pourra-t-il jouer deux heures de plus ? Mike tient à ce que les gens s'amusent pendant qu'il mène son enquête.

— Bien sûr, c'est possible, répondit Kirby d'une voix plus ferme à présent qu'on l'avait chargé d'une mission. Va-t-il faire une annonce pour... vous savez quoi ?

— Non. Peu de gens sont au courant et ça doit continuer ainsi. Je vous demande donc de garder le secret et de distraire nos concitoyens le plus longtemps possible. Officiellement, tout va pour le mieux. Si nous sommes enfermés ici, c'est uniquement à cause de la tempête.

— Entendu. Ne vous inquiétez pas pour la musique, Hannah. J'avais emporté des partitions supplémentaires, par précaution. Nous jouerons toute la nuit, si c'est nécessaire. »

Chapitre 13

Hannah écumait la salle bondée à la recherche de sa sœur quand celle-ci surgit à ses côtés, une assiette à la main.

« Ta tarte aux noix de pécan est tout bonnement fabuleuse ! Tu te souviens, à Thanksgiving, quand je craignais que le bébé n'arrive avant le dessert et que cette tarte me passe sous le nez ?

— Je m'en souviens, dit Hannah en la raccompagnant à sa place.

— Eh bien, tout compte fait, j'en ai mangé pour Thanksgiving, j'en remange maintenant et le bébé n'est toujours pas là !

— Il faut laisser faire la nature, déclara Hannah sur un ton involontairement sentencieux.

— Tu parles ! Je te jure, s'il y avait un cheval dans cette pièce, je grimperais dessus et je galoperais jusqu'à obtenir un résultat.

— Et moi je t'aiderais à monter en selle », pouffa Hannah qui venait de se représenter la scène.

Un quart de seconde plus tard, les deux sœurs étaient pliées en deux. Bien que très différentes l'une de l'autre, il leur arrivait de partager de beaux moments de complicité.

« En attendant le fameux cheval, reprit Hannah quand elle put de nouveau parler, j'ai une question à te poser. Michelle a aperçu la bague de Brandi mais sa description manque un peu de précision. Tu ne l'aurais pas remarquée aussi, des fois ?

— Il aurait fallu être aveugle pour ne pas la voir. Elle était splendide. On aurait dit une pièce de musée. »

Hannah emprunta la serviette en papier d'Andrea, garnie de pères Noël conduisant des attelages de rennes, la retourna côté pile et saisit son stylo.

« Je t'écoute.

— Une grosse émeraude d'au moins deux carats, taillée en carré et entourée de petits diamants Tiffany. »

Hannah siffla entre ses dents. Cette bague devait coûter les yeux de la tête.

« Des diamants incolores, donc très purs, précisa Andrea. À vue de nez, je dirais qu'ils pesaient un demi-carat chacun. Minimum. Monture en platine. Le platine est plus précieux que l'or.

— OK, dit Hannah en écrivant. Et le prix, d'après toi ?

— Je ne peux rien affirmer, mais à mon avis cette bague vaut plus cher que le manteau. D'ailleurs, j'ai entendu Brandi et Martin se disputer à cause d'elle.

— Comment cela ? murmura Hannah.

— Elle voulait la garder et lui voulait qu'elle la retire. Ils sont restés une bonne minute à se regarder en chiens de faïence, puis, tout à coup, Brandi l'a enlevée et l'a mise dans son sac. Tu veux savoir autre chose ? Parce que je dois aller chercher des noix de pécan caramélisées avant qu'il n'y en ait plus.

— Attends un peu, petite goinfre, dit Hannah avec un sourire affectueux. Tu as ton portable avec toi ?

— Bien sûr ! Je suis agent immobilier, n'oublie pas.

— Pourrais-tu me rendre un service : appeler les chapelles installées sur le Strip à Las Vegas et trouver celle où Martin et Brandi se sont mariés ?

— Ce sera vite fait, sachant qu'ils ont été unis par un sosie d'Elvis. Quand je l'aurai au bout du fil, qu'est-ce que je lui demande ?

— Je veux savoir quel nom Brandi lui a fourni pour le certificat de mariage. En discutant avec elle, Michelle a appris qu'elle se prénommait Mary et qu'elle avait grandi non loin d'ici.

— Je me doutais bien que Brandi Wyen était un nom de scène, fit Andrea avec un petit sourire entendu. Brandi Wyen... franchement ! Je vais me mettre dans le hall. La réception est meilleure.

— D'accord, mais ne t'éloigne pas de Lonnie. N'oublie pas qu'il y a peut-être un assassin parmi nous.

— Promis », répondit gravement Andrea avant de se diriger vers l'escalier.

En passant devant la table des desserts, Hannah vit qu'il ne restait presque plus de noix de pécan caramélisées. Sa sœur risquait d'être déçue quand elle viendrait se servir après avoir passé ses coups de fil. Hannah se plaça donc dans la file et, une fois son tour arrivé, remplit un gobelet avec les fameuses friandises.

« Hannah ? »

Elle se retourna. L'homme qui venait de l'interpeller n'était autre qu'Earl Flensburg, le conducteur du chasse-neige municipal. Earl était venu dans sa tenue de travail.

« Bonsoir, Earl. Je vous en prie, servez-vous.

— Edna m'a préparé une assiette bien garnie. Mais avant de manger, il faut que je voie Mike.

— Il est au rez-de-chaussée, dans une petite salle près de la bibliothèque.

— OK. Je dois lui faire signer un papier. J'ai déblayé la congère à l'entrée du parking pour permettre à l'ambulance de passer, mais ils ont besoin d'une signature pour emporter le... vous savez, ce qu'ils sont venus chercher... » Earl toussa pour masquer son émotion. « On vit dans un drôle de monde, hein, Hannah ? Enfin bref, Mike doit leur signer ce document.

— Je comprends », dit Hannah en lui touchant le bras.

Pour un dur à cuire qui se vantait d'avoir abattu plus de gibier que n'importe qui d'autre dans la région, Earl se montrait curieusement impressionnable quand il s'agissait d'un être humain.

Dans l'escalier, Earl croisa Andrea qui redescendait en souriant jusqu'aux oreilles.

« Tu as eu vite fait ! dit Hannah en la rejoignant en bas des marches.

— Ça t'étonne ? J'ai appelé la réception d'un casino au hasard et j'ai demandé qu'on m'indique le numéro de la chapelle d'Elvis.

— Je suppose qu'à présent, tu connais le vrai nom de Brandi ?

— Évidemment, fit Andrea d'un air triomphal. Mais je ne dirai rien avant d'avoir mangé mes noix de pécan.

— Ça tombe bien, je t'en ai apporté une poignée. Elles commençaient à manquer, alors...

— Merci, Hannah. J'aimerais aussi une bonne tasse de café et, disons... deux cookies. Tu sais, les nouveaux ?

— Lesquels ? Les gourmandises de Lisa ou les divins cookies ?

— Eh bien, fit Andrea, étonnée. J'ignorais qu'il y en avait de deux sortes ! Ça change tout.

— Tu en veux un de chaque, j'imagine ?

— Tu imagines bien. Dépêche-toi, Hannah ! Ces noix de pécan ne me suffiront pas. Je crois que c'est à cause du bébé.

— Pardon ?

— C'est à cause du bébé si je dévore comme ça. J'ai déjà englouti une tonne de sucre et j'en veux encore. »

En moins de temps qu'il n'en faut pour le dire, Hannah réapparut avec le café et les cookies.

« Voilà de quoi recharger tes batteries, dit-elle en posant le tout sur la table.

— Celui-ci, c'est une gourmandise de Lisa ? demanda Andrea en croquant dans le premier cookie.

— Oui. Bon, j'ai rempli ma part du marché. Maintenant, dis-moi tout. »

Andrea hocha la tête, avala et but une gorgée de café.

« Désolée. C'est tellement bon. En réalité, Brandi s'appelait Mary Kay Hinklemeyer. »

Hannah nota le nom sur l'envers de la serviette « flocons de neige » qu'elle avait chipée sur la table des desserts. Elle la présenta devant sa sœur en demandant :

« C'est la bonne orthographe ?

— Oui. Elle avait vingt-six ans et elle est née à...

— Où cela ? » Andrea s'était tue et la regardait d'un air taquin. « Parle ! Si tu me réclames encore autre chose, je demande à Mike de t'arrêter pour tentative d'extorsion. »

Andrea éclata de rire.

« C'est bon, je vais te le dire. Je voulais juste te faire mariner un petit peu. Mary Kay Hinklemeyer est née à Browerville, Minnesota !

— Browerville ? répéta Hannah, stupéfaite. Enfin une piste ! Il doit bien y avoir quelqu'un ici qui a vécu à Browerville ou qui a des parents là-bas. J'aimerais beaucoup savoir si sa famille habite encore sur place.

— Me revoilà ! claironna Michelle en se présentant devant leur table. J'ai vu Mike et je lui ai rapporté tout ce que Brandi m'avait dit.

— Super. Il était content, j'imagine.

— Pas trop, non. Au moment où je lui décrivais la bague, il a reçu un coup de téléphone et il m'a demandé de sortir. »

Étrange attitude, songea Hannah. Cette bague constituait un élément important de l'enquête. Pourquoi Mike s'y intéressait-il si peu ? Peut-être parce qu'il était noyé sous un flot d'informations. Raison de plus pour l'aider, se dit-elle. Plus tard, elle irait lui parler de la dispute entre Martin et son épouse.

« Prêtes à repartir en chasse, les filles ? demanda Hannah.

— Prête, répondit Andrea avant de prendre une dernière gorgée de café pour faire passer les cookies. Tes divins méritent bien leur nom ! Que veux-tu que nous fassions ?

— Faites un tour de salle et essayez de savoir si quelqu'un a croisé Brandi du temps où elle vivait à Browerville.

— Browerville ? s'écria Michelle. J'ai deux copains qui habitent là-bas. Je peux leur poser la question. Quel est son nom de famille ?

— Grâce à Andrea, nous savons qu'elle s'appelait Mary Kay Hinklemeyer. Si vous tombez sur des gens qui ont connu ses parents, notez juste leur nom. Nous les interrogerons plus tard.

— D'accord, dit Andrea. Et toi, pendant ce temps, qu'est-ce que tu feras ?

— Je vais prendre le taureau par les cornes et tenter de lui faire comprendre que cette bague de fiançailles n'est pas à négliger. »

« Ouais, c'est pour quoi ? »

Le ton sur lequel Mike venait de s'exprimer lui donna envie de déguerpir. Pourtant, n'écoutant que son courage, Hannah répondit à travers la porte :

« C'est moi. Je suis désolée de vous déranger mais j'ai quelque chose à vous dire.

— Entrez », aboya-t-il.

Hannah passa la tête en espérant qu'il se calmerait en la voyant.

« C'est au sujet de la bague de fiançailles de Brandi. L'avait-elle encore au doigt quand... ?

— Vous n'avez pas besoin de le savoir.

— Très bien. Dans ce cas, je ne vous dirai pas de quel genre de bague il s'agit, ni combien elle vaut. Et je ne vous dirai pas non plus que, ce soir, Martin et Brandi se sont disputés en public parce qu'il refusait qu'elle la porte.

— Bon, d'accord... Désolé, Hannah. » Mike lui fit signe d'entrer et de refermer derrière elle. « Je n'aurais pas dû vous parler comme ça. Veuillez m'excuser.

— Ça ira. Vous êtes sous pression, je sais. » Hannah prit la chaise posée devant le bureau. « Par quoi dois-je commencer ?

— Décrivez-moi cette bague. Je note. »

Hannah sortit de sa poche une demi-douzaine de serviettes froissées et les déplia l'une après l'autre jusqu'à ce qu'elle trouve la bonne.

« Une émeraude carrée d'au moins deux carats, entourée de petits diamants Tiffany d'un demi-carat chacun environ, lut-elle. Monture en platine. Les yeux de la tête.

— Ça veut dire combien ? demanda Mike en plantant son regard dans le sien.

— Eh bien... »

Hannah respira à fond. Son cœur battait la chamade. Même épuisé, Mike était incroyablement sexy.

« Dans les cinquante mille dollars, d'après Andrea. Pensez-vous qu'on ait tué Brandi pour lui voler sa bague ?

— Possible.

— Donc elle n'était plus à son doigt ?

— Je n'ai pas dit cela.

— Non, vous ne l'avez pas dit mais j'ai compris quand même », répliqua-t-elle avec un sourire narquois. Mike était épuisé, elle n'aurait peut-être pas dû profiter de sa fatigue mais il avait besoin qu'on lui rabatte le caquet de temps à autre. « Si j'apprends autre chose, je vous le ferai savoir, ajouta-t-elle en se levant. Et si vous avez besoin de moi, n'hésitez pas.

— J'ai toujours besoin de vous, Hannah. » Mike se leva à son tour et, se penchant par-dessus le bureau, déposa un baiser sur ses lèvres. « Ne l'oubliez jamais. Maintenant retournez dans la salle et amusez-vous. J'ai du pain sur la planche. »

Hannah ressortit dans le hall en se demandant si elle devait rire ou pleurer. D'un côté, Mike lui avait fait un compliment, et, de l'autre, il lui avait dit de retourner s'amuser parce qu'il avait du pain sur la planche. Match nul, balle au centre, conclut-elle.

Elle en était encore à s'interroger à propos de l'attitude ambivalente du beau policier lorsqu'elle aperçut Michelle qui montait l'escalier.

« J'ai trouvé quelque chose. Attends-toi à une surprise.

— J'adore les surprises, dit Hannah en l'entraînant dans un coin discret.

— J'ai interrogé Bertie Straub à propos de la famille Hinklemeyer. Elle ne les connaît ni d'Ève ni d'Adam. En revanche, elle m'a fait part d'une rumeur. Tiens-toi bien. Mme Bascomb pense que son mari a connu Brandi à Las Vegas, lors de son dernier séjour. Bertie les a entendus se disputer à ce sujet. Je pense qu'elle dit vrai, Hannah. Il suffit de les regarder. Ils sont assis à la même table, mais à l'opposé l'un de l'autre.

— Tu leur as parlé ?

— Non, je voulais t'avertir d'abord.

— Tu as bien fait. Je sais que tu es plus diplomate que moi, mais ce genre de démarche nécessite l'intervention d'une grande professionnelle. Autrement dit, Delores.

— Pourquoi elle ?

— Parce qu'elle a gardé le maire Bascomb quand il était petit. C'est la seule personne capable de lui tirer les vers du nez.

— Tu vas le précipiter dans les griffes de notre mère ? s'écria Michelle. Tu es diabolique, Hannah ! »

Gourmandises de Lisa

Préchauffer le four à 175 °C,
la grille en position médiane.

1 tasse de pépites de chocolat noir
1 tasse de beurre fondu (2 plaquettes, 250 g)
¼ tasse de café fort
1 tasse de dattes tranchées (une fois dénoyautées, les saupoudrer de farine et les hacher au mixeur)
1 ½ tasse de sucre blanc (semoule)
2 œufs battus (à la fourchette)
1 cuillerée à thé d'extrait de vanille
1 cuillerée à thé de bicarbonate de soude
1 cuillerée à thé de sel
1 tasse de noix (ou de noix de pécan) hachées (mesurer après hachage)
1 tasse de pépites de chocolat au lait
3 ½ tasses de farine (inutile de tamiser)

Faire fondre les pépites de chocolat noir, le beurre et le café au micro-ondes (2 minutes environ). Si les pépites gardent leur forme, remuer jusqu'à obtenir un mélange homogène. Ajouter les dates hachées, remuer et réserver.

Mettre le sucre dans un grand bol, incorporer les œufs battus, remuer, ajouter la vanille, le bicarbonate de soude et le sel. Mélanger soigneusement.

Ajouter à cette préparation le contenu du premier bol, puis les noix hachées et les pépites de chocolat au lait. Incorporer la farine petit à petit sans cesser de mélanger.

Laisser reposer environ 10 minutes avant de prélever au moyen d'une cuillère des petites quantités de pâte. Les déposer sur une plaque préalablement enduite de matière grasse. 12 cookies pour une plaque standard. Aplatir délicatement les boules de pâte avec le talon de la main. (Si la pâte est trop collante, la mettre quelques minutes au frigo et réessayer).

Cuire à 175 °C pendant 10 à 12 minutes. Sortir la plaque, laisser reposer pendant 1 ou 2 minutes et transférer les cookies sur l'échelle pâtissière jusqu'à complet refroidissement.

Rendement : environ 8 douzaines en fonction de la taille des cookies.

Divins Cookies

Ne pas préchauffer le four,
la pâte doit passer au frigo avant de cuire.

1 ½ tasse de beurre fondu (3 plaquettes, 375 g)
2 tasses de sucre roux
2 œufs battus (avec une fourchette)
2 cuillerées à thé de levure chimique
1 cuillerée à thé d'extrait de vanille (ou un autre parfum – j'utilise parfois de l'extrait de citron)
1 ½ tasse d'un mélange de fruits secs hachés (mesurer après hachage)
3 tasses de farine

Faire fondre le beurre au micro-ondes pendant 2 à 3 minutes. Ajouter le sucre roux en remuant bien. Laisser refroidir. Quand le mélange est tiède, ajouter les œufs battus, la levure chimique et la vanille.

Verser le mélange de fruits secs (pêches, pêches, pommes, poires, abricots…) dans un mixeur muni d'une lame en acier. Saupoudrer de farine (2 cuillerées à soupe). Hacher finement, en rajoutant un peu de farine si les fruits collent trop.

Incorporer les fruits hachés au mélange tiède puis verser la farine, une tasse après l'autre, en tournant après chaque ajout.

Laisser la pâte au frigo pendant 20 minutes. Quand elle est bien ferme, la sortir et la diviser en quatre parties égales. Sur du papier sulfurisé, confectionner quatre rouleaux d'environ 3 cm de diamètre. (Si la pâte colle, la remettre 10 minutes au frigo puis réessayer). Envelopper chaque rouleau dans une feuille de papier sulfurisé, les glisser dans un sac en plastique et les mettre au frigo pendant 4 heures au minimum. (Toute la nuit c'est encore mieux – la pâte des divins cookies se conserve jusqu'à une semaine au frais).

Avant de procéder à la cuisson, préchauffer le four à 190 °C, la grille en position médiane.

Sortir un rouleau de pâte (un seul, la pâte bien froide est plus facile à travailler), l'extraire du papier sulfurisé et lui redonner sa forme au cas où il se serait aplati pendant son séjour au frigo. Couper des tranches épaisses de 5 mm avec un couteau bien aiguisé puis déposer chaque rondelle sur une plaque préalablement enduite de matière grasse. 12 pour une plaque de taille standard. Cuire à 190 °C pendant 10 minutes ou jusqu'à ce que ce que les cookies prennent une jolie teinte dorée.

Les laisser reposer 1 ou 2 minutes sur la plaque puis les transférer sur l'échelle pâtissière.

Rendement : 6 à 7 douzaines.

Note : ces cookies ne sont pas très sucrés. Pour ceux qui les aiment plus doux, les saupoudrer de sucre glace avant de les servir.

Chapitre 14

Hannah se demandait comment parler à sa mère sans devoir supporter les roucoulades de Winthrop. Peut-être en les éloignant l'un de l'autre quelques instants ?

« Maman !

— Oui, ma chérie ? » Delores saisit la main de son voisin de table. « C'est une terrible expérience pour Winthrop. Son premier blizzard !

— N'ayez pas d'inquiétude, très chère », intervint celui-ci en se redressant sur sa chaise.

On aurait dit que le geste de Delores le gênait, soit parce qu'il avait surpris le regard désapprobateur de Hannah, soit parce qu'il trouvait vulgaire de se tenir la main en public.

Hannah fut tentée de répondre que, pour faire l'expérience du blizzard, il valait mieux sortir et marcher une centaine de mètres dans la neige que rester assis bien au chaud devant un gâteau au chocolat, mais elle préféra se taire.

« Je peux te parler un instant, maman ?

— Bien sûr. Assieds-toi là, ma chérie.

— Non. Je veux dire... en particulier. »

Delores fronça les sourcils.

« Tu peux parler devant Winthrop. Nous n'avons pas de secrets l'un pour l'autre.

— Tu n'as peut-être pas de secrets pour Winthrop, mais moi si.

— Mais comment donc, ma chère Hannah ! réagit Winthrop avant de se tourner vers Delores. Allez faire causette avec votre fille, très chère. Je vous attends ici. »

« *Faire causette* ? répéta Hannah en escortant sa mère à travers la salle.

— Oui, "faire causette". C'est une expression ancienne mais toujours usitée. Bien qu'un tantinet familière ! »

Hannah réprima un sourire narquois. À l'instant même où Delores avait quitté la table, trois femmes s'étaient précipitées sur Winthrop. À présent, Carrie Rhodes était assise à sa droite, Bertie Straub à sa gauche et Florence Evans en face de lui. La meilleure place.

« Les fauves sont lâchés, marmonna Delores.

— Le pire est à craindre, en effet », répondit Hannah.

Carrie regardait le lord anglais avec son sourire le plus désarmant. Sans attendre la suite, Hannah entraîna sa mère derrière l'arbre de Noël.

« Qu'as-tu de si urgent à me dire ? lui demanda Delores, agacée.

— Il y a eu un meurtre, maman.

— Un meurtre ? » Renonçant à épier Winthrop et ses trois rivales à travers les branches du sapin, Delores fit volte-face et fixa sa fille d'un air intense. « Ici même ?

— Oui. »

Delores leva les yeux au ciel, ou vers l'ange accroché au sommet de l'arbre.

« Ne me dis pas que tu as trouvé le corps !

— Chut ! fit Hannah en posant un doigt sur ses lèvres. Mike ne veut pas que ça se sache.

— Hannah, je t'en conjure, cesse de trouver des cadavres ! Winthrop va se faire une mauvaise idée de toi.

— J'essaierai, promit Hannah en évitant tout commentaire de peur que sa mère ne tourne les talons.

— Qui est-ce, ce coup-ci ?

— La nouvelle épouse de Martin Dubinski. On l'a poignardée sur le parking. »

Pour éviter qu'elle ne pousse les hauts cris, Hannah ne mentionna pas l'arme du crime.

« Dieu du ciel ! Sait-on qui a fait ça ?

— Pas encore. C'est en partie pour cette raison que nous sommes confinés ici. »

Comprenant à demi-mot, Delores plissa les yeux et les planta dans ceux de sa fille.

« Tu veux dire que... le tueur est encore parmi nous ?

— Oui, d'après Mike. Bref, j'ai besoin de ton aide. En début de soirée, Bertie a surpris une dispute entre le maire et sa femme. Elle a dit à Michelle que Mme Bascomb accusait son mari d'avoir connu Brandi à Las Vegas.

— Connu ? Dans le sens biblique ?

— Sans doute. D'où la dispute.

— Pauvre Stephanie, soupira Delores. Je crains qu'elle n'ait raison. Marmouset n'en est pas à sa première incartade, loin de là. Tu veux que je le fasse avouer ?

— Oui. Je crois qu'il a toujours un peu peur de toi.

— À raison. Je ne suis pas près d'oublier l'été où sa mère m'a embauchée pour le garder. Pour avoir la paix, ne serait-ce que cinq minutes, j'étais obligée de le terroriser. Tu vas voir, je vais le prendre entre quatre z'yeux et il crachera le morceau. Attends-moi ici. Et surtout, surveille Winthrop. S'il donne des signes de détresse, cours le sauver. »

Des signes de détresse ? Tu parles ! songea Hannah en jetant un coup d'œil entre les branches du sapin. Heureux comme un pape, Winthrop papotait allègrement avec ses trois admiratrices.

« Entendu. Bonne chance.

— La chance n'a rien à voir avec l'affaire. L'intimidation est une forme d'art, essaie de t'en souvenir ! »

Hannah en était à se demander si renverser une tasse de café sur la robe de Carrie ne serait pas le meilleur moyen d'interrompre ses minauderies quand elle vit Delores revenir, le visage illuminé par un sourire radieux.

« Tu as réussi, supposa Hannah.

— Tu en doutais ? Je l'ai attaqué de front et il m'a tout déballé. Marmouset a fait la connaissance de Brandi lors de son séjour à Las Vegas en octobre dernier. Ils avaient prévu de se retrouver au bar de l'hôtel le soir même, mais Marmouset a tellement picolé qu'il est tombé comme une masse sur son lit et a raté l'heure du rendez-vous.

— Quand tu dis rendez-vous, tu entends quoi ?

— La même chose que toi. Ensuite, j'ai voulu savoir s'il l'avait payée quand même.

— Maman !

— Simple curiosité.

— Alors, il l'a payée ?

— Elle avait déjà touché la moitié de la somme. Des arrhes, en quelque sorte. Il devait lui donner le reste après.

— Tu penses qu'il t'a dit la vérité ? »

Delores hocha la tête.

« J'en suis sûre. Il était encore plus gêné de m'avouer cela que s'il avait vraiment couché avec elle.

— Tu as sans doute raison. Beau travail, maman. Dommage que Stephanie Bascomb ignore qu'il ne s'est rien passé entre son mari et Brandi.

— J'ai songé à le lui dire mais j'ai renoncé. Pas question d'innocenter un prédateur ayant un tel tableau de chasse.

— Joliment dit, maman.

— Oui, n'est-ce pas ? En parlant de tableau de chasse, je ferais bien de reprendre ma place avant que mon associée – ta potentielle future belle-mère – accroche la tête de Winthrop au sien. »

Hannah retourna en cuisine pour réfléchir au calme, loin de la foule. Earl Flensburg était parti. Seule trace de son passage : une assiette vide dans le box réservé aux commis. Hannah la passa sous le robinet avant de la plonger dans l'eau chaude savonneuse où trempaient d'autres plats, ceux qui avaient été rapportés après la mise en route du lave-vaisselle industriel. Après quoi elle se versa une tasse de café, se glissa sur la banquette et sortit les serviettes en papier qui déformaient les poches de son cardigan.

Lorsqu'elles furent défroissées et rangées par ordre chronologique, Hannah se pencha sur les notes qu'elle y avait griffonnées. Martin et Shirley, ses deux premiers suspects, avaient été mis hors de cause. Babs ne possédait pas d'alibi mais pas de mobile non plus, puisque, de son propre aveu, elle aurait tout accepté pour rester en bons termes avec son fils. Babs n'aimait pas Brandi, mais de là à commettre un meurtre...

Le maire Bascomb figurait en quatrième position. Hannah l'avait classé parmi les suspects du fait qu'il s'était disputé avec son épouse. Mais, ayant appris grâce à Delores qu'il n'avait pas couché avec l'ex-strip-teaseuse, elle n'avait plus aucune raison de le soupçonner de meurtre. Aussi raya-t-elle son nom.

À la cinquième ligne était inscrit *Suspect inconnu, Mobile inconnu*. C'était une habitude qu'elle avait prise depuis qu'elle se mêlait de résoudre des affaires de meurtre. Ce suspect inconnu pouvait fort bien être l'assassin. D'où la nécessité d'en savoir davantage sur le passé de Brandi.

Hannah ne doutait pas qu'à Las Vegas des tas de gens auraient été en mesure de satisfaire sa curiosité. Seulement voilà, ils étaient là-bas et elle était ici, à Lake Eden, bloquée dans une salle des fêtes par une terrible tempête de neige. Faute de pouvoir enquêter sur les faits et gestes de Brandi au cours des derniers mois, elle tenterait donc d'éclaircir le mystère de son enfance à Browerville, Minnesota.

Ayant retrouvé un peu de son entrain, Hannah se leva, enfonça de nouveau les serviettes dans ses poches, sortit de la cuisine d'un pas déterminé et mit le cap sur Marge Beeseman. Elle savait, pour l'avoir lu dans le *Lake Eden Journal*, que la bibliothèque municipale dont s'occupait Marge venait d'être désignée par l'administration des Trois Comtés comme lieu de conservation des archives scolaires.

Marge était assise près de Lisa et de Jack, le père de cette dernière. Hannah les salua puis se tourna vers sa jeune associée.

« Où est Herb ?

— Il s'est mis à la disposition de Mike, répondit Lisa avant d'ajouter en aparté : Ils ne sont pas au courant. »

Hannah se colla un sourire sur le visage et, s'adressant à Marge, déclara :

« J'ai appris pour la bibliothèque ! Toutes mes félicitations !

— Merci. Ça représente un travail monumental, mais, en contrepartie, on nous accorde une belle subvention.

— Génial. Savez-vous si ces archives incluent les annuaires des lycées ?

— Oui, nous les avons tous. J'ai fini de les classer pas plus tard qu'hier. Ils remplissent plusieurs rayonnages. »

Hannah poussa un « ouf » de soulagement. Elle avait eu le nez creux.

« Je sais que ça ne se fait pas mais j'aimerais bien y jeter un œil, si vous m'y autorisez.

— Pas de problème. De toute façon, j'avais l'intention d'y faire un saut pour montrer à Lisa et à Jack les nouveaux présentoirs que l'atelier de ferronnerie du lycée Jordan m'a fabriqués. Joignez-vous à nous. »

Hannah, Lisa, Marge et Jack grimpèrent l'escalier de concert et s'engagèrent dans le couloir menant à la bibliothèque.

« Les annuaires sont contre le mur du fond, dit Marge après avoir déverrouillé la porte et allumé les lumières. Au centre. N'hésitez pas à vous servir de l'escabeau. Mais que cherchez-vous, exactement ?

— Euh... rien de très important, en fait. Je voulais juste voir si l'une de mes relations a beaucoup changé depuis le lycée. »

Hannah fit signe à Lisa de la suivre et fila au fond de la salle.

« Qu'est-on censé trouver ? demanda Lisa quand elles furent devant les étagères.

— Une photo de Mary Kay Hinklemeyer adolescente. Elle a fait ses études secondaires au lycée de Browerville. Sachant qu'elle a quitté le foyer familial à l'âge de seize ans, concentrons-nous sur les annuaires remontant à une dizaine d'années.

— Mary Kay Hinklemeyer c'est... le vrai nom de Brandi ?

— Tu as tout compris.

— Et elle était originaire de Browerville ?

— Bravo ! »

Lisa trouva les annuaires de Browerville, en sortit un et l'ouvrit par la fin.

« Ce ne sera pas bien difficile. Chaque volume possède un index des noms et des photos. »

Lisa avait raison. Après une courte recherche, elle tomba sur une première photo de Mary Kay Hinklemeyer, prise lors d'un match de basket. Vêtue en pom-pom girl, la future Brandi posait jambes écartées, poings sur les hanches au milieu de ses camarades. Lisa resta un long moment penchée au-dessus de la page, puis elle poussa le volume vers Hannah, assise à côté d'elle.

« Tu crois que c'est Brandi ?

— Ça m'en a tout l'air.

— Comment peux-tu en être sûre ? Elle a tellement changé !

— C'est vrai, répondit Hannah en s'abstenant d'ajouter que la chirurgie esthétique y était sans doute pour quelque chose. Feuilletons cet annuaire depuis le début. Nous reconnaîtrons peut-être quelqu'un d'autre. »

Elles tournèrent les pages en silence jusqu'à ce qu'elles découvrent un portrait de groupe pris à l'intérieur d'un gymnase, sans doute à l'occasion d'un championnat. Au premier plan, il y avait la troupe des pom-pom girls et, derrière elles, plusieurs musiciens avec leurs instruments.

« Je rêve ou c'est lui ? dit Lisa en désignant le trompettiste, un jeune homme affublé d'une paire de lunettes à monture d'écaille.

— Kirby Welles ? » Hannah marqua la page et se dépêcha d'aller vérifier dans l'index. « J'ai trouvé son nom. J'ignorais qu'il venait de Browerville.

— Moi aussi. »

Pendant que Lisa se replongeait dans l'annuaire en quête d'un autre scoop, Hannah repensa à sa dernière conversation avec Kirby. Il avait déclaré ne pas connaître Brandi. À l'en croire, il l'avait vue pour la première fois en début de soirée, quand on les avait présentés l'un à l'autre. Sur l'instant, elle avait douté de sa sincérité, mais à présent la preuve était faite qu'il mentait. Brandi et lui se connaissaient depuis le lycée, à l'époque où elle encourageait l'équipe de basket sous le nom de Mary Kay Hinklemeyer. D'où la réaction de Kirby en apprenant sa mort.

« Merci pour ton aide, Lisa, dit Hannah en reculant sa chaise.

— Pas de quoi. Tu vas interroger Kirby Welles ?

— Oui, de ce pas », dit Hannah sans se retourner.

À cause de son mensonge, le professeur de musique du lycée Jordan était devenu son suspect numéro 1.

Chapitre 15

Durant la demi-heure que Hannah avait passée à la bibliothèque, la salle de banquet s'était transformée en dancing. Les élèves de sport-étude avaient pris les choses en main, remisant les grandes tables à tréteaux sous l'escalier pour n'en laisser que deux, près de la cuisine, et disposant une grande quantité de petites tables rondes pour quatre personnes autour de la piste de danse, laquelle encerclait l'arbre de Noël comme un pneu son enjoliveur.

On avait tamisé les lumières et apporté des litres de café, tandis qu'un gros bol de punch trônait sur l'une des tables à tréteaux. Chargé du service, Ron Metcalf distribuait aux amateurs ce qu'il appelait « du lait de poule à l'anglaise ». Un deuxième bol de punch, presque identique mais sans alcool, avait été prévu pour ceux qui n'aimaient pas le rhum ou n'avaient pas le droit d'en consommer.

Ayant épuisé leur répertoire de musiques de Noël, Kirby Welles et son orchestre s'étaient de nouveau rabattus sur les grands standards du jazz. Ils attaquaient « Strangers in the Night » quand, parmi la dizaine de couples rassemblés sur la piste, Hannah repéra Laura Jorgensen dans les bras d'un homme brun de haute taille. Ils dansaient joue contre joue. Deux secondes plus tard, elle le vit de face et reconnut Drew Vavra, l'un de ses anciens camarades de terminale. À la rentrée de septembre, Drew avait été embauché par le lycée Jordan pour remplacer le défunt Boyd Watson, si bien qu'à présent il cumulait les fonctions de prof d'histoire et d'entraîneur des Lake Eden Gulls.

Hannah regarda les escarpins de Laura en espérant qu'elle s'était mise en frais pour lui. Drew était un gentil garçon, solide et plutôt mignon. La manière dont ils dansaient laissait supposer qu'ils s'entendaient bien.

Hannah attendit la fin du morceau et s'avança vers eux. Pour savoir où Laura se trouvait au moment du meurtre, elle devait lui parler seule à seule. L'occasion se présenta d'elle-même.

« Veux-tu aller me chercher du punch, Drew ? » demanda Laura. Quand son cavalier se fut éloigné, elle se tourna vers Hannah. « Je veux que tu sois la première à l'apprendre, puisque c'est grâce à toi que Drew a réussi son épreuve d'algèbre. Nous venons de nous fiancer !

— Félicitations ! s'écria Hannah en lui prenant la main. Je suis très heureuse pour vous deux. Et si jamais Drew doit encore résoudre une équation du second degré, vous savez où me trouver. »

Laura éclata de rire. Hannah ne l'avait jamais vue aussi rayonnante.

« On sort ensemble depuis trois semaines seulement, mais on ne peut déjà plus se passer l'un de l'autre. C'est dingue, non ? Ce soir, il m'a invitée à danser, et au bout de dix secondes il m'a demandée en mariage, ajouta-t-elle en lui montrant la bague qu'elle avait au doigt.

— C'est tellement romantique, répondit Hannah, un peu émue. En plus, cette bague est magnifique.

— Je trouve aussi. Quand je pense que je me suis accrochée à Martin pendant deux ans ! J'avais tort, mais il a fallu que je rencontre Drew pour m'en apercevoir.

— Eh bien... je suis vraiment contente que vos chemins se soient croisés ! » dit Hannah en jetant un coup d'œil à l'estrade.

Les musiciens s'étaient levés, certains se dirigeaient vers la cuisine où les attendaient leurs assiettes garnies tandis que d'autres se ruaient sur les canettes de soda stockées dans les glacières portatives.

« Je dois te laisser. Il faut que je parle à Kirby avant qu'il prenne sa pause. »

En marchant vers l'orchestre, Hannah se promit de rayer Laura de sa liste. Si elle était amoureuse de Drew, pourquoi aurait-elle tué Brandi ?

« Kirby ? lança-t-elle. Il faut qu'on parle.

— Ça ne peut pas atten...

— Non, l'interrompit Hannah en grimpant sur l'estrade. Pourquoi m'avoir caché que tu connaissais Brandi depuis le lycée et qu'elle s'appelait en réalité Mary Kay Hinklemeyer ?

— Je... Elle ne voulait pas que ça se sache. On ne s'était plus revus depuis qu'elle avait quitté le foyer familial.

— Comment était-elle, en ce temps-là ?

— Euh... un peu rebelle, mais elle dansait merveilleusement bien. On participait à des concours et on remportait toujours le premier prix. Et aussi... il nous est arrivé de sortir ensemble.

— Quand tu dis "sortir ensemble", c'est bien ce que je pense ? »

Kirby piqua un fard.

« Oui.

— Quand Martin t'a présenté sa femme, tu lui as dit que vous aviez fréquenté le même lycée ?

— Non. J'allais le faire mais Mary Kay m'a regardé de travers et je me suis ravisé. À mon avis, Martin ignore qu'elle était d'ici. »

Hannah passa à la question qui lui brûlait les lèvres.

« Vous avez pu vous retrouver seul à seule ?

— Eh bien... pour tout dire... » Le visage de Kirby passa du rouge au gris. « Oui. Elle s'est approchée de l'estrade et m'a demandé de la rejoindre dans le vestiaire.

— Tu l'as fait ?

— Il ne s'est rien passé, je te le jure. Nous avons juste parlé du bon vieux temps, de nos anciens camarades... »

Depuis le début de cette conversation, quelque chose la chiffonnait sans qu'elle puisse dire quoi. Soudain, elle réalisa que Kirby évitait soigneusement de croiser son regard, comme un opossum menacé par un renard. Il était temps de jouer cartes sur table.

« Bon, dis-moi franchement, qu'as-tu pensé en apprenant qu'elle avait épousé Martin ? demanda-t-elle en guettant sa réaction.

— Que c'était une grosse erreur. D'ailleurs, Mary Kay s'en était rendu compte. Elle m'a dit qu'elle s'ennuyait avec lui et... qu'elle allait le larguer. Ensuite... » Sa voix s'étrangla sous le coup de l'émotion. « Tu as vraiment besoin de le savoir ?

— Oui. Tu dois me dire tout ce qui peut aider à coincer l'assassin de Brandi.

— OK. Mais s'il te plaît, appelle-la Mary Kay. C'est le prénom sous lequel je souhaite me la rappeler. Mary Kay... voulait que je parte avec elle. »

Hannah cligna des yeux.

« Tu veux dire que Bran... enfin, Mary Kay, allait quitter Martin pour toi ?

— Non ! Ce n'est pas cela, crois-moi, je t'en prie. Mary Kay avait l'intention de le quitter mais pas pour moi. Elle voulait juste que je lui tienne compagnie. Elle détestait la solitude.

— Je vois, dit Hannah, même si elle ne voyait pas grand-chose. Est-ce que... heu... Mary Kay t'a dit quand elle comptait partir ?

— Ce soir. Elle prévoyait de s'esquiver dès que Martin aurait le dos tourné et de rouler jusqu'à l'aéroport de Minneapolis.

— Pour rentrer à Las Vegas ?

— Non, pas à Vegas. Elle avait choisi les Bahamas. Si j'avais accepté de l'accompagner, elle m'aurait même offert le billet. Il paraît que son manteau vaut au moins vingt mille dollars. Elle l'aurait vendu, ainsi que sa bague de fiançailles. De quoi mener la grande vie pendant quelque temps. Pour me convaincre, elle a même ajouté que, au cas où l'argent viendrait à manquer, elle possédait un couteau ancien dont elle pourrait tirer un bon prix.

— Qu'as-tu répondu ?

— Que je ne pouvais pas partir, que j'aimais ma ville, mon travail. D'abord, elle a cru à une plaisanterie, puis quand elle a vu que j'étais sérieux, elle m'a traité de... » Kirby s'interrompit. « Ce n'est pas indispensable, n'est-ce pas ?

— Pas vraiment. Ce couteau ancien, elle te l'a montré ?

— Non. J'ignorais qu'il s'agissait du couteau à gâteau de ta mère jusqu'à ce que j'apprenne par toi que c'était l'arme du crime. »

Hannah s'accorda un moment de réflexion. Kirby disait la vérité, elle en aurait mis sa main au feu. Enfin, presque.

« Pourquoi tu ne m'as rien dit, tout à l'heure ?

— Je n'ai pas pu ! Je craignais que tu ne m'accuses de l'avoir tuée !

— Tu l'as tuée ? »

Kirby la fixa d'un air atterré.

« Bien sûr que non. Je l'aimais. Mary Kay était ma première vraie petite amie. Pendant que mes musiciens jouaient, je n'arrêtais pas de penser aux jours heureux que nous avions vécus ensemble. Quand tu es venue vers moi la première fois, à la pause, je t'ai dit que j'avais un truc important à faire. Tu sais quoi ?

— Non, je l'ignore.

— Je m'apprêtais à la rejoindre pour lui dire que, oui, je voulais bien m'enfuir avec elle, tout compte fait ! »

Andrea était assise avec Claire, le révérend Knudson et la grand-mère de ce dernier, Priscilla. Hannah s'avança vers eux, échangea quelques politesses puis, l'air de rien, demanda à sa sœur :

« Veux-tu bien me retrouver dans le hall d'ici cinq minutes ?

— D'accord, fit Andrea avec un regard interrogatif.

— Je vais chercher Michelle », dit Hannah en s'excusant d'un sourire auprès de Claire et des Knudson.

La plus jeune des sœurs Swensen était en grande conversation avec Luanne Hanks et Danielle Watson.

« Salut, Luanne, lança Hannah en prenant une chaise à côté d'elles. Salut, Danielle ! Ton studio de danse marche toujours aussi bien ?

— Du feu de Dieu. Surtout les danses de salon. Les seniors en sont fous. J'ai tellement de demandes que je dois refuser du monde. Justement, je voulais savoir si Luanne connaissait une personne susceptible de me seconder quelques heures par semaine.

— Je suis franchement ravie pour toi », déclara Hannah, que la métamorphose de son amie ne finissait pas d'étonner.

La jeune femme effacée qui avait trop longtemps vécu sous l'emprise de son mari violent était devenue une entrepreneuse prospère. « Tu ne comptes pas débaucher Luanne, j'espère. »

Danielle la rassura d'un signe de tête.

« Ta mère et Carrie me tueraient si j'osais faire une chose pareille.

— Tu n'as pas tort, s'esclaffa Luanne. D'autant que, à partir de la semaine prochaine, j'aurai encore plus de prix à leurs yeux.

— Que se passe-t-il la semaine prochaine ? s'enquit Hannah.

— Maman, Suzy et moi emménageons chez Nettie, dans la partie vacante de sa villa. Et comme je ne serai plus tributaire du chasse-neige, je pourrai arriver plus tôt à la boutique et travailler plus tard les jours d'hiver.

— Tant mieux pour toi ! »

C'était une excellente nouvelle. Ceci pour deux raisons. Luanne, qui avait toujours vécu dans la maison de ses parents loin du centre-ville, allait enfin pouvoir profiter des avantages que procure un logement bien placé. Et, en l'accueillant chez elle, Nettie allait enfin pouvoir profiter de sa petite-fille Suzy. Hannah ne doutait pas que, après avoir perdu son fils trois ans auparavant et son shérif de mari quelques mois plus tôt, Nettie finirait par reprendre goût à la vie.

« Michelle ? dit Hannah à sa jeune sœur. Veux-tu bien me retrouver dans le hall d'ici cinq minutes ? »

Michelle acquiesça avec la même expression intriguée qu'Andrea dix minutes auparavant.

« À plus tard, mesdames. »

Hannah tourna les talons, grimpa les marches, fit en passant un petit salut à Lonnie qui gardait toujours l'entrée principale et alla s'installer sur l'un des sièges disposés autour du village de Noël.

Le mur derrière la maquette était recouvert d'un grand miroir. En voyant son reflet, Hannah faillit hurler. On aurait dit qu'elle ne s'était pas coiffée depuis des mois. La faute en revenait à la neige et aux bourrasques sur le parking, sans doute. Ayant tant bien que mal aplati ses boucles rebelles, Hannah prit le temps d'admirer son joli cardigan. Norman l'avait bien choisi. Il modelait gracieusement ses épaules et descendait assez bas pour dissimuler une partie de son postérieur, trop rebondi à son goût.

« La classe ! » s'exclama-t-elle en tournant pour faire voler sa jupe.

Un détail clochait pourtant : ces deux bosses qui lui déformaient les hanches, semblables aux bajoues d'un hamster mutant.

Pressée de remédier à cette faute de goût, Hannah sortit les serviettes qu'elle avait pourtant pris soin de replier correctement. Quand les pères Noël, rennes, flocons, houx et autres angelots se retrouvèrent à l'air libre, Hannah les contempla d'un œil dubitatif. Pourquoi diable avait-elle oublié d'emporter son bloc sténo ? songea-t-elle amèrement. Une idée lui vint. Janice Cox pourrait sans doute la dépanner.

Dix secondes plus tard, elle déboulait dans les locaux de Kiddie Corner. Assis en rond devant un sapin de Noël, les enfants de petite section écoutaient une lycéenne leur lire une histoire. Les plus grands avaient migré vers la bibliothèque où ils regardaient un dessin animé sous la surveillance de deux élèves de terminale.

« Celui-ci te conviendrait-il ? proposa Janice en extrayant de son tiroir un calepin rose fluo. Je sais que tu préfères le vert mais je n'en ai pas en magasin. Regarde, le stylo est fourni avec et maintenu par une bande velcro.

— Parfait », se réjouit Hannah qui aurait quand même préféré une couleur moins voyante.

Mais comme disait sa mère, à cheval donné on ne regarde pas les dents.

« Je suis contente que tu sois là, Hannah. J'avais quelque chose à te montrer. » D'un autre tiroir, Janice sortit plusieurs feuillets couverts d'une écriture enfantine. « Pour occuper les élèves de grande section, je leur ai proposé de rédiger leurs lettres au père Noël. Les lycéens les ont aidés, bien sûr. Or, tout à l'heure, Linda Nelson est venue me dire que Tracey lui avait demandé l'orthographe de certains mots. Des mots qu'on n'a pas l'habitude d'entendre dans la bouche d'une petite fille de cinq ans.

— Lesquels ?

— "Blizzard", pour commencer. Mais ça, c'est normal étant donné ce qui nous arrive. En revanche, "adjoint" m'a paru plus problématique. Ensuite, Tracey a voulu savoir si "cadavre" s'écrivait avec un ou deux D.

— Oups.

— Je ne te le fais pas dire. Et ce n'est pas tout. J'ai lu sa lettre au père Noël. Eh bien... tu sais que j'adore Tracey, mais, franchement, cette petite est trop intelligente pour son âge ! »

Hannah prit la feuille que Janice lui tendait, s'accroupit sur un minuscule tabouret près du tableau noir et se plongea dans la prose de sa nièce en oubliant l'inconfort de sa position.

Cher père Noël,

Comment vas-tu ? Moi, ça va. J'espère que tu te souviens de moi, avec tous ces enfants qui t'écrivent en ce moment. Je m'appelle Tracey Todd et je vis à Lake Eden, Minnesota. Mon père est le nouveau shérif du comté de Winnetka et ma mère est agent immobilier. L'année dernière, je t'ai demandé une maison de poupée et tu me l'as apportée. C'est vraiment sympa de ta part.

Là, je t'écris pour que tu aides ma tante Hannah. Tu la connais. C'est elle qui a fait les cookies qu'on a laissés pour toi sous le sapin, il y a un an. Ce soir, c'est le grand banquet de Noël, nous avons goûté des tas de bonnes choses, et maintenant nous sommes tous coincés dans le centre communautaire. On s'amuse bien mais on n'a pas le droit de rentrer chez nous. Le maire a dit que c'était à cause du blizzard mais je sais que ce n'est pas juste pour ça. Edna Ferguson a coupé les gâteaux et après j'ai vu tante Hannah revenir du parking. Elle était toute pâle et elle a emmené oncle Mike (le premier adjoint de papa) dans un coin pour lui parler. Comme ils avaient l'air vraiment inquiets, je me suis dit que Hannah avait encore trouvé un cadavre. Elle en trouve sans arrêt. Les grands nous obligent à écrire des lettres et à regarder des films. À mon avis, c'est juste pour qu'on ne s'aperçoive pas qu'il se passe des choses bizarres ici.

Bon, je vais te dire ce que je souhaite cette année.

En premier, je veux que le nouveau bébé arrive. Papa s'inquiète et maman est horriblement grosse. Donc, s'il te plaît, arrange-toi pour qu'il vienne bientôt. Ils seront très contents tous les deux. Maman dit que c'est un garçon et qu'il s'appellera Billy. C'est bien mais, s'il est encore temps, j'aimerais plutôt avoir une petite sœur.

En deuxième, je veux que Rose accepte de donner sa recette du gâteau à la noix de coco à ma tante Hannah pour son livre de cuisine. Tante Hannah la réclame depuis longtemps mais Rose ne veut pas. Pourrais-tu arranger ça, s'il te plaît ? Normalement, on ne peut plus rien ajouter dans le livre mais l'éditeur est très gentil et je suis sûre qu'il acceptera.

En troisième, j'ai un grand service à te demander. Je sais que tu es très occupé en ce moment, mais si tu peux, va dire à oncle Mike que tante Hannah ferait une bonne épouse. Ensuite va voir oncle Norman et dis-lui la même chose. S'ils la demandent en mariage tous les deux, tante Hannah sera obligée d'en choisir un et comme ça il y aura encore une grande fête. Maman m'a commandé une robe pour les noces de Lisa et Herb. Ils devaient se marier à la Saint-Sylvestre mais, comme ils n'ont pas eu le temps de se préparer, c'est reporté à la Saint-Valentin et maman va tout organiser. Du coup, je vais avoir une autre robe. Une robe en velours rouge. En plus, je tiendrai un bouquet de roses blanches sans épines.

Il y a encore autre chose, père Noël. Maman et tante Hannah sont très inquiètes pour grand-mère Delores. Elles pensent que Winthrop est un escroc. Si c'est vrai, je veux qu'il s'en aille. Si c'est faux, tu peux le laisser fréquenter grand-mère, même s'il ne me plaît pas beaucoup.

À part ça, je ne veux rien. Ou alors un chiot, peut-être. Mais je sais que je l'aurai de toute façon, alors ce n'est pas grave si tu oublies.

Gros bisous,
Tracey

PS : si ce n'est pas un secret, je voudrais savoir comment tu as fait entrer ma maison de poupée dans le salon, l'année dernière. Elle est trop grosse pour passer par la cheminée. J'ai mesuré.

Chapitre 16

« Désolée, dit Hannah en se précipitant vers ses sœurs assises dans le hall à l'attendre. J'ai dû faire un saut à Kiddie Corner pour emprunter ce bloc sténo.

— Tu as vu Tracey ? demanda Andrea.

— Elle est à la bibliothèque avec ses copines. Elles regardent un Walt Disney », répondit Hannah en se demandant si elle devait l'informer que sa fille savait qu'un meurtre avait été commis. Mais à quoi bon l'inquiéter ? « Alors, qu'ont donné tes recherches ? Quelqu'un dans la salle a-t-il déjà entendu parler de Mary Kay Hinklemeyer ?

— Non, absolument personne, soupira Andrea. J'avais un espoir avec Joe Dietz. Il a croisé un dénommé Sam Hinklemeyer à l'armée, mais ce type-là est né dans l'Idaho.

— Bon. Ne restons pas sur un échec. Il faut absolument se ressaisir, dit Hannah en vidant de nouveau ses poches. Tout d'abord, nous allons recopier mes notes sur le calepin de Janice. »

Andrea déplia une première serviette et tenta de déchiffrer ce qui était écrit dessus.

« C'est une tache d'encre ou de graisse ?

— Je n'en sais rien. OK, on inverse. Je lis, tu notes, dit Hannah en lui tendant le carnet rose fluo. Toi, Michelle, tu écoutes, et si un truc t'interpelle, tu m'arrêtes.

— D'accord. » Michelle alla prendre la corbeille à papier près de la porte d'entrée, s'arrêta devant Lonnie, lui tapota le bras pour l'encourager et revint s'asseoir. « Voilà, tu n'auras qu'à les jeter là-dedans au fur et à mesure. »

Hannah se pencha sur le gribouillis qu'Andrea n'avait pas pu déchiffrer. En effet, l'encre avait coulé et s'était mélangée à une tache de graisse. Le résultat faisait penser à un test de Rorschach.

« On dirait... » Au lieu de dire « un vase », ou « deux personnes de profil », ou « un papillon » comme elle l'aurait fait en d'autres circonstances, Hannah resta concentrée. « Kirby. Kirby Welles. Pour autant que je sache, c'est la dernière personne à avoir parlé à Brandi avant sa mort. Ils se sont vus dans le vestiaire vers 19 h 35.

— C'est-à-dire juste après que nous avons discuté elle et moi dans les toilettes, souligna Michelle. Il faut noter ça. »

Andrea leva les yeux au ciel.

« C'est déjà fait. Je l'ai même noté à deux endroits. Vois-tu, je suis en train de créer une table chronologique. À quelle heure êtes-vous entrées dans les toilettes ?

— Il était 19 h 15. J'ai regardé ma montre.

— OK. Brandi est donc restée avec Martin jusqu'à 19 h 15. Ensuite, vous êtes allées vous refaire une beauté et vous avez discuté jusqu'à... quoi, 19 h 30 ?

— Oui. Je l'ai questionnée sur sa vie à Las Vegas.

— Qu'as-tu appris ?

— Pouce, les filles ! intervint Hannah. Je cherche mes guirlandes de houx.

— Tu cherches quoi ? répondirent en chœur les deux autres.

— Mes guirlandes de houx. J'ai noté leur conversation sur une serviette décorée de guirlandes de houx. Ah, la voilà ! s'écria-t-elle en agitant le carré imprimé à la manière d'un fanion.

— Elle tombe en morceaux, constata Andrea.

— Il y a de la crème au chocolat au milieu et un truc collant dans un coin, ajouta Michelle.

— Ça ne m'empêche pas de lire, s'obstina Hannah en étalant la serviette du mieux qu'elle put sans la déchirer. J'ai écrit : *bague, pierre verte, petits diamants, M. craint vison plus bague égal crâneuse.*

— Cette bague, tu as eu le temps de l'examiner, dit Michelle à Andrea. Donc tu peux la décrire mieux que moi. Le reste de la phrase signifie que Martin ne voulait pas que Brandi la porte. Il craignait que la vision de ce bijou, en plus du manteau de fourrure, ne déclenche l'hostilité de certaines personnes.

— Des personnes comme Shirley, rebondit Hannah, laquelle a reconnu devant moi avoir promis à Martin de l'aider à se débarrasser de Brandi afin qu'ils puissent se remarier.

— Un beau mobile ! s'écria Michelle.

— Ou un bel alibi, rétorqua Hannah. Shirley se trouvait avec Martin dans la remise sous l'escalier au moment où Brandi est morte. Ils sont donc hors de cause tous les deux.

— C'est bon, j'ai pigé, dit Andrea en posant son stylo pour se masser les doigts. Revenons à ma chronologie. Sais-tu à quelle heure Brandi a été tuée ?

— Je l'ai trouvée à 20 h 15 et le Dr Knight a dit qu'elle n'était pas restée plus de trente minutes dans le froid. Ce qui situe l'heure de sa mort entre 19 h 45 et 20 h 15.

— Ça réduit considérablement la fenêtre de tir, fit Andrea en se remettant à gratter. Parle-nous un peu de Kirby, Hannah. Que faisait-il avec Brandi dans le vestiaire ?

— Elle lui avait donné rendez-vous.

— Ah, mais alors, c'est pour ça qu'elle regardait sans arrêt sa montre ! » s'exclama Michelle. Si sa benjamine avait été un personnage de bande dessinée, Hannah n'aurait pas été surprise de voir une ampoule s'allumer dans une bulle au-dessus de sa tête. « Moi qui croyais qu'elle craignait de laisser Martin seul trop longtemps...

— Ça colle, marmonna Hannah.

— De quoi parles-tu ? demanda Andrea, son stylo rose fluo levé au-dessus de la page.

— Ils s'étaient connus au lycée et...

— Kirby a fait ses études avec Brandi ?

— Oui, ou plutôt avec Mary Kay Hinklemeyer. Elle a été sa première petite amie.

— Incroyable ! articula Michelle. Tu penses qu'il l'a tuée parce qu'elle avait épousé Martin et pas lui ? »

Hannah secoua la tête.

« Impossible. Pour la bonne raison que le jazz-band n'a pas cessé de jouer et que, sans Kirby à la batterie, ils n'auraient pas pu le faire. Non seulement cela, mais Kirby n'était pas jaloux.

— Tu en es sûre ? demanda Andrea.

— Certaine. Vois-tu, Brandi lui a avoué qu'elle avait l'intention de quitter Martin. Elle prévoyait de prendre sa voiture, de rouler jusqu'à l'aéroport de Minneapolis et de s'envoler pour les Bahamas. Elle lui a même proposé de l'accompagner.

— C'est drôlement... romantique, soupira Michelle.

— C'est surtout dégueulasse pour Martin, répliqua Hannah. D'après Kirby, Brandi comptait vendre sa bague et son manteau de vison pour pouvoir mener la grande vie là-bas. Et si cela ne suffisait pas, elle avait aussi... un couteau en argent.

— Quel couteau en... » Andrea s'interrompit et, cette fois, c'est au-dessus de sa tête que l'ampoule aurait pu s'allumer. « Tu veux parler du couteau à gâteau de notre mère ?

— Le seul, l'unique.

— Donc c'est Brandi qui l'a volé ? conclut Michelle dans un froncement de sourcils.

— Probablement.

— Son assassin le lui a arraché des mains et l'a planté dans sa... fit Andrea d'une voix étranglée.

— N'allons pas trop vite en besogne. Attendez que je trouve les angelots. Ma liste des suspects figure au verso. »

Hannah passa en revue les serviettes restantes tout en lisant à voix haute les notes inscrites dessus. Il y avait sa conversation avec Shirley, son entretien avec Martin et les réponses que le maire Bascomb avait fournies à Delores – sa rencontre avec Brandi à Las Vegas dans la boîte de striptease, le rendez-vous qu'il lui avait fixé et auquel il n'avait pas pu se rendre parce qu'il était ivre.

« Moi qui la prenais pour une danseuse de revue ! soupira Michelle. Je regrette de lui avoir posé ces questions. »

Hannah prit sa petite sœur par les épaules.

« Je comprends, tu dois être déçue.

— Déçue, pas vraiment. Si elle m'avait dit qu'elle était strip-teaseuse et prostituée à ses heures, je lui aurais surtout posé des questions différentes. Dans la pièce que je joue, il y a un rôle de call-girl qui me plaît bien ! »

Dix minutes plus tard, les trois sœurs n'étaient pas plus avancées. Hannah avait trouvé les angelots, mais tous les suspects inscrits au verso – hormis le suspect inconnu – possédaient un alibi.

« Et maintenant, qu'est-ce qu'on fait ? lança Hannah à la cantonade.

— Je n'en sais rien, dit Michelle. Ça me dépasse.

— Moi aussi, souffla Andrea. Dommage que nous n'ayons pas de chutes à visionner, ce coup-ci.

— Quelles chutes ? bredouilla Hannah.

— Tu sais, lorsque nous enquêtions sur le meurtre de Boyd Watson et que nous avons regardé les vidéos du concours des farines Hartland.

— Nous n'avons rien trouvé sur ces bandes, lui rappela Hannah.

— Je sais, mais on aurait pu. Si ce soir quelqu'un avait filmé le banquet, nous disposerions peut-être de quelques précieux indices.

— Attends un peu, dit Michelle, l'œil pétillant. Norman n'a pas cessé de mitrailler la salle, les plats, les convives. Il a très bien pu photographier Brandi au moment où elle volait le couteau, ou son assassin en train de la suivre dans la cuisine.

— Non, dit Andrea, dubitative. Si Norman avait assisté à ce genre de scène, il aurait donné l'alarme.

— Et s'il n'avait rien remarqué ? Réfléchis une seconde. Norman est concentré sur sa prise de vue, il cadre un invité… qui pioche dans une marmite, par exemple. Mais la table des desserts est là, en arrière-plan. Quand il déclenche l'appareil, il ne voit pas Brandi s'emparer du couteau, pourtant elle est bel et bien dans le champ.

— C'est loin d'être idiot, dit Hannah que l'enthousiasme de sa sœur commençait à gagner. Allons le trouver. Nous n'avons pas une minute à perdre. Développer une pellicule prend au moins deux heures.

— Je crois que ce sera plus rapide, Hannah.

— Comment cela ?

— J'ai vu son appareil. C'est un numérique. »

Après l'avoir cherché partout, Hannah trouva Norman dans la cuisine, devant plusieurs assiettes si bien remplies qu'elles auraient suffi à nourrir l'équipe de football des Lake Eden Gulls, remplaçants compris.

« Coucou, Norman, dit-elle en s'asseyant face à lui.

— Coucou, Hannah. Ce banquet de Noël restera dans les mémoires. Les gens sont ravis. À les en croire, ils n'ont jamais aussi bien mangé.

— Ça fait plaisir à entendre. »

Hannah regrettait de ne pas l'avoir tenu au courant. Elle l'aurait fait si les événements des deux dernières heures lui en avaient laissé le temps, songea-t-elle avant de se jeter à l'eau.

« J'ai besoin de vous, Norman.

— Le contraire m'aurait étonné. »

Cette réponse la laissa interdite.

« Mais… vous ne savez pas pourquoi j'ai besoin de vous.

— Est-ce si important ?

— Eh bien, peut-être pas.

— Pour ma part, que vous ayez besoin de moi suffit. Donc, pour qui penchez-vous ?

— Je…

— Qui a tué Brandi ? Vous devez bien avoir une petite idée, non ?

— Vous savez qu'elle est morte ?

— Bien sûr. Comme le photographe de la police était indisponible, Mike m'a demandé de couvrir la scène de crime. Franchement, c'est tout un art. Je n'aurais rien pu faire sans ses indications. »

Hannah le regarda dans les yeux et se mit à cogiter. Mike avait-il déjà visionné les photos de la soirée ? Si tel était le cas, cela signifiait-il que Norman n'avait capturé aucun indice utile sur sa pellicule, ou sur son disque, enfin sur ce truc qui sert à enregistrer les photos dans un appareil numérique ? Était-ce seulement un appareil numérique ?

« Vous avez quel genre d'appareil ?

— Un numérique. Une merveille de technologie. Avec une définition incroyable. Les photos sont encore meilleures qu'en argentique.

— Et le résultat est immédiat.

— Absolument. On cadre, on déclenche, on vérifie et, si la photo est ratée, on la jette et on recommence. En plus, ça ne me revient pas à tellement cher si l'on prend en compte le prix d'un agrandisseur et des produits. »

Hannah commençait à perdre patience.

« Parfait. Maintenant, suivez-moi, je vous prie. Mes sœurs nous attendent là-haut. Elles ont hâte de voir ce que contient votre merveille de technologie.

— Une seconde, dit Norman en poussant vers elle sa tasse de café. Buvez ça. Et prenez quelques bouchées de cette poire belle-Hélène. Je vous sens tendue.

— Pas du tout ! » lui renvoya-t-elle sèchement.

Puis elle rit pour montrer qu'elle n'était pas fâchée.

« C'est mieux ainsi, fit Norman en la regardant, amusé, plonger ses lèvres dans la tasse. Mangez tranquillement, je vais chercher du chocolat pour vos sœurs. Il se peut qu'elles aient besoin d'un petit remontant elles aussi.

— Excellente idée », répondit Hannah tandis qu'il s'éloignait. Elle se sentait nettement mieux déjà, mais était-ce grâce au chocolat qui nappait les poires au sirop ou à Norman lui-même ? « Je crois que la nuit sera longue. »

Chapitre 17

« C'est bon ? » demanda Andrea, assise au premier rang dans la salle dédiée à l'audiovisuel du centre communautaire.

Ses deux sœurs, plus minces qu'elle, s'étaient faufilées derrière le poste de télé pour aider Norman à brancher son appareil sur l'écran géant.

« Oui, ça y est ! dit Michelle en émergeant. Il suffisait de débrancher le câble de l'antenne. »

Hannah apparut à son tour, secoua la poussière sur ses mains et dit :

« Personne n'a jamais nettoyé là derrière.

— C'est fort possible. » Andrea tendit à sa sœur l'une des serviettes que Norman avait apportées avec les poires belle-Hélène. « Cette télé est le joujou du maire Bascomb. Bill dit qu'il s'en sert pour regarder les matchs des Vikings. Il organise même des petites fêtes privées les soirs de finale.

— Qui sont les invités ? voulut savoir Michelle.

— Ses amis, bien sûr. Il leur offre à boire, à manger et tout le monde hurle à tue-tête. Pour les grands événements comme le Super Bowl, ils ont même droit à des cartons d'invitation. Maintenant qu'il est shérif, Bill y sera sûrement convié.

— Tu l'accompagneras ? » demanda Hannah, sachant que sa sœur n'éprouvait aucun intérêt pour le sport.

Elle s'efforçait de retenir les résultats des derniers matchs et le nom des joueurs les plus populaires pour les ressortir devant ses clients, mais, la plupart du temps, elle se contentait de leur poser la question à mille dollars : « Au fait, où en sont les Vikings ? » et de les laisser poursuivre en monologue.

« Ce sont des soirées entre mecs exclusivement. J'imagine que ça chahute un peu vers la fin.

— Oui, sûrement. »

Hannah se demanda si le maire avait choisi d'exclure les épouses pour pouvoir inviter d'autres femmes. C'était peu probable. Une telle pratique serait vite arrivée aux oreilles de Stephanie Bascomb via Radio Cancan, et les fêtes d'après-match auraient disparu dans les oubliettes de l'histoire communale depuis belle lurette.

« Allumez, voulez-vous ? » dit une voix venant d'un Norman toujours masqué par l'écran. Hannah s'exécuta et, deux secondes plus tard, une image s'afficha. C'était un portrait en pied d'Edna près du sapin de Noël.

« Ça marche ! annonça-t-elle, impressionnée par la taille gigantesque de son amie cuisinière.

— Ouf, j'ai cru que je n'y arriverais jamais, dit Norman. J'avais juste interverti l'entrée et la sortie. »

Ignorant totalement de quoi il parlait, Hannah s'abstint de tout commentaire.

« Cette photo est vraiment réussie, Norman. Mais comment faire pour savoir à quelle heure elle a été…

— Patience. Je règle l'affichage, l'interrompit Norman.

— D'accord, dit Hannah en s'asseyant près d'Andrea pour mieux lire les chiffres qui venaient de s'inscrire en bas de l'écran. Pouvez-vous avancer jusqu'aux photos du couteau ?

— OK, c'est parti, fit Norman.

— 18-20 », annonça Michelle quand elle reconnut le fameux ustensile en argent.

Norman en avait réalisé plusieurs clichés, dont un montrant Hannah, puis il était passé dans la cuisine où Edna et ses assistantes disposaient les amuse-gueules sur les plats de service.

« Donc, à 18 h 23, le couteau était toujours à sa place. » Andrea ouvrit le calepin rose, nota l'heure et se tourna vers Hannah. « Qu'est-ce qu'on cherche, maintenant ?

— Les photos prises après que Brandi et Kirby Welles ont été présentés l'un à l'autre. C'était à 19 h 30, n'est-ce pas ? »

Andrea retrouva sa chronologie.

« Exact.

— Des photos montrant la table des desserts en arrière-plan ou Brandi se dirigeant vers la cuisine. Avec un peu de chance, nous verrons la personne qui l'a suivie.

— L'assassin, souffla Michelle.

— Eh oui. »

Hannah attendit que Norman s'arrête sur l'image numérotée *19-39*. « OK… À présent, ouvrez grand vos yeux. »

Cinq minutes et quinze photos plus tard, Hannah s'écria :

« On aperçoit la table des desserts au loin. Comment savoir si le couteau y est toujours ?

— Attendez, je crois que j'ai la solution, dit Norman en zoomant.

— J'ignorais qu'on pouvait faire ça ! s'exclama Hannah.

— C'est l'un des intérêts de la photographie numérique. »

Un silence studieux s'abattit sur la salle, puis, soudain, un cri jaillit de trois gorges en même temps. Ce fut Michelle qui parla la première.

« Regardez ! On voit une main refermée sur le manche du couteau !

— La main de Brandi ? » Hannah regarda Andrea. « Toi qui sais reconnaître une marque de vernis à vingt mètres de distance.

— Oui, c'est peut-être elle, marmonna Andrea. Brandi portait Rose Perlé, comme la main qu'on aperçoit sur la photo, mais cette teinte est très à la mode en ce moment. En plus, la main est tournée de telle façon qu'on ne voit pas si elle porte une bague.

— Et toi, Michelle ? Qu'en penses-tu ?

— Je crois que c'est elle, mais je n'en jurerais pas.

— Donc ce cliché ne constitue pas une preuve recevable, soupira Hannah. On peut juste affirmer que le couteau a été pris par une femme aux ongles roses.

— Laquelle aurait très bien pu le reposer immédiatement, fit remarquer Andrea.

— Après l'avoir regardé de plus près, par exemple. Oui, tu as raison. Passons à la photo suivante, Norman. Elle nous en apprendra peut-être davantage. »

Bien que prise deux secondes plus tard, la photo suivante était pareillement cadrée. Norman zooma et s'écria :

« Le couteau a disparu et il n'y a plus personne près de la table. C'est bien cette femme qui l'a volé.

— Et ça, qu'est-ce que c'est ? demanda Hannah en désignant la droite de l'écran. La jambe de Brandi au moment où elle sort du champ ?

— Il y a des chances, oui.

— Elle portait des bottes en cuir argenté, leur rappela Hannah. Pouvez-vous agrandir ce mollet, Norman ?

— Il y a une plante au premier plan. Je veux bien essayer, mais je ne garantis rien.

— On dirait qu'elle a une tache sur la cuisse, intervint Andrea.

— Voyons si on peut améliorer la définition, murmura Norman en tripotant les commandes de son appareil. Là, qu'en dites-vous ?

— C'est Brandi ! hurla Michelle en bondissant de son siège.

— Qu'est-ce qui te fait dire ça ? demanda Hannah. Tu dois en être absolument certaine.

— Je le suis. Tu te souviens quand je t'ai dit qu'elle m'avait montré ses tatouages ? Eh bien, celui-là, sur sa cuisse, c'est son tout premier. Il représente un petit verre à brandy.

— Michelle a raison, abonda Andrea. Il s'agit bien d'un verre à brandy. Je reconnais la forme, on nous en a offert un service pour notre mariage. Hannah, dois-je inscrire que Brandi a pris le couteau à 19 h 42 et qu'elle est partie avec ?

— Oui, je t'en prie. Voyons ce qui se passe ensuite. J'aimerais savoir si elle s'est rendue directement dans la cuisine.

— Allons-y, dit Norman en reprenant le défilement. Sur celle-ci, j'ai photographié Edna et ses assistantes près de l'arbre de Noël, mais... en arrière-plan, on voit quelqu'un entrer dans la cuisine. »

Hannah retint son souffle, le temps que Norman zoome sur la porte.

« C'est Brandi, j'en suis sûre, maintenant ! Pourvu qu'on voie aussi la personne qui l'a suivie. »

Norman passa trois clichés sans intérêt et s'arrêta au quatrième. On y voyait un groupe de gens qui discutaient un verre à la main, et, dans le fond, la porte entrouverte de la cuisine.

« Attendez... je zoome, dit Norman. J'aperçois une femme sur le seuil mais il y a du monde devant. Elle porte une jupe noire.

— C'est suffisant ! glapit Andrea. Notre enquête sera bientôt bouclée, Hannah ! Il suffit de trouver une femme avec une jupe noire. Rien de plus facile !

— Rien ne nous prouve que ce soit elle la meurtrière, répliqua Hannah pour modérer ses ardeurs. Elle a peut-être eu besoin d'aller se laver les mains, par exemple, et elle est ressortie peu après.

— Donc tout dépend du temps qu'elle aura passé à l'intérieur, marmonna Michelle, pensive. Combien de temps faut-il pour commettre un meurtre ? »

Hannah haussa les épaules.

« Pour traverser la cuisine, ouvrir la porte du garde-manger, puis celle qui donne sur le parking et suivre Brandi jusqu'à la voiture de Martin, il faut environ deux minutes. Ajoutons deux autres minutes pour le meurtre en lui-même. Je dirais que, si cette femme ne ressort pas dans les cinq minutes, nous devrons la considérer comme suspecte.

— Elle *est* suspecte, déclara Norman à la grande surprise des sœurs Swensen. Pendant que vous discutiez, j'ai regardé la suite sur mon appareil. Je peux vous dire que, cinq minutes plus tard, elle n'était toujours pas ressortie. Malheureusement, je n'ai rien de plus à vous offrir.

— Pourquoi ? s'étonna Hannah.

— J'ai changé de sujet et de lieu. Désolé. Je peux vous proposer des photos des musiciens, des Plotnik devant le sapin, du village de Noël dans le hall, mais je n'en ai aucune montrant la porte de la cuisine entre 19 h 47 et le moment où vous avez trouvé le corps de Brandi.

— Ne soyez pas désolé, Norman. Grâce à vous, nous tenons enfin une piste. Et vous êtes un grand photographe.

— Merci. Maintenant, qu'est-ce qu'on fait ?

— Un exercice de logique, ça vous tente ? De deux choses l'une : soit la femme à la jupe noire est la coupable, soit c'est un témoin oculaire. Si elle n'a pas poignardé Brandi, elle a forcément croisé le meurtrier dans la cuisine. Donc elle sait qui il est. Conclusion : il faut l'interroger mais sans perdre de vue qu'elle peut être dangereuse.

— Je te suis, acquiesça Michelle. Comment pouvons-nous t'aider ?

— Pour l'instant, contentez-vous d'observer les convives et de noter le nom des femmes en jupe ou en robe noire.

— Si nous nous répartissons le travail, ce sera vite fait, dit Norman en sortant un calepin de sa sacoche de photographe. Il me reste quelques stylos publicitaires de Noël dernier. »

Michelle leva la main.

« J'en veux bien un. Ma colocataire m'a donné cinq dollars pour celui que vous m'avez offert. Elle n'avait jamais vu de stylo en forme de brosse à dents.

— Je devrais peut-être changer de carrière et devenir créateur de stylos, plaisanta Norman. Par où voulez-vous que je commence, Hannah ?

— Vous pourriez prendre le côté gauche de la salle et vous diriger vers le centre. Toi, Michelle, tu ferais la même chose mais à partir de la droite.

— Et moi ? demanda Andrea, un peu contrariée. Tu veux bien de mon aide, hein ?

— Bien sûr. Je voudrais que tu vérifies les pièces du rez-de-chaussée. En plus, ça te permettra de faire un petit coucou à Tracey. Si vous remarquez une femme correspondant à la description, n'intervenez surtout pas. Contentez-vous de noter son nom. On l'interrogera plus tard. Andrea, n'oublie pas les lycéennes qui se trouvent dans la bibliothèque et au club du troisième âge. On se rejoint ici même dans vingt minutes pour faire le point.

— Et toi, où seras-tu pendant ce temps ? voulut savoir Michelle.

— Je me charge de la cuisine, des toilettes des dames, du vestiaire et de la piste de danse. Mais avant cela, je dois informer Mike. Par simple correction. Je lui dirai que nous défrichons le terrain et que nous lui laisserons la partie noble du travail, à savoir les interrogatoires.

— Vous pensez qu'il vous croira ? demanda Norman avec un sourire mal dissimulé.

— Évidemment puisque c'est la vérité ! Je vous répète ce que j'ai déjà dit à Michelle et à Andrea. La situation est exceptionnelle. Mike est seul sur cette enquête. Je ferai de mon mieux pour l'assister. »

Hannah n'osait pas entrer dans la pièce que Mike avait convertie en bureau. D'un côté, elle craignait de le déranger, de l'autre, elle savait que les informations qu'elle détenait pouvaient s'avérer cruciales pour son enquête. Ayant pesé le pour et le contre, elle frappa deux coups sur la porte, se dessina un sourire et attendit. En vain.

« Allez, Mike », gronda-t-elle en frappant plus fort. Toujours aucune réponse.

Était-il ailleurs ? Il n'y avait qu'une seule façon de le savoir, songea-t-elle en posant la main sur la poignée. Au pire, elle lui laisserait un mot.

Hannah poussa le battant et, ô surprise, trouva Mike assis à son bureau, en train de discuter avec quelqu'un. Au regard qu'il lui lança, elle se sentit de trop.

« Je suis occupé, Hannah, dit-il en lui montrant la porte.

— Je vois cela. Désolée, mais il faut que je vous parle. Ici, tout de suite. Ça ne prendra que deux secondes.

— Non.

— Non ça ne prendra pas deux secondes ? Ou non vous ne voulez pas m'écouter ?

— Non pour les deux. Je suis en entretien. On discutera plus tard.

— Mais vous ne comprenez pas, Mike. Je suis venue vous aider. J'ai une info hyperimportante !

— J'ai dit plus tard, Hannah. Je vous en prie, ne vous mêlez pas de cela. Une enquête est une chose sérieuse. Je n'ai pas de temps à vous consacrer. Fermez la porte et laissez-moi faire mon boulot. »

Hannah tira sur la porte un peu plus fort que nécessaire mais réussit à ne pas la claquer. Une performance pour elle. S'il avait consenti à l'écouter, Mike aurait pu boucler son enquête en deux temps, trois mouvements mais il était trop orgueilleux pour comprendre qu'il laissait passer sa chance. Donc, fini les scrupules. Désormais, elle poursuivrait ses propres investigations et coincerait le meurtrier de Brandi sans lui.

Chapitre 18

Hannah descendit l'escalier en maugréant et, comme toujours lorsqu'elle était contrariée, fila dans la cuisine. Seulement, cette fois, ce n'était pas pour y chercher du réconfort. Enfin, pas uniquement. Elle y allait aussi pour voir comment étaient vêtues les assistantes d'Edna.

Ces dames étaient en plein ménage. Les unes passaient la serpillière, les autres lavaient les plats de service ou transféraient les restes du banquet dans des récipients destinés aux bonnes œuvres du révérend Strandberg. Ne voyant aucune jupe noire dépasser des tabliers, Hannah retourna dans la salle.

Elle repéra une table libre idéalement située, au bord de la piste de danse. À peine Hannah fut-elle assise qu'elle aperçut Cheryl Coombs dans les bras de son cavalier. Cheryl portait une jupe noire. Prise d'angoisse, Hannah se demanda pendant une dizaine de secondes ce qui aurait pu pousser Cheryl à occire la femme de Martin, puis le couple de danseurs passa sous un spot et l'illusion se dissipa. La jupe n'était pas noire mais vert bouteille.

Après la piste de danse, Hannah alla inspecter la pièce étroite et longue qui servait de vestiaire. Quand elle alluma, un cri étouffé retentit dans le fond. Son arrivée intempestive avait dérangé un couple d'adolescents. La fille rougissante remit de l'ordre dans ses cheveux. Le garçon déglutit et tenta de se justifier.

« Désolé, mademoiselle Swensen. On était juste… euh…

— C'est bon. Je ne veux rien savoir, l'interrompit Hannah. Allez plutôt danser.

— Oui, on y va, mademoiselle Swensen », dit la fille en prenant la main de son amoureux pour l'entraîner vers la sortie.

La lycéenne portait une robe bleue. Il n'y avait personne d'autre dans le vestiaire. Ils s'esquivèrent sous le regard indulgent de Hannah. Pourtant, au moment d'éteindre la lumière, un détail l'intrigua. Quelque chose brillait sur le sol. Une flaque d'eau. Le gros sac posé juste à côté ressemblait à s'y méprendre à celui qu'elle-même utilisait pour transporter ses chaussures quand elle sortait avec ses bottes de neige.

Tenaillée par la curiosité, Hannah s'accroupit et ouvrit la fermeture éclair. À l'intérieur, une paire d'escarpins noirs à petits talons. Ces souliers fins étaient trempés mais, à part ça, ils n'avaient rien d'exceptionnel. À gauche du sac s'alignaient plusieurs paires de bottes. Hannah souleva la première. Les semelles étaient sèches. Même chose pour les autres. Conclusion : la femme à qui appartenaient les escarpins était récemment sortie du centre communautaire. Pourquoi n'avait-elle pas mis ses bottes pour marcher dans la neige ? Parce qu'elle était pressée, supposa Hannah.

Hannah rangea ce deuxième indice dans son escarcelle mentale et sortit du vestiaire d'un pas déterminé. Il s'agissait à présent de trouver une femme vêtue d'une jupe ou d'une robe noire et chaussée de bottes de neige. Le genre de tenue qui ne passait pas inaperçue.

Hannah poursuivit sa tournée d'inspection par une visite des toilettes des dames. Elle ferait semblant de se recoiffer, décida-t-elle. Malheureusement, sa brosse était restée dans son sac à main et son sac à main dans un tiroir de la cuisine. Pour comble d'infortune, elle ne pouvait pas non plus se remaquiller parce qu'elle ne mettait jamais de poudre et que le bâton de rouge à lèvres Pretty Girl que Luanne lui avait vendu un an auparavant prenait la poussière sur sa commode.

Par chance, il n'y avait pas foule dans les toilettes. Hannah salua Charlotte Roscoe et Sally Laughlin. L'une était en rouge, l'autre en bleu clair. Puis Carrie fit son entrée, toute de blanc vêtue. Hannah lui adressa un petit signe amical et prit le chemin de la sortie. Au même instant, elle vit sous la porte d'une cabine une paire de bottes qui dépassait et s'arrêta net.

« Carrie, dit-elle pour donner le change. Savez-vous que Norman a réalisé d'excellentes photos pour notre livre de cuisine ? » Elle aurait tout donné pour savoir tenir une conversation mondaine, mais elle n'était ni Andrea ni Delores.

« Ça ne m'étonne guère. Norman excelle dans tout ce qu'il entreprend.

— Je suis bien d'accord avec vous. Je vous dis cela parce que, si ses photos sont retenues, mon éditeur a promis de citer son nom dans les remerciements.

— Il en sera très flatté, assurément, répondit Carrie avant de lui chuchoter au creux de l'oreille : Qu'est-ce qui ne va pas ? Pourquoi regardez-vous sous cette porte ? »

Hannah s'était trahie.

« Je veux savoir si la femme qui est dans la cabine porte une jupe noire, lui répondit-elle sur le même ton.

— Pourquoi ?

— Un monsieur m'a demandé de vérifier si son épouse était ici. Je ne la connais pas mais il paraît qu'elle porte une jupe noire.

— Votre mère a raison. Vous ne savez pas mentir.

— Pardon ?

— Ne vous fatiguez pas, Hannah. Vous racontez n'importe quoi, n'est-ce pas ?

— Euh, eh bien...

— Vous avez sans doute une bonne raison. Attendez-moi dehors, je m'en occupe. »

Hannah obéit. Que pouvait-elle faire d'autre ? Une minute plus tard, Carrie ressortait des toilettes.

« Jupe à rayures bleues et argentées, annonça-t-elle en soupirant. C'est tout ce que vous vouliez savoir ?

— Oui, c'est tout. Merci, Carrie. »

Hannah allait partir, mais Carrie la retint.

« Je peux vous poser une question ?

— Oui, bien sûr, allez-y !

— Que pensez-vous de Winthrop ?

— Oh. C'est que... on a juste échangé deux mots tout à l'heure... bredouilla-t-elle. Il m'a paru avoir une forte personnalité. »

Sa réponse dut plaire à Carrie car celle-ci la libéra. En regagnant la salle de banquet, Hannah regarda sa montre.

Elle disposait encore de cinq minutes avant d'aller retrouver ses sœurs et Norman dans le hall. Juste le temps pour une tasse de café.

Hannah remit le cap sur la cuisine. En chemin, elle aperçut Babs Dubinski assise toute seule dans son coin. Babs semblait morose, ce qui n'était pas étonnant après tous les chocs qu'elle avait encaissés durant la semaine. D'abord, elle avait appris que son fils s'était remarié sur un coup de tête avec une danseuse de Las Vegas, puis que ce même fils dépensait des sommes folles pour sa nouvelle épouse, au risque de laisser ses enfants dans le besoin. Pour couronner le tout, sa bru venait de mourir poignardée. Babs ne la portait pas dans son cœur mais, quand même, ça faisait beaucoup pour une seule personne.

« Coucou, Babs, fit Hannah en s'approchant. J'allais me chercher du café. Vous en voulez ?

— Oui, avec plaisir. » Babs lui tendit sa tasse vide. « Inutile d'en salir une autre. »

En se penchant pour l'attraper, Hannah vit la jupe noire que Babs portait avec son chemisier en soie rouge. La surprise fut telle qu'elle faillit lâcher prise. Puis une idée lui vint et elle laissa délibérément tomber la tasse.

« Oh, zut ! gémit-elle en contemplant les éclats de porcelaine sur le sol. Heureusement, elle était vide. Attendez, je ramasse les morceaux et je vais vous en chercher une autre. »

Espérant que Babs n'ait pas compris son subterfuge, Hannah s'agenouilla, regarda sous la table et retint un cri de stupeur. Des bottes de neige ! Babs portait des bottes en plus de sa jupe noire !

« Si vous remarquez une femme correspondant à la description, n'intervenez surtout pas. Contentez-vous de noter son nom. On l'interrogera plus tard », avait-elle préconisé moins d'une demi-heure auparavant.

Hannah se releva, regarda Babs au fond des yeux puis s'affala sur la chaise voisine. Quand elle avait appelé ses sœurs et Norman à la prudence, comment aurait-elle pu imaginer que le meurtrier n'était autre que cette petite dame timide et effacée ? Pourtant, tous les indices concordaient. Il n'était plus temps de tergiverser. Elle devait battre le fer tant qu'il était chaud.

« Qu'y a-t-il, Hannah ? demanda Babs, intriguée par son attitude.

— Parlons sérieusement, Babs. Je veux que vous me disiez exactement ce qui s'est passé sur le parking avec Brandi.

— Avec Brandi ? Qu'est-ce que vous... ? » Babs s'interrompit et, renonçant à nier l'évidence, poussa un soupir frissonnant. « Très bien. De toute façon, je ne peux plus garder ça pour moi. Oui, j'ai tué Brandi, mais c'était un accident. Il faut me croire ! »

Hannah récupéra la serviette décorée d'un poinsettia qui traînait sur la table.

« Je ne demande que cela, Babs. Seulement, vous devez me dire la vérité.

— Je n'aimais pas Brandi mais, surtout, je ne lui faisais pas confiance. La première fois qu'elle est venue à la maison avec Martin, je pense qu'elle a volé ma montre.

— Vous pensez ou vous en êtes sûre ?

— Sur le moment, non, je n'en étais pas sûre. Comme le bracelet me pinçait légèrement, je ne la mettais que pour sortir. Le reste du temps, je la laissais dans le salon, près de mon fauteuil, ou dans une coupelle sur ma coiffeuse, ou dans la cuisine sur le rebord de la fenêtre. Eh bien, après le départ de Martin et Brandi, je ne l'ai plus retrouvée. J'ai cherché partout, en vain. Après tout, j'aurais pu la déplacer moi-même et ne pas m'en souvenir...

— Je comprends.

— Donc, ce soir, j'ai décidé de ne pas quitter Brandi des yeux. Je ne voulais pas qu'elle vole quelque chose ici et que ça retombe sur mon fils. Il a une réputation à préserver.

— Que s'est-il passé ? demanda Hannah, qui connaissait déjà la réponse.

— Elle a volé le couteau en argent de votre mère. Je l'ai vue faire, Hannah. Elle a mis son manteau de vison sur son bras et elle s'est avancée jusqu'à la table des desserts, comme pour admirer vos cookies. Elle en a pris deux puis elle a fait trois pas de côté et s'est arrêtée devant le gâteau. Ça n'a duré que quelques secondes. Elle s'est emparée du couteau, l'a caché dans les plis de son manteau et a filé vers la cuisine.

— Et vous l'avez suivie ? »

Babs hocha la tête.

« D'abord, j'ai regardé si Martin était dans les parages. Après tout, Brandi était sa femme, c'était à lui de s'en occuper. Mais je suppose qu'à ce moment-là, Martin était avec Shirley. Je n'avais donc pas le choix. J'ai suivi Brandi dans la cuisine pour lui dire ma façon de penser et l'obliger à rendre le couteau.

— Vous l'avez trouvée ?

— Non, il n'y avait personne dans la cuisine. Mais la lumière du garde-manger était allumée. J'ai passé la tête dans l'entrebâillement et, là, j'ai vu que la porte donnant sur le parking était ouverte. Quand je suis sortie, Brandi avait déjà parcouru une dizaine de mètres dans la neige.

— Vous lui avez couru après ?

— Oui. J'ai songé un instant à rebrousser chemin pour mettre mon manteau et mes bottes, mais je ne voulais pas lui laisser le temps de cacher le couteau. J'avais à peine fait deux pas que j'ai entendu une portière claquer. Puis il y a eu un bruit de moteur. Brandi était montée dans la voiture de Martin. Elle n'allait pas tarder à démarrer. Je devais l'en empêcher. Alors, je me suis précipitée et... »

Hannah lui tapota la main. Babs était si bouleversée qu'elle n'arrivait plus à parler.

« Je vous en prie, Babs, poursuivez.

— Je suis arrivée avant qu'elle passe la marche arrière. Elle n'avait pas dû me voir, sinon elle aurait verrouillé sa portière. Quand je l'ai ouverte, elle était en train de manger un cookie. Elle m'a regardée bizarrement. J'ai tendu le bras, j'ai arraché la clé de contact, et ensuite j'ai voulu la faire sortir de la voiture. Je l'ai empoignée et...

— Et ?

— J'ai vu sa bague. La bague de fiançailles de mon arrière-grand-mère. Une émeraude sertie de diamants que j'avais offerte à Martin et Shirley le jour de leur mariage. C'en était trop. J'ai vu rouge. Je devais absolument récupérer cette bague...

— Mais Brandi s'est défendue ?

— Comme une tigresse. Elle m'a donné un grand coup dans la poitrine. Je suis tombée en arrière dans la neige. Je commençais à me relever quand je l'ai vue qui prenait quelque chose sur le siège passager. Le couteau de votre mère. Elle s'est jetée sur moi et a tenté de me poignarder.

— Elle vous a blessée ?

— Non, j'ai pu lui saisir le poignet à temps. Elle voulait vraiment me tuer. À un moment, elle a glissé et s'est étalée dans la neige. J'ai essayé de me relever et... je ne sais trop comment, je me suis retrouvée couchée sur elle.

— C'est là que vous l'avez tuée ?

— Non ! Je lui serrais toujours le poignet. J'ignorais où était passé le couteau. À un moment, j'ai vu qu'elle ne bougeait plus. Je la croyais évanouie. Alors j'ai récupéré la bague et j'ai cherché le couteau pour le rapporter dans la salle. J'ai fouillé partout dans la neige. Et tout à coup, je l'ai vu, planté dans sa poitrine.

— Qu'avez-vous fait ?

— Je lui ai pris le pouls, mais c'était trop tard.

— Vous n'avez pas appelé d'ambulance ? Vous n'êtes pas rentrée chercher du secours ? »

Babs secoua la tête.

« Je ne suis pas fière de moi. Mais il faisait très froid et j'étais sous le choc. J'ai retiré la neige sur mes vêtements et je suis repassée dans la cuisine.

— Quelqu'un vous a vue ?

— Non, il n'y avait personne. J'ai fait couler de l'eau tiède dans l'évier pour réchauffer mes mains engourdies. Mes vêtements n'étaient pas tachés. J'ai vérifié. Ensuite, comme j'avais les pieds trempés, je suis allée dans le vestiaire retirer mes escarpins et mettre mes bottes à la place. »

Hannah replia la serviette « poinsettia » et la rangea dans la poche de son cardigan.

« Vous savez ce qu'il vous reste à faire, n'est-ce pas ?

— Oui. Je vais tout raconter à Mike, mais d'abord, je voudrais parler aux enfants. Je veux que Martin l'apprenne de ma bouche. »

Hannah hésita un instant. C'était une demande inhabituelle et contraire à la procédure. Et puis, au diable les règles, songea-t-elle. Après tout, elle ne collaborait plus avec la police.

« Entendu. Allons trouver Martin et Shirley. »

Il ne leur fallut pas longtemps pour les repérer et les conduire à l'écart de la foule. Quand Babs eut tout avoué, Martin lui demanda d'une voix étranglée :

« Tu as tué Brandi ?

— Elle ne l'a pas tuée, intervint Shirley. C'était un accident. Elle voulait juste récupérer le couteau que Brandi avait volé. »

Babs confirma d'un signe de tête.

« Shirley a raison. C'est horrible, je le sais, mais il s'agit d'un accident. Brandi a voulu me poignarder, nous sommes tombées ensemble dans la neige et... J'espère seulement que Mike me croira. Maintenant, il faut que j'aille le voir.

— Pas question ! réagit Martin en la prenant par le bras. Ne lui dis rien, maman. Il va t'arrêter pour meurtre !

— Non, je ne pense pas. Brandi avait une arme et pas moi.

— Mais il n'y a aucune preuve de cela. À part toi, personne ne l'a vue voler ce couteau. Imagine que le procureur opte pour une autre version. Il pourrait arguer que c'est toi qui l'as pris sur la table, que tu as rattrapé Brandi sur le parking et que tu l'as menacée pour qu'elle te rende la bague. Tu risques d'aller en prison !

— Du calme, Martin, s'interposa Hannah. Norman a pris une photo de Brandi en train de voler le couteau.

— Vraiment ? C'est... c'est formidable ! Donc, d'après toi, j'ai tort de m'inquiéter ?

— Oui, tu as tort. En plus, la police ne trouvera pas les empreintes de Babs sur le manche. Il se peut qu'elle passe quelques heures au poste. Mike la gardera peut-être le temps de vérifier ses dires. Dès que les résultats des analyses tomberont, il la relâchera.

— On reste avec toi, maman », dit Martin en s'accrochant au bras droit de sa mère.

Shirley fit de même mais du côté gauche.

« Allons trouver Mike tous ensemble. Quand ce sera réglé, nous aurons une bonne nouvelle à t'annoncer.

— C'est vrai ? fit Babs en souriant pour la première fois de la soirée. Je crois que j'ai deviné laquelle, et je m'en réjouis d'avance ! »

Hannah laissa Babs, Martin et Shirley devant la porte de Mike puis courut retrouver ses sœurs et Norman dans le hall.

« Faites ce que je dis, mais ne faites pas ce que je fais, la gronda gentiment Norman quand elle leur eut narré les derniers événements.

— Oui, je le reconnais. J'ai pris des risques.

— Si ç'avait été l'un d'entre nous, dit Andrea en plissant les paupières, tu nous aurais sonné les cloches.

— Ça aussi, je le reconnais.

— Bon, tout s'est bien terminé, intervint Norman pour désamorcer la dispute qu'il sentait poindre. Inutile d'épiloguer. Allons voir s'il reste du gâteau au chocolat. Je me sens un peu faible, et, avec ce blizzard qui persiste, nous ne sommes pas près de rentrer chez nous. »

Michelle, Andrea et Norman s'engagèrent dans l'escalier. Avant de descendre à son tour, Hannah se retourna vers la porte principale et vit à travers la vitre que, en effet, le vent soufflait toujours aussi fort. Prendre le volant dans ces conditions aurait été suicidaire. Elle tentait de se rappeler à quand remontait la dernière grosse tempête quand soudain une forme blanche apparut derrière le rideau de flocons.

« Il y a quelqu'un dehors, cria-t-elle à l'intention de Lonnie qui arpentait le hall. Je crois que c'est Bill !

— Bill ? Où ça ? demanda Andrea en faisant volte-face.

— Là, dans l'allée. Rattrape Michelle et dis-lui de monter une tasse de café bien chaud. »

Lonnie sortit pour aider Bill à parcourir les derniers mètres. Quand ils rentrèrent tous les deux, Andrea s'approcha de son mari, lui retira sa parka et la remit à Hannah qui la suspendit au portemanteau près de la porte. Bill grelottait lorsqu'il prit la tasse que Michelle lui tendait.

« Ça pèle, dehors. Figurez-vous que le chauffage de ma voiture est tombé en rade à mi-chemin.

— Oh, mon pauvre chéri, roucoula Andrea en se blottissant contre lui pour le réchauffer. Tu n'aurais pas dû venir jusqu'ici. De toute façon, l'affaire est résolue.

— Pardon ?

— Le meurtre, dit Michelle. Nous avons trouvé la coupable il y a quinze minutes. Bois ton café avant qu'il refroidisse. Ensuite nous te conduirons dans la salle où Mike procède aux interrogatoires.

— Qui est mort ? Que se passe-t-il ?

— Le central ne t'a pas informé ? s'étonna Hannah. Pourtant, il me semble que Mike a tenté de te joindre peu après que j'ai trouvé le cadavre.

— Le cadavre de qui ? »

Le regard atterré de Bill se posa sur Hannah, puis sur Michelle, avant de revenir vers Andrea.

« Celui de Brandi Wyen-Dubinski, la nouvelle femme de Martin. Elle est morte sur le parking. Je te raconterai tout quand tu seras dégelé, promit Andrea. Pour l'instant, le plus important, c'est que Mike nous restitue le couteau en argent de Delores. Le plus tôt sera le mieux, sinon elle risque de s'en apercevoir.

— S'apercevoir de quoi ?

— Qu'il a servi à tuer quelqu'un… Sauf qu'il ne s'agit pas vraiment d'un homicide », précisa Hannah en se levant pour voir si Norman revenait avec le gâteau au chocolat.

De toute évidence, Bill avait besoin d'un remontant. Leurs explications étaient pourtant on ne peut plus claires. En temps normal, il aurait déjà percuté.

Chapitre 19

« Vous êtes un excellent cavalier, dit Michelle à Norman qui la raccompagnait à sa table.

— J'ai suivi des cours. Je craignais que Hannah me trouve maladroit et refuse de danser avec moi. »

Hannah éclata de rire. Depuis qu'elle savait que le meurtre de Brandi n'en était pas un, elle avait retrouvé sa bonne humeur. La soirée tirait à sa fin mais elle comptait profiter pleinement du temps qu'il restait.

« Si vous me prenez pour la Pavlova, vous risquez d'être déçu.

— J'en jugerai par moi-même dans quelques minutes, répliqua Norman avant de s'incliner devant Andrea. M'accorderez-vous cette danse, madame ?

— Ce serait avec plaisir, mais… ce soir, je passe mon tour. Je me sens terriblement pataude. Je crois que j'ai trop forcé sur les desserts. J'ai dû en manger vingt.

— Peut-être pas vingt mais… marmonna Hannah en récapitulant mentalement tout ce que sa sœur avait englouti. Je dirais au moins une demi-douzaine. Enfin, je n'ai peut-être pas tout vu. Tu n'es pas malade, j'espère ?

— Non, ça va. Juste un peu fatiguée. Je vais rester là, à vous regarder. Les pieds sur une chaise.

— Tu veux que je replie ma veste pour t'en faire un coussin ? proposa Michelle. Tu seras plus à l'aise. »

Norman se tourna vers Hannah et lui présenta son bras. Avant de s'éloigner, celle-ci demanda à sa sœur, l'air inquiet :

« Dis-moi, Andrea, il ne se passera rien pendant que nous danserons, n'est-ce pas ?

— Je crois que si. » Devant la mine interloquée de sa sœur, Andrea se mit à rire. « Mais pas ce à quoi tu penses. Je crois que tu vas bien t'amuser avec Norman. »

Kirby et son orchestre jouaient « Moon River ». Renonçant à l'habitude qu'elle avait prise à l'époque où elle enseignait la valse à sa sœur cadette, Hannah se laissa guider. Cela dit, « Moon River » n'était pas une valse mais un slow. Et Norman était juste assez enrobé pour ajouter à l'exercice une délicieuse sensation de confort. Quel plaisir de danser avec lui, joue contre joue, corps contre...

« Excusez-moi. »

Une voix profonde et douloureusement familière interrompit le fil de ses pensées. Norman la fit pivoter, si bien qu'elle se retrouva nez à nez avec Mike, ou plus exactement nez à torse, vu la différence de taille.

« Vous voulez... ? fit Norman, légèrement contrarié.

— Non, répondit Mike en souriant. Danser avec Hannah ne me déplairait pas mais je suis de service. Je venais juste l'avertir que Bill et moi conduisons Babs Dubinski au poste de police.

— Vous ne comptez pas l'arrêter, rassurez-moi.

— Non. Mais nous devons filmer sa déposition. Nous ne l'arrêterons que si les résultats de l'autopsie contredisent ses déclarations.

— Excellente nouvelle, dit Norman en exerçant une pression sur la main de Hannah, de nouveau posée sur son épaule. Merci de nous avoir informés, Mike.

— C'est normal. Vous avez défriché le terrain, et je vous en remercie. »

Hannah fut tentée de lui répondre qu'ils avaient fait bien plus que défricher le terrain mais choisit de se taire.

« Bref, je voulais vous dire que Shirley et Martin nous suivront en voiture et qu'Earl Flensburg nous ouvrira la route avec son chasse-neige.

— Vous ne prenez pas votre Hummer ? s'étonna Hannah.

— Non. Je préfère le laisser ici, en cas d'urgence. Il est capable d'affronter les pires conditions météo. Rien ne lui fait peur.

— Vous parlez de cette voiture comme s'il s'agissait d'un être humain.

— Pardon ?

— Votre Hummer a peut-être son mot à dire sur la question ! »

Mike resta interdit. Norman, lui, se mit à pouffer, mais si discrètement que seule Hannah, toujours serrée contre lui, le remarqua.

« Bref, reprit Mike en écartant le sujet d'un revers de main. Gardez en tête qu'Earl ne reviendra pas avant une bonne heure, mais que mon Hummer est à votre disposition. »

Hannah n'en croyait pas ses oreilles. Mike tenait à ce véhicule comme à la prunelle de ses yeux. Qu'il envisage de le lui confier était une preuve de confiance tout bonnement extraordinaire.

« Tenez, dit-il en lui remettant les clés. J'ai foi en votre jugement. Je sais que vous trouverez quelqu'un qui saura le conduire. »

Quoi ? Il la jugeait incapable de conduire elle-même son cher Hummer ? En le regardant gravir l'escalier, Hannah se retint pour ne pas exploser. Elle était tellement furieuse que, s'il s'était retourné, le regard qu'elle lui lançait l'aurait sans doute transformé en un petit tas de cendres. Ce type avait peut-être un sex-appeal hors du commun, mais c'était le pire macho que la terre ait porté.

« Qu'en dites-vous ? lui demanda Norman, intrigué par son mutisme. Moi, je trouve que c'est très généreux de sa part. Tout le monde sait qu'il adore son Hummer.

— Pour l'adorer, il l'adore. Vous avez raison, c'est très généreux de sa part. Je suis même prête à parier que le conducteur que je choisirai sera du même avis !

— Oh », fit Norman sans autre commentaire. Il avait compris. « Si nous finissions ce slow ? Moi, ce que j'adore, c'est danser avec vous.

— Pareil pour moi. »

Hannah se détendit et se laissa emporter par la musique. Elle commençait à oublier la goujaterie de Mike quand elle sentit qu'on lui tapait sur l'épaule. C'était Andrea.

« Tu as changé d'avis ? Tu veux danser, finalement ? dit Hannah, surprise de la voir au milieu de la piste.

— Non. Je suis désolée de vous déranger mais je crois que l'heure est venue. »

Hannah la fixa d'un air bête.

« Tu veux dire que... ?

— Oui, précisément. Ça urge. »

Chapitre 20

En moins d'une minute, Norman et Hannah rassemblèrent manteaux, bottes et bonnets, puis descendirent chercher Andrea et l'aidèrent à grimper les marches. Par bonheur, Delores, qui valsait avec Winthrop, ne remarqua pas l'exode de sa fille cadette, encadrée d'un côté par son aînée et de l'autre par son dentiste.

Ils atteignaient le hall quand ils aperçurent Michelle qui discutait avec Lonnie. Ce dernier gardait toujours la porte principale, au cas où l'un des convives aurait eu la mauvaise idée de sortir.

Michelle blêmit en voyant Andrea.

« Est-ce que...

— Oui, dit Hannah. Norman et moi l'emmenons à l'hôpital avec le Hummer de Mike. Pourrais-tu me rendre un petit service ?

— Tout ce que tu voudras.

— Occupe-toi de notre mère. Quand elle verra que nous sommes partis, elle voudra savoir pourquoi. Tu devras l'empêcher de nous rejoindre.

— Elle serait capable de braver la tempête ?

— Oui, j'en suis quasiment sûre, répondit Andrea avec un petit sourire. Elle veut être la première à voir l'enfant qui portera son prénom.

— Tu veux dire que... ton bébé s'appellera Delores ?

— C'est ce que je lui ai promis. Si c'est une fille, bien sûr. Mais je suis tranquille, j'attends un garçon.

— Bien joué, répondit Michelle. Bon, ne vous inquiétez pas. Je ferai en sorte qu'elle ne bouge pas d'ici.

— Il y a une autre chose. Si tu sens qu'elle est trop agitée pour s'occuper de Tracey, peux-tu le faire à sa place ?

— Ça marche ! dit Michelle en serrant Andrea dans ses bras. C'est tellement excitant. Je vais être tante pour la deuxième fois ! »

Hannah se tourna vers Lonnie.

« Veux-tu nous escorter jusqu'au Hummer ? Le châssis est assez haut, je crains qu'Andrea n'ait besoin d'aide pour grimper sur la banquette. Ce ne sera pas long. Michelle gardera la porte en ton absence. »

Quand Andrea fut installée à bord du véhicule et que Lonnie eut regagné le centre communautaire, Hannah secoua les clés de contact puis les tendit à Norman.

« Vous voulez conduire ?

— Non, je vous laisse faire. J'aime mieux monter à l'arrière avec Andrea.

— Vous n'avez pas envie de piloter un Hummer ?

— Bien sûr que si, mais je préfère voir la tête de Mike quand il apprendra que c'est vous qui teniez le volant. »

Hannah démarra et s'enfonça dans la blanche nuée tourbillonnante, qui se referma derrière eux. Sur la banquette, Andrea respirait fort.

« Qu'est-ce que tu fais ?

— Je halète. Ça ralentit le travail. Je suis contente que Norman soit près de moi.

— Pourquoi ?

— Je sais que les futurs dentistes partagent certains cours avec les étudiants en médecine. Donc je me dis que... Vous savez comment faire, hein ? »

Il y eut un long silence, puis Norman partit d'un grand éclat de rire.

« Je crois que j'y arriverai. Pratiquer un accouchement ne doit pas être plus compliqué qu'extraire une dent de sagesse. »

Hannah parcourut le premier kilomètre sans grande difficulté. Ce Hummer était vraiment le véhicule idéal. Il franchissait aisément des congères qui auraient eu raison d'un autre 4x4. Quant à sa tenue de route, elle était exceptionnelle, même sur le verglas. En d'autres circonstances, Hannah se serait régalée.

À la sortie de la ville, Hannah s'engagea sur Old Lake Road. Elle commençait à peine à se détendre que les choses se gâtèrent. Ne rencontrant plus d'obstacles, le vent soufflait de plus en plus fort. On n'y voyait pas à plus d'un mètre, et l'épais manteau de neige qui recouvrait le sol empêchait de différencier la chaussée des bas-côtés. Hannah s'agrippait au volant en priant pour ne pas basculer dans le fossé. Les flocons qui voltigeaient dans le faisceau des phares rajoutaient à la sensation de vertige. Bientôt, elle confondrait la gauche et la droite, le haut et le bas.

Soudain, le dernier rond-point avant l'hôpital de Lake Eden se profila devant ses yeux. Hannah ne saurait sans doute jamais comment elle était parvenue jusque-là. Après ce qu'elle avait traversé, repérer l'allée circulaire menant aux urgences fut un jeu d'enfant. Parvenue devant l'entrée, elle freina tout doucement et se mit à klaxonner comme une folle.

« On arrive ! hurla le brancardier qui venait d'apparaître. Lonnie Murphy nous a prévenus de votre arrivée.

— Hannah ?

— Oui, Andrea. »

Hannah se retourna vers sa sœur qu'on allongeait sur un chariot.

« Le gâteau, je ne le fais pas moi-même.

— Quel gâteau ?

— Celui à la gelée. Je l'achète tout prêt chez Red Owl. Je tenais à ce que tu le saches. Je ne veux pas entrer en salle d'accouchement avec ce mensonge sur la conscience. »

Quand Andrea eut disparu, un lourd silence s'installa dans l'habitacle du Hummer. Ce fut Norman qui parla le premier.

« Un café ?

— Oui.

— On entre ?

— Oui. Vous étiez dans vos petits souliers, pas vrai ?

— Ça vous étonne ? Je suis dentiste, pas obstétricien. »

Sans rien ajouter, ils descendirent de voiture et pénétrèrent dans le hall des urgences, direction le distributeur de boissons.

« Prenez ça, Hannah. » Norman déposa un tas de petites pièces au creux de sa main. « Vous vous occupez du café. Moi, j'essaie de savoir où ils l'ont emmenée. »

Norman revint juste avant que le café refroidisse et se transforme en goudron liquide.

« Le service maternité se trouve au fond de l'aile sud, annonça-t-il. L'infirmière dit qu'il y a une salle d'attente.

— OK. » Hannah lui donna son gobelet et le suivit dans le couloir. « Il faut que je trouve un téléphone pour appeler Bill.

— C'est fait. Nous n'avons plus qu'à nous armer de patience.

— La patience n'est pas ma plus grande vertu », dit Hannah en pénétrant dans la salle d'attente.

Un petit sapin de Noël était posé sur une table dans un coin ; des guirlandes en papier crépon rouge et vert s'entrecroisaient au plafond.

« Je me demande dans combien de temps le bébé sera là. » Norman haussa les épaules. « J'ai interrogé l'infirmière mais elle-même n'en sait rien. Elle a dit que le Dr Knight nous tiendrait informés. »

Ils passèrent dix minutes à feuilleter de vieux magazines et cinq autres à contempler le sapin d'un œil vague. Heureusement, les chaises étaient plutôt confortables. Sur l'écran fixé en hauteur, passaient des émissions intitulées « Le premier bain de bébé » ou « Comment aider bébé à faire son rot » que ni l'un ni l'autre n'avaient le cœur de regarder.

« Si nous faisions quelques pas dans le couloir ? proposa Norman.

— Oui. Ça nous donnera un coup de fouet. »

Le couloir était étonnamment long et large, sans doute pour permettre aux futurs pères de se dégourdir les jambes. Hannah respira à fond et se pendit au bras de Norman.

Les motifs de Noël en papier découpé qui décoraient les murs accompagnèrent leurs déambulations. Il y avait des pères Noël, des rennes, des bouquets de houx, des étoiles, des sapins. Chaque fois qu'ils passaient devant le bonhomme de neige au cache-nez rouge, Hannah comptait un. À cent, Mike apparut au bout du couloir.

« Comment ça va ? leur demanda-t-il, essoufflé.

— On n'a pas de nouvelles, répondit Hannah. L'infirmière a dit que le Dr Knight nous tiendrait informés. Bill est avec vous ?

— Non, il n'a pas fini d'interroger Babs. J'ai bien fait de vous laisser les clés du Hummer, dit-il avant de se tourner vers Norman. Il est facile à manœuvrer, n'est-ce pas ?

— Oui, sans doute. Mais demandez plutôt à Hannah. C'est elle qui conduisait. »

En voyant la bouche de Mike s'ouvrir d'étonnement, Hannah eut envie d'applaudir. Décidément, Norman avait le sens de la répartie. Elle lui adressa un clin d'œil discret puis glissa son bras libre sous celui de Mike.

« Venez avec nous. Faire les cent pas est une occupation comme une autre. »

À trois, le temps passait plus vite. Mike se mit en devoir de leur raconter comment Bill était tombé en panne à cent mètres du poste de police. Il terminait son histoire quand Earl Flensburg apparut au bout du couloir et se précipita vers eux.

« Vous êtes là ! Quel soulagement ! dit-il en secouant la main de Hannah. Tout à l'heure, je suis repassé au centre communautaire et votre petite sœur m'a dit que vous étiez partis pour l'hôpital. Du coup, j'ai avalé un café et j'ai sauté dans mon engin en me disant que vous auriez peut-être besoin d'aide. Par ce temps, on bascule dans le fossé pour un rien.

— Ça a bien failli nous arriver une ou deux fois », répondit Hannah en guettant la réaction de Mike.

Elle s'attendait à ce que ce dernier lui demande si son Hummer avait subi des dommages, mais il se contenta de froncer les sourcils. Elle le connaissait ; avant d'entrer dans l'hôpital, il avait dû se rendre sur le parking et inspecter son joujou sous toutes les coutures.

« De la part d'Edna, lança Earl en extrayant une grosse bouteille Thermos de sa parka. Elle dit que le café qu'on boit ici mériterait de figurer sur la liste des substances toxiques.

— Je vais chercher des tasses », proposa Norman.

Quand chacun fut servi, Hannah leva son gobelet fumant.

« Buvons à Edna, notre bienfaitrice !

— Comment va votre sœur ? demanda Earl.

— Bien, je pense. Comme on dit : pas de nouvelles, bonnes nouvelles. Le Dr Knight a promis de nous tenir informés. »

Sentant l'angoisse monter, Hannah se remit à arpenter le couloir. Mike et Norman la rattrapèrent. Earl hésita un instant et alla se poster à la droite de Mike, de façon à compléter le quadrille.

Le couloir était si large qu'il restait encore de la place. Heureusement car, une minute plus tard, une cinquième personne poussa la porte du service. Lisa courut vers eux.

« Le bébé est né ?

— Pas encore, répondit Hannah. Comment as-tu fait pour venir jusqu'ici ?

— Herb a réquisitionné le plus gros 4x4 du parking. Il est en train de le garer. »

Herb apparut à son tour.

« Comment va Andrea ? demanda-t-il en se précipitant vers eux.

— Bien, je pense, répondit Hannah en se disant qu'elle ferait bien de coller une note d'information sur le panneau d'affichage du hall de l'hôpital. Pas de nouvelles, bonnes nouvelles. Le Dr Knight a promis de nous tenir informés. »

Le quatuor reprit ses déambulations sous le regard médusé de Lisa et Herb. Puis, jugeant sans doute qu'ils n'avaient rien de mieux à faire, ces derniers se postèrent à la gauche de Norman.

Hannah passait pour la trois cent quatorzième fois devant le bonhomme de neige au cache-nez rouge quand elle vit son beau-frère apparaître au bout du couloir.

« Voilà Bill !

— Comment va Andrea ? » demanda-t-il, légèrement essoufflé.

Hannah se fendit d'un sourire rassurant. Décidément, elle aurait dû coller cette note d'information.

« Bien, je pense. Pas de nouvelles, bonnes nouvelles. Le Dr Knight a promis de nous tenir informés.

— Tant mieux. Qu'est-ce que vous faites ?

— Les cent pas. Une occupation comme une autre.

— Pas bête », dit Bill, avant de rejoindre l'attelage, à la gauche de Lisa. « Je vous accompagne. Marcher me fera du bien. »

Avec une musique adaptée et un peu d'entraînement, ils auraient pu monter un numéro de music-hall. La troupe des Todd et consorts en était à son quarante-troisième aller-retour depuis l'arrivée de Bill quand le Dr Knight apparut au bout couloir.

« Arrêtez d'user mon lino, dit-il en souriant jusqu'aux oreilles. C'est une fille. La mère et l'enfant se portent bien !

— Une fille ! s'exclama Bill d'un air béat. C'est merveilleux !

— Une fille ? » répéta Hannah.

Le Dr Knight était-il à ce point surmené qu'il aurait confondu le petit garçon d'Andrea avec la fille d'une autre accouchée ?

Laissant les membres du petit groupe féliciter Bill à grand renfort de tapes dans le dos, Hannah rattrapa le médecin avant qu'il replonge dans les méandres du service.

« Qu'y a-t-il, Hannah ? fit-il en se retournant, surpris de la trouver derrière lui.

— Vous êtes sûr que c'est une fille ?

— Enfin, Hannah, depuis le temps que je fais ce métier, je sais distinguer un garçon d'une fille.

— Certes mais je me disais que peut-être… eh bien… l'échographie… D'après Andrea, il y avait quatre-vingt-dix-neuf pour cent de chances pour que l'enfant soit un garçon.

— J'en conclus que le un pour cent a remporté la mise. Votre sœur a donné naissance à une petite fille de trois kilos. Si cela vous déçoit, j'en suis désolé, mais les faits sont les faits.

— Non, je ne suis pas déçue. Pas du tout. C'est juste qu'Andrea a fait la même promesse à notre mère et à sa belle-mère. Elle a promis à chacune de donner leur prénom au bébé. Mais elle ne l'a fait que parce qu'elle était persuadée que ce serait un garçon.

— Je vois. Elle risque d'avoir de gros ennuis, compatit le Dr Knight qui connaissait bien les deux grands-mères. Maintenant, je comprends qu'elle ait pleuré en apprenant le sexe du bébé.

— Elle a pleuré ? s'écria Hannah en tremblant du menton.

— Oui, mais pas longtemps. Dès qu'elle l'a vue, elle a retrouvé le sourire. Quand le père ira célébrer l'heureux événement avec ses copains, je vous conseille de vous réunir entre sœurs et de trouver rapidement un prénom qui convienne aux deux familles. »

« Comment te sens-tu ? demanda Hannah en entrant dans la chambre d'Andrea une seconde après que Bill en fut sorti.

— Bien, à part que je redoute la réaction de Delores et de Regina. Mais je ne vais quand même pas appeler ma pauvre petite fille Delores Regina ou Regina Delores juste pour éviter les représailles !

— En effet, ce serait dommage.

— Comment vais-je m'en sortir ? Aide-moi, je t'en prie ! »

Voyant des larmes perler dans les yeux de sa sœur, Hannah se pencha vers elle pour l'embrasser.

« Je vais trouver une solution. Laisse-moi réfléchir une minute. T'es-tu engagée à lui donner leur premier prénom ?

— Non.

— Tant mieux. Ça nous laisse un peu plus de choix. Le deuxième prénom de notre mère est Élizabeth. Et celui de ta belle-mère ?

— Anatolia. Comme ses parents s'appelaient Smith, ils ont voulu mettre un peu d'exotisme dans les prénoms de leurs enfants. Sa mère a choisi Regina Anatolia pour évoquer l'Italie. La cadette s'appelle Martinique Renée en référence à la France. Et la benjamine se prénomme Dona Esmeralda parce que...

— Stop, j'ai compris le principe, l'interrompit Hannah en levant la main. Je pense avoir trouvé un prénom susceptible de satisfaire toutes les parties en présence, toi comprise.

— Lequel ? articula Andrea, pleine d'espoir.

— Bethany.

— J'adore ! Mais... comment obtiens-tu Bethany à partir de Regina Anatolia et Delores Élizabeth ? »

Hannah sourit avec modestie.

« *Beth* est le diminutif d'Élizabeth, d'accord ? Anatolia donne *Annie*, pour les intimes. *Bethany* est une combinaison des deux.

— Formidable, dit Andrea en se redressant pour la prendre dans ses bras. Tu es géniale, Hannah. Notre mère sera hypercontente et celle de Bill aussi. Dis donc, pendant que tu y es, pourrais-tu faire encore un petit miracle ? J'ai envie de manger un truc au chocolat. »

Chapitre 21

Par chance, Hannah avait pensé à emporter un kit de secours : trois croustillants aux pépites de chocolat dans un sac en plastique. Elle les sortit de sa poche comme un prestidigitateur un lapin blanc de son chapeau claque, les donna à sa sœur et fila dans le couloir, direction la nurserie. Plantée devant la vitre, elle souriait aux anges en contemplant le nouveau-né quand Mike se matérialisa à sa droite.

« C'est elle ? »

Hannah nota un curieux trémolo dans sa voix.

« Oui. Andrea l'a appelée Bethany.

— C'était l'un de nos prénoms préférés... »

Gagné par l'émotion, Mike ne put terminer sa phrase. Hannah serra sa main dans la sienne. Mike avait perdu sa femme deux ans auparavant alors qu'elle attendait leur premier enfant.

« Vous la trouvez jolie ?

— C'est le plus beau bébé de la nurserie. Bon, je sais, il n'y en a pas d'autres, mais cela ne doit pas entrer en ligne de compte. »

Quand Mike la prit par les épaules, Hannah resta stoïque. Elle avait encore un problème à régler. Le conflit pâtissier qui l'opposait à Shawna Lee s'était terminé avec le départ de sa rivale, mais elle devait encore s'occuper des dommages collatéraux, à savoir les brownies aux piments.

« Vous savez, les brownies que j'ai déposés à votre bureau, ce matin ? se lança-t-elle. Vous ne les avez pas mangés, j'espère. J'ai réalisé que j'avais oublié un ingrédient en les préparant. Vous me les rendrez et je vous en ferai d'autres.

— Pas question ! répliqua Mike d'un air contrarié.

— Pourquoi ?

— Parce qu'ils sont délicieux. Vous avez mis des *jalapeños*, c'est cela ?

— Euh... oui », bafouilla-t-elle.

Mike n'avait pas l'air fâché, mais, après tout, un bon policier se devait de rester impassible en toute circonstance, ne serait-ce que pour inciter les suspects à passer aux aveux.

« Vous êtes géniale, Hannah. Personne à part vous n'aurait eu l'idée de mettre du piment dans des brownies. Bon, au début, ça chauffe un peu, mais si on boit du lait en même temps, c'est tout à fait supportable. Je crois que, demain, j'essaierai avec une boule de glace à la vanille. »

Hannah ouvrit la bouche. Elle avait la même expression béate que la petite Bethany Todd couchée dans son berceau.

« Vous... vous avez aimé ?

— Je trouve que le piment rehausse le goût du chocolat. Bravo ! Les brownies de Shawna Lee font pâle figure à côté des vôtres ! »

Mike était-il sincère ? Hannah le dévisagea longuement et conclut que oui. Il avait vraiment apprécié ses brownies aux *jalapeños*. Devait-elle lui avouer la vérité ? Lui dire qu'elle les avait faits par pure jalousie, pour le punir de ses écarts ?

Oui, elle le ferait. Mais pour cela, elle attendrait que les poules aient des dents.

« Merci, Mike, répondit-elle poliment. Vos compliments me vont droit au cœur. »

Index des recettes

Meurtres
et cobbler aux pêches

Chapitre 1

« Dick Laughlin vient d'entrer ! » annonça Lisa Herman, cachée derrière les rideaux bonne femme qui garnissaient le bas de la vitrine. Depuis une demi-heure, elle surveillait les allées et venues sur Main Street. « J'aperçois Barbara Donnelly, juste derrière lui. Elle a regardé par ici. Je pense qu'elle m'a vue, mais ça ne l'a pas empêchée de le rejoindre à l'intérieur.

— Tu comptes m'informer minute par minute ? Personnellement, les faits et gestes de nos concitoyens me passent au-dessus de la tête », dit Hannah Swensen à sa jeune associée.

Sans prendre la peine de répondre, Lisa alla chercher le tabouret haut posé d'habitude derrière la caisse du Cookie Jar afin d'observer plus confortablement la circulation à l'entrée et à la sortie du Fournil des Magnolias. Hannah la laissa faire en se disant qu'après tout, leur boutique étant aussi vide que des choux à la crème sans crème, ce tabouret ne servait à rien derrière la caisse.

« Je sais, c'est pénible, mais je tiens à garder un œil sur la concurrence. » Lisa attrapa un bloc sténo puis se hissa sur le tabouret, ce qui ne fut pas une mince affaire car elle mesurait un mètre cinquante-deux, talons compris. « Oh, oh !

— Quoi encore ?

— Charlotte Rothko, la secrétaire du lycée Jordan, vient de sortir avec une boîte de gâteaux. Une grosse. Pour la collation des profs après leur réunion hebdomadaire, j'imagine. D'habitude, c'est chez nous qu'elle se sert !

— Ne t'en fais pas. Ils reviendront une fois passé l'attrait de la nouveauté », dit Hannah avec une assurance qu'elle ressentait de moins en moins.

Cette phrase, elle la répétait comme un mantra depuis que, deux semaines auparavant, Shawna Lee avait ouvert une pâtisserie avec sa sœur Vanessa, laquelle avait récemment hérité de son défunt et richissime époux.

« Tu le penses vraiment ou tu essaies de t'en convaincre ? répondit Lisa, sceptique. Je veux dire... Imagine que leurs gâteaux soient meilleurs que les nôtres ! »

Hannah la considéra d'un air atterré. C'était la première fois que son associée mettait en doute la qualité de leurs produits.

« Désolée, reprit Lisa en regrettant d'avoir parlé trop vite. Je me suis mal exprimée. Je sais que nos produits sont meilleurs. Il ne peut en être autrement. Nous sommes de vraies professionnelles, tandis que Shawna Lee n'a aucune expérience. En fait, elle avait juste envie de diriger sa propre affaire et sa sœur lui a donné l'argent qui lui manquait. À mon avis, leurs gâteaux ne valent pas tripette, mais j'aimerais quand même pouvoir en juger par moi-même. Pour être sûre. »

Hannah lui aurait bien demandé de se taire mais elle se ravisa. Tout compte fait, Lisa n'avait pas tort. Elles n'avaient jamais rien mangé venant du Fournil des Magnolias. Quel soulagement ce serait si, après les avoir goûtés, elles découvraient que leurs cookies étaient insipides et leurs tartes trop sèches ! Bien sûr, il fallait également envisager l'autre possibilité, à savoir que les pâtisseries vendues en face soient excellentes. Que faire ? Rester dans l'ignorance et, qui sait, se bercer d'illusions ? Ou se jeter à l'eau, quitte à fermer boutique si jamais la production des sœurs Quinn se révélait aussi exceptionnelle que le flux continu de consommateurs entrant et sortant du Fournil des Magnolias pouvait le laisser présager ?

« À quoi penses-tu, Hannah ?

— Je suis en pleine discussion avec moi-même. »

Lisa esquissa un sourire.

« Je me demande laquelle des deux aura le dernier mot.

— C'est moi. Que dirais-tu de prendre un peu d'argent dans la caisse et d'aller faire un tour en face ? Tu pourrais peut-être commencer par acheter leur cobbler aux pêches du sud. C'est leur produit phare, paraît-il.

— Pas question ! répliqua Lisa avec une moue butée. Ce serait déloyal envers toi !

— Mais non, puisque c'est moi qui t'y pousse ! Il s'agit seulement de comparer nos desserts et les leurs.

— Non, franchement, ça me gêne. Pourquoi tu n'y vas pas, toi ? Tu connais Shawna Lee mieux que moi. De ta part, ce sera comme... une main tendue ? »

Hannah écarquilla les yeux.

« Tu veux que je tende la main à une femme qui, grâce aux millions de sa sœur, vient d'ouvrir une pâtisserie à deux pas de la nôtre pour le seul plaisir de nous piquer quatre-vingt-dix pour cent de notre clientèle ?

— Eh bien...

— Tu veux vraiment que je traverse cette rue et que je fasse des risettes à la péronnelle qui sabote notre activité traiteur avec une telle diligence qu'à ce jour nous ne comptons pas moins de seize annulations ?

— Dix-sept, la corrigea Lisa. La cousine de Rose MacDermott ne veut plus des cookies qu'elle avait commandés pour la fête prénatale de ce matin. Je savais que ça nous pendait au nez. Surtout depuis que j'ai vu la pub que Shawna Lee et Vanessa ont sortie dans le *Lake Eden Journal*.

— *50 % de moins sur votre première commande totale.* Si Shawna Lee me laisse le choix des armes lors de notre prochain duel, je choisirai la grammaire. »

Lisa éclata de rire mais retrouva vite son sérieux.

« Je ne te reproche rien, Hannah. C'est normal que tu sois en colère. Moi aussi je verrais rouge si Shawna Lee voulait me piquer mon mec.

— Quel mec ?

— Herb, bien sûr.

— Je ne parlais pas de *ton* mec. Je parlais du mien. Mais lequel ? »

Question tout à fait pertinente. Depuis plus d'un an, Hannah fréquentait deux hommes de manière régulière, ce dont sa mère se félicitait car elle avait commencé à désespérer de la voir se caser un jour. Ce que Delores Swensen appréciait moins, c'était qu'après tout ce temps aucun des deux ne l'avait encore demandée en mariage.

« Eh bien… je ne suis pas absolument sûre qu'elle veuille te le piquer, modula Lisa. Mais ça fait partie des choses possibles.

— Quel mec ? répéta Hannah.

— Ben… Mike. »

Hannah respira profondément pour tenter d'endiguer l'angoisse qui montait en elle. Mike Kingston occupait le poste de premier adjoint auprès du shérif du comté de Winnetka et c'était l'homme le plus séduisant du monde, Hollywood non compris. Malheureusement, depuis quelque temps, elle le soupçonnait d'entretenir avec Shawna Lee, son ancienne voisine et collègue de travail, des relations dépassant le cadre de la simple camaraderie. Mike avait toujours nié et, ne disposant d'aucune preuve à charge, Hannah tentait de se convaincre que le beau policier préférait aux blondes hypersexy les rouquines dotées d'un furieux sens de l'humour et de quelques kilos en trop – un léger embonpoint dû au fait que sa conscience professionnelle lui commandait de tester elle-même chacun de ses produits avant de les mettre en vente.

« Personne ne m'a encore appelée. »

Dans une petite ville comme la leur, qui ne manquait pas de citoyens bien intentionnés, si Mike et Shawna Lee avaient montré des signes de rapprochement, Hannah en aurait été la première informée. À Lake Eden, les nouvelles se divisaient en deux catégories. Celles qu'on lisait dans le *Lake Eden Journal*, et celles qui se diffusaient soit par téléphone soit via Radio Cancan.

« Parce que personne n'est au courant, à part Herb et moi. Pourquoi m'avoir demandé de quel mec il s'agissait ?

Tu sais bien que Norman ne poserait jamais un œil sur Shawna Lee. Il t'est résolument fidèle.

— Ah bon ? » fit Hannah avec un petit sourire flatté.

Norman Rhodes, dentiste à Lake Eden et fils de la femme qui tenait une boutique d'antiquités dans le centre-ville avec Delores, n'arrivait pas à la cheville de Mike question beauté. En revanche, il était intelligent, drôle et d'une loyauté indéfectible.

« J'ai bien noté la façon dont ils se comportent l'un et l'autre quand ils sont avec toi. Mike a toujours le regard qui traîne, comme s'il était constamment à l'affût. Avec Norman c'est tout le contraire. Quand il est passé ce matin, il n'avait d'yeux que pour toi.

— C'est parce qu'il n'y avait que toi et moi dans la boutique et qu'il sait que tu es fiancée. »

Un sourire illumina le visage de Lisa. Sans doute songeait-elle à son mariage, qui aurait lieu moins de quinze jours plus tard. Chargée d'organiser les festivités, Andrea, la sœur cadette de Hannah, l'appelait chaque jour depuis une semaine pour discuter bouquets de fleurs, harmonie des couleurs et autres bagatelles.

Sur son visage, la joie laissa bientôt place au malaise.

« Pardonne-moi, Hannah. Je n'aurais pas dû te parler de ça. Nous avons observé quelque chose mais ça ne veut peut-être rien dire.

— *Observé* ? répéta Hannah, un peu agacée. D'habitude, on utilise ce terme pour les phénomènes paranormaux.

— Ça n'en était pas un.

— Tu m'étonnes. Les extraterrestres sont plus malins que nous. Ils ne feraient pas l'erreur d'atterrir ici en plein hiver. Sérieusement, dis-moi pourquoi tu penses que Mike sort avec Miss Plus-blonde-tu-meurs ?

Lisa éclata de rire.

« Plus blonde-tu-meurs ?

— Je l'appelle comme ça quand je suis de mauvaise humeur. Et je le suis souvent quand je pense à elle. Shawna Lee fait partie de ces faussaires qui sapent la réputation des vraies blondes comme Andrea.

— Shawna Lee n'est pas une vraie blonde ?

— Eh non. Andrea l'a croisée dans le nouveau salon de beauté du centre commercial. La coiffeuse lui faisait les racines. » Consciente que Lisa n'avait cherché qu'à détourner la conversation, Hannah revint au sujet qui l'intéressait. « Donc, qu'avez-vous "observé", Herb et toi ? Où ? Quand ?

— Hier soir, Herb a vu le Hummer de Mike garé derrière le Fournil des Magnolias. »

Hannah hocha la tête. Si Herb, son ancien camarade de lycée, disait avoir vu le Hummer de Mike derrière le Fournil des Magnolias, elle le croyait. Herb Beeseman était principalement chargé de faire respecter le Code de la route à Lake Eden, mais chaque soir, avant de finir son service, il effectuait des rondes pour vérifier que les commerces étaient correctement éteints et fermés.

« Quelle heure était-il à ce moment-là ?

— Vingt-trois heures. Comme Vanessa était absente, Herb s'est dit que Shawna Lee avait eu un problème et qu'elle avait demandé à Mike de la dépanner. »

C'était peut-être vrai, mais Hannah en doutait un peu.

« Je sais qu'étant jeune, Mike faisait un peu de bricolage chez les particuliers pour payer ses études. Donc Herb a peut-être raison.

— Moi, je n'y crois pas. Quel genre de problème aurait-elle pu avoir à 23 heures alors qu'il n'y avait même pas de lumière dans la pâtisserie ?

— Un problème électrique ? répliqua Hannah pour cacher son inquiétude derrière un trait d'humour. Je rigole mais c'est vrai, les plombs ont pu sauter et Shawna Lee, ne sachant pas quoi faire, a pu appeler Mike à la rescousse.

— Les plombs n'avaient pas sauté. Herb a vu une lampe allumée dans l'appartement du dessus. »

Hannah n'avait pas très envie de poser la question, mais il fallait qu'elle sache.

« Dans quelle pièce ?

— La chambre de Shawna Lee. »

Hannah déglutit. Trêve de plaisanteries. Mike n'avait pu faire qu'une seule chose dans la chambre de Shawna Lee, et cette chose n'avait rien à voir avec le bricolage.

« J'ai demandé à Herb de repasser une heure plus tard. Et devine, Mike était toujours là. Mais ne t'affole pas, il y a sûrement une explication. Enfin, une autre que celle à laquelle... Tu devrais aller voir Shawna Lee, l'air de rien, pour papoter. Elle laissera peut-être échapper un truc. »

Hannah lui opposa un net refus.

« Pas question. Si je mets un pied dans cette boutique, tout le monde croira que j'espionne la concurrence. Non. Il faudrait confier cela à quelqu'un d'autre. L'idéal serait...

— Andrea.

— Andrea ? Tu veux dire ma sœur Andrea ?

— Oui. Elle acceptera, j'en suis sûre. Et par la même occasion, elle nous donnera son avis sur les gâteaux.

— Excellente idée ! En cinq minutes chrono, elle connaîtra leur marge bénéficiaire, leurs coûts de fonctionnement, leur chiffre d'affaires et le profil moyen de leur clientèle. Et en plus, elles lui diront tout ça sans même s'en apercevoir.

— Je dois reconnaître qu'elle s'y entend pour faire parler les gens.

— Elle tient de notre mère. Delores aurait pu travailler pour la CIA. Je l'appelle immédiatement.

— Ne te donne pas cette peine. Elle arrive. » Lisa glissa de son tabouret et traversa la salle. « J'ai vu sa voiture tourner au coin il y a une minute. Elle ne va pas tarder à frapper. Je lui ouvre. »

Hannah alla remplir trois tasses à la fontaine à café et les porta à la table du fond. Passer devant toutes ces chaises vides lui serra le cœur. Depuis le matin, elles n'avaient vu que douze clients. Cela ne présageait rien de bon.

Andrea franchit la porte battante séparant le fournil de la boutique, Lisa sur les talons.

« Vous êtes au courant ? La marmotte a vu son ombre. Je l'ai entendu à la radio. Ça veut dire que l'hiver est terminé ! »

Hannah et Lisa échangèrent un regard.

« Dis-lui, toi, murmura Lisa.

— Me dire quoi ?

— C'est l'inverse, Andrea. D'après la tradition, si par un jour de grand beau temps la marmotte voit son ombre, l'hiver durera encore six semaines.

— Vraiment ? marmonna Andrea, les sourcils froncés. Mais ça n'a aucun sens ! S'il fait beau aujourd'hui, pourquoi ne ferait-il pas beau demain ? Et le jour d'après ? Et ainsi de suite jusqu'à ce que toutes ces belles journées se transforment en printemps ?

— Oui, ce serait sympa, mais ça ne fonctionne pas ainsi.

— Dommage, fit Andrea en se débarrassant de son gros manteau avant de regarder autour d'elle d'un air perplexe. Où sont-ils tous ?

— En face, dit Hannah. Lisa a compté. En une heure, vingt-trois personnes sont entrées dans le Fournil des Magnolias.

— L'attrait de la nouveauté. » Andrea posa ses affaires sur une chaise puis fit un tour sur elle-même. « Qu'en dites-vous ?

— Tu es très élégante », commenta Hannah.

Sa sœur cadette portait un tailleur-pantalon bordeaux, des bottines en daim assorties et, dans ses cheveux blonds et soyeux ramenés en un chignon torsadé, une jolie barrette ornée de grenats luisait.

« Non, autre chose », répliqua Andrea en adoptant une pose digne d'un top model.

Hannah ne voyait aucun changement notable. Elle chercha encore un peu puis donna sa langue au chat.

« Je ne sais pas. Tu étrennes un nouvel ensemble ?

— Pas du tout. Je l'ai acheté le mois dernier. Ils soldaient des modèles de créateurs au centre commercial. Tu ne remarques vraiment rien ? Ouvre donc les yeux ! Tu ne vois pas que j'ai perdu tous les kilos que j'avais pris pendant la grossesse !

— Bravo ! » fit Hannah sur un ton qui se voulait enthousiaste autant qu'admiratif.

La petite Bethany était née en décembre, la nuit du grand buffet de Noël. À peine dix semaines plus tard, Andrea avait retrouvé sa silhouette de jeune fille. Hannah trouvait cela profondément injuste. Il lui fallait des mois pour perdre un kilo alors que sa sœur fondait aussi rapidement qu'un glaçon dans un verre d'eau chaude.

« Comment as-tu fait ? demanda-t-elle pour masquer son dépit.

— Je me suis inscrite au nouveau club de gym des Trois Comtés. Le matin, à la minute même où mamie McCann se lève pour nourrir Bethany, je saute dans ma voiture et, du coup, j'arrive juste à temps pour le premier cours de la journée. Je m'amuse comme une folle ! »

Hannah fit la grimace. Dans sa liste des horreurs, la gym du matin venait tout de suite après la flagellation. D'ailleurs, quand on y songeait, ces deux activités avaient énormément de points communs.

« J'ai trouvé un truc imparable pour ne manquer aucune séance. Sinon, je crois que je n'aurais pas le courage d'y aller tous les jours. Tu sais ce que c'est... »

Hannah hocha la tête, mais en réalité elle n'en avait aucune idée. Pour elle, faire une demi-heure de route puis une heure de sport avant d'aller travailler relevait de l'impensable.

« Je me suis dit que, si je m'achetais une super tenue, ça m'aiderait. Et justement, j'ai trouvé un justaucorps tout mignon. Rose vif avec des bandes noires à l'encolure et aux manches. Tu devrais le voir, il est trop chou.

— Je n'en doute pas, dit Hannah en se demandant pourquoi les tenues de sport faisaient aussi chic sur les personnes qui n'avaient pas besoin de faire de l'exercice.

— Bref, comme j'ai retrouvé mon poids, j'ai décidé de reprendre le boulot à plein temps. Tracey est à l'école, mamie McCann s'occupe de Bethany, de la cuisine, du ménage... Je ne vois pas l'intérêt de rester plus longtemps à la maison. En plus, je tiens à contribuer aux dépenses communes, ajouta-t-elle avant de se tourner vers Lisa. Au fait, ce matin, j'ai vendu la maison de ta voisine. »

Lisa attendit qu'Andrea choisisse une chaise puis s'assit à côté d'elle.

« Quelle voisine ?

— Dora Lambrecht.

— Incroyable ! Cette baraque est vide depuis qu'elle est partie vivre avec Mary Jean dans le Colorado. Ça fait des lustres que nous n'avons plus de voisin à notre droite. »

Andrea prit une gorgée de café puis, ne voyant rien de comestible sur la table, demanda sur un ton catastrophé :

« Vous n'avez pas fait de cookies ?

— Si, bien sûr, la rassura Hannah. Mais nous voulions te proposer autre chose. Que dirais-tu de goûter des gâteaux que tu ne connais pas ?

— Avec plaisir ! Je ne suis plus au régime, donc je peux me permettre quelques écarts.

— Seulement voilà, tu vas devoir aller les chercher, poursuivit Hannah, impassible. Nous t'attendrons ici, Lisa et moi.

— Pas de problème. Ils sont dans le fournil ?

— Oui, mais pas dans le nôtre. Tu les trouveras au Fournil des Magnolias, de l'autre côté de la rue. Pour bien faire, il faudrait que tu nous rapportes un échantillon de chaque produit, dont trois parts de cobbler aux pêches. »

Andrea écarquilla les yeux mais comprit très vite de quoi il retournait.

« Vous voulez que j'achète des gâteaux chez vos concurrentes ? Sans qu'elles sachent que c'est pour vous ?

— Exactement. Acceptes-tu d'être notre espionne ?

— J'accepte !

— Je vais chercher de l'argent dans la caisse enregistreuse, dit Hannah en reculant sa chaise.

— Inutile. C'est moi qui régale. J'ai touché une jolie commission sur la vente Lambrecht. Je vais sortir d'ici par-derrière et y aller en voiture. De cette manière, elles ne sauront pas que je suis passée chez vous d'abord. Appelez-moi Mama Harry.

— Tu veux dire Mata Hari ? supposa Hannah, habituée aux mots d'esprit ratés de sa sœur.

— Oui, peut-être bien... Bon, garde-moi du café. Je reviens tout de suite. »

Hannah en était à sa deuxième tasse quand Norman entra dans la boutique. Il tenait un paquet rouge parsemé de cœurs dorés et garni d'un gros nœud en bolduc.

« Bonjour, Norman. Je croyais que vous étiez occupé toute la matinée ?

— Je devais l'être, mais Mme Barthel n'est pas venue. Son véhicule refuse de démarrer. Même si elle avait trouvé une bonne âme pour la conduire en ville, elle ne serait pas arrivée à temps pour son rendez-vous. »

Helen et Ed Barthel vivaient à dix bons kilomètres du cabinet dentaire, dans un coin de campagne desservi par des routes à peine assez larges pour deux voitures.

« Du café, Norman ? proposa Lisa.

— Oui, merci. Et deux cookies, s'il vous plaît.

— Je vous conseille d'attendre un peu. Andrea est allée acheter des gâteaux de l'autre côté de la rue. Elle ne devrait pas tarder à revenir.

— D'accord, mais je parie qu'ils ne vaudront pas vos cookies.

— Ne me dites pas que vous n'avez jamais mis les pieds au Fournil des Magnolias ? fit Lisa, éberluée.

— Non, jamais. Pourquoi irais-je me servir là-bas alors que tout ce que j'aime est ici ? » Norman suspendit son manteau et s'avança avec le paquet. « C'est pour vous, Hannah.

— Merci ! Mais il est encore un peu tôt pour la Saint-Valentin, non ?

— Ce n'est pas un cadeau de Saint-Valentin. Si je l'ai emballé dans du papier rouge, c'est qu'il n'y en avait pas d'autres chez Red Owl.

— Eh bien… merci », répéta Hannah en cachant son agacement.

Pourquoi ce cadeau ? Son anniversaire tombait à l'automne.

« Ouvrez-le maintenant. Il faut la mettre au frais. »

Hannah lui sourit et déchira l'emballage sans aucune pitié, ni pour le papier ni pour le ruban.

« Une saucisse ? fit-elle, interloquée.

— Oui, mais pas n'importe laquelle. Une saucisse spéciale pour un jour spécial.

— Euh… Je ne vois rien de spécial aujourd'hui, à part… »

Hannah s'interrompit, partit d'un grand éclat de rire et se pencha pour déposer un baiser sur les lèvres de Norman.

« Mais bien sûr ! La saucisse qu'on mange chez nous le jour de la marmotte ! »

Comme la première fois lui avait bien plu, elle l'embrassa de nouveau.

Chapitre 2

« Le couvercle est plutôt décoratif. Ça pourrait faire un joli cadre », commenta Hannah en examinant la boîte qu'Andrea avait rapportée du Fournil des Magnolias : un cube en carton doré, avec des fleurs de magnolia roses et blanches imprimées sur le rabat. Les sœurs Quinn avaient sans doute voulu impressionner leur clientèle. C'était réussi, car une fois qu'on avait vu cette boîte, on ne pouvait plus l'oublier.

« Je croyais que les fleurs de magnolia étaient jaunes, s'étonna Lisa.

— Il en existe des jaunes, des roses, des blanches… ou un mélange des trois, expliqua Andrea. Je tiens cette info de Vanessa. Elles ont choisi le rose et le blanc pour leurs emballages mais aussi pour la déco intérieure.

— Ne me dis pas que les murs sont rose Malabar ?

— Non, blanc crème. Le rose, c'est pour les rideaux. Sur la cloison du fond, elles ont fait peindre un magnolia en fleur. En revanche, le comptoir et les tables sont vert foncé, comme les feuilles de l'arbre.

— Ce doit être charmant, reconnut Hannah à contrecœur.

— Splendide, tu veux dire ! Mais bon, il n'y a pas de secret. Elles ont fait venir un décorateur de Minneapolis et la fresque est l'œuvre d'un artiste, de même que les frises en haut des murs.

— Quel luxe ! s'écria Norman.

— Je me demande combien ça leur a coûté, renchérit Lisa.

— Une somme que nous n'avons pas, l'avertit Hannah, de peur que son associée se mette en tête de rénover le Cookie Jar alors que leur chiffre d'affaires était en berne.

— Je peux vous donner le prix, si ça vous intéresse, dit Andrea en se rengorgeant, comme elle le faisait toujours avant de partager un scoop. La note du décorateur s'élève à cinq mille dollars, sans le mobilier.

— Le mobilier ?

— Les miroirs, les tables, les chaises, les appliques. Pour ce qui est de la fresque et des frises en haut des murs, Vanessa m'a dit que le peintre leur avait pris mille deux cents dollars. Elles en ont rajouté cinq cents pour le motif reproduit sur les boîtes à gâteaux.

— C'est beaucoup d'argent ! s'exclama Lisa. Si on additionne, la somme atteint les six mille sept cents dollars.

— Sans les miroirs, les tables, les chaises et les appliques, lui rappela Hannah.

— Oups, j'avais oublié. » Lisa regarda autour d'elle. « Finalement, je trouve notre Cookie Jar très bien comme il est. »

Andrea glissa un ongle parfaitement manucuré sous la ficelle entourant la boîte.

« Parler donne faim. Passons à la dégustation. Je vous raconterai le reste pendant que nous mangeons. »

Hannah ne savait pas trop à quoi s'attendre, en tout cas pas à ce qu'elle découvrit lorsque Andrea rabattit le couvercle. Il y avait là des amours de tartelettes nichées dans leurs caissettes, plusieurs sortes de donuts, des cupcakes, deux parts de tarte, un brownie au caramel, des cookies en tout genre et la moitié d'un cobbler aux pêches.

« Qu'avez-vous, Hannah ? lui demanda Norman. Vous semblez déconfite.

— Je m'imaginais autre chose, dit-elle en haussant les épaules. Quelque chose d'original, que je ne connaîtrais pas.

— Quoi par exemple ?

— Eh bien, peut-être de la *shoofly pie* ou de l'*apple pandowdy*.

— Drôles de noms pour des gâteaux. On dirait des comptines ! intervint Andrea en essayant d'extraire les pâtisseries de la boîte sans se mettre de la crème ou du sucre sur les doigts. C'est quoi ?

— La *shoofly pie* est une tourte fourrée avec de la mélasse et des biscuits broyés façon crumble.

— Et l'autre ? L'*apple pandowdy* ? demanda Lisa, fascinée.

— Un genre de tarte aux pommes ou de cobbler, mais avec de la mélasse en plus des fruits. Autrefois, on en faisait seulement en Nouvelle-Angleterre. De nos jours, on en trouve également dans les États du sud.

— Si je comprends bien, le seul gâteau typiquement méridional, c'est leur cobbler aux pêches du sud, dit

Norman en se penchant vers l'étiquette plantée dans la pâte, indiquant *réalisé avec des pêches de Géorgie*.

— Norman a parfaitement raison, dit Lisa. Leurs cupcakes n'ont rien d'inédit et leurs tartes sont juste des tartes. Je me sens déjà mieux !

— Ne te réjouis pas trop vite, répliqua Hannah. Nous n'avons encore rien goûté.

— C'est vrai. Je ne veux pas nous porter la poisse. »

Lisa alla chercher un couteau et découpa chaque gâteau en quatre parts. Tous se servirent, puis Andrea, fidèle à sa promesse, entreprit de leur raconter ce qu'elle avait appris pendant son incursion chez l'ennemi.

« Elles n'ont pas su chiffrer leur marge bénéficiaire, dit-elle, la bouche pleine. Ce genre de détail ne les préoccupe guère étant donné que Vanessa n'espère pas réaliser de bénéfices avant deux ans.

— J'aimerais bien avoir un mécène, moi aussi, dit Hannah.

— Je m'en doute. C'est ce que j'ai dit à Bill quand il m'a raccompagnée à la voiture.

— Bill était chez elles ?

— Assis au comptoir avec Mike. Je lui ai reproché d'encourager la concurrence, mais il m'a répondu qu'ils étaient venus pêcher des infos pour te les rapporter ensuite. »

Hannah fronça les sourcils. Si Mike était effectivement resté une partie de la nuit, voire davantage, auprès de Shawna Lee, il avait largement eu le temps de pêcher des infos.

« Je ne devrais pas te le dire, mais la salle était tellement pleine qu'il ne restait plus de places assises. La queue devant la caisse s'allongeait jusqu'au mur du fond. Voilà pourquoi j'ai mis si longtemps à revenir. »

Merci de me remonter le moral, songea Hannah. Mais elle ne pouvait décemment pas lui en vouloir puisque c'était elle-même qui avait envoyé Andrea en reconnaissance.

« Qu'as-tu appris d'autre ?

— Shawna Lee n'a pas fait son lit ce matin, et elle porte un déshabillé transparent. » Andrea tourna les yeux vers Norman et ajouta, embarrassée : « Désolée. J'avais oublié que vous étiez célibataire. Un déshabillé, c'est...

— Je sais ce qu'est un déshabillé, l'interrompit Norman.

— C'est vrai ? Mais comment ça se f... ?

— Continue, lui ordonna Hannah, exaspérée par ses digressions.

— OK. Eh bien... elle porte des lentilles de contact teintées. Je m'en doutais. Personne n'a les yeux aussi verts ! Et elle suit un régime amincissant. Des pilules prescrites par un médecin de Minneapolis. Tu veux savoir ce que j'ai découvert à propos de Vanessa ?

— J'ai hâte, répondit Hannah à son espionne préférée.

— Elle possède trois kimonos en soie sauvage. Les trois ont un imprimé fleurs de magnolia. Une obsession, on dirait.

— Intéressant, murmura Lisa.

— Oui, mais secondaire. Le plus important, ce sont les Manolo. Vanessa en a au moins douze paires. Elles étaient éparpillées sur le sol de sa chambre.

— Les Manolo ? Qu'est-ce que c'est ? demanda Lisa.

— Des escarpins créés par un immense styliste espagnol. Manolo Blahnik. Ils sont de toute beauté et hors de prix. Dans le tas, j'ai cru apercevoir une paire de Louboutin, et peut-être aussi des Jimmy Choo. Mais je n'ai pas eu le temps de vérifier. »

Hannah la regardait, bouche bée.

« Comment as-tu fait pour... ?

— J'ai fouiné. Shawna Lee et Vanessa étaient très occupées à servir leurs clients. J'ai demandé à notre mère de garder ma place dans la queue et je suis montée à l'étage.

— Delores était là, elle aussi ? » parvint à articuler Hannah.

Que ses habitués lui tournent le dos, passe encore, mais sa propre mère !

« Détends-toi. Elle était en service commandé, comme moi. Luanne et Carrie l'attendaient au Grenier de Mamie pour recueillir ses impressions. Je l'ai trouvée dans la file des pâtisseries à emporter.

— Qui d'autre était venu espionner la concurrence ? s'enquit Hannah, ironique.

— Cyril Murphy. Il a pris une boîte de gâteaux pour les employés de son garage. Il me fera savoir comment ils les ont trouvés.

— C'est très... aimable de sa part. Qui encore ? »

Andrea se tourna vers Lisa.

« J'ai vu ton père avec Marge. Il va beaucoup mieux, je trouve. Il m'a reconnue immédiatement et il a fait le lien entre Hannah, toi et moi. Ce nouveau traitement contre la maladie d'Alzheimer a l'air de fonctionner.

— Oui, je le constate chaque jour moi aussi », répondit gaiement Lisa. Puis elle se rappela les paroles d'Andrea. « Attends une minute. Qu'est-ce que papa et Marge faisaient là-bas ?

— Ils étaient attablés avec Herb.

— *Mon* Herb ?

— Le seul, l'unique.

— Laisse-moi deviner, intervint Hannah. Ils t'ont dit qu'ils espionnaient la concurrence ?

— Mais oui ! Comment le sais-tu ?

— Simple supposition », répondit Hannah, un tantinet sarcastique. Andrea brillait parfois par sa finesse, parfois par sa naïveté. « Juste pour info, il y avait combien d'espions dans la boutique d'en face ?

— Euh... fit-elle en comptant sur ses doigts. Dick Laughlin, Kate Maschler, Vera Olsen Westcott... Elle s'est mariée, tu le savais ? Et aussi Stan Kramer, Charlie Jessup et Dr Bennett. Ils étaient à la même table. Babs et Shirley Dubinski venaient de terminer leurs cupcakes au caramel. Elles m'ont dit qu'ils ne valaient pas les tiens. Ça fait huit... et j'en oublie. Mais ils m'ont tous assuré qu'ils étaient là uniquement pour goûter et qu'ils passeraient te faire leurs commentaires. Tu peux compter sur tes amis, Hannah. »

Hannah soupira de lassitude. Comme disait l'adage : avec des amis pareils, pas besoin d'ennemis.

« Il y a un problème ? Tu as l'air fâchée.

— Réfléchis une seconde, Andrea. Sous prétexte de les espionner, tous ces bons amis enrichissent nos concurrentes et nous appauvrissent par la même occasion. D'après toi, à eux tous, combien ont-ils laissé dans la caisse du Fournil des Magnolias ?

— Je... je l'ignore. Pas mal d'argent, je suppose. Je n'y avais pas songé.

— Aujourd'hui, Lisa et moi avons gagné vingt-six dollars trente-cinq. Avec ça, nous devons fabriquer des gâteaux, payer les factures, le loyer... J'en passe, et des meilleures. Pendant ce temps, nos merveilleux amis s'empiffrent chez les sœurs Quinn.

— Hannah a raison, dit gentiment Norman. À la rigueur, ils pourraient leur acheter une bricole en passant, histoire de se renseigner. Mais manger sur place et abandonner le Cookie Jar, ce n'est pas ce que j'appelle un comportement amical.

— Combien de cobblers aux pêches devront-ils avaler avant de se faire une opinion ? renchérit Hannah. Depuis que Shawna Lee et Vanessa ont ouvert, nous sommes dans le rouge. Grâce à nos prétendus amis, nous risquons de mettre la clé sous la porte. »

Andrea garda le silence un instant puis soupira.

« Oui, je comprends. Cela dit, leurs gâteaux ne sont pas formidables. À mon humble avis. »

Hannah regarda l'assiette de sa sœur. Elle avait à peine entamé sa tarte aux myrtilles, alors qu'elle adorait cela d'habitude. Pareil pour le cupcake au chocolat.

« Je suis d'accord avec Andrea, dit Lisa. J'ai croqué dans un cookie à la mélasse, et je l'ai trouvé aussi insipide que ceux du distributeur automatique de l'hôpital. Et je doute qu'il soit frais du jour. »

Hannah choisit un cookie aux pépites de chocolat et mordit dedans. Lisa disait vrai. La pâte était sèche et son goût indéfinissable. Quant aux pépites, on aurait pu les prendre pour des caroubes.

« Ce ne sont ni leurs cookies, ni leurs tartes, ni leurs cupcakes qui attirent nos clients chez elles.

— Alors, c'est peut-être leur cobbler aux pêches, suggéra Norman en montrant le seul gâteau encore intact.

— Peut-être, dit Hannah avant de se tourner vers sa sœur. Tu sais si elles le servent chaud ? Ou froid ?

— Chaud. Elles le mettent au micro-ondes dans une coupelle et ensuite elles posent une boule de glace à la vanille dessus. J'ai vu Vanessa le faire pour Bonnie Surma. »

Hannah gémit. Bonnie Surma était l'une de ses meilleures clientes. Elle lui commandait toujours des cookies pour le goûter des scouts et dépensait sans compter chaque fois qu'elle organisait un événement. Voilà que, à présent, Bonnie la trahissait pour une part de cobbler aux pêches réchauffée au micro-ondes !

« Faisons comme elles, sinon on ne pourra pas juger », dit Lisa en emportant le cobbler.

Une fois Lisa partie, Andrea prit la main de sa sœur entre les siennes. Une démonstration d'affection plutôt rare chez elle, Delores leur ayant appris très tôt à ne pas trop montrer leurs sentiments.

« Qu'y a-t-il ? lui demanda Hannah en voyant des larmes briller dans ses yeux.

— Tu risques vraiment de perdre le Cookie Jar ?

— J'espère que non, mais l'affaire me paraît mal engagée.

— Donc, tu t'inquiètes ?

— Oui. Mais je n'en parle pas devant Lisa. Elle va épouser l'homme qu'elle aime. Je ne veux pas gâcher son bonheur... »

Norman la prit par les épaules et lui dit une chose qu'elle n'avait jamais entendue de sa bouche :

« C'est aussi pour cela que je vous aime, Hannah. Vous pensez toujours aux autres, même quand vous allez mal.

— Bill et moi en avons discuté tout à l'heure, renchérit Andrea. Avant qu'il retourne au bureau. Si tu as besoin d'argent, nous sommes prêts à hypothéquer notre maison. »

Hannah fut tellement touchée qu'elle mit un certain temps à répondre.

« Je ne vous demanderais jamais un tel sacrifice. Pensez à vos enfants ! Tu as bien dit tout à l'heure que Vanessa était assez riche pour se passer de bénéfices pendant deux ans. Nous ne faisons pas le poids.

— Moi, je n'ai pas d'enfants, intervint Norman. Mais j'ai des économies. Je peux vous prêter de quoi renflouer la caisse.

— Merci, mais non, répondit aussitôt Hannah de peur de changer d'avis. Vous êtes vraiment adorables l'un et l'autre, mais ce serait jeter l'argent par les fenêtres. Si notre chiffre d'affaires ne remonte pas d'ici la fin du mois, il faudra en tirer les conséquences.

— C'est-à-dire ?

— Fermer boutique. Nous vendrons le fonds de commerce et je donnerai sa part à Lisa en espèces. Elle trouvera facilement un autre emploi. Dans le cas contraire, Herb gagne bien sa vie.

— Mais c'est horrible ! Et notre mère ? Elle a de l'argent. Elle pourrait... » Andrea vit le regard de sa sœur et s'arrêta net. « OK. J'ai compris. Tu ne veux rien lui demander. Pourtant, les membres d'une famille sont censés se serrer les coudes... Je ne sais plus quoi te dire. Si je pouvais appuyer sur un bouton et faire disparaître Shawna Lee et Vanessa, je n'hésiterais pas un seul instant ! »

Hannah perçut une note stridente dans la voix d'Andrea, signe d'une forte émotion.

« Avant de nous emballer, goûtons ce cobbler aux pêches, proposa-t-elle pour calmer le jeu. S'il est bon, on aura des raisons de s'inquiéter. Sinon, il nous restera un peu d'espoir. Ça voudra dire que le Fournil des Magnolias n'est qu'un phénomène de mode, et que nos clients reviendront lorsqu'ils en auront marre de manger n'importe quoi. »

Lisa apparut à point nommé avec un plateau surmonté de quatre coupelles contenant chacune une part de cobbler aux pêches couronnée d'une boule de glace à la vanille en train de fondre.

« Voilà. Je vous souhaite mauvais appétit ! »

Hannah éclata de rire. Lisa, qui ne disait jamais de mal de personne, avait déjà condamné la spécialité des sœurs Quinn.

« Tu l'as goûté ?

— J'en ai mangé un petit bout dans la cuisine, mais je ne veux pas vous influencer. »

Andrea prit une première bouchée.

« La glace à la vanille est bien parfumée.

— Normal, elle vient de chez Bridgeman. Essaie plutôt le cobbler. »

Andrea planta sa cuillère, détacha un bout de pâte, le mâcha, l'avala et haussa les épaules.

« C'est drôle, j'ai l'impression d'en avoir déjà mangé. Et je devance ta question : non, c'était la première fois que j'allais chez elles.

— D'accord, mais donne-nous ton avis. C'est bon ?

— Pas mauvais, répondit Andrea d'un air concentré. C'est... mangeable.

— Mangeable ? » fit Hannah dans un élan de joie qui s'accentua lorsque sa sœur confirma d'un signe de tête. Après avoir goûté à son tour, elle lui donna raison : ce cobbler aux pêches n'avait rien d'exceptionnel. « Qu'en pensez-vous, Norman ?

— Très quelconque. Il me rappelle ceux qu'on mange dans les cafétérias des centres commerciaux. Je ne déteste pas, mais je ne ferais pas non plus des kilomètres pour en acheter.

— Donc nous sommes tous du même avis, soupira Hannah. Malgré cela, notre pâtisserie est déserte et la leur bondée. Si ce n'est pas pour la qualité de leurs produits, pourquoi tous nos clients vont-ils chez elles ?

— Peut-être à cause de leur tenue vestimentaire ? suggéra Norman.

— Je croyais que vous n'y aviez jamais mis les pieds ! répliqua Hannah, ironique.

— Je confirme. Mais un jour, Vanessa est venue me voir pour un contrôle dentaire et elle portait encore ses vêtements de travail.

— Je regrette, j'aurais dû vous en parler avant, fit Andrea en branlant du chef. C'est vrai, leur tenue y est sans doute pour quelque chose.

— Qu'est-ce qu'elles portent ? demanda Hannah.

— Des robes courtes et très décolletées. Elles se penchent beaucoup pour servir leurs clients. Ce genre de comportement attire les hommes.

— Et les femmes, alors ? s'indigna Lisa.

— Malheureusement, les femmes ont encore trop tendance à suivre les hommes, marmonna Hannah.

— Et puis, il y a les jeux-concours », reprit Andrea.

Hannah leva les sourcils.

« De quels jeux tu parles ?

— Si quelqu'un passe à la caisse et qu'au moment de payer il entend la musique d'*Autant en emporte le vent*, il doit dire “Franchement, ma chère, c'est le cadet de mes soucis”, comme Rhett Butler à Scarlett O'Hara à la fin du film, et on lui offre sa commande.

— “Franchement, ma chère, c'est le cadet de mes soucis”.

— Oui. Il y a aussi le jeu de la tasse fleurie. Là, j'ai gagné. »

Hannah gémit d'exaspération. Combien de choses Andrea avait-elle encore oublié de leur rapporter ?

« C'est quoi cette histoire de tasse fleurie ?

— Leur café est servi dans des mugs de porcelaine blanche. Parmi ces mugs, deux ont une fleur de magnolia peinte sur le dessous. Quand le mug est vide, on le retourne, et si on trouve la fleur, on ne paie pas l'addition. C'est ce qui m'est arrivé.

— Charmant, dit Hannah, sarcastique. Je comprends que de tels jeux plaisent aux consommateurs. Mais ils coûtent cher aux commerçants.

— Tu n'imagines pas ! Shawna Lee dit qu'elles perdent dans les trois cents dollars chaque jour rien qu'à cause de ça.

— Beaucoup de magasins proposent ce genre d'animations promotionnelles dans les deux ou trois semaines suivant leur ouverture, dit Lisa. Pour se faire connaître et attirer le chaland.

— Apparemment, elles ont décidé de poursuivre l'expérience au-delà de trois semaines. Vanessa a prévu de lancer deux jeux différents tous les jours pendant trois mois avant de diminuer progressivement. Elle a même eu recours à un expert en marketing.

— Nom d'un petit bonhomme ! » souffla Hannah.

Face à un tel rouleau compresseur, le modeste Cookie Jar ne tiendrait pas longtemps.

« Gaspiller trois cents dollars par jour, porter une tenue ridicule et se pencher sur les tables, tout ça pour plaire aux clients ! gronda Lisa. Je ne ferais jamais ça !

— En plus, c'est inutile, intervint Norman. Pour conquérir le cœur d'un homme, il faut passer par son estomac. Et les produits que vous servez ici sont mille fois meilleurs que ceux d'en face.

— Alors, que nous conseillez-vous de faire ? lui demanda Hannah.

— Rien. » Norman sourit et prononça la phrase que Hannah répétait comme un mantra depuis quelque temps : « Ils reviendront une fois passé l'attrait de la nouveauté. »

Chapitre 3

Hannah poussa la porte de son appartement et se prépara au choc. Resté seul depuis l'aube, Moshe devait être plus qu'impatient de la revoir.

« C'est moi ! » clama-t-elle avant de recevoir un projectile orange de dix kilos sur les bras. Comme le matou ne se laissait caresser que dans ces moments-là, elle en profita pour le grattouiller sous le menton. « Je t'ai manqué ?

— Miaou ! » répondit Moshe en lui léchant le bout du nez.

Puis il se mit à ronronner comme une tondeuse à gazon : sa façon à lui de crier famine. Hannah parvint à s'extraire de sa parka en transférant son fardeau d'un bras à l'autre, puis, d'un coup de pied, se débarrassa de ses bottes en peau d'élan.

« C'est l'heure du dîner », annonça-t-elle en emportant son ami borgne dans la cuisine.

Ayant déposé Moshe près de sa gamelle, elle ouvrit le cadenas sécurisant le cagibi où elle rangeait les croquettes du fauve. Au bas de la porte, elle remarqua des traces de dents qui n'existaient pas la veille encore. Moshe s'était de nouveau attaqué à l'obstacle qui le séparait de sa réserve de calories. « Un cadenas ne vaut que si la porte est solide », répétait son quincaillier de père à ses clients. Celui qu'elle avait placé sur la porte du cagibi n'avait fait que modérer quelque temps les ardeurs de son chat. Mais depuis qu'il avait identifié le point névralgique du panneau de contreplaqué, Moshe s'était mis en tête d'y percer un tunnel.

À vue de nez, il lui faudrait environ une semaine pour prendre la forteresse. Donc, soit elle engageait un vigile, soit elle trouvait une autre solution. Cela dit, Hannah comprenait parfaitement le rapport obsessionnel que Moshe entretenait avec la nourriture. Il avait passé des semaines, voire des mois, dans la rue à traquer d'improbables souris, et serait certainement mort de faim si elle ne l'avait pas trouvé devant sa porte un jour d'hiver. Presque deux ans étaient passés depuis et Moshe avait doublé de volume, mais il continuait à paniquer dès qu'il apercevait la tête de Garfield au fond de sa gamelle.

« Tu préfères croquettes ou aiguillettes de foie braisées ? lui demanda Hannah. Ou les deux ? »

Le ronronnement s'intensifia au point de faire vibrer les murs de la cuisine. Ou presque. Manifestement, Moshe avait choisi la troisième proposition. Hannah servirait les croquettes d'un côté et le foie de l'autre, son chat ayant horreur des mélanges, comme tous les vrais gourmets.

Sans surprise, Moshe commença par les aiguillettes, qu'il goba avec un plaisir non dissimulé. Hannah attendit qu'il passe aux croquettes pour aller dans sa chambre enfiler une tenue plus confortable. En été, elle mettait un pantalon léger d'un gris indéfinissable et un tee-shirt rouge à manches courtes trop grand pour elle. Le rouge était sa couleur préférée, et tant pis si elle jurait avec sa tignasse rousse. Comme elle vivait seule, personne à part Moshe ne pouvait s'en plaindre. Quant à ce dernier, comme tous ses congénères, il ne distinguait pas les couleurs – ce dont elle doutait parfois – et, de toute manière, sa maîtresse pouvait bien s'habiller comme elle voulait pourvu qu'elle pense à remplir sa gamelle.

« Maintenant, c'est à mon tour de dîner, annonça Hannah en revenant dans la cuisine vêtue d'un sweat-shirt rouge cardinal et d'un pantalon de jogging assorti : sa tenue de maison version hiver. Si je me prépare une salade Alaska, tu promets de ne pas faire d'histoires ? »

Moshe la regarda d'un air indifférent, comme s'il n'avait pas compris. Mais Hannah ne se faisait guère d'illusions ; son désintérêt n'était qu'apparent et ne survivrait pas à l'apparition du saumon en conserve. Moshe adorait le saumon en conserve, surtout celui qu'elle achetait à prix d'or chez Red Owl.

Effectivement, lorsque s'élevèrent les premiers effluves, le matou vint se frotter contre ses chevilles. Hannah vida l'eau de la boîte, retira la peau argentée ainsi que l'arête centrale et les garda pour lui. Puis, après avoir émietté la chair dans un saladier, elle mit deux poignées de petits pois congelés au micro-ondes, râpa la moitié d'un oignon, écala deux œufs durs, les coupa en petits dés et mélangea le tout. Ensuite, elle sortit les petits pois du four, les laissa quelques secondes sous le robinet d'eau froide, les égoutta soigneusement et les ajouta à la préparation. Une cuillerée de mayonnaise relevée d'une goutte de vinaigre blanc et de deux tours de moulin à poivre plus tard, la salade Alaska était prête.

Hannah l'emporta dans le salon et se cala au bout du canapé, sa place habituelle. Histoire de lui tenir compagnie, Moshe sauta sur l'accoudoir puis tendit le museau, indiciblement attiré par l'enivrante odeur.

« Pourquoi dit-on "salade Alaska" ? » s'interrogea-t-elle à voix haute. Ayant remarqué le manège de Moshe, elle l'écarta d'un geste amical mais ferme. « Sans doute parce qu'il y a beaucoup de saumons là-bas. »

Elle passa quelques minutes à se régaler sous le regard avide de son chat. Puis, quand elle en eut assez de le voir suivre sa fourchette en bougeant la tête comme s'il assistait à un match de tennis, elle alla chercher les restes et les posa sur la table basse. Le téléphone se mit à sonner au moment où elle se rasseyait.

« À ton avis, c'est ma mère ? » lui demanda-t-elle.

Moshe réagit au quart de tour. Hérissée, sa queue ressemblait à une brosse de ramoneur. Allez savoir pourquoi, Delores Swensen avait le don de le mettre dans tous ses états. À la deuxième sonnerie, son dos s'arrondit, ses oreilles se couchèrent. Hannah en conclut qu'il s'agissait bien de sa mère. Elle décrocha.

« Bonsoir, maman.

— Hannah ! Je suis bien contente que tu sois rentrée ! »

Delores semblait au bord de la panique.

« Tu vas bien ?

— Non ! Il m'est arrivé une chose horrible. J'ai bien failli avoir une attaque ! »

Sa mère avait une certaine tendance à l'exagération, mais cette fois, c'était peut-être vrai.

« Que s'est-il passé ? fit Hannah d'une voix tremblante.

— J'ai vu une souris dans le placard de l'entrée ! J'étais en train de suspendre mon manteau quand... cette créature... a détalé. Elle est passée à dix centimètres de mes pieds ! Il faut que tu viennes m'aider, Hannah !

— Je vois », répondit Hannah en se demandant ce que sa mère attendait d'elle exactement. Qu'elle capture cette pauvre bête et l'expulse *manu militari* ? « Du calme, maman. Cette souris est peut-être un animal nuisible, mais elle ne te fera pas de mal.

— Je sais, mais quand même ! Elle m'a frôlée ! Je ne te raconte pas ce que j'ai ressenti ! J'en ai encore la chair de poule !

— Je compatis, maman. As-tu gardé les pièges que papa rangeait dans le garage ?

— Oui, ils sont sur l'étagère du fond, mais je ne peux pas me résoudre à les utiliser. Les tapettes à souris sont trop cruelles.

— Pas si tu disposes correctement les appâts. Il faut mettre une noisette de beurre de cacahuète pile au centre du plateau. Ainsi le cou de la souris sera parfaitement positionné. Dès qu'elle s'avancera pour manger, le piège se rabattra et...

— Je ne veux pas entendre ça ! l'interrompit Delores. Je refuse d'utiliser une tapette à souris, Hannah. C'est inhumain.

— Libre à toi, maman. Mais je ne vois pas d'autre solution.

— En fait, je pensais que Moshe pourrait résoudre mon problème. Tu dis toi-même que c'est un chasseur hors pair.

— Tu veux que Moshe attrape ta souris ? »

Hannah n'en croyait pas ses oreilles. La femme qui trouvait les tapettes inhumaines ne voyait pas d'inconvénient à lâcher un redoutable prédateur sur une malheureuse bestiole.

« Je le récompenserai pour sa peine. J'ai un paquet de crevettes au congélateur. Tu l'emporteras quand il aura fini le travail. Comme ça, il aura sa récompense en rentrant. »

Hannah ne put s'empêcher de rire.

« Tu veux embaucher mon chat comme tueur à gages et le payer en crevettes congelées ?

— Si tu tiens absolument à présenter les choses ainsi... Non, honnêtement, ma chérie... tu sais combien je crains les souris. Je n'arriverai pas à fermer l'œil en sachant qu'une de ces horreurs se balade en liberté chez moi. »

Hannah soupira. Après tout, elle avait peut-être tort de prendre cette histoire à la légère. Si jamais sa mère finissait par s'endormir, rêvait qu'un gigantesque rongeur la pourchassait et faisait vraiment une crise cardiaque, elle ne se le pardonnerait jamais.

« Ne quitte pas, je demande à Moshe. »

Si elle cédait trop facilement, Delores prendrait de mauvaises habitudes et la dérangerait pour un oui ou pour un non. Non seulement cela, mais elle redoutait que Moshe refuse d'entrer dans sa caisse de transport.

« Tu lui demandes son avis ? Pour l'amour du ciel, Hannah ! Ce chat n'est pas un enfant !

— Il est mieux qu'un enfant. Tu sais pourquoi ? Il ne réclame jamais d'argent de poche, il mange ce qu'on lui donne, même si c'est froid, il fait sa toilette tout seul et ne me coûte pas un centime en frais de scolarité. »

Il y eut un silence sur la ligne, puis Delores se mit à rire. Il lui arrivait de se rappeler qu'elle avait le sens de l'humour. Hannah regarda son chat se nettoyer la queue, assis sur la table basse.

« Alors, Moshe ? Une partie de chasse à la souris, ça te branche ? Moyennant rétribution, cela va sans dire. »

Quand il entendit le mot *souris*, ses oreilles opérèrent une rotation de quatre-vingt-dix degrés, telles de minuscules antennes satellites.

« Il est intéressé, dit Hannah en reprenant le téléphone.

— Donc tu viens ?

— Bien sûr que je viens », dit Hannah en se demandant pourquoi c'était toujours elle que sa mère appelait quand elle avait un problème alors qu'elle avait trois filles, un gendre et une ribambelle d'amis.

« Pourquoi il siffle comme ça ? demanda Delores, penchée devant la caisse de transport. Tu crois qu'il a reniflé la souris ? »

Non, c'est parce qu'il t'a vue par la grille, répondit Hannah, mais seulement dans son for intérieur. Mieux valait que sa mère ignore à quel point Moshe la détestait.

« Tu sais, il n'aime pas trop la voiture. » Et c'était peu dire : le matou avait bruyamment exprimé sa désapprobation du début à la fin du trajet. « Où est ta souris ?

— Dans la chambre d'amis. C'est là qu'elle s'est réfugiée. Je l'ai poursuivie et j'ai fermé la porte. »

Hannah souleva la caisse et traversa le salon, une pièce aux murs bleu pâle remplie de meubles anciens et d'œuvres d'art sur lesquels on aurait en vain cherché le moindre grain de poussière. Delores ne faisait pas le ménage. Elle confiait cette tâche à Marjorie Hanks, la mère de Luanne, deux fois par semaine, le mardi et le vendredi.

« Il est lourd ? demanda-t-elle en voyant sa fille changer de main dans le couloir.

— Oui. » S'abstenant d'ajouter qu'elle trouvait sa question parfaitement stupide, Hannah continua jusqu'à la porte de la chambre d'amis et déposa la caisse en soufflant. « OK. Il est prêt.

— Franchement, il n'en a pas l'air, dit Delores en se penchant à nouveau devant la grille.

— Il le sera dès que je l'aurai libéré. Je vais rester avec lui pour m'assurer qu'il ne renverse rien. Et il vaut mieux que je ferme la porte, sinon la souris pourrait s'échapper. »

Hannah observa la réaction de sa mère. Une fois libéré, comment Moshe allait-il se comporter avec elle ? S'en prendrait-il à ses collants, comme il avait coutume de le faire ? Après tout, ce serait un excellent échauffement avant sa partie de chasse.

« Tu préfères ne pas assister à la scène, j'imagine ?

— Grands dieux, surtout pas ! s'écria Delores. Je vais faire du café. Rejoins-moi dans le salon quand il aura fini. »

Chapitre 4

« Je suis sûre qu'il avait très envie de l'attraper, pourtant il est resté assis sans bouger pendant que la souris lui tournait autour. » Le lendemain matin, installées au fond du Cookie Jar, Hannah et Lisa discutaient de ce qui s'était passé chez Delores en sirotant une tasse de café. « Il faisait ce petit bruit de gorge, tu sais, quand les chats repèrent un oiseau ou un lézard.

— C'est vraiment étonnant, dit Lisa. Lui qui adore chasser les souris ! Peut-être qu'il n'a pas osé, vu qu'il n'était pas chez lui.

— Possible, mais j'en doute. Personnellement, je pense qu'il ne voulait pas rendre service à Delores.

— Parce qu'il ne l'aime pas ?

— Tu estimes que j'ai tort de croire qu'un chat peut raisonner comme un humain ?

— Moshe n'est pas n'importe quel chat. Il est plus intelligent que les autres. Comment ta mère a-t-elle réagi en apprenant que la souris courait toujours ?

— Elle ne le sait pas. Je lui ai dit que l'affaire était réglée, et j'ai laissé la porte de la chambre d'amis ouverte en espérant que la souris retourne là d'où elle était venue.

— Et si elle la revoit ?

— Comment veux-tu qu'elle la reconnaisse ? Les souris n'ont pas de bracelet à leur nom, tu sais. En plus, ça pourrait l'inciter à mettre des tapettes. »

La sonnerie du téléphone les fit sursauter. Elles se regardèrent. Un client ? Non, personne ne leur avait rien commandé depuis plus d'une semaine.

« Ta mère ? supposa Lisa.

— Ma mère », dit Hannah au même moment.

Elles éclatèrent de rire, puis Hannah se leva pour répondre en priant pour que la souris n'ait pas refait surface.

« Bonjour, maman.

— Comment savais-tu que c'était moi ? s'écria Delores. Ç'aurait pu être un client, pour un buffet, par exemple.

— Aucun risque.

— Oui, c'est vrai. D'ailleurs, c'est la raison de mon appel. Hier, je suis allée jeter un coup d'œil au Fournil des Magnolias. Il y avait un monde fou. Ces femmes marchent sur tes plates-bandes, n'est-ce pas ?

— On peut le dire comme ça.

— C'est ce que je craignais. Nous avons goûté leur fameux cobbler. Il n'a rien de formidable. À mon avis, tu devrais en vendre toi aussi. Un prêté pour un rendu. »

Hannah réfléchit à sa suggestion. Contre-attaquer ? La perspective était plutôt séduisante. En hiver, la population de Lake Eden diminuait considérablement. Il n'y avait donc pas assez de monde pour faire vivre deux pâtisseries. Conclusion : elle allait devoir se battre.

« Qu'en dis-tu ? Tu relèves le défi ? Demain après-midi, c'est l'assemblée générale du club de couture. Ces dames m'ont chargée d'organiser le goûter à la fin de la réunion. Je pensais apporter un cobbler aux pêches version Magnolias et un autre venant du Cookie Jar. Pour qu'elles comparent.

— Je relève le défi, dit Hannah en essayant d'imiter la voix de John Wayne dans *Le Dernier des géants*. Ce sera elles ou moi.

— La réunion commence à 13 heures. Je viendrai chercher ton cobbler vers midi.

— Je peux te l'apporter.

— Mais tu seras en plein coup de feu.

— Non, depuis deux semaines, à 13 heures, c'est le calme plat.

— Ah. Eh bien, on pourra peut-être y remédier. Au fait, ma chérie... j'ai racheté des crevettes pour Moshe. J'espère qu'il a aimé celles que je lui ai données hier soir.

— Il ne reste que l'emballage. »

Hannah disait la vérité mais pas toute la vérité. Moshe ayant boudé lesdites crevettes, Hannah les avait passées au mixeur et mises dans un potage.

« Je ne te dis pas à quel point je suis soulagée qu'il m'ait débarrassée de cette souris !

— Et moi, je ne te dis pas à quel point il s'est amusé en le faisant », répliqua Hannah.

Après avoir raccroché, Hannah se tourna vers Lisa et vit son regard interrogatif.

« Désolée, j'ai vaguement entendu votre conversation. Ta mère nous a commandé quelque chose ?

— Oui, un cobbler aux pêches. Grand format. Elle en prendra un autre au Fournil des Magnolias. Les dames de son club de couture les goûteront et donneront leur avis.

— Comme dans un concours de cuisine où tous les concurrents doivent réaliser le même plat.

— Sauf qu'il y a un hic, répondit Hannah en grimaçant. Emportée par mon enthousiasme, j'ai oublié de lui dire que je n'avais jamais fait de cobbler aux pêches ! »

« Il est bien meilleur, déclara Andrea en reprenant une cuillerée du cobbler que Hannah venait de préparer. Tu vas gagner, frangine !

— Et toi, Tracey, qu'en penses-tu ? demanda Hannah à sa nièce de cinq ans.

— C'est drôlement bon, s'écria la petite en hochant si fort la tête que ses boucles blondes rebondirent. Tu m'en feras un pour mon anniversaire, tante Hannah ?

— Promis. »

Son anniversaire tombait en septembre et on était en février. Tracey avait le temps de changer plusieurs fois d'avis.

« Tu renoncerais au gâteau à la gelée que je te prépare chaque année ? répliqua Andrea, piquée au vif.

— Non, maman. Tu sais bien que c'est mon préféré. Je me disais juste que, pour une fois, je pourrais avoir deux gâteaux d'anniversaire.

— Eh bien... oui, c'est envisageable. »

Andrea avait retrouvé le sourire. Depuis qu'elle savait parler, sa nièce faisait chaque jour la preuve de ses talents de diplomate en herbe, songea Hannah. Cette dernière réplique la conforta dans l'idée qu'une belle carrière l'attendait.

Il y avait un monde fou au fond de la salle. Pour cette séance spéciale dégustation, Lisa avait convoqué tous leurs plus ardents supporters, à commencer par son fiancé. Quand Herb avait appris le but de sa démarche, il avait fait un détour par la bibliothèque du centre communautaire pour aller chercher sa mère, Marge, et le père de Lisa, Jack Herman.

« Voilà papa ! s'écria Tracey en voyant Bill Todd, le nouveau shérif du comté de Winnetka, entrer dans le Cookie Jar aux côtés de son premier adjoint, l'homme qui faisait battre le cœur de Hannah, Mike Kingston.

— On est en retard ? s'inquiéta Mike.

— Non, pile à l'heure », répondit Lisa en remplissant deux coupelles pour les nouveaux arrivés.

Constatant que le charmant sourire du célibataire le plus convoité de Lake Eden avait rendu son associée momentanément muette, Lisa invita les deux hommes à s'installer face à Delores et à Carrie, lesquelles n'avaient eu que vingt pas à faire pour passer de leur boutique d'antiquités au Cookie Jar. Le chevalier servant de Delores, Winthrop Harrington, deuxième du nom, était assis entre les deux femmes. Quant à Norman, profitant d'une plage de liberté entre deux détartrages, il avait rejoint la fine équipe de goûteurs et trônait à la place d'honneur.

« Nous allons vous demander d'établir une comparaison entre notre cobbler aux pêches et celui qui est vendu en face, leur expliqua Lisa en répétant les instructions que

Hannah avait déjà fournies aux autres. Nous voudrions savoir si le nôtre est meilleur, similaire ou moins bon.

— Personne n'osera dire qu'il est moins bon devant tante Hannah, glousse Tracey, ce qui lui valut un regard sévère de la part de sa mère. Désolée, maman. Si on ne dit pas ce qu'on pense, ça ne servira à rien, se rattrapa-t-elle. Coucou, papa.

— Coucou, mon petit cœur. »

Bill s'assit à côté de sa fille, se pencha pour l'embrasser et prit la coupelle que lui tendait Lisa.

« Je préfère le vôtre, déclara Mike dès la première bouchée. Je trouve leurs pêches trop molles.

— J'allais dire la même chose, lança Bill. On croirait manger des fruits au sirop, alors que les tiennes ont le goût des pêches fraîches. Où trouve-t-on des pêches fraîches au mois de février ?

— Je les ai prises congelées, répondit Hannah. Pour qu'elles gardent leur goût, il faut les mettre au four quand elles sont encore glacées.

— J'en toucherai un mot à ma gouvernante quand je rentrerai en Angleterre, fit Winthrop, cordial. Bravo, ma chère. Votre cobbler est tout simplement exquis.

— Merci », répondit Hannah en se forçant à sourire.

Ils ne se voyaient pas souvent, mais Winthrop était toujours aimable et courtois avec elle. Malgré cela, Hannah ne parvenait pas à le trouver sympathique, sûrement parce qu'elle ne se faisait pas à l'idée que sa mère veuille refaire sa vie.

« Tu as mis juste ce qu'il faut de cannelle, intervint Delores.

— Oui, c'est parfait, confirma Carrie. Il y en a beaucoup trop dans le leur. Ça tue le goût des fruits. Du coup, on s'aperçoit à peine qu'il s'agit d'un cobbler aux pêches. Ça pourrait tout aussi bien être… n'importe quoi d'autre.

— Des petits-beurre, proposa Jack Herman, avec un clin d'œil à sa fille Lisa.

— Pardon ? firent les autres en chœur.

— Des petits-beurre, répéta-t-il. La mère de Lisa nous faisait souvent de la "tarte aux pommes sans pommes". Elle remplaçait les fruits par des biscuits secs. »

Hannah vit Lisa, Marge et Herb se pencher vers le vieux monsieur avec un sourire encourageant, et cela lui fit chaud au cœur. Son traitement avait l'air efficace. Il ne le guérirait pas puisque la maladie d'Alzheimer était incurable, mais ses facultés cognitives s'étaient améliorées, ainsi que sa capacité à communiquer.

« Tu connais cette recette, Hannah ? demanda Lisa.

— Non, je ne crois pas. Pourquoi faire une tarte aux pommes sans pommes alors que c'est un fruit qu'on trouve toute l'année par chez nous ?

— Pour la beauté du geste, peut-être », intervint Norman en se tournant vers Lisa, qui lui adressa un sourire mélancolique.

La mère de Lisa avait disparu depuis de nombreuses années, mais cette anecdote culinaire semblait avoir ravivé certains souvenirs.

« Je peux en ravoir, tante Lisa ? fit Tracey. C'est tellement bon ! »

Oubliant sa tristesse, Lisa la resservit et proposa une deuxième part au reste de la tablée. Quand elle s'approcha de lui, Bill la regarda faire avec une pointe de curiosité.

« La couche du dessus me rappelle quelque chose.

— C'est normal, s'esclaffa Hannah. Je me suis inspirée du gâteau au café de ta mère. Je cherchais une garniture qui corresponde à ce que je voulais pour ce cobbler, et c'est la première chose qui m'est venue à l'esprit.

— C'est comme cela que vous inventez de nouvelles recettes ? lui demanda Carrie.

— Oui. Je commence toujours par imaginer le résultat, aux niveaux visuel et gustatif, ensuite je cherche des solutions et je les essaie toutes. Par exemple, pour le cobbler, je voulais une garniture qui soit à mi-chemin entre un cookie au sucre et un sablé.

— Et c'est exactement ce que tu as obtenu », dit Marge en perçant avec sa cuillère la fine croûte recouvrant les pêches. Elle sourit de bonheur en l'entendant craquer. « La perfection, Hannah. Je pèse mes mots.

— Passons au vote », lança Herb en sortant de sa veste le calepin qui lui servait à noter les numéros minéralogiques des contrevenants. La première fois, ils avaient droit à un simple avertissement, et s'ils récidivaient, c'était l'amende. « Nous avons donc trois possibilités : meilleur, similaire, moins bon. » Il se tourna vers Lisa pour obtenir confirmation.

« Exact. Commençons par toi, Herb. Qu'en penses-tu ?

— Meilleur. Je note.

— Et vous, Mike ? demanda Lisa en suivant l'ordre autour de la table.

— Bien meilleur. »

Mike se tourna vers Hannah et lui fit un sourire enjôleur auquel elle ne daigna pas répondre. Croyait-il s'en sortir en usant de flatteries ? s'indigna-t-elle. Cette méthode fonctionnait peut-être avec certaines femmes, mais elle n'était pas du genre à fondre de gratitude chaque fois qu'il décidait de lui accorder un peu d'attention.

« Si leur cobbler vaut un, celui de Hannah vaut dix, proclama Bill.

— Absolument, il est mille fois meilleur, confirma Delores en regardant sa fille. Les dames du club de couture vont l'adorer, surtout quand je dirai à Régina que tu t'es inspirée de son biscuit au café. Elle te sera reconnaissante de l'avoir citée. D'autres que toi s'en seraient abstenues, tu sais. »

Hannah rayonnait littéralement. Les compliments de sa mère étaient rares, ce qui les rendait doublement précieux. Sa joie atteignit des sommets lorsque, en baissant les yeux sur la coupelle de Delores, elle constata qu'elle était vide. Venant d'une femme qui répétait comme un dogme qu'une personne distinguée ne devait jamais finir son assiette, c'était le plus beau des hommages.

Lisa poursuivit son tour de table. À la fin, Herb n'eut pas besoin de lire les notes pour déclarer le cobbler aux pêches de Hannah vainqueur à l'unanimité.

« Une bonne chose de faite, dit Bill en sortant son portable pour regarder le message qu'il venait de recevoir. Désolé, il faut qu'on y aille. Un carambolage sur l'autoroute. Trois véhicules accidentés. »

Les deux policiers partirent. Winthrop leur emboîta le pas. Peu après, Delores et Carrie se levèrent.

« Nous avons laissé Luanne seule à la boutique, dit Carrie. Elle n'a pas encore pris sa pause.

— Merci pour votre présence, mesdames, répondit Hannah. Je vous raccompagne. »

Lisa posa la main sur son épaule.

« Reste assise, je m'en charge. Au passage, je leur donnerai la part que j'ai mise de côté pour Luanne. »

Hannah attendit qu'elle revienne pour déclarer devant ceux qui étaient encore là :

« Votre aide nous a été d'un grand secours. Comme vous avez tous apprécié mon cobbler aux pêches, je vais l'ajouter à la carte du Cookie Jar.

— Comment l'appelleras-tu, tante Hannah ? demanda Tracey.

— Je n'y avais même pas songé, répondit Hannah, puis, sachant que la petite n'aurait pas évoqué le sujet si elle n'avait pas déjà eu un nom en tête, elle ajouta : À ton avis ?

— Le cobbler du Minnesota. Comme ça, tout le monde saura qu'il vient d'ici et pas d'ailleurs.

— Riche idée », dit Hannah en levant le pouce.

L'appeler cobbler du Minnesota ferait vibrer la corde patriotique de leurs concitoyens, qui désormais ne pourraient lui préférer le cobbler aux pêches du sud sans se voir accusés de haute trahison.

« Et si on le mettait au menu de notre banquet de mariage ? proposa Herb à sa fiancée.

— Je suis pour, mais Hannah n'aura peut-être pas le temps de...

— Bien sûr que si », répliqua l'intéressée.

Elle leur avait déjà promis quantité de cookies, mais s'ils voulaient aussi un cobbler, elle se débrouillerait.

« Je vous en commanderais bien un pour demain. C'est possible ? intervint Jack Herman. Marge m'emmène à la clinique pour ma dernière injection de jus de cerveau. J'aimerais faire un petit cadeau aux infirmières.

— C'est comme ça que papa appelle le traitement expérimental qu'on lui administre, crut bon d'expliquer Lisa, même si tout le monde avait compris ce que désignait l'expression "jus de cerveau".

— À chaque séance, je sens que ma mémoire s'améliore un peu plus. Et jusqu'à présent, je n'ai constaté qu'un seul effet secondaire.

— Lequel ? demanda Andrea.

— Je me souviens de toutes les bêtises que je racontais avant.

— Ne sois pas ridicule, Jack, s'insurgea Marge. Ta mémoire était défaillante, mais tu n'as jamais fait ni raconté de bêtises.

— Mais si. J'en ai même fait une que je vais probablement regretter jusqu'à la fin de mes jours. »

Troublée par son air grave, Hannah se pencha vers lui et posa sa main sur la sienne.

« Ce n'est peut-être pas si dramatique. Dites-nous ce que c'est, nous essaierons d'y remédier.

— Non, c'est trop tard. On ne peut pas faire rentrer le dentifrice dans le tube.

— Pardon ? » répliqua-t-elle, surprise par sa réponse.

Il n'y avait pas si longtemps, Jack Herman n'aurait pas pu s'exprimer ainsi.

« J'étais tellement content que Lisa et Herb se marient que j'ai invité une personne ne figurant pas sur la liste.

— Ce n'est rien, papa, s'empressa de le rassurer Lisa. Un invité de plus ou de moins, ça ne fait aucune différence. N'est-ce pas, Andrea ?

— Absolument, confirma cette dernière. Ne vous inquiétez pas, Jack. L'église Saint-Peter peut recevoir plus de deux cents personnes, et, pour le banquet, nous aurons toute la salle de l'auberge à notre disposition.

— Oh, ce n'est pas le manque de place qui m'embête. C'est juste que… je crois que Lisa n'a pas envie que cette femme assiste à son mariage. »

Lisa partit d'un petit rire joyeux.

« Je ne vois pas qui cela peut être, papa. J'ai invité toute la ville.

— Sauf quelqu'un. Je t'assure, j'ai vérifié sur ta liste. Après…

— Vraiment ? fit Lisa sur un ton hésitant. Dans ce cas, c'est de ma faute. Et tu as bien fait de réparer mon oubli. Je ne veux vexer personne. »

Andrea ouvrit sa mallette, en sortit un ordinateur portable et l'alluma.

« Franchement, ce n'est pas un problème. Attendez une seconde, que je regarde dans mon fichier. Cet ordinateur est génial. Je ne pourrais plus vivre sans lui ! »

Hannah hocha la tête d'un air dubitatif. Elle trouvait cette déclaration un tantinet excessive. Pour sa part, elle aurait peut-être eu du mal à se priver de beaucoup de choses, mais seules deux d'entre elles étaient réellement vitales : l'air et la nourriture.

« Voilà, la liste vient de s'afficher, annonça Andrea quand le silence revint après l'habituelle symphonie d'impulsions électroniques. Donnez-moi son nom, je l'ajouterai et, cet après-midi, je lui enverrai un carton d'invitation.

— Si vous y tenez, soupira Jack, avant de se tourner vers sa fille. Mais je te préviens, tu ne vas pas aimer. »

Lisa le rassura d'un sourire.

« Mais si, papa. J'aime tout le monde à Lake Eden. De qui s'agit-il ?

— D'une femme que je n'aurais pas invitée si j'avais eu toute ma tête.

— Dis-nous juste qui c'est. »

Jack inspira à fond, souffla, se racla la gorge et articula :

« Shawna Lee Quinn. » Puis, en voyant le visage de sa fille se figer d'horreur, il ajouta : « Je suis désolé, ma chérie. Je me doutais que tu n'aimerais pas. »

Cobbler du Minnesota

Préchauffer le four à 175 °C,
la grille en position médiane.

Note : ne pas décongeler les pêches.
Chemiser le moule.

10 tasses* de pêches congelées en morceaux (environ 1 kg)
⅛ tasse de jus de citron (2 cuillerées à soupe)
1 ½ tasse de sucre blanc (semoule)
¼ cuillerée à thé de sel
¼ tasse de farine (inutile de tamiser)
½ cuillerée à thé de cannelle
½ tasse de beurre fondu (une plaquette, soit 125 g)

Croûte :

1 tasse de farine (inutile de tamiser)
1 tasse de sucre blanc (semoule)
1 ½ cuillerée à thé de levure chimique
¼ cuillerée à thé de cannelle
½ cuillerée à thé de sel
½ plaquette de beurre ramolli (soit 75 g)
2 œufs battus (dans un verre avec une fourchette)

*** Une table de conversion des volumes se trouve en fin d'ouvrage !**

Mettre les pêches congelées dans un grand bol. Laisser 10 minutes à température ambiante puis verser le jus de citron et touiller.

Dans un bol plus petit, mélanger soigneusement le sucre blanc, le sel, la farine et la cannelle. Verser sur les pêches et malaxer à la main (avec les mains parfaitement propres, c'est mieux) pour que les pêches s'imprègnent bien de ce mélange.

Transférer le tout dans le moule chemisé. S'il reste de la matière au fond du petit bol, l'ajouter en répartissant uniformément.

Faire fondre le beurre, le verser goutte à goutte sur les pêches. Recouvrir le moule avec du papier d'aluminium.

Cuire à 175 °C pendant 40 minutes. À la sortie, poser le moule sur une surface réfractaire, mais n'éteignez pas votre four !

Croûte :

Mélanger la farine, le sucre, la levure chimique, la cannelle et le sel dans le petit bol utilisé précédemment. Incorporer le beurre ramolli en l'écrasant avec deux fourchettes. Le résultat doit ressembler à de la semoule de maïs. Ajouter les œufs battus en mélangeant bien, toujours à la fourchette. (On peut aussi se servir d'un robot ménager équipé d'une lame en acier et incorporer le beurre froid coupé en quatre.)

Retirer la feuille d'aluminium et répartir la préparation petit à petit sur les pêches. La matière étant épaisse, utiliser deux cuillères, la deuxième servant à racler la pâte collée à la première. On peut aussi le faire avec une spatule en caoutchouc ou des doigts propres. Les pêches doivent être entièrement recouvertes de petites noisettes de pâte. (S'il y a des trous, pas d'inquiétude, la pâte s'étalera au cours de la cuisson.)

Cuire à 170 °C, sans couvrir, pendant 50 minutes.

Le cobbler du Minnesota peut se déguster chaud, tiède, à température ambiante ou au sortir du frigo. On peut le servir tel quel ou avec une boule de glace.

Chapitre 5

Au matin du 14 février, le ciel était dégagé. En se levant, Hannah aperçut par la fenêtre les premiers rayons du soleil éclairer les congères d'une lumière pâle. Les yeux encore embués de sommeil, elle remplit la gamelle de Moshe, se fit une tasse de café bien fort et passa sous la douche. Après quoi elle enfila un jean, choisit un pull rouge vif, Saint-Valentin oblige, et sourit à son reflet dans le miroir. Comme toujours, ses boucles rousses n'en faisaient qu'à leur tête, mais pour une fois elle ne serait pas obligée de les tirer en arrière et de les cacher sous le filet dont le port était fortement recommandé par le ministère de la Santé.

D'habitude, Hannah réalisait un gros chiffre d'affaires le jour de la Saint-Valentin. Il faut dire qu'il y en avait pour tous les goûts, entre les cookies en forme de cœur recouverts d'un glaçage rouge et blanc, les cupcakes nappés de rose avec des œurs rouges dessinés par-dessus, les tourtes à la cerise, les saltos à la fraise – un cookie créé l'année précédente – et les bombes à la cerise – des boules de pâte à cookie fourrées de cerises au marasquin et saupoudrées de sucre glace.

La veille, Hannah et Lisa avaient eu le plaisir de voir revenir certains de leurs habitués. Devaient-elles cette embellie aux efforts de Delores ou au fait que Lisa allait se marier le lendemain et que les gens avaient envie de recueillir ses impressions ? Peu importait la raison, l'essentiel étant qu'ils dépensent leur argent chez elles et pas en face. Depuis l'inauguration du Fournil des Magnolias, c'était la première fois qu'elles rentraient dans leurs frais, ce qui augurait un avenir potentiellement meilleur.

Comme il n'était pas question que Lisa travaille le jour de ses noces, Hannah avait passé une annonce dans le *Lake Eden Journal* pour prévenir la population que le Cookie Jar serait fermé le 14.

« Je sais, dit Hannah au gros matou couché sur son lit. Je suis en tenue de maison mais, vois-tu, ce n'est pas un jour comme les autres.

— Miaou », dit Moshe en l'observant d'un œil critique avant de lui tourner le dos.

Voulait-il lui faire remarquer que le rouge jurait avec ses cheveux ou que sa gamelle était vide ? Mystère.

Quinze minutes plus tard, Moshe ayant englouti sa deuxième ration de croquettes et elle sa troisième tasse de café, Hannah se leva pour sortir. Le Cookie Jar était peut-être fermé à la clientèle, mais il lui restait encore des choses à faire et son four de cuisine n'y suffirait pas. La veille au soir, elle avait préparé les gâteaux du marié et de la mariée. Rien de bien compliqué au demeurant, car ils ne nécessitaient aucune cuisson.

Elle n'avait pas eu besoin d'aller chercher bien loin. Un jour, au fil de la conversation, elle avait demandé à Lisa quel genre de gâteau elle aimait, petite. Sa réponse l'avait surprise, ainsi que celle de Marge Beeseman lorsqu'elle lui avait posé la même question au sujet de Herb. Enfants, les futurs mariés avaient adoré le même gâteau, une spécialité locale appelée « pile à la crème ».

Pour réaliser une pile à la crème, on entassait des petits-beurre ou d'autres biscuits secs sur une bonne hauteur, comme des briques sucrées maintenues entre elles par des couches de crème pâtissière. La pile ainsi constituée passait la nuit au frigo, le temps que les biscuits et la crème s'interpénètrent et forment un appareil solide. Après quoi on la nappait de crème fouettée. La petite Lisa préférait les petits-beurre collés par un ciment au chocolat, et le petit Herb les gaufrettes au chocolat avec de la crème à la vanille. Munie de ces informations, Hannah avait ensuite réfléchi à la présentation. Comment transformer de banales piles à la crème en véritables gâteaux de mariage ?

Les essais l'avaient occupée pendant plusieurs jours. Elle s'était amusée comme une petite folle à empiler des biscuits comme des briques de Lego. Elle avait même obtenu des formes intéressantes, dont une tour digne de Raiponce. Mais rien d'assez beau et original pour trôner sur la table des mariés.

La solution lui était venue comme une illumination, un soir, alors qu'elle regardait une émission de cuisine avec Moshe. Le dessert présenté par la cheffe pâtissière, une femme mince qui ne devait jamais grignoter en travaillant, décrivait la recette du *trifle* anglais, un dérivé de la célèbre charlotte. Pourquoi ne pas marier *trifle* et pile à la crème, à savoir étaler des couches de biscuit et de crème dans un moule à *trifle* et renverser le dôme ainsi obtenu sur un plat de service avant de le napper de crème fouettée ? se dit Hannah. Sue Ganske, une cousine de Lisa au troisième degré, avait été chargée d'apporter le gâteau officiel, celui qui figurerait sur les photos. Comme la famille de Lisa, côté maternel, était originaire de Norvège, il s'agirait d'un *kransekake*, une pièce montée de vingt étages, plus proche de la sculpture que de la pâtisserie. Quand elles s'étaient parlé au téléphone, Sue avait cru bon de préciser : « Le *kransekake* est comme un objet d'art. Je suis sûre que personne n'osera y toucher. Il faudra donc prévoir autre chose, sinon les becs sucrés resteront sur leur faim. »

Hannah n'avait jamais mangé de *kransekake*. En revanche, elle connaissait les pièces montées à la française pour en avoir vu une un jour, lors d'une réception à l'université. Elle se souvenait d'une magnifique pyramide de choux à la crème liés par du caramel filé. Une œuvre si impressionnante qu'aucun des convives n'avait eu le courage de la détruire.

Cet événement mondain lui avait appris au moins une chose. La perfection esthétique faisait mauvais ménage avec la gourmandise. Depuis lors, elle fuyait la symétrie comme la peste et s'arrangeait toujours pour que ses tartes, ses cookies et autres muffins aient un petit air penché.

« Je serai de retour vers 15 heures au plus tard, annonça-t-elle à Moshe dont la tête disparaissait presque entièrement dans la gamelle. Et comme il faudra que je me prépare pour le mariage, je te servirai à dîner plus tôt que d'habitude. Ça ne t'ennuie pas, j'espère. »

Moshe délaissa un instant ses croquettes et la fixa l'air de dire : Moi, je mange chaque fois que tu me nourris. À ce propos, tu n'oublieras pas de remplir mon bol Garfield avant de partir.

« C'est bon, j'ai compris. »

Hannah retira le cadenas, ouvrit la porte du cagibi, entra et ressortit avec les croquettes. Lui ayant versé de quoi tenir jusqu'à 15 heures, elle ajouta une friandise ayant le goût et la forme d'un saumon miniature, puis rangea le sac, remit le cadenas et alla enfiler la parka verte qu'Andrea et Delores lui avaient offerte pour Noël. Par précaution, elle se coiffa d'un bonnet assorti qu'elle enfonça jusqu'aux oreilles. Après quoi elle récupéra ses clés de contact au fond de sa sacoche et enfila ses gants fourrés. Hannah avait mis moins de trois minutes pour se préparer. Lorsqu'elle sortit sur le palier et retrouva le congélateur gratuit que le Minnesota fournissait à ses habitants plusieurs mois par an, elle se félicita de n'avoir rien oublié.

La première chose qu'elle fit après s'être garée dans la ruelle passant derrière le Cookie Jar fut de dérouler le câble du chauffe-moteur, accroché à son pare-chocs avant, et de le brancher à l'une des grosses prises prévues à cet effet. En chemin, elle avait entendu la fin du bulletin météo sur KCOW. Actuellement de moins dix-huit degrés, la température ne monterait pas au-dessus de zéro.

Il lui fallut plusieurs tentatives pour glisser la clé dans la serrure, mais Hannah ne pouvait pas retirer ses gants. Par un froid pareil, toucher une poignée de porte avec des doigts légèrement humides pouvait être très douloureux, car au contact du métal la sueur gelait instantanément. Enfant, elle y avait maintes fois laissé des bouts de peau.

Une fois entrée, Hannah fonça vers la cafetière en se félicitant de l'avoir choisie programmable. Bien qu'elle ait attendu les soldes de janvier, ce modèle lui avait coûté un peu cher, mais c'était de l'argent bien dépensé.

Hannah allait s'accorder une première gorgée quand le téléphone sonna. Que faire ? Répondre ? Tous ses clients savaient que la boutique était fermée. Donc c'était forcément l'un de ses proches. Conclusion : elle devait répondre. Hannah plongea juste le bout des lèvres dans sa tasse, se brûla puis décrocha.

« Allô ?

— Tu n'as pas dit "allô, maman". »

Avait-elle bien entendu ? Était-ce sa ligne qui fonctionnait mal ou elle qui dormait encore ?

« Si je décroche en disant "allô, maman", tu m'en fais le reproche, répondit Hannah qui avait noté une légère déception dans la voix de sa mère.

— Oui, je le reconnais. Mais j'ai fini par m'y habituer. Bref, j'appelais pour te poser une question, ma chérie. Comment marche ton commerce ?

— Aujourd'hui, il ne marche pas. Nous sommes fermées.

— Je sais bien. Je parlais d'une manière générale. Je veux savoir si j'ai réussi ma mission. Je te fais de la pub depuis deux jours. Je parle de toi dans tous les clubs auxquels je suis inscrite, et Dieu sait qu'il y en a !

— Eh bien, ça s'améliore lentement », répondit Hannah, laconique.

Elle n'aimait pas parler argent avec sa mère. Après tout, cela faisait des années qu'elle ne dépendait plus d'elle financièrement. L'inquiétude de Delores n'en était pas moins légitime. Elle ne voulait que son bien.

« Mais sûrement, ajouta-t-elle.

— J'ai compris. C'est insuffisant.

— En effet », reconnut Hannah. Le radar mère-fille fonctionnait toujours aussi bien : Delores avait reçu son inquiétude cinq sur cinq. « Une vingtaine d'habitués sont revenus. C'est déjà pas mal. Et plusieurs dames de tes clubs nous ont rendu une petite visite.

— Donc vous récupérez chaque jour un peu plus de clients ?

— Oui. Hier était un jour faste. Ils sont tous venus présenter leurs vœux de bonheur à Lisa.

— Vous avez réalisé un bon chiffre ? »

Hannah ouvrit la bouche pour dire oui, mais elle n'avait jamais su mentir à sa mère.

« Pas vraiment.

— Êtes-vous au moins rentrées dans vos frais ?

— Pas tout à fait. »

Il y eut un long silence au bout de la ligne, puis Delores reprit la parole.

« C'est peut-être un mauvais passage. J'ai lu dans un magazine qu'en ce moment beaucoup de boulangeries-pâtisseries souffrent de la mode des régimes amincissants. Les gens mangent moins de pain et moins de gâteaux qu'autrefois.

— Je doute que ce soit à cause de cela, maman. Le Fournil des Magnolias vend des gâteaux bourrés de sucre et de beurre, et pourtant il ne désemplit pas. »

Delores laissa passer un blanc puis siffla entre ses dents :

« Ces deux filles ne sont que des gourgandines !

— Maman ! » s'écria Hannah, amusée.

Sa mère avait tendance à puiser son vocabulaire dans les romans à l'eau de rose qui peuplaient sa bibliothèque.

« Je suis désolée, ma chérie, mais depuis qu'elle a débarqué dans notre ville, Shawna Lee ne te crée que des ennuis. Et sa sœur ne vaut guère mieux. Ôte-moi d'un doute, c'est à cause de Mike qu'elle se comporte ainsi, n'est-ce pas ?

— Mike ?

— Oui. Shawna Lee a des vues sur lui. Et toi, tu la gênes. Elle n'a ouvert ce commerce que pour te discréditer et t'obliger à mettre la clé sous la porte. »

Hannah réfléchit un instant. Sa mère aurait-elle vu juste ? La jalousie était un puissant mobile.

« Je devrais peut-être traverser la rue et lui dire que si elle le veut elle n'a qu'à le prendre.

— Oh, ne fais pas cela, ma chérie, s'empressa de répondre Delores. Elle niera et tu seras bien avancée.

— Alors quoi ?

— Annonce tes fiançailles avec Norman. Quand elle verra qu'elle a le champ libre, je parie qu'elle trouvera ce métier trop fatigant et renoncera à jouer les pâtissières. »

Hannah ne put s'empêcher de rire. Suivre le conseil de sa mère reviendrait à confier un lézard aux bons soins de Moshe parce qu'il l'aurait demandé. Ce genre de situation ne pouvait déboucher que sur un désastre.

« Oublie ça, maman. D'abord, Norman ne m'a pas demandée en mariage, et, s'il le faisait, je ne suis pas sûre de répondre oui. Je ne vois qu'une solution : tenir bon en espérant que les choses s'améliorent.

— Tu as peut-être raison, fit Delores avec un petit rire. En tout cas, j'aurai essayé. Je serais tellement heureuse que tu épouses Norman. Mike n'est pas fait pour toi. Il n'en demeure pas moins que je tiens à ce que tu gardes ton commerce. Donc, que puis-je faire pour t'aider ?

— Je ne vois rien, à part des choses pénalement répréhensibles, avoua Hannah, sarcastique. Ne t'inquiète pas, maman. Tout finira par s'arranger, d'une façon ou d'une autre. »

Quand Delores eut pris congé, Hannah constata que son café était tiède. Elle ne lui avait pas tout dit. Le Cookie Jar allait vraiment très mal, mais à quoi bon l'inquiéter ?

La veille, poussée par le désespoir, elle avait contacté un organisme de crédit qui faisait de la pub à la télé. OneDay Lenders s'engageait à vous accorder un prêt en l'espace de vingt-quatre heures à condition que vous possédiez un bien immobilier pouvant servir de garantie. Sa demande ayant été traitée électroniquement, elle était censée obtenir une réponse à 9 heures du matin. Si elle était positive, le Cookie Jar bénéficierait d'un sursis. Dans le cas contraire, elle pourrait encore tenir deux semaines, à condition de puiser dans ses dernières économies.

Hannah finit son café et regarda la pendule. Huit heures cinquante-six. Encore quatre minutes. Elle se tourna vers les bocaux vides alignés sur le comptoir. Il n'y avait pas si longtemps, ils étaient encore remplis de délicieux cookies et sa boutique de clients affamés. De nouveau, elle vérifia l'heure. Les aiguilles n'avaient pas bougé. Sa grand-mère Ingrid disait qu'une marmite qu'on surveille ne bout pas.

Cette maxime s'appliquait-elle également aux pendules ? À moins que le temps ne s'écoule différemment selon qu'on soit triste ou gai.

« Bon sang ! » marmonna Hannah en allant se verser une deuxième tasse. Se poser des questions existentielles avant d'avoir ingurgité une dose suffisante de caféine pouvait s'avérer dangereux. Quand elle se rassit, il était 8 h 58. Le temps avait donc fini par passer. Il ne lui restait que deux minutes avant d'appeler.

Au bout d'un siècle de patience, la grande aiguille se posa sur le douze et la petite sur le neuf. Hannah attendit que la trotteuse démarre une nouvelle révolution et composa le numéro de OneDay Lenders. Au bout de trois sonneries, une voix enregistrée résonna dans l'écouteur : « Bienvenue chez OneDay Lenders. Toutes nos lignes sont actuellement occupées. Ne raccrochez pas, nous allons bientôt donner suite à votre demande de prêt ».

Pendant qu'elle attendait son tour, Hannah se rappela avoir lu quelque part que la voix de tous les répondeurs automatiques ou presque appartenait à une vieille dame habitant dans l'Iowa. S'agissait-il d'une fausse rumeur ? Si c'était vrai, cette femme touchait-elle des droits à chaque mise en attente, au même titre qu'une actrice dont les films repasseraient à la télévision ? Ferait-elle graver sur sa tombe : « Restez en ligne, l'un de nos conseillers va prendre votre appel » ?

À 9 h 04, la voix lui demanda de composer le code à quatre chiffres qui lui avait été donné la veille au soir. Hannah s'exécuta et, deux secondes plus tard, reçut la sentence : « Nous sommes désolés mais votre prêt n'a pas été approuvé. OneDay a besoin de documents supplémentaires avant d'examiner votre demande. Pour de plus amples informations, veuillez appeler le numéro gratuit suivant... »

Hannah composa ledit numéro et, ô joie, fut mise en communication avec un être humain. Malheureusement, l'homme au bout du fil parlait sur un ton monocorde, comme s'il lisait un texte posé devant lui.

« Vous êtes vivant ou pas ? lui demanda-t-elle.

— Mon entourage a tendance à le croire, gloussa son interlocuteur. Je m'appelle Perry. C'est moi qui gère votre demande de prêt. Puis-je vérifier votre code, s'il vous plaît ? »

De nouveau, Hannah égrena les quatre chiffres. Puis elle attendit en écoutant son cœur tambouriner dans sa poitrine.

« Mademoiselle Swensen ?

— Elle-même. De quoi avez-vous besoin, Perry ?

— Il nous faut votre compte de résultat.

— Ah bon ! Le type avec qui j'ai discuté hier ne m'a pas parlé de ça.

— En effet, mais comme vous êtes commerçante, ce document est indispensable au traitement de votre dossier.

— OK, répondit Hannah en espérant que Stan Kramer, son comptable, soit en mesure de le lui fournir avant la fin du week-end. Quelle période ?

— Depuis le 1er janvier jusqu'à maintenant.

— Mince, gémit-elle.

— Que dites-vous, mademoiselle Swensen ?

— Rien. Le compte de résultat est censé vous prouver que je réalise des profits, n'est-ce pas ? »

Un ange passa. De toute évidence, Perry n'avait jamais eu droit à ce genre de question.

« En effet, finit-il par répondre.

— Dans ce cas, laissez tomber, dit Hannah tandis que son dernier espoir était aspiré par la grille d'aération. Si je réalisais des profits, je ne me fatiguerais pas à solliciter un prêt. Je croyais que mon appartement suffirait en termes de garantie.

— Hélas non. Votre apport en capital était minime, votre emprunt immobilier s'étale sur trente ans et les intérêts sont assez élevés.

— Donc, je suis coincée ?

— J'en ai peur », soupira Perry. Puis, après un nouveau silence : « Vous devriez essayer autre chose, mademoiselle Swensen. Vous avez bien dans votre famille une personne en mesure de vous accorder un prêt à titre gracieux. Vous m'avez l'air de quelqu'un de bien. Je préfère ne pas vous proposer notre prêt à taux d'intérêt maximum.

— Qu'entendez-vous par “taux d'intérêt maximum” ?

— Quand une personne ne présente pas toutes les garanties nécessaires, nous sommes censés lui proposer ce type de prêt tout en sachant qu'elle aura beaucoup de mal à le rembourser. Au bout de quelque temps, OneDay fait constater le défaut de paiement, rompt le contrat aux torts du client et se rembourse sur ses biens, quitte à le jeter à la rue.

— Eh bien, je vous remercie pour votre franchise », dit Hannah, ébahie. Perry avait pris de gros risques afin de lui éviter le pire. « Dites-moi un peu, Perry... comment OneDay traite-t-il ses salariés ? À moins que vous n'ayez pas le droit d'en parler...

— Ils sont horribles. Je vous l'avoue avec d'autant plus de détachement que j'ai décidé de démissionner et de reprendre la fac.

— Bravo ! Je suis bien contente pour vous !

— Comme je ne suis pas très riche, je vais devoir retourner vivre chez mes parents, mais ça m'est égal. Jusqu'à ce soir, j'ai l'intention de dire la vérité à tous les gens qui m'appelleront. Au moins, ils sauront comment fonctionnent les sociétés de crédit.

— C'est-à-dire ?

— En n'accordant de prêts à taux intéressant qu'à ceux qui n'en ont pas vraiment besoin. »

Hannah le remercia encore une fois et raccrocha. Elle était moins bête qu'une demi-heure auparavant, mais sa situation financière ne s'était pas améliorée pour autant. À moins que Shawna Lee ne meure d'un arrêt cardiaque d'ici dix jours ou que sa sœur ne décide de lui couper les fonds, le Cookie Jar disparaîtrait bientôt, avalé par le Fournil des Magnolias.

Chapitre 6

Hannah allait sortir les pêches du congélateur quand elle entendit frapper à la porte de devant. Inutile de bouger, se dit-elle. Le Cookie Jar était fermé, tout le monde le savait. Mais comme les coups redoublaient, elle décida d'aller voir quand même.

En franchissant la porte de saloon séparant le fournil de la salle, Hannah se fendit d'un sourire. C'était un livreur. L'homme tenait un bouquet enveloppé dans du papier doré. Sur le flanc de la camionnette bleue garée dehors, elle reconnut le logo de Bouchard, le fleuriste du centre commercial.

En s'approchant, Hannah vit que le véhicule était stationné le long du trottoir et non en épi comme le préconisait le règlement municipal. Puis elle se rappela que Herb n'était pas de service, le maire Bascomb lui ayant accordé une journée de congé pour son mariage, et que de ce fait aucune contravention ne serait dressée jusqu'au lendemain.

Hannah se dépêcha d'ouvrir. Ce n'était pas tous les jours qu'on lui livrait des fleurs.

« Entrez vite, il fait froid. C'est pour moi ?

— Si vous êtes Hannah Swensen, oui, c'est pour vous. » Le livreur franchit le seuil et lui remit le bouquet. « Le mec qui a passé commande a dit que votre boutique serait fermée mais que vous seriez là quand même.

— De quel mec parlez-vous ?

— Un certain Kingston. C'est le nom indiqué sur la carte. »

Le sourire de Hannah s'épanouit davantage. Elle trouva l'enveloppe mais décida de ne l'ouvrir qu'après le départ du livreur.

« Que diriez-vous d'une tasse de café, Kyle ? lui proposa-t-elle après avoir déchiffré le prénom brodé sur la poche de sa parka. Je viens d'en faire. Suivez-moi dans le fournil. »

Quand il fut assis devant sa tasse, Kyle regarda autour de lui.

« Vous avez une chouette cuisine. Et drôlement grande. Judy, ma femme, serait dingue si elle voyait vos fours. Elle dit toujours que le sien est trop petit. Il n'y a rien dedans ?

— Pas aujourd'hui. Mais il me reste des cookies d'hier, si vous voulez.

— Un peu que je veux ! Comme j'habite Elk River, je ne me sers pas chez vous, mais il paraît que vos cookies sont les meilleurs de la région. Quand les Gulls de Lake Eden ont joué contre les Elk vendredi soir, votre coach a débarqué avec un sac de délices aux noix. Toute l'équipe s'est régalée.

— Je n'étais pas au courant ! » fit Hannah, enchantée. Elle nota de remercier Drew Vavra, le nouvel entraîneur du lycée Jordan, la prochaine fois qu'elle le verrait. « Vous aimez les fraises, Kyle ?

— J'en raffole.

— Tant mieux, dit-elle avant d'ouvrir la porte de la chambre froide. Dans ce cas, je pense que vous apprécierez nos saltos à la fraise. »

Le sucre glace ayant pénétré dans la pâte, Hannah dut en rajouter un peu. Mais Kyle avait l'air d'aimer le sucre. Elle posa l'assiette sur la table et attendit son commentaire.

« C'est sacrément bon ! dit Kyle dès la première bouchée. Ça me rappelle les tartes aux fraises que faisait ma mère, mais en plus petit et en bien meilleur.

— Faites en sorte qu'elle ne le sache pas ! » s'esclaffa Hannah.

S'ensuivit une discussion à bâtons rompus sur le besoin qu'ont les mères d'être considérées par leurs rejetons comme les meilleures cuisinières du monde.

Kyle en était à sa deuxième tasse de café et à son troisième salto quand Hannah estima qu'il était temps de se remettre au boulot. Les cobblers aux pêches seraient vite terminés, mais elle devait aussi porter les gâteaux de mariage à l'auberge.

« Prenez donc le reste pour la route, suggéra-t-elle dans l'espoir qu'il lève le camp.

— Avec plaisir ! » Ayant compris ce qu'elle attendait de lui, Kyle descendit de son tabouret. « Je ferais mieux d'y aller, sinon la camionnette va se refroidir et mes fleurs finiront congelées. La pâtisserie d'en face est ouverte, n'est-ce pas ?

— Oui.

— Parfait. J'ai une livraison pour la patronne. Shawna Lee Quinn. »

Le sang de Hannah se figea. Une idée fort désagréable venait de lui traverser l'esprit. Elle allait devoir formuler sa prochaine phrase sans que Kyle se méfie.

« Heureusement, il a pensé à lui envoyer des fleurs pour la Saint-Valentin. L'année dernière, il s'était contenté d'une carte et, du coup, elle lui a fait la tête pendant une semaine.

— Ouais, abonda Kyle, une carte c'est un peu pingre. Mais cette fois, elle ne sera pas déçue. Sans compter que les roses ne sont pas données en cette saison, surtout les jaunes, vu qu'on ne les a pas en stock. Il a dit qu'elle n'aimait que les roses jaunes, mais les jaunes sont deux fois plus chères que vos rouges. »

Jusqu'au départ de Kyle, Hannah accomplit la performance de sourire tout en grinçant des dents. Si elle avait su qu'un bouquet destiné à Shawna Lee attendait dans la camionnette, elle aurait séquestré ce livreur jusqu'à ce que les précieuses roses jaunes de sa rivale se transforment en glace. L'espace d'un instant, elle fut tentée de fourrer le bouquet de Mike à la poubelle, mais finalement, elle n'eut pas le cœur de gâcher d'aussi belles fleurs.

Un peu calmée, elle trouva un vase et le remplit d'eau. Ces roses étaient vraiment magnifiques, et leur parfum si capiteux que le fournil embaumait. Peut-être Mike ignorait-il que les fleurs de Shawna Lee coûtaient plus cher que les siennes. Peut-être avait-il cru que toutes les roses se valaient, même en période hivernale, et avait fourni le numéro de sa carte de crédit au fleuriste sans se renseigner davantage. Admettons, mais d'abord, pour quelle raison avait-il envoyé des roses à Shawna Lee ? Elle avait tenu son secrétariat pendant plusieurs années, certes, mais un chef de service est-il censé offrir un bouquet à son ancienne assistante le jour de la Saint-Valentin ?

Hannah sortit la carte de l'enveloppe, la lut et soupira d'aise. Elle n'était pas très originale, mais Mike avait fait inscrire un petit mot au verso :

Je me suis porté volontaire pour assurer la permanence ce soir. Mais je pourrai quand même assister à la réception. Gardez-moi votre première et votre dernière danse. J'ai quelque chose de spécial à vous remettre. Ensuite, nous irons chez vous.

Mike n'avait donc pas l'intention de se rendre à l'église avec Shawna Lee, songea-t-elle, soulagée. C'était déjà ça. Et en se portant volontaire, il permettait aux autres adjoints, lesquels connaissaient Herb et Lisa depuis l'enfance, d'assister à la cérémonie. Un beau geste. La deuxième moitié du message lui plaisait encore plus. Si elle comprenait bien, Mike n'accompagnerait pas non plus Shawna Lee à la réception, puisqu'il lui demandait de lui réserver sa première et sa dernière danse et qu'il comptait même finir la soirée chez elle. Mais quelle était cette « chose spéciale » qu'il souhaitait lui remettre ?

Hannah frémit de plaisir en évoquant les diverses possibilités, dont certaines plutôt osées. Après quoi elle revint sur terre et, se disant qu'elle avait mieux à faire que rêvasser, même si l'exercice ne lui déplaisait pas, se dirigea vers la chambre froide.

Elle avait à peine fait deux pas que le téléphone sonna. Hannah pivota sur elle-même, regarda l'appareil d'un air excédé mais décrocha tout de même. C'était peut-être

Mike. Ne pas répondre à l'homme qui venait de lui offrir des roses aurait été d'une impardonnable grossièreté.

« Hannah ? Je suis si contente que tu répondes ! » La voix paniquée de Lisa retentit dans le combiné. « Tu n'as pas encore fait tes cobblers aux pêches, j'espère ?

— Non. Pourquoi ? Il y a un problème ?

— Oui, et un gros. Je viens d'apprendre qu'elle apportera trois des siens au banquet.

— De qui tu parles ?

— De Shawna Lee. Elle a appelé l'auberge pour dire qu'elle nous offrait trois cobblers en cadeau de mariage et qu'elle viendrait avec. Comme Sally n'était pas là, c'est Dick qui a répondu. Quand Shawna Lee lui a demandé s'il restait de la place pour elle sur la table des desserts, Dick a vérifié le plan que Sally avait dessiné et il lui a dit qu'il y en avait au milieu.

— La place qui m'était réservée ? s'écria Hannah.

— Exactement. Sally vient de m'appeler. Elle propose de remplacer les cobblers de Shawna Lee par les tiens. Mais ils n'ont pas du tout le même aspect. Elle s'en apercevra tout de suite. À ton avis, dois-je prendre les devants et lui dire que ses cobblers aux pêches sont de trop ?

— Non, tu ne peux pas.

— Pourquoi ?

— Parce qu'il s'agit d'un cadeau de mariage », répondit Hannah. Sa mère lui avait toujours dit qu'un cadeau ne se refusait pas, même venant d'une personne qu'on détestait. « Tu vas devoir accepter ses cobblers et la remercier aimablement. C'est une question de politesse. Ne t'inquiète pas pour les miens. Je n'ai pas encore commencé la pâte. J'oublierai de les apporter, un point c'est tout.

— Mais c'est eux que nous voulons !

— Je sais, et je t'en ferai à chaque fois que tu m'en demanderas, promis. Mais pas aujourd'hui. Les grands mariages sont déjà assez compliqués à organiser sans qu'on rajoute des problèmes.

— Tu n'as pas tort. La tante Ruth m'a appelée trois fois pour se plaindre. Elle exige une place à la table d'honneur.

— Mais cette table est réservée aux mariés et à la famille proche !

— Oui, mais elle prétend que Marge n'a pas le droit de s'asseoir à côté de papa. Elle dit qu'ils ne devraient pas s'afficher en tant que couple alors qu'ils ne sont pas mariés.

— Ta tante Ruth mériterait qu'on lui coupe le nez, comme ça elle ne pourrait plus le fourrer dans les affaires des autres.

— Ça, c'est rigolo ! s'esclaffa Lisa. J'ai hâte de le dire à Herb. »

Hannah raccrocha le cœur léger. Non seulement elle avait fait preuve de mansuétude, mais elle avait aussi réussi à amuser la pauvre Lisa. Décidément, se dit-elle en pensant à Shawna Lee et à la tante Ruth, plus on faisait les choses en grand, plus on s'attirait d'ennuis. On avait beau tout prévoir, même l'imprévisible, il y avait toujours des mécontents.

« Moi, je me marierai dans la stricte intimité ! » se promit-elle en mettant le cap sur la chambre froide où l'attendaient les piles à la crème. Une seconde plus tard, la sonnerie du téléphone résonna de nouveau. Lisa hésiterait-elle encore ?

Hannah décrocha en disant :

« Oui, tu dois accepter ses cobblers. Demande à Andrea. Elle connaît les règles du savoir-vivre sur le bout des doigts.

— Pardon ? »

Hannah éclata de rire en reconnaissant la voix de son interlocutrice.

« Désolée, Andrea. Je t'ai prise pour Lisa.

— C'est quoi cette histoire de savoir-vivre ?

— Lisa désirait savoir si elle devait accepter un cadeau de mariage dont elle ne voulait pas. Je lui ai dit que oui. Bon, que puis-je faire pour toi ?

— Je viens d'apprendre que je n'aurai pas les colombes que j'avais commandées !

— Pourquoi des colombes ? »

Hannah imagina aussitôt des centaines d'oiseaux blancs perchés sous les voûtes de l'église.

« Pour signifier la transition entre la jeune fille et la femme adulte. Le dresseur était d'accord pour les lâcher à la fin de la cérémonie, quand Lisa sortirait au bras de Herb.

— Et après, comment comptait-il les récupérer ?

— Oh, elles sont habituées. Elles volent en cercle et au bout d'un certain temps elles regagnent leur cage toutes seules. Le dresseur les attire avec des graines.

— OK. Je te suis. Donc, tu ne les auras pas. Pourquoi ?

— Parce qu'il fait trop froid. Elles ne doivent pas sortir quand la température est négative.

— Ça tombe sous le sens.

— Oui. Je ne voudrais pas qu'elles s'enrhument, ou pire. Mais alors, je me retrouve sans rien. Et je n'ai pas d'autre idée. À ton avis, qu'est-ce qui pourrait symboliser la transition entre la jeune fille et la femme adulte ?

— Un flacon de détergent ? » lui renvoya Hannah, sans susciter l'hilarité qu'elle espérait. Andrea devait être vraiment préoccupée. « Laisse tomber. Tu as pensé au riz ? Ça se fait de jeter du riz à la sortie de l'église, non ?

— Oui, mais le riz symbolise les enfants à naître. Or, Lisa et Herb ne veulent pas avoir d'enfant tout de suite.

— Delores arrivera avec son sac de riz, ça, je peux te le garantir.

— Je sais, et je ne pourrai pas l'en empêcher. Je voudrais juste trouver un truc vraiment original pour remplacer les colombes.

— Donne-moi une minute, dit Hannah en se creusant les méninges. Des pétales de fleurs ! Qu'en dis-tu ? C'est joli, facile à utiliser et ça ne pollue pas. »

Andrea prit le temps de réfléchir à sa suggestion puis s'exclama :

« Oui, ce serait très beau ! Je vois ça d'ici. Tous ces pétales délicatement éparpillés sur la neige. Ça symbolise quoi ?

— La croissance de la fleur depuis le bouton jusqu'à l'épanouissement, improvisa Hannah. Je ne te fais pas un dessin. Les pétales tombent, se mélangent à la neige... Ça représente l'union par le mariage.

— Comme c'est poétique ! s'enthousiasma Andrea.

— N'est-ce pas ? Tu crois que ça marchera ?

— Pourquoi ça ne marcherait pas ? Mais avoue, tu viens de l'inventer, hein ?

— Oui.

— Eh bien, je te félicite. Je vais appeler le père Coultas pour lui vendre ce magnifique symbole. J'espère qu'il l'évoquera pendant le sermon. Merci, Hannah. Tu m'as sauvée.

— Ce fut un plaisir. »

Hannah raccrocha en se demandant qui la sauverait à son tour. Si les gens continuaient à la harceler ainsi, elle ne s'en sortirait jamais. Elle était sur le point d'ouvrir la chambre froide quand on frappa à la porte de derrière.

Devait-elle répondre ou faire la sourde oreille ? Hannah étudia la question, mais pas longtemps.

« Qui est-ce ? cria-t-elle.

— Norman. Laissez-moi entrer, Hannah. Il gèle dehors ! »

Hannah tira le verrou en toute hâte, prit Norman par la main et le fit asseoir devant l'îlot central.

« Vous avez l'air frigorifié. Du café ?

— Volontiers. Ça m'aidera à fondre. Le soleil brille mais ne réchauffe pas grand-chose. Et comme ma voiture met un certain temps à monter en température...

— Si ça ne s'arrange pas, les invités vont devoir brancher leurs véhicules sur le parking de l'église. D'autant plus que le père Coultas est très bavard quand il célèbre des mariages. »

Norman referma ses deux mains autour de la tasse que Hannah venait de lui apporter. Au bout d'un instant, il remua les doigts.

« C'est bon. Ils fonctionnent.

— Assez pour tenir une roulette ?

— Peu importe. Je n'ai plus de patients aujourd'hui », dit-il en fouillant dans la poche de sa veste. Il en sortit une petite boîte enveloppée d'un papier rose brillant. « C'est pour vous. Joyeuse Saint-Valentin.

— Merci ! dit-elle en prenant le cadeau. Vous n'étiez pas obligé, Norman.

— Ah bon ? Dans ce cas, rendez-le-moi.

— Pas question », répliqua-t-elle avant de déchirer le papier d'un seul geste.

En dessous, elle trouva un écrin de velours bleu.

« Ouvrez, l'incita Norman. Si vous n'aimez pas, vous pourrez l'échanger. Je l'ai acheté dans la bijouterie du centre commercial. »

Hannah pinça le couvercle de ses doigts tremblants. Et si c'était une bague de fiançailles ? Elle trouvait Norman à son goût, assurément, mais était-ce suffisant pour l'épouser ?

« Allez-y. Je veux savoir si j'ai fait le bon choix. »

Hannah inspira profondément, songea : Advienne que pourra, et ouvrit l'écrin. À l'intérieur, elle découvrit, posé sur un coussinet de satin blanc, le pendentif le plus adorable qu'elle avait jamais vu. Elle sourit de soulagement, sans trop savoir si elle devait se réjouir ou regretter que ce bijou ne soit pas une bague de fiançailles. Puis elle l'examina de plus près. C'était un petit cœur en or, enfilé sur une fine chaîne du même métal et serti en son centre d'une pierre rouge admirablement taillée.

« Vous aimez ? lui demanda Norman avec une pointe d'anxiété dans la voix.

— Je le trouve superbe ! Vraiment. Mais je ne devrais pas accepter un cadeau aussi cher. Ce n'est pas un vrai rubis, n'est-ce pas ?

— Vous seriez rassurée si je vous disais qu'il est synthétique ? »

Hannah réfléchit un instant.

« Je crois que oui.

— Alors, ce n'est pas un vrai rubis. Mettez-le, Hannah. Depuis que je l'ai acheté, je rêve de vous voir avec. »

Hannah retira le pendentif de son nid de satin et sourit. La chaîne était assez longue pour qu'elle la passe par la tête, ce qui lui éviterait de s'énerver sur le fermoir, mais assez courte pour ne pas la gêner pendant qu'elle travaillerait. Soit Norman avait suivi les conseils d'un bijoutier particulièrement avisé, soit il y avait pensé lui-même. Le connaissant, elle penchait pour la deuxième option.

« Il vous va à ravir, commenta Norman avant de recevoir un gros baiser sur la bouche. Si j'avais su que vous m'embrasseriez comme ça, je me serais préparé. »

Hannah rit et se pencha de nouveau vers lui. Cette fois, Norman lui rendit son baiser. Ils commençaient à y prendre goût quand le téléphone se remit à sonner.

« Vous allez décrocher ? demanda Norman.

— Il le faut. C'est sûrement Sally qui veut savoir où j'en suis. J'ai promis de lui apporter les gâteaux de mariage avant midi.

— Dans ce cas, je vous conduirai à l'auberge. »

Hannah allait répondre qu'elle n'avait pas besoin d'aide mais, par chance, elle se rappela à temps que son break mettait des heures à se réchauffer. L'habitacle était si vaste que l'air tiède s'y diffusait mal, et surtout, près de son pied gauche, juste à côté de la soufflerie, il y avait un trou que ni Cyril Murphy ni personne d'autre n'avait jamais réussi à boucher.

« Merci, Norman. Je vais lui dire que nous arriverons ensemble », répondit Hannah en décrochant le combiné.

Décidément, Norman possédait toutes les qualités. C'était un homme généreux, attentif, prévenant, toujours ponctuel et, par-dessus tout, il avait une voiture bien chauffée.

Saltos à la fraise

Préchauffer le four à 190 °C,
la grille en position médiane.

1 tasse de beurre fondu (2 plaquettes, soit 250 g)
1 tasse de sucre blanc (semoule)
2 œufs battus (à la fourchette)
⅓ tasse de confiture de fraise sans pépins
1 cuillerée à thé d'extrait de fraise (ou de vanille)
1 cuillerée à thé de levure chimique
½ cuillerée à thé de bicarbonate de soude
½ cuillerée à thé de sel
1 ½ tasse de noix (ou de noix de pécan) hachées
2 tasses de farine (inutile de tamiser)
1 petit bol rempli de sucre glace
1 tasse de fraises congelées pour la garniture*

Faire fondre le beurre, ajouter le sucre en poudre puis les œufs et la confiture de fraise en mélangeant bien entre chaque ingrédient. Verser l'extrait de fraise, la levure chimique, le bicarbonate de soude et le sel. Ajouter les noix hachées et la farine. Mélanger.

*** Si vous en trouvez des fraîches, c'est encore mieux.**

Avec les mains, confectionner des boules de pâte grosses comme des noix sans coquille. (Si la pâte colle, la mettre au frigo pendant une demi-heure puis réessayer.) Rouler les boules dans le sucre glace avant de les disposer sur une plaque préalablement enduite de matière grasse, 12 pour une plaque standard. Faire un creux avec le pouce au centre de chaque cookie.

Prendre les fraises à moitié décongelées, les couper en deux dans le sens de la longueur (ou en quatre si elles sont grosses) et déposer un seul morceau dans l'encoche pratiquée au centre de chaque cookie, entame côté pâte.

Cuire à 190 °C pendant 10 à 12 minutes. Laisser reposer sur la plaque pendant 2 minutes puis transférer sur une échelle pâtissière jusqu'à complet refroidissement. Saupoudrer les cookies de sucre glace.

Rendement : 7 à 8 douzaines.

La version framboise est tout aussi délicieuse à condition de choisir de la confiture sans pépins.

Chapitre 7

Hannah arriva hors d'haleine devant le portail en bois sculpté de l'église catholique Saint-Peter après avoir gravi deux à deux les vingt-huit marches du perron. Ses poumons brûlaient d'avoir trop pompé l'air glacé. Elle poussa le battant et pénétra dans le hall. Comment appelait-on le hall d'une église ? se demanda-t-elle en retirant ses bottes sur l'un des tapis prévus à cet effet. Brusquement, le mot *narthex* s'afficha dans son esprit. Un mot qu'elle avait souvent lu mais jamais prononcé.

Après quoi, elle se posa sur un banc pour enfiler les escarpins assortis à la robe en laine bleu indigo que Claire Rodgers, la patronne du Beau Monde, l'avait fortement incitée à acheter.

Une fois ses poumons apaisés par un afflux d'air tiède, Hannah poussa les portes de la nef et chercha sa sœur du regard. Andrea l'avait appelée chez elle pour la supplier de la rejoindre au plus vite. Répondant à l'appel du devoir, Hannah s'était habillée en un clin d'œil et, après avoir changé la litière de Moshe – qui ne consentait à faire ses besoins que sur du gravier parfaitement propre –, était sortie en courant de son appartement. Elle n'avait pas très bien compris la raison de cette convocation, mais Andrea lui avait semblé très inquiète.

« Andrea ? » appela-t-elle tandis qu'un frisson lui parcourait l'échine.

Le soleil venait de se coucher et le ciel était gris ardoise. Dehors, il y avait encore un peu de lumière, mais à l'intérieur il faisait noir car les lampes étaient éteintes et les vitraux ne laissaient rien filtrer. Une femme seule dans une église sombre et déserte : c'était un bon début pour un film d'horreur, songea-t-elle en plissant les yeux dans l'obscurité.

« Andrea ? » redit-elle. Au même instant, un bruit de pas résonna au-dessus d'elle.

« Je suis là-haut, dans le jubé. Je finis d'accrocher les guirlandes. Sors, ferme derrière toi et attends que je t'appelle. Je veux que tu me dises ce que ça donne quand on entre.

— Tu veux que j'attende dans le narthex ?

— Le quoi ?

— Le narthex. Autrement dit, le hall d'une église catholique.

— Ah… Oui, attends dans ce truc. Je t'appellerai quand ce sera prêt. »

Hannah suivit les indications de sa sœur. Apparemment, l'affaire était sérieuse. Elle resta une minute ou deux derrière la porte, puis son prénom résonna sous les voûtes.

« J'entre », annonça-t-elle.

Elle poussa le battant, fit un pas et s'arrêta net. Posés sur des piédestaux en fer forgé, des douzaines de candélabres garnis de cierges aux couleurs variées, allant du blanc au rouge sang, se dressaient le long des murs de l'église. Entre chaque foyer lumineux étaient disposés de larges paniers en osier blancs débordant de roses rouges, roses et blanches.

« Hallucinant ! murmura Hannah tandis que le parfum des fleurs emplissait ses narines. C'est tout bonnement splendide, Andrea !

— Je sais. J'aurais préféré de vrais cierges, mais le père Coultas n'a pas voulu prendre le risque. Il y a tellement de boiseries dans cette église.

— Ce ne sont pas de vrais cierges ? s'écria Hannah juste avant de remarquer le câble électrique qui suivait la plinthe. Je n'en reviens pas. Je crois bien qu'ils tomberont tous dans le panneau.

— Je l'espère. Voilà pourquoi je t'ai demandé de venir tôt. Les cierges sont branchés sur un variateur d'intensité. Tu vas m'aider à trouver le bon éclairage. S'il y a trop de lumière, les gens remarqueront les câbles par terre, s'il n'y en a pas assez, ils ne verront rien, ni les gerbes de fleurs ni les autres décorations. Je l'aurais bien réglé seule mais le variateur est dans la sacristie, et cela m'obligerait à faire des tas d'allers-retours. »

Il ne leur fallut que cinq minutes pour obtenir la bonne puissance. Quand le variateur fut correctement réglé, Hannah fouilla dans les tiroirs à la recherche d'un bout de scotch qu'elle colla sur la molette afin que personne ne s'avise d'y toucher.

« Je rentre vite chez moi m'habiller, dit Andrea en enfilant son manteau. Tu veux venir ? Imelda doit passer ici tout à l'heure s'occuper de la musique, mais ce ne sera pas avant trois bons quarts d'heure.

— Je préfère rester et admirer ton œuvre. J'ai l'impression de me promener dans un jardin extraordinaire. »

Andrea partie, Hannah alla remettre de l'ordre dans ses cheveux ébouriffés par la bise. Pour se recoiffer, il lui suffisait de secouer deux fois la tête d'avant en arrière, de passer les doigts dans ses boucles puis de les aplatir pour leur redonner une forme. C'était l'avantage d'avoir des cheveux indisciplinés, songea-t-elle en allant s'asseoir sur le dernier banc, au fond de la nef. Qu'il pleuve ou qu'il vente, qu'elle passe du temps à se peigner ou pas, elle avait toujours la même coiffure.

Dans la pénombre, les cierges électriques faisaient plus vrai que nature. Hannah ferma les yeux pour apprécier pleinement le parfum des roses. Elle s'imagina dans un parc en été, sous une douce brise porteuse de promesses. En fond sonore, le ronronnement de la chaudière au sous-sol imitait le bourdonnement des abeilles.

Hannah sourit. Un papillon aux ailes chamarrées survola un buisson de roses trémières, se posa sur un pétale avant de reprendre son envol. Un léger courant d'air effleura le visage de Hannah, juste le temps d'un frisson.

Le temps passa dans le jardin imaginaire. C'était le crépuscule, à présent. Dans l'ombre qui avançait, les tournesols semblaient défaillir au bout de leurs longues tiges, comme si leurs corolles épanouies, redoutant la fraîcheur de la nuit, se refermaient tout doucement sur elles-mêmes, tandis que les derniers rayons disparaissaient à l'horizon et que la lune remplaçait le soleil.

Des chauves-souris jaillirent de leur cachette pour s'ébattre dans le ciel indigo. Hannah était vêtue comme pour un mariage champêtre à la belle étoile. Quand la marche de Mendelssohn s'élança vers la voûte céleste, les premiers invités arrivèrent et s'assirent sur des coussins de satin blanc posés dans l'herbe tendre. Hannah portait un tablier de pâtissière d'un blanc virginal. Le bouquet qu'elle tenait à la main se composait non pas de fleurs mais de cookies blancs. Près d'elle, Tracey accueillait les convives en leur distribuant des friandises. Un diadème en meringue maintenait le voile sur la tête de Hannah, un voile en sucre filé qui luisait sous le clair de lune. La musique se mit à jouer plus fort. Hannah comprit qu'il était temps de rejoindre son promis sous le kiosque en pain d'épices.

Hannah entra et marcha vers lui. Mais elle avait beau le regarder, elle ne voyait pas son visage. Son voile en sucre était devenu opaque. Au même instant, quelqu'un baissa la musique et la cérémonie démarra.

Une étrange cérémonie. Hannah ne comprenait pas ce que disait le prêtre. Les sons qui sortaient de sa bouche vibraient comme ceux d'une trompette bouchée. Ce n'était ni le révérend Knudson, ni le père Coultas, ni le révérend Strandberg. Ce n'était même pas un homme mais une petite fille, une enfant.

« Je vous déclare mari et... tante Hannah. »

Tante Hannah ? Hannah se rendait bien compte que ces mots ne cadraient pas avec son rêve. Elle voulut revenir en arrière, mais au même instant l'enfant-prêtre répéta :

« Tante Hannah. »

Hannah se réveilla, cligna des yeux et découvrit le visage anxieux de sa nièce penché au-dessus du sien. Elle avait dû s'écrouler de fatigue sur son banc.

« Tu vas bien, tante Hannah ?

— Très bien, répondit-elle en tâchant de retrouver un peu de dignité. Je réfléchissais à la signification du mariage. »

Tracey sourit avec indulgence.

« Non, tu ne réfléchissais pas. Tu dormais. Ce n'est pas grave. Personne ne t'a vue à part moi.

— Tu es venue toute seule en voiture ? la taquina Hannah.

— Non, mais j'ai laissé le volant à papa en arrivant devant l'église, répliqua la gamine sans se démonter. Pour qu'il la gare. Maman est en bas, elle vérifie s'il y a assez d'épingles pour les fleurs des messieurs. Comment ça s'appelle, déjà ?

— Des boutonnières.

— C'est ça. Parce qu'on les épingle à la boutonnière qui est au revers de leur veste. J'ai cherché ce mot dans le dictionnaire que tu m'as offert pour mon anniversaire. Il y a tout là-dedans, même les mots en allemand que disaient les grands-parents de Karen quand ils parlaient de son cadeau de Noël. »

Hannah n'en revenait pas. Les grands-parents maternels de Karen Dunwright, la meilleure amie de Tracey, étaient effectivement d'origine allemande, mais Karen ne parlait pas cette langue.

« Tu veux dire que Karen a retenu les mots, qu'elle te les a répétés et que tu les as cherchés dans le lexique allemand-anglais de ton dictionnaire ?

— Oui. C'est génial, tante Hannah. Comme ça, Karen savait ce qu'il y avait dans son paquet avant de l'ouvrir. Je l'ai fait pour Calvin aussi. Ses grands-parents parlent français. »

Hannah pria le ciel que les grands-parents des amis de Tracey ne s'aperçoivent jamais de la supercherie. Dans le fond, elle était bien contente d'avoir acheté ce gros dictionnaire à sa nièce. Au début, Delores et Andrea l'avaient traitée de folle, mais elle s'était obstinée, persuadée qu'il serait utilisé à bon escient.

« Tu aimes ma robe ? » demanda Tracey en tournant sur elle-même comme sa mère l'avait fait la veille au Cookie Jar.

Elle portait une robe princesse en velours bordeaux avec des roses blanches brodées autour de l'encolure et de l'ourlet.

« Tu es très jolie. Et tu as l'air d'une grande fille habillée comme ça.

— C'est absurde, tante Hannah. Je ne suis pas plus vieille que tout à l'heure quand je l'ai enfilée.

— Certes, mais on dirait une robe pour une fille de dix ans au moins. Et je vois que tu as mis du rouge à lèvres.

— Il fait sombre dans l'église, alors ça ne se verra pas. Maman a dit que c'était comme du maquillage pour les enfants acteurs, pas comme pour une dame. J'ai promis de l'enlever avant d'aller manger.

— Tu as raison, acquiesça Hannah. Sinon, les gens te prendront pour la mariée. »

Tracey partit d'un éclat de rire qui fit étinceler ses yeux bleus. Malgré son jeune âge, on devinait à ses traits réguliers qu'elle serait une magnifique jeune femme. Hannah savait que viendrait le temps où les garçons commenceraient à se retourner sur son passage, mais elle n'avait pas envie de la voir grandir trop vite.

« Allons, tante Hannah. Maman veut que tu descendes la retrouver au vestiaire pour qu'elle te maquille. Tu dois être belle pour la cérémonie. C'est ce qu'elle a dit. »

Hannah n'avait pas vraiment le choix. Si jamais elle s'avisait de la contredire, Andrea, qui était déjà sur les nerfs à cause des préparatifs, risquait de piquer une crise.

« Je te suis. Mais franchement, tu trouves que j'ai besoin de maquillage ?

— Non, moi je te trouve très jolie comme ça, mais il faut bien faire plaisir à maman, n'est-ce pas ?

— Je suis d'accord », lui répondit Hannah en lui faisant un clin d'œil complice.

« Je vous déclare mari et femme. Herb, vous pouvez embrasser la mariée. »

Quand elle vit Herb relever le voile de Lisa et lui donner un baiser, Hannah se retint pour ne pas fondre en larmes. Elle n'aurait su dire pourquoi mais les mariages lui faisaient toujours cet effet. En jetant un coup d'œil à sa droite, elle vit Andrea s'éponger les yeux avec le grand mouchoir de Bill. En jetant un coup d'œil à sa gauche, elle vit Delores s'éponger les yeux avec le charmant mouchoir en dentelle qu'elle avait sorti de son sac à main. Pleurer aux mariages était donc un trait de famille.

Un détail insolite retint toutefois son attention. Winthrop n'était plus assis à côté de sa mère. Ces noces provinciales étaient-elles si ennuyeuses qu'il s'était éclipsé avant la fin de la cérémonie, au risque de s'attirer les foudres de sa tendre amie ? Deux secondes plus tard, elle le vit rentrer dans l'église et rejoindre discrètement la place qu'il avait quittée.

Où est-il allé ? se demanda Hannah, sachant que les toilettes se trouvaient au sous-sol.

Quand il se rassit, Delores lui prit des mains le gros sac gris argenté qu'il transportait. Hannah avait vu ce sac dans le courant de l'après-midi, lorsque Delores y avait déposé trois douzaines de petites poches de riz. Le mystère était éclairci. Delores avait laissé le riz dans la voiture et envoyé Winthrop le récupérer.

Elle en était là de ses réflexions quand sa mère se tourna vers son chevalier servant, le prit par le bras et lui fit un sourire radieux. Hannah aurait préféré ne pas voir cela. De toute évidence, Winthrop exerçait sur elle une fascination qui tenait de l'idolâtrie.

Pour l'amour du ciel, maman. Ce n'est pas comme s'il avait pourfendu un dragon ! Il est juste allé chercher un truc dans la voiture, songea Hannah en tentant d'accrocher le regard de Delores. Mais le radar mère-fille devait être en panne, car, au lieu de disparaître, le sourire radieux se prolongea par un imperceptible rapprochement d'épaules.

« Et maintenant je peux vous appeler monsieur et madame Herbert Beeseman », annonça le père Coultas. Les nouveaux mariés se retournèrent face à l'assemblée, et Imelda Giese, qui tenait l'orgue, attaqua la *Marche nuptiale* de Mendelssohn.

Tandis que le couple parcourait l'allée centrale en s'arrêtant tous les deux mètres pour serrer des mains, Hannah aperçut Andrea au fond de l'église qui lui faisait de grands signes.

« Moi » ? articula silencieusement Hannah en posant son pouce sur sa poitrine. Andrea hocha vigoureusement la tête, agita la main, ouvrit la bouche et se remit à faire des moulinets avec les bras.

Hannah bondit. Quand elle l'eut rejointe, sa sœur la prit par le poignet et l'entraîna à l'écart de la foule.

« Qu'y a-t-il ? » En sentant les ongles d'Andrea s'enfoncer dans sa chair, elle faillit se mettre à hurler.

« Le chauffeur de la limousine a glissé sur une plaque de verglas alors qu'il descendait de voiture. Il s'est cassé le bras. Le Dr Knight l'a conduit à l'hôpital, mais, résultat, je n'ai plus de chauffeur.

— Bill ? proposa Hannah.

— Non. Il est censé ouvrir le cortège dans son véhicule de patrouille. Et Mike tient la permanence au poste de police.

— Norman ?

— Sa voiture est bourrée de matériel photo. Il a prévu de tirer le portrait des invités au cours de la réception. Il faut que tu m'aides, Hannah. J'ai appelé la société de location. Ils m'envoient un remplaçant mais il ne sera pas là avant une heure au moins. Or, les mariés et leurs parents vont sortir d'une minute à l'autre. J'ai absolument besoin que quelqu'un les conduise à l'auberge !

— Et tu veux que ce quelqu'un soit moi ?

— Oui ! Je suis vraiment dans la mouise, Hannah. Dis-moi que tu acceptes.

— J'accepte.

— Sérieux ?

— Mais oui ! Je regrette juste de ne pas avoir la tenue adéquate.

— J'ai gardé la casquette du chauffeur, dit Andrea en sortant du fourre-tout posé à ses pieds le couvre-chef qui atterrit sans grande délicatesse sur la tignasse bouclée de Hannah. Je l'ai prise avant que le Dr Knight l'emporte. J'aurais dû lui piquer son uniforme aussi. »

Hannah éclata de rire malgré elle. Andrea était capable de tout pour arriver à ses fins. Si elle y avait pensé, elle n'aurait pas hésité à exiger du pauvre chauffeur qu'il lui remette son pantalon et sa veste, quitte à ce qu'il parte à l'hôpital en sous-vêtements.

« Il a laissé le moteur allumé et les clés sont sur le contact. Trouve une jolie musique pour le trajet. Normalement, il y a le choix. C'est prévu dans le contrat. Vas-y, installe-toi. Quand les mariés apparaîtront, c'est moi qui leur ouvrirai la portière. Je ne veux pas perdre un deuxième chauffeur ! »

Hannah gloussait encore lorsqu'elle pénétra dans le compartiment avant de l'immense limousine blanche et se glissa derrière le volant. Elle n'avait jamais conduit ce type de véhicule, mais ça ne devait pas être bien compliqué. Elle avait piloté toutes sortes d'engins dans sa vie, dont un tracteur, une motoneige, un canot à moteur et un bus scolaire. Il ne lui manquait que le semi-remorque. Mais l'occasion se présenterait peut-être un jour.

Les jeunes mariés mirent un certain temps à parcourir les vingt mètres de l'allée centrale. Hannah en profita pour inspecter le compartiment passager. Elle trouva une bouteille de champagne, l'ouvrit, la posa dans le seau à glace et sortit quatre coupes. Après quoi elle consulta la sélection musicale et choisit un morceau passe-partout pour créer l'ambiance, en se disant que ses passagers feraient ensuite leur propre choix. Elle vérifiait le fonctionnement de l'interphone et de la vitre de séparation quand le portail de l'église s'ouvrit en grand.

Hannah enfonça sa casquette, rabattit la visière et attendit l'apparition du couple vedette. Déjà, les invités s'alignaient de chaque côté des marches pour former la haie d'honneur. Quand tout le monde fut sorti, Lisa et

Herb apparurent sous la lumière des flashs. Ils s'immobilisèrent un instant pour laisser travailler les photographes puis entamèrent leur descente sous une pluie de riz et de pétales de fleurs. Lisa resplendissait. Elle était si belle que Herb faillit rater une marche à force de la regarder.

Comme promis, Andrea se chargea d'ouvrir les portes arrière. Les mariés montèrent les premiers, suivis de Marge Beeseman et de Jack Herman. Assise au volant, Hannah attendit le signal d'Andrea pour actionner l'interphone.

« Les Limousines du Bonheur vous adressent toutes leurs félicitations. Vous trouverez une deuxième bouteille de champagne dans le minibar. Nous vous souhaitons une belle journée et de nombreuses autres balades enchantées à bord de nos véhicules de grande remise.

— Merci », répondit Herb.

Hannah sourit en constatant que ses passagers n'avaient pas pensé à éteindre le micro. Elle allait donc pouvoir écouter leur conversation.

« C'est une femme qui conduit, dit Lisa. Je suis bien contente de savoir qu'ils n'emploient pas que des hommes.

— C'est bizarre, sa voix m'est familière, marmonna Herb.

— À moi aussi, fit Marge, pensive. Mais je ne vois pas qui c'est.

— Hannah ? hasarda Jack.

— Elle a les mêmes cheveux qu'elle, en tout cas, intervint Lisa.

— Les cheveux et le reste ! » lança Hannah en se retournant.

Chapitre 8

« Bravo, Hannah ! Ces gâteaux de mariage sont un vrai délice ! dit Sue Ganske en revenant, l'assiette vide. J'en veux encore. Quelle bonne idée d'en avoir préparé de deux sortes. Chocolat-vanille et vanille-chocolat. C'est tellement joli quand on les tranche. Vos piles à la crème font autant d'effet que mon *kransekake*. Et elles sont nettement meilleures.

— Merci, Sue », répondit Hannah, ravie du compliment.

Personne n'avait encore goûté au fameux *kransekake*, Hannah pas plus que les autres. On avait disposé à proximité une pile d'assiettes, un grand couteau et des petites cuillères, mais la pyramide était toujours intacte. Chaque étage se composait d'un mélange d'amandes en poudre, de sucre glace et de blanc d'œufs. Rien que des bonnes choses joliment présentées. Sue l'avait même décoré de minuscules drapeaux norvégiens et de roses en pâte d'amandes. C'était impressionnant mais pas appétissant pour un sou.

Ce gâteau de mariage avait-il une signification dans la tradition norvégienne ? Pour sa part, Hannah y voyait un symbole, une leçon de sagesse destinée à ceux qui préféraient les apparences à la profondeur des sentiments. Une erreur à éviter quand on décidait de s'unir l'un à l'autre pour le restant de ses jours, se dit-elle en songeant aux sœurs Quinn, ces deux créatures splendides mais vides et sans saveur. À ce propos, Shawna Lee n'était toujours pas là. À la place des trois cobblers promis trônait le bouquet que Sally avait déposé au centre de la table en attendant, histoire de meubler.

« Tu t'en sors drôlement bien, Hannah. »

Postée derrière le buffet des desserts, Sally servait les invités qui n'avaient pas le bras assez long pour le faire eux-mêmes. Tout en conseillant une indécise – « Bonsoir, Gail. Tu as essayé le parfait à l'ananas ? C'est Marge qui l'a préparé. Il est à tomber. » –, elle fit deux pas de côté vers Hannah et lui glissa au creux de l'oreille :

« Où est-elle ?

— De qui tu parles ?

— De la personne que tu ne veux pas voir. – Sam, de la tarte aux fraises, ça vous tente ? Je sais que vous adorez ça. – Je te parle de Shawna Lee.

— Je n'en sais rien. Si elle avait eu un problème de voiture, elle t'aurait appelée, non ?

— Peut-être qu'elle est coincée quelque part sur la route, dit Sally en se tournant vers les baies vitrées qui donnaient sur le lac. La neige tombe un peu plus fort que tout à l'heure. – Encore une lichette de mousse au chocolat, Lucille ? – »

Hannah suivit son regard. La couche de neige sur le sol n'atteignait pas deux centimètres. Rien de bien méchant.

« Non, je ne pense pas. Elle vient de s'acheter un SUV. Le genre d'engin qui passe partout.

— Ah oui, j'avais oublié. – Ed, tu veux un gros morceau ou un très gros morceau ? C'est fait avec le beurre des vaches de Lake Eden. – Ou alors, elle a changé d'avis et elle ne viendra pas.

— Tu crois ? fit Hannah, pleine d'espoir.

— Non. Elle aime trop se pavaner. Et ce soir, il y a du public. – Je vais te le servir dans une coupe à entremets, Eleanor. Ce sera plus présentable. – Pourtant, j'étais sûre qu'on la verrait. Si je l'appelais pour lui demander ce qu'elle compte faire ? »

Hannah réfléchit un instant puis haussa les épaules.

« Pourquoi pas ? Elle a peut-être eu un empêchement. »

Sally lui jeta un regard insistant et, en même temps, versa une cuillerée de sauce au caramel sur une crème anglaise.

« Tu veux de la chantilly par-dessus, Joyce ? Je croyais que tu la préférais nature ! – Mike lui aussi brille par son absence. Tu ne devais pas lui réserver ta première danse ?

— Si.

— À ton avis, ils sont ensemble ?

— C'est ce que j'étais en train de me demander, répondit Hannah en imaginant Mike et Shawna Lee l'un contre l'autre, dans diverses positions.

« Tu n'es pas obligée de choisir, Barbara. Tu peux prendre un peu de tout. – Je finis de servir cette file et je l'appelle.

— À quoi ça nous avancera ?

— Si elle décroche et qu'il y a quelqu'un avec elle, je l'entendrai peut-être derrière elle. Tu veux savoir ou pas ?

— Si tu n'entends personne, je veux le savoir, mais si tu entends quelqu'un, je ne préfère pas.

— Compris. » Sally fit signe à une serveuse de la remplacer. « Je reviens dans deux minutes. »

Hannah la regarda s'éloigner, la mort dans l'âme. Elle avait répondu sans réfléchir. En fait, elle n'avait pas du tout envie de savoir si Mike était avec Shawna Lee, du moins pas pour l'instant. En plus, elle s'était piégée elle-même. Si Sally revenait et ne disait rien, cela signifierait qu'elle avait entendu quelqu'un. Il aurait mieux valu lui demander de ne rien dire dans un cas comme dans l'autre.

« Ton break est sur le parking, annonça Andrea.

« Quoi ? » Hannah sursauta car elle ne l'avait pas vue approcher. « Tu m'as fait peur.

— Désolée. Voici tes clés. Le chauffeur de la limousine te remercie. Au fait, il croyait que ton chauffage était en panne. Je lui ai expliqué qu'il n'a jamais fonctionné. Il y a un problème ? On dirait que tu viens de perdre ton meilleur ami.

— Peut-être. Du moins l'un des deux.

— Mike ? » En tant que maîtresse de cérémonie, Andrea savait précisément quels invités manquaient à l'appel. « Oui, j'avais remarqué son absence. Shawna Lee non plus n'est pas là. Mais ça ne veut pas forcément dire qu'ils sont ensemble. N'oublie pas que Mike assurait la permanence. Imagine qu'il ait été retenu par une urgence.

— Oui, bien sûr.

— C'est toujours possible, après tout.

— Absolument. Et pour m'éviter de l'attendre comme une imbécile, il a appelé l'auberge pour prévenir qu'il serait en retard.

— Ah bon ? fit Andrea, rassurée. Dans ce cas, tout va bien !

— C'était ironique. Mike n'a pas appelé. Et rien ne va bien.

— Bon... essaie de penser à autre chose. C'est un repas de noces et tout le monde est censé s'amuser, ou du moins faire semblant. »

Andrea s'éloigna, laissant sa sœur méditer ses dernières paroles. Parmi les convives, combien faisaient semblant de s'amuser ? Tout compte fait, elle n'était pas si mal lotie. Au moins, Norman était là pour elle. Et ils avaient dansé ensemble. Winthrop lui-même s'était présenté à la table des desserts pour lui proposer « un petit tour de piste ». Une initiative pilotée par Delores, bien sûr, mais quand même... c'était gentil de sa part.

Hannah devait reconnaître au moins une qualité à l'homme qui faisait battre le cœur de sa mère : il valsait comme un prince viennois. Il l'avait menée avec douceur mais assurance, rendant ce moment bien plus agréable qu'elle ne l'aurait cru. Ça lui faisait mal de l'admettre, mais sur ce plan, Winthrop Harrington II surpassait son défunt père, excellent danseur lui aussi.

Très élégant dans son costume sombre, Norman la rejoignit à la table des desserts et braqua sur elle son appareil photo.

« Répétez après moi, Hannah : “Je refuse qu'on me prenne en photo !”

— Je refuse qu'on me prenne en photo ! dit-elle en éclatant de rire.

— Ça marche à tous les coups. Cette phrase déride les plus réservés. Je crois que la photo est réussie... Vous voulez voir ? »

Hannah prit l'appareil et regarda l'écran. En effet, elle ne s'était jamais trouvée aussi naturelle. Ses yeux étincelaient. Elle avait l'air de s'amuser comme une folle. Norman avait eu raison de reléguer le traditionnel « ouistiti ! » à la rubrique des traditions obsolètes.

« Je suis assez content de ce que j'ai fait jusqu'à présent. Si ça vous intéresse, je pourrai projeter mes photos sur votre téléviseur, après la réception.

— C'est une manière à peine détournée de me proposer une soirée en tête à tête.

— Oui, je l'avoue. Je l'aurais bien fait plus tôt mais je pensais que Mike m'avait devancé.

— Vraiment ? s'étonna-t-elle. Pourquoi pensiez-vous cela ?

— Parce que je l'ai croisé ce matin et qu'il m'a fait part de ses projets pour ce soir. »

Hannah se sentait bouillir intérieurement.

« Ses projets ? Bien sûr, il a dit que j'étais partante.

— Pas exactement. Mais j'ai supposé que...

— Supposition est mère de malentendu, l'interrompit Hannah. Ne supposez rien, Norman, du moins en ce qui me concerne.

— Très bien, chère madame. Alors, de quoi étiez-vous convenus avec Mike ?

— Je ne lui ai même pas parlé. Tout cela n'a aucune importance puisque, de toute façon, il m'a fait faux bond. Donc je vous réponds : oui, j'aimerais beaucoup que nous regardions vos photos chez moi après la réception. »

Au cours des minutes qui suivirent, il y eut une autre vague d'affluence devant le buffet des desserts. Ayant mangé une première part, les amateurs revenaient en masse pour goûter à la suite. Dans cette ville plus qu'ailleurs, les gens raffolaient de tout ce qui était sucré. À l'âge de trois ans, Tracey avait demandé à sa tante : « Pourquoi on ne mange pas de dessert au petit déjeuner ? » Hannah avait trouvé cette question logique, surtout venant d'une enfant née à Lake Eden.

Après avoir reçu les faire-part, tous les invités avaient insisté pour apporter leur contribution. Andrea ne s'y étant pas opposée, ils avaient débarqué qui avec des tartes, qui avec des flancs, des crèmes, des salades de fruits, des puddings et autres. Certains avaient même apporté des glaces malgré le froid qui régnait à l'extérieur. Entre ce qui était exposé sur la table et ce qu'il restait en cuisine, Hannah estimait qu'il y avait de quoi nourrir une armée pendant des semaines.

« Bonsoir, mademoiselle Swensen », lança Amber Coombs en s'avançant dans son uniforme de serveuse. Élève de terminale au lycée Jordan, Amber aidait Sally de temps en temps le week-end.

« Bonsoir, Amber. Comment va ta maman ?

— Très bien. Elle a eu de l'avancement. À présent, elle dirige le rayon cosmétique chez CostMart. Sally m'envoie pour vous remplacer. Elle dit que vous avez le droit de vous amuser comme tout le monde.

— Merci ! » répondit Hannah, ravie de pouvoir souffler un peu. Cela faisait presque une heure qu'elle faisait le service et, comme elle n'avait pas l'habitude de porter des talons hauts, ses pieds commençaient à récriminer. « Où est-elle ?

— En cuisine. Dick lui montre comment fonctionne la nouvelle machine à cappuccinos. Elle m'a chargée de vous dire que tout va bien et que personne n'a répondu au téléphone. Ça vous parle ?

— Oui, vaguement. »

Hannah fit au revoir de la main et s'éloigna à la recherche d'un siège.

Après s'être écroulée sur la première chaise libre, elle prit le temps de réfléchir au message de Sally. Si Shawna Lee avait été présente, elle aurait certainement répondu. La connaissant, elle n'aurait pas laissé passer une éventuelle commande et risqué de perdre un client au profit de sa voisine d'en face. Ce silence signifiait donc qu'elle n'était ni dans sa boutique ni avec Mike dans l'appartement du dessus. Rassurée, Hannah s'accorda le plaisir d'imaginer sa rivale et concurrente dans le fossé en train d'attendre la dépanneuse. Elle poussa le vice jusqu'à se la représenter errant dans la neige en tenue de soirée.

L'ayant repérée assise à l'écart, Lisa la rejoignit, Herb dans son sillage. Pour se mettre à l'aise, elle avait échangé sa robe de mariée contre une robe de cocktail en laine rouge et un boléro assorti. Hannah savait déjà que le jeune couple avait choisi de passer sa lune de miel dans une suite de l'auberge de Lake Eden au lieu de partir sous les tropiques. Jack était encore fragile et ils préféraient ne pas trop s'éloigner.

« Je suis contente que tu puisses te reposer un peu, dit Lisa, tout sourire.

— Moi aussi, confirma Herb. Nous te regardons couper ces formidables gâteaux depuis une bonne heure.

— Il reste beaucoup de plats en cuisine ? demanda Lisa.

— Oui, deux autres exemplaires de vos gâteaux respectifs, plus des dizaines de desserts auxquels personne n'a encore touché. C'était prévisible, étant donné que chacun a apporté quelque chose.

— C'est tellement gentil de leur part, fit Lisa. Herb et moi souhaiterions que les desserts intacts soient offerts aux nécessiteux.

— Nous pensions aux œuvres de charité tenues par nos trois hommes d'Église, confirma Herb. Est-ce que par hasard, tu...

— N'en dis pas davantage, j'ai compris, l'interrompit Hannah.

— À toi de voir ce qu'il convient de faire, proposa Lisa. Mais avant cela, si quelque chose te tente...

— Merci bien, mais mes hanches n'en ont pas besoin.

— Et Moshe ? intervint Herb. Tu ne lui donnes jamais de dessert ?

— Non, juste de la tarte aux framboises et de la mousse au chocolat. »

Tous trois éclatèrent de rire.

« Laisse-moi te remercier, Hannah ! reprit Lisa en la serrant dans ses bras, un geste inhabituel pour elle qui montrait rarement ses sentiments en public. Grâce à toi et à Andrea, j'ai eu droit au plus beau mariage du monde ! »

Ils bavardèrent encore quelques minutes, puis le jeune couple rejoignit les danseurs sur la piste. De son côté, Hannah se rencogna dans son siège – sans même sentir les montants métalliques lui mordre le dos tant elle était épuisée – puis retira ses chaussures.

Elle rêvait d'un bon massage ou d'un séjour dans un jacuzzi bien chaud mais dut se contenter de remuer les orteils sous la table en grimaçant discrètement à cause des fourmis. Elle commençait à se détendre quand, soudain, Delores et Winthrop pénétrèrent dans son espace vital.

« Tu vas bien, ma chérie ? lui demanda la première.

— Moi, oui. Mes pieds, un peu moins. Ils n'apprécient pas trop les escarpins.

— Au fait, as-tu des nouvelles de Mike ?

— Pourquoi en aurais-je ?

— Parce qu'il t'a donné rendez-vous ici, voyons ! Rappelle-toi, la carte du fleuriste !

— Comment sais-tu cela ? » fit Hannah, interloquée.

Elle n'avait parlé du bouquet et de la carte qu'à une seule personne : Lisa.

« Par Kyle, le livreur. Il m'en a touché un mot ce matin en m'apportant les fleurs de Winthrop, de superbes roses thé présentées dans un vase en cristal.

— Quelle délicate attention, fit Hannah avec un sourire pincé. Mais comment Kyle a-t-il deviné ce qui était écrit sur ma carte ?

— Il ne l'a pas deviné. C'est lui qui l'a écrite. Mike a passé commande par téléphone et lui a dicté le message.

— Ah. »

Hannah en eut le souffle coupé. Bonjour la discrétion, songea-t-elle. Sa mère étant l'une des fondatrices de Radio Cancan, toute la salle devait à présent savoir que Mike lui avait posé un lapin.

« Il n'est pas là, n'est-ce pas ? insista Delores.

— Comme si tu l'ignorais.

— Il n'a pas téléphoné ?

— Non. Rien. Je crois pouvoir affirmer sans prendre trop de risques qu'il m'a fait faux bond.

— Peut-être a-t-il été appelé en urgence sur un accident, un cambriolage ou autre, intervint Winthrop par solidarité masculine, sans doute. Et qu'il est trop occupé pour... » Le regard que lui décochèrent la mère et la fille le contraignit à abréger sa plaidoirie. « Ou pas.

— S'il se pointe avant la fin de la soirée, que feras-tu ? renchérit Delores. Tu ne vas pas passer l'éponge, quand même !

— Il n'en est pas question, du moins s'il marche encore sur ses deux jambes. Et dans le cas contraire, il ne viendra pas du tout. Je lui dirai que, n'ayant aucune nouvelle de lui, j'en ai conclu qu'il ne viendrait pas et que j'ai accepté un autre rendez-vous. »

Winthrop hocha doctement la tête.

« Vous avez bien raison, très chère ! Si ce monsieur était un gentleman, il n'agirait pas comme si vous étiez à sa disposition. L'inspecteur Kingston vous doit des excuses, et, si j'étais vous, je ne lui pardonnerais pas de sitôt. Lui dire que vous avez accepté un autre rendez-vous est une excellente tactique.

— Ce n'est pas une tactique.

— Ah ? » fit Winthrop, surpris.

Un sourire illumina le visage de Hannah. Pour la première fois de la soirée, elle se sentait vraiment bien.

« Voyez-vous, cher ami, Norman Rhodes m'a invitée à passer la soirée avec lui. »

Pile de Lisa

Ce gâteau doit être préparé la veille
et passer la nuit au frigo.

Petits-beurre (2 paquets de 500 g)
15 tasses de poudre instantanée pour crème au chocolat
10 tasses de lait entier

Crème fouettée sucrée

Tapisser l'intérieur d'un grand bol avec du film alimentaire. Laisser dépasser le plastique pour pouvoir le rabattre ensuite quand le gâteau sera terminé.

Étaler une couche de petits-beurre au fond en les cassant pour combler les vides sur les bords.

Diluer deux paquets de poudre dans une tasse de lait. Verser le tiers de ce mélange sur les petits-beurre en étalant délicatement au moyen d'une spatule en caoutchouc.

Étaler une deuxième couche de petits-beurre sur la crème au chocolat.

Verser par-dessus la moitié de la crème restante. Les biscuits doivent être entièrement recouverts.

Étaler une troisième couche de petits-beurre et verser par-dessus le reste de la crème au chocolat restante.

Après avoir bien étalé la crème, remettre une couche de petits-beurre. (Inutile de laver le bol de crème, il va resservir tout de suite.)

Recommencer l'opération après avoir dilué deux autres paquets de poudre instantanée dans une tasse de lait.

La suite est facile à deviner. Noter toutefois qu'on doit terminer par deux couches de biscuits.

Quand le bol est rempli, rabattre le film plastique. Prendre une assiette ayant le bon diamètre et la poser de telle sorte que son fond appuie sur le gâteau. Au besoin, ajouter un objet lourd. Personnellement, j'utilise une boîte de fruits au sirop.

Mettre la pile au frigo et la laisser toute une nuit.

Quand vient le moment de servir, enlever l'assiette, décoller le film plastique, poser un grand plat par-dessus, retourner le tout, et, pour finir, retirer le bol et le film plastique.

Garnir avec de la crème fouettée (faite maison, de préférence).

Couper des tranches bien régulières et laisser aux invités le temps de s'extasier devant le résultat.

Pile de Herb

Suivre la recette précédente en remplaçant la crème au chocolat par de la crème à la vanille et les petits-beurre par des gaufrettes au chocolat.

Chapitre 9

Il faisait si froid dans son break que Hannah se mit à claquer des dents avant même d'arriver sur la grand-route. Soucieux de son confort, Dick avait pourtant pensé à démarrer le moteur dix minutes avant qu'elle s'installe au volant. Mais il avait eu beau régler le chauffage à fond, le résultat laissait à désirer. Les boutons de l'autoradio étaient légèrement tièdes au toucher, mais, à part cela, rien n'avait changé.

Comme la neige avait comblé les ornières, le chemin de gravier qui reliait l'auberge à la route lui parut moins inégal qu'à l'aller. Malgré cela, elle redoubla de prudence pour éviter d'endommager le précieux chargement qu'elle transportait à l'arrière, à savoir les desserts que Lisa et Herb destinaient aux œuvres caritatives. Elle les livrerait le lendemain matin, mais en attendant ils passeraient la nuit dans la chambre froide du Cookie Jar.

Le chasse-neige étant passé une heure auparavant, Hannah avait l'impression d'avancer entre les parois d'un tunnel. De chaque côté d'elle se dressaient de hauts monticules de neige compacte, tandis que, devant son break et au-dessus, une nuit noire dépourvue d'étoiles s'étendait à l'infini. À chaque virage, elle ralentissait pour voir s'il n'y avait pas une voiture en panne sur le bas-côté. Ce chemin de campagne ne longeait aucune ferme, et, chaque hiver, comme la plupart de ses concitoyens, Hannah se faisait un devoir de porter assistance aux conducteurs en détresse.

Quand elle déboucha sur la grand-route et prit la direction de Lake Eden, Hannah poussa un soupir de soulagement. Par chance, elle n'avait pas croisé Shawna Lee. Elle se serait arrêtée, bien sûr, mais contrainte et forcée. Jouer les bonnes Samaritaines, d'accord, mais il y avait des limites à tout.

Au moment où elle s'engagea dans la ruelle derrière le Cookie Jar, Hannah ne sentait plus les orteils de son pied gauche. Comme d'habitude, elle se jura d'apporter son break au garage dès que possible pour que Cyril Murphy installe le chauffage auxiliaire dont il lui rebattait les oreilles depuis le début du problème et pour qu'il colmate les fissures par lesquelles pénétrait le froid.

Hannah se gara à sa place habituelle, descendit et commença par frapper ses pieds sur le sol pour rétablir la circulation. Jugeant inutile de brancher son chauffe-moteur puisqu'elle prévoyait de reprendre le volant sous peu, elle fila se réfugier dans le fournil.

Un mélange d'odeurs enivrantes l'accueillit. Le nez en l'air, Hannah identifia la vanille, le chocolat, la mélasse, la cannelle, la noix de muscade, plus un soupçon de fraise et de cerise venant des cookies de la Saint-Valentin qu'elles avaient préparés la veille. Un sourire béat s'étala sur son visage. Si elle avait pu mettre ce parfum en bouteille, elle serait milliardaire à présent.

La première chose qu'elle fit, avant même de retirer son manteau, fut de lancer le café. Norman avait promis de l'aider à décharger. Elle l'attendrait. Pour tuer le temps, elle se versa une tasse, passa côté boutique, s'installa à sa place habituelle dans le fond et s'accorda une première gorgée.

Rien ne bougeait dehors. Main Street était totalement déserte. Quoi de plus normal puisque les derniers commerces fermaient à 18 heures, mis à part le Quick Stop à la sortie de la ville, qui lui restait ouvert jusqu'à minuit.

Hannah soupira d'aise en admirant les flocons de neige qui tombaient comme des plumes sur le trottoir. Tout était blanc, depuis les toits des immeubles voisins jusqu'au grand conifère planté sur le trottoir d'en face, que, chaque année, à Noël, elle rêvait de décorer comme un sapin d'appartement. Au coin de la rue, la lumière du réverbère à l'ancienne transformait les flocons en autant de pépites d'or. Un paysage hivernal terriblement pittoresque qui aurait pu inspirer nombre de peintres et d'écrivains. Cela dit, songea-t-elle, la plupart des artistes exerçaient leur noble profession dans des lieux convenablement chauffés. L'hiver était peut-être joli, mais il pouvait aussi se révéler mortel.

Quand son regard se déplaça vers l'autre bout de la rue, un détail la fit sourciller. De ce côté-là, le réverbère ne marchait pas, et pourtant une lumière se reflétait sur la neige. D'où venait-elle ?

Hannah tourna la question dans sa tête. Comme la lumière tendait vers le bleu, il devait s'agir d'un tube au néon. Pour sa part, elle préférait la couleur chaude des ampoules incandescentes, mais la plupart de ses confrères avaient opté pour l'éclairage fluorescent, estimant sans doute qu'une lumière blanche mettait mieux leurs articles en valeur. De deux choses l'une, soit l'un des commerces voisins était encore ouvert, soit son propriétaire était parti en laissant allumé. Or les deux seules boutiques visibles depuis le Cookie Jar étaient l'agence immobilière Lake Eden Realty et le Fournil des Magnolias.

Oubliant sa fatigue, Hannah alla se poster derrière sa vitrine. Ce n'était pas l'agence immobilière. Tout était éteint, hormis la loupiote servant de veilleuse près du bureau d'Andrea. La lumière qui l'avait intriguée provenait du Fournil des Magnolias et se déversait sur le reste du pâté de maisons. De là où elle se tenait, Hannah voyait nettement le comptoir de la pâtisserie ainsi que les tables près de l'entrée. Pour autant qu'elle puisse en juger, il n'y avait personne sur les lieux.

Shawna Lee aurait-elle oublié d'éteindre avant de monter chez elle ? En tant que voisine et consœur, Hannah ne pouvait pas rester sans rien faire. Devait-elle l'appeler pour lui signaler le problème ? Après une seconde de réflexion, elle décida que oui. Après tout, elle n'avait rien à perdre et beaucoup à gagner. Si elle tombait sur le répondeur, elle laisserait un message et Shawna Lee lui serait redevable du service qu'elle avait tenté de lui rendre. Si Shawna Lee décrochait, Hannah tenterait de savoir si elle était seule, comme Sally l'avait fait plus tôt dans la soirée.

Hannah connaissait le numéro par cœur pour l'avoir lu des centaines de fois sur les encarts publicitaires que les sœurs Quinn avaient publiés dans le *Lake Eden Journal*.

Elles s'étaient même offert un spot de deux minutes sur la chaîne locale. On les voyait toutes pimpantes devant leur boutique. « Passez donc nous voir, vous ne le regretterez pas », roucoulaient-elles face caméra.

Une tonalité, puis deux, puis trois et son appel fut transféré sur le répondeur.

« Salut les gourmands. C'est moi, Shawna Lee, pour vous servir. Le Fournil des Magnolias est ouvert de 9 heures à 18 heures tous les jours sauf le dimanche. Si vous appelez et que nous ne répondons pas, c'est que nous sommes occupées à servir notre grande spécialité, le cobbler aux pêches du sud. Venez donc le goûter sur place ou commandez-le par téléphone. Après le troisième bip, ce sera à vous de parler. »

En entendant la voix sirupeuse de sa rivale sudiste, Hannah avait serré si fort les mâchoires qu'elle eut du mal à rouvrir la bouche au moment voulu.

« Vous êtes là, Shawna Lee ? finit-elle par articuler. Shawna Lee ? Décrochez, s'il vous plaît. C'est Hannah, votre voisine. J'appelle pour vous éviter une grosse note d'électricité. Nous sommes le 14, il est 22 heures passées et votre boutique est toujours allumée. Un oubli, sans doute. »

Hannah raccrocha avec le sentiment du devoir accompli. Mais une seconde plus tard, un doute s'insinua en elle. L'appartement et la pâtisserie n'avaient peut-être pas le même numéro. Quand on dormait dans une chambre à l'étage, entendait-on le téléphone sonner au rez-de-chaussée ?

Elle trouva sans peine le numéro personnel de Shawna Lee. L'annuaire de Lake Eden couvrait également les communes alentour, mais il était si mince qu'il n'aurait pas suffi à rehausser la chaise d'un enfant à la table familiale.

Le temps que la connexion se fasse, Hannah se demanda si elle n'allait pas tomber sur un message du genre : « Ce numéro n'est pas attribué. Veuillez vérifier que vous n'avez pas fait d'erreur en le composant. » En effet, Shawna Lee n'avait emménagé en face que très récemment. Un mois auparavant, elle occupait encore un petit deux-pièces dans la résidence des Chênes, là où habitait Mike. Aussi fut-elle presque surprise quand la première tonalité résonna dans son oreille.

Quatre sonneries plus tard, un autre répondeur s'enclencha. Hannah raccrocha avant la fin du message. Sa rivale n'était donc pas chez elle. Peut-être fêtait-elle la Saint-Valentin quelque part ailleurs. Dans ce cas, Hannah serait avertie de son retour au moment où elle allumerait, à condition qu'elle rentre bien sûr, ce qui n'était pas gagné puisque ni elle ni Mike ne s'étaient montrés de toute la soirée.

Pour faire passer le temps, Hannah marchait de long en large dans sa boutique. Au moins, sa fatigue n'était plus qu'un lointain souvenir, songea-t-elle en jetant un coup d'œil sur la pendule. Quinze minutes seulement s'étaient écoulées depuis son arrivée. Norman n'était pas près de la rejoindre puisqu'il avait promis à sa mère de la raccompagner chez elle. Et, lorsque Carrie était invitée quelque part, elle avait coutume de partir la dernière.

Comme faire les cent pas commençait à l'ennuyer, Hannah décida de changer d'activité. Elle déchargerait son break toute seule, et ainsi, quand Norman finirait par arriver, ils n'auraient plus rien à faire. Elle commença par les piles à la crème. En les transportant dans la chambre froide, Hannah ressentit une bouffée d'orgueil au souvenir du succès qu'elles avaient remporté auprès des invités.

Hannah était tellement habituée à déplacer des caisses qu'elle termina plus vite que prévu. Il n'en restait plus qu'une, celle qui contenait les quatre tartes à la crème. Mais à peine l'eut-elle déposée sur l'étagère qu'une bouffée d'angoisse la saisit à la gorge.

« *Déjà-vu* », dit-elle à haute voix.

Son cerveau venait de lui rappeler que, peu de temps auparavant, elle était restée enfermée dans cette même chambre froide et n'avait eu la vie sauve que grâce à son ingéniosité et à l'intervention de Herb. C'était idiot, bien sûr, mais elle se dépêcha de sortir et de fermer derrière elle.

Pour se remettre de ses émotions, elle s'offrit une deuxième tasse de café et une tranche de gâteau au pavot, l'un des trois qu'avait apportés Shirley Dubinski. Après l'avoir consultée, Shirley avait remplacé la couche de glaçage par du sucre glace, jugeant que les invités de Lisa et de Herb seraient déjà au bord de l'hyperglycémie.

Hannah regarda l'heure. Décharger son break ne lui avait pris que dix minutes. Comme Norman ne serait pas là avant cinq minutes au mieux, elle regagna sa table favorite et essaya de se détendre. Mais comment se relâcher avec cette lumière qui continuait à briller dans le Fournil des Magnolias ?

Et si c'était un cambriolage ? Aussitôt, son imagination se mit en branle. Oui, c'était la seule explication : le cambriolage avait eu lieu dans la journée et le malfaiteur était reparti avec la caisse sans voir que la lumière était restée allumée. Que faire ? se demanda-t-elle. Aller voir sur place ? Oui, peut-être. Après tout, une honnête citoyenne devait savoir mettre son amour-propre de côté.

Seulement voilà, cette perspective ne l'enchantait guère. Elle se sentait épuisée rien qu'à l'idée de devoir enfiler ses bottes et son manteau. Pourtant, elle devait y aller, ne serait-ce que par correction. Hannah soupira, se chaussa, s'habilla puis griffonna une note à l'intention de Norman : *Suis en face chez Shawna Lee – peut-être cambriolage ?*, la posa bien en vue sur l'îlot central, sortit et s'éloigna en trottinant.

Dès qu'elle eut franchi le coin de la rue, un vent glacé la gifla au visage. Elle releva son col, traversa Main Street en se protégeant les yeux avec la main, se réfugia sous le portique de l'agence immobilière puis fit un pas de côté et jeta un œil par la vitrine du Fournil des Magnolias.

La description d'Andrea était encore en dessous de la réalité. L'endroit était vraiment magnifique, il fallait le reconnaître. Le magnolia peint sur le mur du fond faisait plus vrai que nature. La couleur des tables s'harmonisait avec celle des chaises. Le comptoir brillait comme un sou neuf. Tout était beau, raffiné. Même les décorations marquant la Saint Valentin éclipsaient celles que Lisa avait créées à Noël pour le Cookie Jar.

Hannah soupira. Elle détestait se voir reléguée au second plan, même dans la catégorie aménagement d'intérieur. Pour se consoler, elle se dit que, en ce qui concerne les gâteaux, Vanessa et Shawna Lee ne lui arrivaient pas à la cheville. Un peu rassérénée, elle examina la salle d'un œil plus objectif. Tout paraissait normal. Le tiroir de la caisse enregistreuse était fermé, rien ne semblait déplacé ni renversé. La boutique était prête à rouvrir ses portes le lendemain matin. Alors, pourquoi les lumières étaient-elles allumées ? Hannah résolut d'aller voir de plus près. À Lake Eden, les actes de vandalisme se comptaient sur les doigts d'une main amputée, pourtant on ne pouvait exclure la possibilité qu'une bande de voyous ait pénétré par effraction pour voler les gâteaux entreposés dans le fournil. Ce qui expliquerait pourquoi cette pièce est également éclairée, comme on pouvait le voir par la lucarne en forme de losange percée dans la porte de communication.

Hannah regrettait que Norman n'ait pas fait l'impasse sur son « devoir filial », comme il disait pour blaguer. Elle se serait bien passée d'entrer seule dans un lieu qu'elle ne connaissait pas. Pourtant, il le fallait. À tout prendre, mieux valait pénétrer dans la boutique par-devant, songea-t-elle. Hélas, la porte était verrouillée. Les voleurs de gâteaux avaient donc fait le tour par la ruelle.

« Shawna Lee ? » appela-t-elle en toquant sur le battant.

N'obtenant pas de réponse, elle frappa de nouveau mais cette fois avec les poings. Ses efforts furent vains. Il n'y avait donc personne à l'étage. Pourtant, elle avait fait assez de raffut pour réveiller un mort. Ou pas, songea-t-elle en frissonnant. Hannah déglutit et décida de passer par-derrière.

Quand elle arriva devant la porte, Hannah chercha des signes d'effraction mais n'en vit aucun. De plus en plus intriguée, elle se rapprocha du vasistas de gauche. Ce qu'elle vit dans le fournil la laissa pantoise. Sur le plan de travail reposait une boîte rose et verte ornée d'une étiquette imprimée : *Le cobbler aux pêches de Betty Jo,*

Biscuiteries Macon SA. Shawna Lee disait vrai : son cobbler aux pêches du sud était une vieille recette de famille. Sauf que cette famille n'était pas la sienne mais celle de Betty Jo, une pâtissière inventée par la société Macon à des fins purement commerciales.

À la droite du plan de travail, Hannah vit un four grand ouvert et, au sol, un moule à cobbler rempli d'une substance peu ragoûtante dont une partie s'était déversée sur le carrelage. À quoi rimait cette gabegie pâtissière ? s'interrogea Hannah. Shawna Lee aurait-elle lâché le moule par inadvertance après l'avoir sorti du four ?

Pour tenter d'en avoir le cœur net, Hannah se déplaça jusqu'à l'autre vasistas. La vitre de celui-ci était constellée de craquelures. Au centre, elle vit deux trous parfaitement ronds. Elle n'était pas experte en la matière, mais ces trous ressemblaient à des impacts de balles !

Le cœur battant, Hannah colla son nez au carreau en retenant son souffle pour éviter la buée. Ne serait-ce pas une chaussure qui dépassait de l'îlot central ?

Hannah avait le choix entre deux attitudes, l'une raisonnable, l'autre moins. La première consistait à prévenir les secours ou à attendre Norman. Tout sauf pénétrer sur les lieux. Seulement voilà, selon sa propre conception du raisonnable, elle devait absolument entrer, ne serait-ce que pour porter secours à la personne à qui appartenait cette chaussure.

À quoi bon te donner cette peine ? lui murmura son mauvais ange. Tu n'as qu'à revenir sur tes pas, rentrer dans ta boutique et faire comme si tu n'avais rien vu. Personne ne le saura.

« Si, moi », lui répondit Hannah. Son bon cœur la perdrait sans doute un jour ou l'autre, mais si Shawna Lee avait besoin d'aide, elle ne la laisserait pas tomber.

Une fois sa décision prise, tout se déroula très vite. Hannah fit un pas de côté, prête à défoncer la porte d'un coup de pied. Puis, s'apercevant qu'elle n'était pas fermée, elle poussa le battant en priant le ciel pour que les deux trous dans la vitre ne soient pas des impacts de balles, que la chaussure ne contienne pas de pied et que le cobbler se soit retrouvé par terre à cause d'une simple maladresse. Mais si tel était le cas, où se trouvait Shawna Lee ? Et pourquoi n'avait-elle pas refermé la porte du four et nettoyé le gâchis ?

« Oh, non », gémit-elle en se figeant sur place.

Shawna Lee était couchée sur le dos derrière le plan de travail. Sur son tablier de cheffe pâtissière, au niveau de la poitrine, s'étalait une tache rouge comme du sirop de fraise et, au centre de cette tache, il y avait un trou large de deux centimètres. Shawna Lee avait reçu une balle en plein cœur et point n'était besoin d'avoir fait médecine pour comprendre qu'elle était morte.

Chapitre 10

Dès qu'elle fut dehors, Hannah s'obligea à respirer profondément. L'air glacé lui fit du bien, mais, comme à présent ses jambes refusaient de la porter, elle resta sans bouger, le dos collé contre la porte. Elle allait devoir prévenir la police. Mais pas question de remettre les pieds au Fournil des Magnolias. Non, elle commencerait par se calmer puis elle retournerait au Cookie Jar et appellerait depuis son propre téléphone.

Elle en était là de ses réflexions quand une voix lointaine cria son prénom. C'était Norman. Le ciel soit loué, songea-t-elle. Norman se chargerait d'appeler la police et, grâce à lui, elle pourrait se reposer encore un peu.

« Je suis là ! » articula-t-elle d'une voix minuscule. Norman dut l'entendre, car dix secondes plus tard sa silhouette se découpa au bout de la ruelle.

Hannah le vit qui s'avançait. Il avait parcouru la moitié du chemin quand deux puissants halos de lumière s'allumèrent derrière lui. Une voiture de patrouille. Éberluée,

Hannah la regarda s'arrêter près d'elle. Mike en descendit. Aurait-elle appelé la police sans s'en apercevoir ?

Entretemps, Norman l'avait rejointe et les deux hommes l'observaient avec le même étonnement.

« C'est un cambriolage ? demanda Norman.

— Pas sûr. Je crois que rien n'a été volé, mais c'est la première fois que j'entre dans ce local.

— Shawna Lee n'y est pas ? voulut savoir Mike.

— Si, répondit Hannah en chevrotant.

— Où ?

— Dans le fournil.

— Elle était présente au moment où ils sont entrés ? »

Hannah déglutit. Une vision du cadavre gisant sur le carrelage venait de s'afficher dans son esprit. Craignant que la voix lui manque, elle acquiesça d'un hochement de tête.

« Quand la victime est présente, c'est un vol, pas un cambriolage, précisa Mike.

— C'est plus que ça, parvint-elle à articuler.

— Que voulez-vous dire ? fit Mike en la considérant d'un air surpris.

— Je veux dire... Il y a peut-être eu vol, mais pas que...

— Soyez plus claire, Hannah, dit-il tandis que l'inquiétude commençait à se lire sur son visage. Comment va Shawna Lee ?

— Pas très bien. » N'ayant jamais été la reine du tact, même en des circonstances moins dramatiques, Hannah ne trouva pas mieux que déclarer tout de go : « Je n'ai rien touché, sauf la poignée de la porte et celle du four qui était ouvert. Mais la police a pris mes empreintes la dernière fois que j'ai trouvé un cadavre.

— La dernière fois que vous avez trouvé un cadavre ? » répéta Mike. Hannah crut le voir pâlir mais, depuis qu'il avait éteint ses phares, il faisait sombre dans la ruelle. « Vous voulez dire que Shawna Lee est... morte ?

— Je n'ai pas vérifié parce que je ne voulais pas contaminer la scène de crime, mais je crois bien que oui. »

Les lèvres pincées, Mike entra dans le fournil sans ajouter un seul mot. Norman s'approcha de Hannah et la prit par les épaules.

« Vous voulez vous asseoir dans la voiture ? proposa-t-il.

— Non, ça va. Quand Mike ressortira, je répondrai à ses questions, et ensuite nous pourrons y aller.

— Je regrette de vous avoir laissée seule, dit Norman en l'attirant contre lui. J'aurais pu vous aider. C'est terrible. On dirait que ça vous poursuit.

— Oui, je suis maudite. J'attire les cadavres comme une ampoule les papillons de nuit.

— C'est drôle.

— Pas si vous êtes la lampe. »

Au lieu de répondre, Norman la serra contre son cœur jusqu'à ce qu'elle cesse de trembler. C'était étonnant comme la présence d'un ami compatissant pouvait vous remonter le moral, parfois.

Quand Mike refit son apparition quelques instants plus tard, Hannah se sentait beaucoup mieux. Lui en revanche tremblait comme une feuille. Une goutte de sueur perlait sur son front.

« Elle est morte, marmonna-t-il avant de se tourner vers Hannah. Que faisiez-vous ici ?

— J'attendais Norman, assise dans ma boutique, et soudain j'ai vu que la lumière était allumée dans le Fournil des Magnolias. Comme rien ne bougeait, je suis sortie pour m'assurer que tout allait bien. J'étais un peu inquiète parce que Shawna Lee avait promis d'apporter trois cobblers aux pêches pour le buffet de mariage et qu'elle n'est pas venue. »

Mike sortit le calepin qu'il avait toujours dans sa poche et lui demanda tout en griffonnant :

« Avant de venir ici, vous avez prévenu quelqu'un ?

— Non, mais j'ai laissé un mot sur mon plan de travail à l'intention de Norman.

— Qu'avez-vous écrit dessus ?

— Je ne m'en souviens pas précisément. » Hannah tourna la tête vers Norman. « Vous l'avez gardé ? »

Norman tira le papier de sa veste.

« Oui, dit-il en le tendant à Mike.

— *Suis en face chez Shawna Lee – peut-être cambriolage ?* lut ce dernier à haute voix avant de relever les yeux. Pourquoi pensiez-vous à un cambriolage ?

— J'ai téléphoné et personne n'a répondu.

— Vous avez fait le numéro de la pâtisserie ?

— Les deux, celui de la pâtisserie et celui de l'appartement. Comme Shawna Lee ne décrochait pas, j'en ai conclu que quelqu'un avait pénétré chez elle en son absence.

— Et vous avez foncé tête baissée.

— Bien sûr que non ! D'abord, j'ai regardé par la vitrine. Si j'avais vu quelqu'un, je serais retournée au Cookie Jar pour vous appeler. C'est d'ailleurs ce que je m'apprêtais à faire quand vous avez débarqué tous les deux. » Hannah se tourna vers Norman. « Vous avez téléphoné à la police après avoir vu mon mot ?

— Non. J'aurais peut-être dû mais j'ai préféré vous rejoindre immédiatement.

— Et je vous en remercie ! Mais... reprit Hannah en fixant Mike, quelque chose me chiffonne. Si personne ne vous a prévenu, qu'est-ce que vous faites ici ?

— Moi ? bredouilla Mike. Eh bien... j'avais rendez-vous avec Shawna Lee en début de soirée. Elle devait venir chez moi, et, ne la voyant pas arriver... Surtout, n'allez pas vous faire des idées, ajouta-t-il rapidement. Ce n'était pas le genre de rendez-vous auquel vous pensez. Nous avions juste quelques points à mettre au clair. Après quoi j'avais prévu de vous retrouver à l'auberge de Lake Eden.

— Je vois, fit Hannah en se demandant si Mike avait également prévu d'avouer à Shawna Lee que, après cette prétendue "mise au clair", il avait un autre rendez-vous, un vrai cette fois, et avec elle.

— Au bout d'un moment, j'ai commencé à m'inquiéter. C'est vrai, Shawna Lee n'est pas la ponctualité incarnée, mais quand elle est en retard, elle appelle.

— Contrairement à d'autres », grommela Hannah.

Ainsi, Mike avait pris soin d'appeler Shawna Lee alors qu'elle-même était restée sans nouvelles de lui toute la soirée.

« À 21 heures, comme elle n'était toujours pas là, poursuivit-il sans relever son commentaire, j'ai fait une autre tentative. Et ainsi de suite tous les quarts d'heure jusqu'à 22 h 15. Après quoi j'ai pris ma voiture pour aller voir sur place.

— Que de prévenance ! grinça Hannah.

— Euh... vous aussi, vous vous êtes déplacée. Vous n'étiez pas obligée mais vous l'avez fait. Sachez que je suis désolé de n'avoir pas pu vous rejoindre à la réception. J'avais très envie de cette dernière danse avec vous.

— Moi aussi », répondit-elle en songeant que, si Mike lui avait expliqué la raison de son retard, cette danse aurait effectivement été la dernière.

« Comment vous sentez-vous, Hannah ? demanda Norman quand ils entrèrent chez elle.

— Mieux. » Hannah jeta un œil sur la pendule accrochée au mur de la cuisine. « À votre avis, j'ai le temps de faire du café avant que ma mère appelle ? »

Norman éclata de rire.

« Voyons... quand nous sommes partis, Bill et Rick Murphy arrivaient tout juste sur la scène de crime. Le trajet a duré un peu plus d'un quart d'heure... Je dirais que vous avez encore cinq minutes devant vous.

— Deux, répliqua Hannah. Le perdant paiera l'addition la prochaine fois que nous irons au restaurant.

— Pari tenu. Où est notre grand garçon ? D'habitude, il vous saute dans les bras dès que vous poussez la porte.

— Il ne saute pas, il tente de me renverser. » Hannah gloussa en repensant à la première fois que Moshe lui avait fait le coup. « Il doit être en train de roupiller sur mon oreiller. Allez donc vérifier pendant que je mets le café en route. »

Hannah venait d'appuyer sur le bouton de la cafetière quand Norman réapparut, Moshe dans les bras, le ventre en l'air. Elle n'en revenait toujours pas qu'un chat aussi farouche accepte de telles privautés de la part de Norman. Si elle avait fait cela, Moshe se serait débattu comme un diable. Mais quand c'était Norman, il se transformait en peluche et ronronnait de bonheur.

« Rrrr, chantonnait le matou en lorgnant sa maîtresse d'un œil accusateur.

— Quoi, qu'est-ce que tu me reproches ?

— Rrrrrr !

— Il vous dit que sa gamelle est vide, expliqua Norman. C'est vrai, regardez.

— Vous parlez chat ? pouffa Hannah.

— Non, mais je sais qu'il n'est jamais de mauvaise humeur, sauf quand il a faim. »

Hannah hocha la tête, retira le cadenas et ouvrit la porte du cagibi. Norman attendit qu'il soit servi et, quand il le posa par terre, Moshe le remercia d'un petit coup de langue sur le pouce avant de filer vers sa gamelle.

« On dirait que j'ai gagné, dit Norman en levant les yeux vers la pendule en forme de pomme.

— Pas encore. Vous avez dit cinq minutes et on en est à quatre. »

Hannah remplit deux tasses de café et en tendit une à Norman.

« Oui, mais quatre minutes, c'est déjà plus proche de la réalité que les deux dont vous parliez.

— Certes. Disons que, pour l'instant, aucun de nous deux n'a gagné. Passons dans le salon. Nous serons plus à l'aise.

— Vous dites ça pour m'éloigner de cette pendule », fit Norman sur un ton boudeur que démentait son sourire taquin. Sa tasse à la main, il suivit Hannah et s'assit à côté d'elle sur le canapé. « Si le téléphone sonne maintenant, nous aurons perdu l'un et l'autre. Alors, qui paiera le restaurant ?

— Nous couperons la poire en deux, répondit-elle en tendant le cou pour apercevoir l'heure dans la cuisine. Quoique, à mon avis… Il vous reste encore douze secondes, onze, dix… »

À neuf, la sonnerie du téléphone retentit, interrompant son décompte.

« Ah ! s'esclaffa Norman. Si c'est votre mère, c'est moi qui ai gagné.

— C'est elle.

— Comment le savez-vous ?

— Regardez Moshe, dit-elle en désignant son chat.

— Qu'est-ce qu'il lui arrive ? Il a le poil tout hérissé.

— Il est toujours comme ça quand ma mère téléphone, dit Hannah en allant vite décrocher. Allô, maman ? »

Delores soupira si fort que Hannah crut sentir son souffle sur son oreille.

« Franchement, ma chérie, tu ne devrais pas. À moins que ton appareil affiche le numéro de l'appelant. Mais ce n'est pas le cas, pour autant que je sache.

— Je possède mon propre traceur, répondit Hannah en observant la boule de poils orange postée à l'entrée de la cuisine. Je suppose qu'Andrea t'a informée.

— Exact.

— Parce que Bill l'avait déjà informée ?

— En effet. Hannah, écoute-moi. Il faut cesser de trouver des cadavres. C'est indigne d'une dame. Les gens vont recommencer à te donner des surnoms.

— De quel genre ?

— Un jour, alors qu'il discutait avec Barbara Donnelly, Mike t'a appelée sa chasseuse de cadavres. Le lendemain, Barbara est allée se faire coiffer chez Bertie Straub. Elle lui a rapporté cette anecdote et naturellement Bertie s'est empressée de la répéter à toutes ses clientes, en ajoutant que le maire Bascomb serait bien inspiré de te nommer chasseuse de cadavres municipale.

— Vraiment ! » fit mine de s'indigner Hannah.

Pour sa part, elle trouvait cette histoire désopilante.

« Oui, les gens se croient malins, je suppose. Dieu sait ce qu'ils vont inventer cette fois-ci. »

Hannah lui aurait bien suggéré deux ou trois autres surnoms mais jugea préférable de se taire. Delores était contrariée ; mieux valait ne pas en rajouter.

« Ne t'en fais pas pour cela, maman. Tout sera oublié d'ici quelques jours.

— Je l'espère bien. Sinon, je ne pourrai plus marcher dans la rue la tête haute ! »

Il y eut un court silence. Quand Delores reprit la parole, ce fut sur un ton plus léger.

« Andrea m'a dit que Bill lui avait dit que Mike trouvait ta description de la scène de crime extrêmement précise. Je veux tout savoir, ma chérie, depuis l'instant où tu es sortie du Cookie Jar jusqu'à celui où tu as découvert Shawna Lee. »

Hannah lui fit le récit de sa macabre découverte en laissant de côté les détails trop réalistes. Lorsqu'elle eut terminé, Delores poussa un grand soupir.

« Je suis vraiment triste pour cette pauvre fille. C'est effrayant d'apprendre qu'une personne qu'on connaît est morte dans de telles circonstances. Heureusement, ce n'est pas quelqu'un que j'appréciais. »

Hannah retint un gloussement. Il n'y avait que sa mère pour exprimer aussi crûment ce qu'elle pensait au fond d'elle-même !

« Qu'est-ce que va faire sa sœur, à ton avis ? Retourner en Géorgie ?

— Je n'en sais rien, maman.

— Eh bien, ce serait préférable pour toi ! Fini la concurrence, fini les ennuis. »

Hannah raccrocha en songeant à ce que sa mère venait de lui dire. Effectivement, elle n'avait pas encore mesuré à quel point la mort de Shawna Lee arrangeait ses affaires. Delores avait raison. Si le Fournil des Magnolias fermait, le Cookie Jar récupérerait sa clientèle. C'était mathématique.

« Il y a un problème ? lui demanda Norman, intrigué par son silence.

— J'étais en train de me dire que... »

La sonnerie du téléphone la coupa au milieu de sa phrase. Décidément, la nuit s'annonçait agitée. Elle regarda Moshe et, voyant qu'il avait retrouvé un pelage normal, décrocha sans craindre de tomber à nouveau sur Delores.

« Oui, allô ?

— Allô, Hannah ? J'espère que je ne vous dérange pas.

— Nullement, dit Hannah qui avait reconnu la voix de Carrie. J'étais au téléphone avec ma mère.

— C'est donc à elle que je dois m'adresser si je veux des détails. Norman est avec vous, n'est-ce pas ?

— Oui. Vous voulez lui parler ? »

Carrie ayant répondu par l'affirmative, Hannah passa l'appareil à son voisin de canapé. Elle eut beau tendre l'oreille, leur conversation lui échappa. Peut-être parce que Norman se contenta de répondre « OK », « C'est entendu » et « Toi aussi, maman ».

« Elle ne vous a pas interrogé au sujet de Shawna Lee ? s'étonna-t-elle en reposant le combiné.

— Non, elle avait d'autres préoccupations. Je suis censé vous demander un service. »

Hannah sentit la méfiance l'envahir. La seule et unique fois où par simple gentillesse elle avait accepté de rendre un service sans savoir lequel, elle avait dû accompagner six adolescentes, dont sa sœur Andrea, à un concert de hard rock et avait dû jouer les chaperons toute la soirée pendant qu'un groupe, judicieusement nommé Les Sourdingues, s'époumonait sur scène.

« Que veut-elle ?

— Delores lui a dit que Moshe était un excellent chasseur. Or, il se trouve qu'une souris a élu domicile chez elle. Si vous lui amenez Moshe demain, elle lui donnera des crevettes congelées pour sa peine.

— J'espère qu'elle n'en a parlé qu'à Carrie. Sinon, je vais bientôt me retrouver à la tête d'une entreprise de dératisation, grommela Hannah en versant dans un bol les bretzels bavarois dont elle venait de sortir un sachet de son placard. Comment puis-je avoir faim après un tel festin ?

— Peut-être parce que vous n'avez pas mangé grand-chose, ce soir.

— Mais si… j'ai goûté… » Hannah s'interrompit. « Oui, vous avez raison. Je me souviens avoir rempli mon assiette et avalé deux ou trois bouchées, puis Lisa a voulu que je coupe quelques fleurs de son bouquet avant qu'elle le lance.

— Pour quoi faire ? demanda-t-il, interloqué.

— Pour les sécher au micro-ondes et les garder en souvenir.

— On peut sécher des fleurs au micro-ondes ?

— Personnellement, je préfère les glisser entre les pages d'un dictionnaire, mais Lisa a découvert cette méthode dans un magazine. Après les avoir coupées, je les ai mises dans un sac en plastique que j'ai déposé dans la chambre froide de Sally. Ça m'a pris deux minutes, mais, à mon retour, mon assiette avait disparu. Emportée par une serveuse, sans doute.

— Donc, vous êtes retournée au buffet.

— Oui. J'ai pris une assiette propre mais, à ce moment-là, Sally est arrivée et j'ai dû l'aider à couper les gâteaux de mariage. »

Norman éclata de rire.

« J'en étais sûr ! Vous n'avez pas touché au buffet des desserts ?

— Non. J'étais trop occupée à servir les autres. Et quand Sally a envoyé quelqu'un pour prendre la relève, je n'avais plus faim. Tout à l'heure, après avoir déchargé mon break, j'ai mangé un bout de gâteau aux graines de pavot. Mais si j'étais rentrée directement chez moi, je n'aurais même pas remarqué que j'étais à jeun. »

Hannah prit un air songeur.

« À quoi pensez-vous ? voulut savoir Norman.

— Je crois que je viens d'inventer un nouveau régime amincissant. Je l'appellerai le régime “Pas une minute à soi”, j'ouvrirai des centres dans tout le pays et je gagnerai des millions en distribuant tellement de boulot aux curistes qu'ils n'auront plus le temps de manger. »

Avant que Norman puisse répondre, le téléphone se remit à sonner. Cette fois, c'était Andrea qui venait aux nouvelles.

Hannah lui fournit la même description qu'à leur mère mais avec un détail en plus.

« Devine ce que j'ai vu sur leur plan de travail.

— Quoi donc ?

— Une boîte de cobbler aux pêches de la marque Betty Jo.

— J'en étais sûre ! s'exclama Andrea. Tu te rappelles quand je t'ai dit que ce cobbler m'évoquait quelque chose ?

— Oui.

— Et quand Norman t'a dit qu'il ne valait pas mieux qu'un cobbler de centre commercial ?

— Oui, aussi.

— Sache que Betty Jo est une chaîne de cafétérias implantée en Géorgie. À l'époque où j'étais dans l'équipe des pom-pom girls du lycée Jordan, on a fait une pause déjeuner dans un centre commercial avant d'arriver à Atlanta pour participer au concours national. Eh bien, c'est là que j'en ai mangé.

— C'est pas vrai ! s'exclama Hannah. Donc, Norman avait raison.

— J'avais raison à propos de quoi ? demanda Norman.

— Du cobbler aux pêches de Shawna Lee, celui qui d'après vous était digne d'une cafétéria. C'était un cobbler de la marque Betty Jo. Et voilà que j'apprends par Andrea que Betty Jo est une chaîne de cafétérias implantée en Géorgie.

— Norman est avec toi ? murmura Andrea au téléphone.

— Oui.

— Mike est au courant ?

— Qu'est-ce que ça peut bien faire ? Il n'a que ce qu'il mérite après le lapin qu'il m'a posé.

— Tu as raison, mais fais attention. C'est lui qui est chargé de l'enquête, et, si tu le rends jaloux, il serait capable de te faire porter le chapeau. Après tout, tu possèdes un mobile gros comme le Cookie Jar !

— Il y a un souci ? fit Norman en la voyant reposer le combiné d'un air pensif.

— Andrea craint que la police ne me soupçonne.

— Ridicule !

— C'est votre avis, mais pas forcément celui de Mike.

— Eh bien, il a tort.

— Certes, mais admettez tout de même que j'ai un excellent mobile.

— Parce que le commerce de Shawna Lee fait de l'ombre au vôtre ?

— C'est ce que pense Andrea. Mais il y a autre chose. Shawna Lee avait des vues sur l'homme que je fréquentais.

— Vous mettez "fréquenter" à l'imparfait ? l'interrompit Norman.

— Oui, volontairement. Et pour couronner le tout, chacun sait que nous étions à couteaux tirés, elle et moi.

— Shawna Lee avait certainement d'autres ennemis à Lake Eden.

— Oui. Des femmes, essentiellement. Du temps où elle travaillait pour le shérif du comté, elle flirtait avec tous les adjoints, qu'ils soient mariés ou pas.

— Vous allez mener votre enquête ?

— C'est dans mon intérêt, dit Hannah en bâillant. Bien sûr, tout dépend des conclusions du Dr Knight. Avec un peu de chance, il dira qu'elle est morte au moment où je distribuais des parts de gâteau à une centaine de personnes. »

La voyant se décrocher la mâchoire une deuxième fois, Norman comprit qu'il était temps de partir.

« Je vous laisse, dit-il en se levant. Vous avez besoin d'une bonne nuit de sommeil.

— Oui, la journée a été longue, répondit Hannah en le raccompagnant jusqu'à la porte. Aurez-vous un peu de temps à me consacrer demain ?

— Si je ne l'ai pas, je le prendrai. Un problème dentaire ?

— Non, un problème de meurtre, gloussa-t-elle. Il me faut un assistant. Or Lisa est en congé et Andrea a repris le boulot. Comme je suis seule pour tenir la boutique, nous devrons travailler le soir après la fermeture. Ça vous ennuie de passer deux nuits avec moi ?

— J'en rêve depuis tellement longtemps », répliqua Norman en lui donnant un baiser langoureux.

Chapitre 11

Hannah finit de remplir ses bocaux avec les cookies du jour et les disposa en file sur l'étagère derrière le comptoir. Lisa lui manquait plus qu'elle ne l'avait craint. Pas à cause du travail. Non, elle était parfaitement capable de tenir seule la boutique. Certes, deux paires de mains valaient mieux qu'une, mais là n'était pas le problème. Ce qu'elle regrettait avant tout, c'était sa présence.

Hannah se versa une tasse de café, rejoignit sa table préférée au fond de la boutique et tâcha de se détendre. Par précaution, elle était arrivée plus tôt que d'habitude et, donc, il lui restait presque une heure à tuer avant l'ouverture.

Tout en goûtant sa dernière création – une nouvelle recette qu'elle proposerait bientôt à ses clients –, Hannah songeait à Vanessa, la sœur de Shawna Lee. Le bureau du shérif avait-il réussi à la contacter ? La pauvre avait perdu son mari en décembre et voilà que, deux mois plus tard, c'était sa cadette qui mourait.

Hannah allait se lever pour prendre un deuxième cookie quand une voiture s'arrêta devant le Cookie Jar. Andrea en sortit dans un tourbillon de violet, tailleur et manteau assortis. S'il n'y avait eu cette grosse fleur rouge piquée au revers de son col, on aurait pu lui décerner le prix de la femme d'affaires la plus élégante de l'année.

Hannah se dépêcha de lui ouvrir. Décidément, cette broche n'allait pas avec le reste. En plus, il lui manquait un pétale.

« C'est Tracey ? » Hannah s'effaça pour laisser entrer sa sœur.

« Pardon ?

— C'est Tracey qui a fabriqué ce machin ? »

Andrea hocha la tête, retira son manteau et le suspendit.

« Évidemment. Tu me vois en train d'acheter une horreur pareille ?

— Non. Je suis même surprise que tu la portes. Elle jure un peu avec ton tailleur.

— Tu es mal placée pour critiquer les autres, répliqua Andrea en l'observant d'un œil dubitatif. Alors que tu as mis du noir avec du bleu marine.

— De quoi tu parles ?

— De ta tenue. Un pull bleu marine et un jean noir. Ça n'a aucun sens. »

Hannah baissa les yeux vers son pull. Andrea avait raison.

« Oui, mais j'ai une excuse, plaida-t-elle.

— J'écoute ?

— Il faisait nuit quand je me suis habillée. J'ai cru enfiler un pull noir. »

Andrea éclata de rire, bientôt rejointe par Hannah. Les deux sœurs adoraient se chamailler mais ça n'allait jamais plus loin.

« Le Fournil des Magnolias est interdit d'accès, dit Andrea en désignant la boutique sombre, de l'autre côté de la rue. Ils ont collé une bande jaune sur les deux portes, devant et derrière. Je suis allée vérifier. J'espère que tu as prévu le coup. Toute la ville ne va pas tarder à débarquer.

— Pour m'acheter ce qu'ils ne peuvent plus trouver en face ?

— Oui, mais pas seulement. Ils voudront savoir ce qui s'est passé. Jake et Kelly ont cité ton nom dans la matinale de KCOW.

— Zut », gémit Hannah.

Elle aurait dû prévoir deux fois plus de cookies.

« Tu vas essayer de trouver le coupable, n'est-ce pas ?

— Je pense que c'est dans mon intérêt. Comme tu le disais, Mike risque de m'inscrire sur la liste des suspects. Peut-être même à la première place.

— J'en suis sûre. Et Bill aussi.

— Il t'en a parlé ?

— Non, mais quand j'ai évoqué le sujet, il n'a pas dit le contraire. Ce qui revient au même. Que puis-je faire pour t'aider ? J'ai du temps à revendre entre mes derniers clients et la sortie de l'école. »

Hannah réfléchit à sa proposition.

« Première chose : je voudrais savoir à quelle heure elle est morte. Tu crois pouvoir te renseigner ?

— Qui ne tente rien...

— Merci. Alors comme ça, Tracey t'a demandé de porter sa broche ? enchérit Hannah pour revenir au sujet précédent.

— Oui. Je ne pouvais quand même pas refuser. Elle l'a fabriquée elle-même. Je t'avais dit que la mère de Bill l'avait emmenée dans une boutique de travaux manuels ? Eh bien, Tracey en est revenue avec de quoi créer des dizaines de bijoux.

— Tu n'as pas l'impression que ta belle-mère te déteste ?

— Si, tout le temps, s'esclaffa Andrea. Je sais ce que tu vas dire, rien ne m'empêche de laisser cette broche dans la voiture et de la remettre avant de rentrer à la maison. Mais vois-tu, Tracey a passé des heures à coller ces macaronis et à les peindre. Alors, je peux bien la porter de temps en temps. »

Hannah la fixa d'un air interloqué puis lui tapota l'épaule.

« Tu es une mère formidable !

— Merci. En plus, ce sera un atout face à mes clients. Quand ils sauront que cette broche a été fabriquée par ma fille, ils penseront que je suis quelqu'un de sincère et d'honnête. Du coup, ils croiront tout ce que je leur raconterai.

— Pas bête, dit Hannah. Je constate que ton sens des affaires ne s'est pas émoussé pendant ton congé maternité ! Que dirais-tu d'un café cookies ? »

Sans attendre sa réponse, Hannah passa derrière le comptoir, remplit une tasse de café et posa deux cookies sur une serviette en papier.

« Une nouvelle recette ? demanda Andrea en la regardant faire.

— Des cookies aux raisins et à la mélasse. Je ne leur ai pas encore trouvé de nom. »

Andrea en croqua un bout.

« Ils sont bons. On sent bien le goût de la mélasse. Tiens, regarde celui-ci !

— Je regarde. Mais que dois-je voir ?

— Il a trois raisins à la surface, deux pour les yeux, un pour la bouche. Ça me rappelle les pancakes que tu faisais autrefois, pour le petit déjeuner. Tu t'en souviens ?

— Oh, que oui ! »

Sa sœur avait été une enfant difficile. Pour qu'elle mange ses pancakes, Hannah devait leur dessiner un « visage » en pépites de chocolat.

« Peux-tu mettre seulement trois raisins sur chacun d'eux ?

— Bien sûr. Ils ne sont pas intégrés à la pâte. Seulement posés dessus.

— Ça fera comme des visages de poupée. Mais pas de poupées mannequins, puisque la pâte est granuleuse. Plutôt des poupées âgées. »

Malgré son envie de rire, Hannah répondit avec sérieux :

« Si je les appelle "têtes de vieillard", je crains de perdre des clients.

— Oui, tu as raison ! » s'esclaffa Andrea.

Voyant sa sœur pouffer de rire, Hannah oublia ses scrupules et laissa libre cours à son hilarité, elle aussi.

« Je pensais plutôt à ces poupées amérindiennes dont les têtes sont sculptées dans des pommes. Tu vois ce que je veux dire ? »

Hannah voyait parfaitement. Elle-même s'était essayée à la sculpture sur pomme dans un cours d'arts plastiques à l'université et avait failli se trancher un doigt.

« Oui, il y a une certaine ressemblance, c'est vrai. Mais je ne peux pas les appeler "cookies poupée tête de pomme" alors qu'il n'y a pas de pommes dans ma recette.

— Contente-toi de les appeler "cookies poupée". Je t'assure, ça fera un tabac. Comme chaque visage sera unique, les gens en achèteront plusieurs d'un coup pour le plaisir de les comparer.

— Tu as un vrai talent pour le marketing.

— Évidemment ! Ça fait partie de ma formation. En tant que professionnelle de l'immobilier, je dois être capable de vendre des produits médiocres à des prix excessifs. » Notant la moue contrariée de sa sœur, Andrea s'interrompit et avala bruyamment sa salive. « Entendons-nous bien, je ne dis pas ça pour tes cookies, qui eux sont bons et pas chers. Je parlais de manière générique.

— Générale, tu veux dire. Ton idée est excellente, je la retiens. »

Après le départ d'Andrea, Hannah finit sa tasse, se leva et alla enfiler son tablier de service. Il restait encore un quart d'heure avant l'ouverture mais tant pis, songea-t-elle, si jamais un client se pointait, elle l'accueillerait. Elle s'apprêtait à retourner la pancarte sur la porte quand un bruit retentit derrière elle dans le fournil.

Hannah sursauta. Elle était quasiment sûre d'avoir tiré le verrou en entrant tout à l'heure.

« Qui est là ?

— Bonjour, Hannah ! » lança une voix familière.

Un instant après, Lisa franchissait la porte de communication.

« C'est toi ! s'écria Hannah, partagée entre la joie et l'étonnement. Qu'est-ce que tu fiches ici ? Tu abandonnes ton mari le lendemain de tes noces ?

— Mais non, pas du tout, fit Lisa avec un sourire radieux. C'est juste que nous nous sommes réveillés tôt ce matin. On a allumé la radio pour écouter le bulletin d'informations de Jake et Kelly et on a appris ce qui était arrivé à Shawna Lee.

— Donc tu sais que c'est moi qui l'ai trouvée et tu viens me demander des détails.

— Oui, mais pas seulement. Herb et moi avons discuté. Il pense que tu auras besoin de mon aide pour tenir la boutique pendant que tu mèneras ton enquête.

— Et votre lune de miel ?

— Ça ne change rien. Nous passerons la semaine à l'auberge de Lake Eden exactement comme prévu, mais dans la journée, je viendrai travailler ici jusqu'à ce que l'affaire soit résolue. »

Hannah aurait voulu faire preuve de générosité et la dissuader de se sacrifier pour elle, mais, au fond, son associée avait raison, cette aide lui serait fort utile. Lisa dut lire l'hésitation sur son visage car elle lui toucha gentiment le bras.

« De toute façon, Herb a du boulot lui aussi, ajouta Lisa pour vaincre ses dernières réticences. Il donne un coup de main à Dick.

— Pour quoi faire ?

— Divertir les maris. Tu sais que le séminaire des représentantes Pretty Girl commence aujourd'hui.

— Non, tu me l'apprends.

— La direction a réservé toutes les chambres de l'auberge sauf la suite nuptiale. Sally m'a dit que, si tout allait bien, les cosmétiques Pretty Girl renouvelleraient l'expérience chaque année au mois de février.

— Bonne nouvelle. Depuis que le carnaval d'hiver a été avancé d'un mois, Dick et Sally n'ont quasiment plus de clients en février.

— Voilà pourquoi Herb s'est porté volontaire. Il a estimé que c'était la moindre des choses, surtout après l'incroyable cadeau de mariage que Gloria Travis nous a fait. »

Hannah ouvrit la bouche et cligna des yeux.

« Quel cadeau de mariage ? Et d'abord, qui est Gloria Travis ?

— L'assistante personnelle du PDG de Pretty Girl. C'est elle qui a choisi l'auberge de Lake Eden pour leur séminaire annuel. Te souviens-tu de cette femme brune en robe de soie bleu ciel qui était assise à côté de ta mère et de Winthrop hier soir ?

— Parfaitement. Elle m'a paru très sympathique.

— Je suis étonnée que tu l'aies remarqué. Elle n'a quasiment pas ouvert la bouche et elle est partie tôt.

— Juste après le dessert, confirma Hannah. Je l'ai vue se lever. Il faut dire que je n'arrêtais pas de surveiller ma mère.

— Pourquoi ?

— Parce que je craignais que ton mariage ne lui donne des idées.

— Oui, je comprends, fit Lisa en hochant la tête. Comme Gloria est arrivée hier soir, un jour avant le reste de la troupe, Sally m'a demandé si elle pouvait assister à la réception.

— Et tu as répondu que tu n'y voyais pas d'inconvénient, que toute la ville serait là et qu'un couvert de plus ou de moins ne changerait pas grand-chose.

— C'est ce que j'ai répondu, presque mot pour mot, s'exclama Lisa. Mais franchement, ni Herb ni moi ne nous attendions à ce qu'elle nous fasse un cadeau.

— Tu disais qu'il était incroyable.

— Et comment ! Elle nous a offert un brunch au champagne pour douze personnes à l'auberge de Lake Eden, le jour qui nous plaira.

— Waouh ! fit Hannah, surprise par le son qu'elle venait de produire, un genre de miaulement stupéfait, comme lorsque Moshe apercevait la réserve de croquettes au fond du cagibi.

— Herb a réagi de la même façon quand nous avons ouvert l'enveloppe. C'est vraiment inconcevable, surtout de la part d'une femme que nous ne connaissions pas deux heures auparavant. » Lisa regarda la pendule et fronça les sourcils. « Assez parlé de moi. Il nous reste cinq minutes. Dis-moi ce qui s'est passé hier soir. Et vite. »

Toute la matinée, Hannah répéta la formule consacrée : « Désolée, je ne peux rien dire. Le bureau du shérif va donner une conférence de presse bientôt. » Quand pour la troisième fois Lisa lui proposa de prendre sa pause déjeuner, elle finit par accepter et rentra chez elle pour honorer la promesse qu'elle avait faite à Carrie via Norman.

Il était 12 h 10 quand Hannah et son passager – un chat nommé Moshe qui n'appréciait pas les voyages en voiture et le faisait savoir – s'arrêtèrent devant la maison des Rhodes.

« Je vais juste vérifier que Carrie est bien chez elle, lui dit Hannah sans parvenir à couvrir ses vociférations. Ne bouge pas, je reviens. »

Hannah s'engagea dans l'allée fraîchement déblayée et sonna. La porte s'ouvrit presque aussitôt, mais pas sur la personne prévue.

« Bonjour, Norman, fit-elle, ravie. Je pensais tomber sur votre mère.

— Elle m'a demandé de la remplacer. Il y a beaucoup de travail en ce moment au Grenier de Mamie.

— Pardon ?

— Comme il y a beaucoup de travail au Grenier de Mamie, elle m'a demandé de la remplacer. Mon prochain rendez-vous est à 13 heures.

— Désolée, mais je ne vous entends pas. » Hannah commençait à se dire que les cris de Moshe lui avaient endommagé les tympans puis elle se rappela qu'elle avait pris ses précautions avant de partir. « Attendez une seconde, Norman. »

Hannah retira les bouchons en mousse que Herb lui avait donnés la fois où elle avait accompagné Lisa au concours de tir Far West. Lisa était arrivée deuxième après avoir abattu tous les voleurs de bétail mais raté deux braqueurs de banque.

« C'est mieux ainsi, dit-elle en constatant que les oiseaux gazouillaient toujours dans les branches. Donc, si vous êtes ici à la place de votre mère, c'est parce que...

— ... Je la remplace. Elle a dû rester avec la vôtre au Grenier de Mamie parce qu'elles reçoivent deux décorateurs de Minneapolis. Des gens très pointilleux qui veulent connaître la provenance de chaque objet. Elles leur font visiter le magasin et Luanne répond à leurs questions grâce à la documentation stockée dans son ordinateur.

— C'est une occasion en or pour elles, dit Hannah en se rappelant les efforts que Delores et Carrie avaient déployés pour attirer ces décorateurs à Lake Eden.

— Où se trouve notre exterminateur griffu ?

— Dans mon break. Je vais le chercher.

— Laissez, je m'en charge », dit Norman en la suivant sur le trottoir.

Dès que Moshe aperçut Norman, ses miaulements colériques se muèrent en ronronnements.

« Hallucinant ! s'écria-t-elle. Il est dingue de vous.

— Il sait que j'ai un cadeau pour lui.

— Les crevettes ?

— Les crevettes, c'est ma mère, dit Norman en soulevant la caisse. Je lui ai acheté quelque chose d'autre pas plus tard que ce matin.

— Quoi donc ? demanda Hannah avant de refermer la portière.

— Je vous le montrerai après la chasse », promit Norman. Il fit demi-tour, rentra dans la maison, longea le couloir, s'arrêta devant la porte de la chambre d'amis et déposa la caisse de Moshe sur un petit tapis. « C'est ici que ma mère l'a vue pour la dernière fois.

— Les souris ont l'air d'apprécier les chambres d'amis. C'est aussi dans cette pièce que celle de ma mère a élu domicile.

— Elle s'y trouve encore ?

— Zut, je me suis trahie », fit Hannah en lui jetant un regard en dessous.

Cela dit, Norman savait garder un secret.

« Donc, Moshe n'a pas attrapé la souris de votre mère ?

— Non... pas à ma connaissance.

— Pourtant vous lui avez certifié le contraire, enfin si j'en crois la mienne. »

Hannah secoua la tête.

« Non, je ne lui ai rien certifié. Elle a supposé qu'il l'avait attrapée, et moi, je ne l'ai pas détrompée. Pour la rassurer, j'ai dit qu'elle n'avait plus de souci à se faire, mais j'ai évité de préciser que j'avais laissé ouverte la porte de la chambre d'amis dans l'espoir que la souris s'enfuie, terrorisée.

— Donc Moshe ne l'a pas tuée ? »

L'espace d'un instant, Hannah revit la scène : son chat couché comme un sphinx sur la moquette, contemplant la bestiole avec un souverain mépris.

« Vous plaisantez ? Il n'a même pas fait semblant de la poursuivre !

— J'aime mieux ça, soupira Norman en chatouillant le nez de Moshe à travers la grille. Un dentiste devrait être capable de tout supporter, mais, franchement, je n'avais pas tellement envie de le voir à l'œuvre. »

Cookies poupées

Préchauffer le four à 190 °C,
la grille en position médiane.
(Ces cookies se préparent sans œufs.)

½ tasse de beurre ramolli (une plaquette, soit 125 g)
1 tasse de sucre brun bien tassé
½ tasse de mélasse
1 cuillerée à thé de bicarbonate de soude
½ cuillerée à thé de sel
½ cuillerée à thé de cannelle
1 cuillerée à thé de jus de citron
2 ½ tasses de farine (inutile de tamiser)
½ tasse de lait
1 tasse environ de raisins de Smyrne ou de Corinthe pour la décoration

Faire fondre le beurre dans un grand bol allant au micro-ondes, puis le laisser refroidir avant d'y incorporer le sucre brun et la mélasse. Ajouter le bicarbonate de soude, le sel et la cannelle. Mélanger et verser le jus de citron.

Incorporer la moitié de la farine. Mélanger. Verser le lait peu à peu puis le reste de la farine sans cesser de remuer.

Déposer des cuillerées de pâte sur une plaque non enduite de matière grasse, 12 pour une plaque standard. Décorer chaque cookie avec trois raisins (deux pour les yeux, un pour la bouche).

Cuire à 190 °C pendant 10 à 12 minutes. Laisser reposer sur la plaque pendant deux minutes puis transférer les cookies sur l'échelle pâtissière jusqu'à complet refroidissement.

Rendement : 4 à 5 douzaines, en fonction de la taille d'un cookie.

Un jour, Imelda Giese, la gouvernante du père Coultas, a commandé 3 douzaines de cookies poupées pour le goûter des enfants de chœur. Or il se trouve que l'un des cookies ressemblait à sœur Teresa. (C'est elle qui l'a dit, pas moi !) Aux dernières nouvelles, Imelda essaie toujours de convaincre le père Coultas de l'exposer dans un reliquaire.

Chapitre 12

Hannah suspendit sa parka à la patère près de la porte, jeta son sac sur un tabouret et se dépêcha de rejoindre Lisa côté boutique. Son associée avait gardé la forteresse pendant une heure. Elle méritait une pause.

« Me revoilà », dit-elle sans craindre de souligner l'évidence.

Puis, se glissant derrière le comptoir, elle constata que toutes les tables étaient occupées mais que personne ne semblait avoir besoin d'elles pour l'instant.

« Il a refait son sphinx ? » demanda Lisa. Quand Hannah confirma d'un signe de tête, elle éclata de rire. « C'est vraiment un sacré personnage.

— Aujourd'hui, il a encore réussi à me surprendre.

— Comment cela ?

— Tu sais que Moshe déteste les trajets en voiture. Eh bien, en partant du principe qu'il se comporterait mieux s'il n'était pas enfermé dans sa caisse, Norman lui a acheté un harnais muni d'une laisse.

— Et Moshe lui a donné raison ?

— Parfaitement ! Pour l'empêcher de sauter sur le siège avant, Norman a quand même pris la précaution de fixer la laisse à un crochet. Mais comme Moshe avait toute la place nécessaire pour se balader sur la banquette arrière, je ne l'ai pas entendu râler une seule fois durant le trajet du retour.

— Formidable ! J'ignorais qu'il existait des harnais pour chat.

— Ça n'existe pas. Celui que Norman a trouvé est fait pour les chiens de petite taille. D'où le chihuahua dessiné sur l'étiquette. Ce qui me sidère, c'est que Moshe ait accepté qu'il lui mette ce truc.

— Il s'est un peu débattu, je suppose.

— Pas du tout. Norman a pris le harnais, il lui a dit que, avec ça, il aurait l'air d'un fauve sournois et sanguinaire, et Moshe s'est laissé faire.

— Tu crois que Mike aurait pu accomplir le même exploit ? »

Cette question la surprit mais la poussa à réfléchir.

« Je ne pense pas. Pas sans employer la force ou peut-être un pistolet tranquillisant. Pourquoi ?

— Ton chat a parlé. Tu devrais épouser Norman. »

Sa répartie provoqua chez Hannah un éclat de rire qui fit se retourner les clients attablés au comptoir.

« Désolée, c'est de l'humour pâtissier », leur dit-elle en retrouvant vite son sérieux. Après tout, sa concurrente venait de passer l'arme à gauche.

« Je sais, je n'ai pas de conseil à te donner, reprit Lisa. Mais Norman est quelqu'un de fiable, contrairement à Mike. J'en veux pour preuve ce qui s'est passé hier soir.

— Tu as raison. C'est une chose à laquelle j'ai déjà songé. Pas plus tard qu'hier, à la réception, pendant que je faisais tapisserie, et après aussi, quand il m'a avoué qu'il avait tenté de joindre Shawna Lee sans y parvenir. Tu te rends compte ? Il s'est inquiété pour elle au point de l'appeler plusieurs fois dans la soirée alors qu'il ne s'est pas fendu d'un seul coup de fil pour me dire qu'il ne viendrait pas. Je trouve qu'il a beaucoup changé. Quand on s'est connus, il était hyperponctuel, et s'il avait un empêchement, il n'oubliait jamais de me prévenir. Mais depuis qu'elle est venue s'installer à Lake Eden... »

Hannah s'interrompit. Lisa venait de lui adresser un signe très explicite.

« Tiens, bonjour, Mike ! » fit Lisa avec un grand sourire.

Hannah pivota sur elle-même en affichant le même sourire que son associée. Mike avait-il entendu leur conversation ? Ou simplement la fin ? Avait-il compris qu'elles parlaient de lui ? Quelle importance, après tout ? Elle n'avait dit que la stricte vérité.

« J'ai des questions à vous poser, Hannah. Dans le fournil, ça vous va ?

— Euh, bien sûr », bredouilla-t-elle.

Quand un policier vous donne un ordre, on répond : « Oui, monsieur l'agent » et on s'exécute. Du moins, c'était ce que Mme Chambers lui avait enseigné au cours préparatoire. Son institutrice avait juste omis de préciser ce qu'on devait faire quand le policier en question était notre petit ami et qu'on lui en voulait au point de n'avoir aucune envie de rester seule avec lui.

Mike attendit qu'elle sorte de derrière le comptoir, la prit par le bras et l'entraîna vers la porte de communication.

Faisant fi du plaisir qu'elle ressentait automatiquement à son contact, Hannah ravala sa salive en essayant de ne pas oublier que l'homme le plus sexy du monde lui avait posé le lapin le plus humiliant de son existence.

Quand ils pénétrèrent dans le fournil, Mike lui lâcha le bras et posa la main au creux de ses reins. Résultat, en arrivant près de l'îlot central, Hannah se sentait prête à défaillir.

« Du café ? demanda-t-elle, toute fière de constater que sa voix ne tremblait pas.

— Volontiers. En fait, je n'ai pas vraiment de questions. Je voulais juste vous parler.

— Ah ? fit-elle en posant une tasse, et ce, d'une main étonnamment ferme, devant l'homme dont elle ne parvenait déjà plus à se rappeler les nombreux défauts.

— Je vous présente mes excuses. Hier soir, j'aurais dû vous appeler dès que j'ai su que je ne pouvais pas venir. Je regrette de vous avoir offensée. »

Hannah ne voulait pas de café mais elle s'en versa quand même une tasse, histoire de rester sur ses gardes. Sinon, elle aurait peut-être eu le réflexe de répondre bêtement : « Mais non, ce n'est pas grave, je comprends. » Alors que si, bien sûr, donner rendez-vous à quelqu'un et ne pas venir, c'était grave. Et elle devait faire en sorte que Mike en prenne conscience.

« Je désirais vraiment passer cette soirée avec vous, poursuivit-il, faute d'obtenir une réaction de sa part. Mais je devais d'abord mettre certaines choses au clair avec Shawna Lee. Voyez-vous, elle se faisait de fausses idées sur notre relation. »

Je me demande ce qui a bien pu l'induire en erreur, songea Hannah, ironique. Serait-ce parce que votre Hummer est resté garé derrière sa boutique toute une nuit ?

« Je me sentais un peu responsable d'elle. Après tout, c'est moi qui lui ai conseillé de s'installer à Lake Eden. Il a suffi que je lui en parle un jour au téléphone et, deux semaines plus tard, elle se faisait recruter par le bureau du shérif. Quand elle est arrivée, j'ai veillé à ce qu'elle se sente bien chez nous. »

Alors, pour qu'elle se sente bien, vous lui avez trouvé un appartement dans votre immeuble, vous l'avez aidée à emménager et vous avez passé des heures chez elle à faire du bricolage. Et pour qu'elle se sente encore mieux, vous l'emmeniez dîner à la pizzeria chaque fois qu'elle avait faim et vous lui serviez de chauffeur chaque fois que sa voiture ne démarrait pas.

« Malheureusement, elle n'a jamais réussi à se faire des amis à Lake Eden. Je trouvais ça dommage pour elle. Je sais que beaucoup la critiquaient parce qu'elle avait tendance à flirter avec les uns et les autres. Mais c'était dans sa nature. Elle ne pensait pas à mal. »

Et surtout, elle ne vous menait pas par le bout du nez ! C'était l'une des expressions favorites de son père. Mais plutôt que de l'accabler de ses sarcasmes, Hannah dit la première chose qui lui traversa l'esprit :

« Vous voulez un cookie ?

— Non, merci. Et comme j'étais son seul ami je me sentais encore plus responsable d'elle. »

Si vous ne pouvez pas dire quelque chose de gentil, ne dites rien du tout. La réplique de Panpan dans *Bambi* lui revint en mémoire, la confortant dans son mutisme.

Mike était triste, mais qu'il ne compte pas sur elle pour lui remonter le moral, songea-t-elle. S'il cherchait du réconfort, il avait sonné à la mauvaise porte. Hannah aurait préféré sortir sous le blizzard en culotte et soutien-gorge que de lui offrir son épaule pour pleurer !

« Je ne devrais pas vous dire tout cela, reprit-il avant de continuer à faire le contraire de ce qu'il disait ne pas vouloir faire. Voyez-vous, quand ma femme est morte, je ne savais pas vers qui me tourner. Seule Shawna Lee a répondu présente. Elle m'a soutenu, m'a aidé à reprendre goût à la vie. Hier, j'aurais dû aller la voir dès sa première minute de retard. Si je l'avais fait, elle serait toujours en vie. Je me sens tellement coupable de n'avoir pas été là pour elle. »

Hannah regarda le beau visage de Mike et, sans se laisser émouvoir par ses yeux humides, lui répondit sèchement :

« Remettez-vous, Mike. Vous avez du pain sur la planche. Cessez de vous apitoyer et allez faire votre boulot. »

Mike ouvrit grand la bouche comme si les muscles de sa mâchoire venaient de lâcher. Hannah, qui n'avait vu cette expression que dans les dessins animés, en resta muette de surprise. Deux secondes plus tard, Mike retrouvait sa dignité.

« Merci, dit-il en s'approchant d'elle. J'avais besoin qu'on me secoue. Je suppose que c'est pour cela que je suis venu. Vous êtes toujours de bon conseil. »

Fais gaffe, la prévint une petite voix dans sa tête, tandis que Mike la faisait descendre de son tabouret et se penchait pour l'embrasser. Il te roule dans la farine. Ne le laisse pas faire !

« Il faut que j'y aille, annonça Mike après leur long baiser. Comme vous dites, j'ai du pain sur la planche.

— Une seconde ! fit Hannah, qui avait perdu son souffle mais pas sa légendaire pugnacité.

— Oui ?

— À quelle heure est-elle morte ?

— Le Dr Knight n'en est pas encore sûr. De toute façon, vous n'avez pas besoin de le savoir. Et ne vous avisez pas de mener votre propre enquête. Désolé, mais, jusqu'à preuve du contraire, je vous considère comme suspecte. »

« Vous êtes restés longtemps ensemble ! Il a dû te poser des tas de questions, dit Lisa en rejoignant Hannah qui préparait une fournée de croustillants aux pépites de chocolat.

— Pas du tout. Au fait, rappelle-moi de ne plus jamais rester seule avec lui.

— Tu es sérieuse ?

— Je t'en parlerai plus tard. Pour l'instant, sache qu'il m'a interdit de mener mon enquête.

— Comme d'habitude, répondit Lisa en levant les yeux au ciel. Je suppose que tu n'en tiendras pas compte.

— Tu supposes bien. D'ailleurs, je n'ai pas vraiment le choix, vu qu'il me considère comme une suspecte. » Hannah s'interrompit, intriguée par le vacarme provenant de la boutique. « On dirait qu'il y a foule.

— Oui. Depuis ce matin, on a accueilli plus de clients que durant tout le mois. Je leur ai promis des cookies tout chauds dans dix minutes. Ils trépignent d'impatience.

— S'ils trépignent, c'est surtout parce qu'ils m'ont vue entrer ici avec Mike et qu'ils veulent savoir ce qu'il m'a dit.

— Ça aussi, fit Lisa en souriant. Qu'est-ce que tu vas leur raconter ?

— Ne t'inquiète pas, ils en auront pour leur argent. D'abord, je leur décrirai la rue sombre, les mystérieuses lumières dans le Fournil des Magnolias. Je leur dirai que mon cœur battait à se rompre quand je suis sortie pour regarder à travers la vitrine, que j'ai fait le tour du bâtiment en m'arrêtant plusieurs fois pour reprendre mon souffle…

— C'est vrai ?

— Non, mais ça rajoutera du suspense. Puis je leur parlerai du pied qui dépassait, derrière l'îlot central. Et là, je m'arrêterai. Je leur dirai que je n'ai pas le droit d'évoquer la scène de crime mais qu'ils sauront la suite dès que le bureau du shérif aura bouclé son enquête.

— Tu devrais écrire des séries policières pour la télé, s'enthousiasma Lisa.

— Tu n'as pas tort. Tu verras, demain ils reviendront tous pour le deuxième épisode. »

Chapitre 13

La Corner Tavern n'était pas l'endroit idéal pour discuter du meurtre de Shawna Lee, mais Hannah avait très envie d'un bon steak et Norman s'était déclaré partant. Une fois n'était pas coutume, elle avait laissé son break derrière le Cookie Jar et accepté de monter avec lui.

« Cette voiture est un petit paradis, soupira-t-elle en déboutonnant sa parka pour mieux profiter de l'air tiède sortant des ventilateurs.

— Vous n'avez toujours pas fait réparer le chauffage de la vôtre ? »

Norman s'engagea sur la grand-route et passa en pleins phares.

« Non, mais je finirai bien par me décider un jour. » Hannah se blottit au fond de son siège et regarda défiler le paysage. Il n'y avait pas grand-chose à voir, à part les congères de part et d'autre de la chaussée et les panneaux de signalisation qui en dépassaient comme de grosses sucettes.

« J'ai drôlement faim, déclara Norman en bifurquant pour rejoindre la Corner Tavern. Je sais ce que je vais prendre : un steak, des rondelles d'oignons frits et du pain à l'ail. Ma mère n'en fait jamais. Elle se méfie de la viande rouge et de la friture.

— Et du pain à l'ail ?

— Elle n'en raffole pas non plus. Ce n'est pas diététique, prétend-elle.

— Carrie et Delores devraient comparer leurs notes. Ma mère ne cesse de répéter que l'ail fait baisser le cholestérol.

— Merci pour l'info. Je lui en parlerai à la prochaine occasion. » Norman se gara devant l'entrée du restaurant. « Vous croyez que ces régimes ont vraiment une influence à long terme ?

— Absolument, répondit Hannah tandis que Norman, toujours galant, descendait de son véhicule pour l'aider à ouvrir sa portière. Il est prouvé que manger sainement augmente l'espérance de vie.

— Donc, d'après vous, nous devrions passer notre temps à adapter notre alimentation à notre taux de cholestérol ?

— Je n'ai pas dit cela. Personnellement, j'estime que vivre plus longtemps mais en se privant des choses qu'on aime n'a aucun intérêt. »

Ils pénétrèrent dans le vestibule en riant. Cette taverne n'avait pas beaucoup changé depuis que, quatre-vingts ans plus tôt, son premier propriétaire l'avait construite à l'intersection de deux routes à peine carrossables, dont l'une était devenue entre-temps la voie de circulation la plus fréquentée de la région. Sur la droite s'ouvrait un vestiaire équipé de bancs assez grands pour accueillir les clients désireux de se déchausser, d'un meuble de rangement où déposer ses bottes de neige et d'une série de portemanteaux fixés au mur. En y entrant, Hannah et Norman tombèrent sur une femme portant un survêtement de velours bleu et des tennis argentées qui se recoiffait devant le grand miroir du fond. Dans cette pièce régnait la même odeur que dans tous les vestiaires de tous les restaurants de campagne du Minnesota : un mélange de laine humide, de cuir mouillé et de caoutchouc, ce à quoi s'ajoutait un léger parfum de résine venant non pas des lambris qui tapissaient les cloisons, mais du produit qu'on utilisait pour laver le sol.

Après avoir suspendu sa parka et retiré ses bottes, Hannah fouilla dans sa sacoche et en sortit les ballerines qu'elle transportait partout durant les mois d'hiver. Une fois chaussée, elle se recoiffa – ou se décoiffa, c'était une question de point de vue – avec les doigts puis déclara en se levant :

« J'ai faim. Allons manger.

— C'est l'une des choses que j'apprécie chez vous, dit Norman. Contrairement à la plupart des femmes, vous ne passez pas des heures devant la glace.

— Parce que passer des heures devant la glace n'améliorerait pas mon aspect.

— Ou parce que vous n'en avez pas besoin. Vous êtes toujours parfaite.

— Vous engrangez des points, Norman », fit-elle en le tirant par le bras.

Cet homme avait le talent de dire ce qu'il fallait au moment où il le fallait.

Plus ils approchaient, plus le niveau sonore augmentait. Tintement des couverts, rumeur des conversations, éclats de rire... Norman ouvrit la porte de la salle et s'effaça pour la laisser passer. Sur la droite, une file s'étirait depuis le comptoir d'accueil jusqu'à la mascotte de la Corner Tavern, un grizzli dressé sur les pattes arrière.

« Salut, Albert, dit Hannah en tapotant le poitrail velu du plantigrade.

— Rappelez-moi l'histoire de ce monstre aux yeux de verre.

— D'après la version officielle, Nicolas Prentiss, l'arrière-grand-père de Nick, l'actuel propriétaire, l'aurait abattu avec une 22 Long Rifle avant qu'il se jette sur lui. L'histoire commence au sommet d'une colline quand Nicolas se retrouve nez à nez avec l'animal. Sachant qu'à moins de toucher un organe vital une balle de carabine ne fera que le rendre encore plus furieux, et que les grizzlis ont du mal à courir en terrain pentu, il dévale la colline dans l'espoir de prendre un peu d'avance. Arrivé en bas, il se tapit derrière un fourré en se disant que, l'ours étant un peu myope, il ne le verrait pas. Son stratagème a fonctionné. Nicolas devait avoir des nerfs d'acier car il a attendu que la bête arrive tout près de lui pour se relever soudainement et lui tirer dessus après lui avoir enfoncé le canon dans la gueule. La balle a touché le cerveau. Le grizzli est tombé raide.

— C'est une histoire vraie ?

— J'en doute, mais je la trouve palpitante. Il paraît qu'en tombant, l'ours lui a cassé la jambe. Il aurait pu lui arriver bien pire. Un couple de fermiers l'a recueilli et hébergé jusqu'à son rétablissement. Il est tombé amoureux de leur fille et l'a épousée.

— Et le fameux ours a fini sa carrière ici.

— Comme c'était un beau spécimen, le fermier l'a fait empailler pour l'offrir en cadeau aux jeunes mariés. Quelques années plus tard, ils ont bâti cette taverne et l'ours est devenu leur mascotte. Depuis, il accueille les clients dans l'entrée. Caressez-le, Norman. On dit qu'il porte chance. »

Norman s'exécuta.

« Quatre canines, douze incisives, seize prémolaires, dix molaires. Ça fait quarante-deux dents.

— Pardon ?

— À une époque, je voulais devenir dentiste dans un zoo. » Ils étaient arrivés devant le comptoir. « Norman Rhodes. J'ai réservé. Pour trois personnes. »

Pendant que l'hôtesse cherchait son nom sur la liste, Hannah s'amusa à relever les incohérences du récit qu'elle venait de rapporter. D'abord, il n'y avait plus de grizzlis dans le Minnesota depuis plus de cent cinquante ans. Et même, à l'époque où il y en avait, ils occupaient un territoire minuscule à l'ouest de l'État, tandis que Lake Eden se trouvait au centre, dans une région où de mémoire d'homme personne n'en avait jamais croisé.

À la rigueur, il aurait pu s'agir d'un ours noir. Mais les ours noirs qui vivaient autour de Lake Eden, en plus de peser soixante kilos grand maximum, n'avaient pas les mêmes caractéristiques physiques que leurs cousins les grizzlis. Les uns possédaient une tête étroite de forme allongée, les autres une face large relativement plate, et surtout, sur le garrot, une bosse très caractéristique. Les griffes ornant les pattes des ours noirs étaient courtes et de couleur sombre, celles des grizzlis longues et tirant vers le brun clair. Pour finir, seuls les grizzlis portaient une collerette de poils au printemps et en automne.

Conclusion : *primo*, l'ours empaillé était un grizzli ; *secundo*, il n'avait pas été abattu à proximité de Lake Eden. D'autres anomalies ponctuaient le récit fondateur de la dynastie Prentiss. Il y avait notamment le comportement de la bête lors de sa rencontre avec l'arrière-grand-père. Contrairement à ce qu'avait prétendu ce dernier, les ours étaient parfaitement capables de courir sur les terrains en pente et ils y voyaient aussi bien que les humains.

Hannah donna encore une petite tape sur l'épaule d'Albert. Une épaule qui culminait à un bon mètre du sol, ce qui plaidait également en faveur de la version grizzli. Selon toute probabilité, Nicolas Prentiss s'était procuré l'ours Albert chez un taxidermiste et l'avait installé dans le hall de son établissement après avoir fait jurer à sa femme et à ses beaux-parents de garder le silence. Puis, à la plate vérité, il avait substitué une légende moins prosaïque destinée aux futures générations.

« J'ai trouvé votre nom, dit l'hôtesse avec un petit sourire. Je suis désolée, c'est juste que vous aviez réservé pour trois et qu'il y a déjà trois personnes à votre table. Mais rassurez-vous, nous avons ajouté deux chaises.

— Comment cela, trois personnes ? fit Norman en se tournant vers Hannah pour la prendre à témoin.

— Oui, répondit la femme. La première est arrivée tôt et les deux autres il y a quinze minutes.

— De qui s'agit-il ? lui demanda Hannah. C'est vous qui les avez accueillies ?

— J'ai reconnu Mme Todd. En revanche, j'ignore le nom des autres dames.

— Mme Todd était prévue dans ma réservation, dit Norman. Qui sont les autres ?

— L'une porte un manteau de fourrure. Je l'ai remarqué parce qu'il ressemble à celui de ma belle-sœur. Elle est blonde et un peu...

— Si l'adjectif que vous cherchez est "enrobée", c'est ma mère, l'interrompit Norman.

— Oui, en effet. Votre mère est une belle femme, mais oui, un peu... enrobée, vous avez raison. L'autre dame est brune et pas du tout... enrobée.

— Celle-ci, c'est la mienne, déclara Hannah avant de croiser le regard inquiet de Norman. Tous aux abris. Les mères attaquent. »

L'hôtesse éclata de rire mais retrouva vite son sérieux.

« Navrée. Voulez-vous que je vous installe dans un coin tranquille ? Je leur dirai que vous n'avez pas pu venir. »

Hannah se tourna vers Norman. Norman se tourna vers Hannah. Tous deux répondirent en même temps : « C'est tentant. » Puis ils partirent d'un fou rire si contagieux que l'hôtesse ne put que les imiter.

Ayant repris son souffle, Norman décida :

« Non, il ne vaut mieux pas. La famille, vous savez ?

— Ah ça oui, je sais ! » soupira l'hôtesse avant de les confier à une serveuse qui les guida jusqu'à la table occupée par Andrea, Delores et Carrie.

« OK, dit Andrea en reposant sa fourchette. À ta demande, je n'ai rien dit pendant le repas, mais maintenant je m'y mets. D'après le Dr Knight, Shawna Lee a été tuée entre 17 et 19 heures. À ton avis, qui a fait le coup ? »

Hannah prit le temps de savourer son dernier morceau de steak. La viande était très tendre et parfaitement cuite, c'est-à-dire à peine. Pas question de gâcher ce délicieux moment.

« Une seconde, veux-tu ? » Elle mastiqua lentement pour faire durer le plaisir, avala, puis se tourna vers sa sœur. « Je l'ignore. Pour l'instant, je ne peux que dresser la liste des personnes possédant un mobile.

— Qui, par exemple ?

— Pour bien faire, je devrais me suspecter en premier. Après tout, j'ai un excellent mobile. Mais je sais que je ne l'ai pas tuée.

— Qui d'autre ? insista Andrea.

— Toi.

— Moi ! Qu'est-ce que tu racontes ?

— Eh bien... je crois me rappeler que Bill fréquentait le Fournil des Magnolias presque chaque jour et que cela ne t'enchantait guère.

— C'est vrai, mais de là à assassiner Shawna Lee... Si j'avais dû tuer quelqu'un, ç'aurait plutôt été... bref. Je suis prête à répondre à tes questions. Mais sache que tu fais fausse route.

— Je le sais bien, mais, en toute équité, je devais évoquer cette possibilité. Après toi et moi, il y a les épouses et les copines des adjoints qui flirtaient avec elle.

— Absolument, intervint Delores. À ce propos, n'oublie pas Ronni Ward.

— Ronni ? s'étonna Hannah. Je les croyais proches, Shawna Lee et elle !

— Elles l'étaient jusqu'à ce que Shawna Lee s'intéresse à son petit ami. Ronni les a surpris en train de dîner ensemble chez Bertanelli. Ellie a cru que ça finirait mal. Bert et le plongeur ont même dû intervenir pour les séparer.

— Comment ai-je pu passer à côté de ça ? songea Hannah à haute voix. Je ne le fais pas de gaieté de cœur, mais il faut aussi que j'inscrive le nom de Barbara Donnelly. Elle en voulait énormément à Shawna Lee d'avoir tenté de lui piquer son poste après le décès du shérif Grant. »

Carrie écarquilla les yeux.

« Barbara ne ferait pas de mal à une mouche. Je la connais !

— Je suis d'accord avec vous, mais je ne peux légitimement pas la rayer de ma liste avant d'avoir prouvé qu'elle n'était pas en mesure de tuer Shawna Lee.

— Comment prouve-t-on ce genre de choses ? s'enquit Delores.

— C'est là que vous intervenez, Carrie et toi. Enfin, si vous n'y voyez pas d'inconvénient. » Quand les deux matrones hochèrent la tête, Hannah poursuivit. « Andrea nous a dit que Shawna Lee était morte entre 17 heures et 19 heures. La cérémonie de mariage a démarré à 17 heures. J'ai regardé ma montre. À quelle heure s'est-elle terminée ?

— À 18 h 15, affirma l'organisatrice en chef, alias Andrea.

— OK. Ajoutons quinze minutes pour les félicitations, le riz, les bisous... Combien de temps prend le trajet entre l'église et l'auberge de Lake Eden ?

— Entre quinze et vingt minutes, d'après Herb.

— Très bien. Ça nous fait 18 h 50. Mettons que les premiers convives sont arrivés un peu avant 19 heures. »

Hannah se tourna vers les deux mères. « Pourriez-vous passer quelques coups de fil ?

— C'est notre spécialité, répondit Carrie en prenant Delores à témoin.

— Parfait. Je vais demander à Lisa de vous remettre les registres des invités. Il y en avait un pour l'église et un autre pour la réception. Je vous donnerai ma liste des suspects et vous la comparerez avec le registre de l'église. Si vous trouvez des concordances, vous regarderez si ces noms figurent également sur le registre de la réception.

— Quel intérêt ? demanda Delores. Le meurtrier a pu sortir de l'église, tuer Shawna Lee et arriver à l'auberge à temps pour la réception.

— Dans ce cas, vous mettrez les noms entre crochets, expliqua Hannah. Je sais que personne n'a quitté l'église avant la fin de la cérémonie. Et je sais également que l'une des cousines de Lisa faisait signer le registre à chaque invité qui entrait dans la salle de banquet.

— Oui, je comprends, dit Delores. Tu veux que nous téléphonions aux gens dont le nom apparaîtra juste avant ou juste après celui d'un suspect, pour leur demander s'ils se rappellent l'heure à laquelle ils sont arrivés à l'auberge.

— Exactement », répondit Hannah, tout sourire.

Sa mère avait compris en un clin d'œil.

« Si un suspect a mis plus d'une demi-heure entre l'église et l'auberge, il passera automatiquement dans la catégorie “meurtrier potentiel”. » Delores se tourna vers Carrie, laquelle acquiesça d'un signe de tête, puis revint vers sa fille aînée. « On s'en occupe.

— Super ! Maintenant, il s'agit d'innocenter Mike.

— Mike Kingston, tu veux dire ? s'exclama Andrea.

— Oui. Shawna Lee devait le retrouver chez lui le soir où elle est morte.

— Chez lui ? fit Carrie, éberluée. Qu'est-ce que cela signifie ?

— Je l'ignore. Il m'a dit qu'il l'avait convoquée pour mettre des choses au clair. Après cet entretien, il avait prévu de me rejoindre à l'auberge. Normalement, il aurait dû arriver avant le bal. »

Il y eut un long – très long – silence, puis Andrea mit les pieds dans le plat.

« Désolée, Hannah. Je ne veux pas t'embarrasser, mais... tu crois qu'il dit la vérité ?

— Je ne suis sûre de rien, répondit Hannah, la gorge serrée. J'aimerais le croire mais je n'y arrive pas vraiment. Peut-être a-t-il menti sur l'heure de son rendez-vous.

— C'est possible, répondit Delores en haussant les épaules. Mais il a aussi pu se tromper. Les hommes ne sont pas très à cheval sur ces détails. Votre père était comme ça.

— OK. Sur ce point, laissons-lui le bénéfice du doute. Mais nous devons également envisager qu'il ait pu s'agir d'un rendez-vous galant !

— Alors qu'il devait te retrouver à la réception ! se récria Andrea.

— Un rendez-vous galant peut en cacher un autre. Enfin bref. Pour faire avancer la discussion, gardons l'hypothèse que Mike et Shawna Lee étaient amants. Il est chez lui, il l'attend. Comme elle n'arrive pas, il prend sa voiture, il roule jusqu'au Fournil des Magnolias, la trouve dans les bras d'un autre homme, sort son arme et la tue.

— C'est un policier assermenté ! articula Carrie.

— Oui, s'immisça Norman. Mais les policiers assermentés commettent des erreurs, comme tout le monde. Mike a très bien pu l'abattre dans un accès de jalousie.

— Et l'autre homme, alors ? Qu'est-il devenu ? demanda Delores.

— Peut-être que Mike les a vus à travers la lucarne et qu'il a attendu le départ du type pour laisser éclater sa colère.

— Impossible, réagit Andrea. Les armes des adjoints sont enregistrées dans la base. Si Mike avait tiré avec son pistolet de service, il serait déjà sous les verrous.

— Et s'il l'avait abattue avec son arme personnelle ? suggéra Hannah. Elle est enregistrée, elle aussi ?

— De quelle arme parles-tu ?

— Du Colt Mustang qu'il a dans son holster. »

Delores passa de la surprise à la méfiance.

« Son holster ? Comment se fait-il que tu sois au courant de cela ?

— Parce qu'il nous l'a montré, à Norman et à moi, le jour où il nous a fait visiter le gymnase de son immeuble.

— Oh, fit Delores, rassurée.

— Tu crois vraiment qu'il aurait pu la tuer dans un accès de jalousie ? renchérit Andrea.

— Pourquoi pas ? La jalousie empêche de réfléchir, pas d'agir. Personnellement, je ne l'en crois pas capable, mais ce que je crois n'entre pas en ligne de compte. Disons juste que je ne suis pas sûre à cent pour cent de son innocence. » Hannah leva les yeux vers Norman et soupira de soulagement. « Vous au moins, je sais que vous n'avez rien à vous reprocher. Quand Shawna Lee est morte, vous étiez en train de photographier les invités.

— Sauf pendant le trajet entre l'église et l'auberge. Tous mes patients peuvent certifier que je lui en voulais de vous pousser sciemment vers la faillite. J'aurais pu faire un détour par le Fournil des Magnolias et mettre fin à cette concurrence déloyale. »

Chapitre 14

Hannah rentra directement chez elle et, pour la quatrième fois de la journée, remplit la gamelle de Moshe, lequel l'attendait en poussant des miaulements à fendre l'âme. Puis elle alluma son four. Après que Norman l'avait déposée au Cookie Jar pour qu'elle récupère sa glacière ambulante garée dans la ruelle, Hannah avait eu l'idée de faire d'abord une petite incursion dans sa chambre froide. Elle y avait récupéré deux bols, un grand et un moyen. Le premier contenait de la pâte, le second un glaçage.

Son four ayant atteint la température voulue, Hannah graissa une plaque de cuisson, y disposa des boules de pâte, les écrasa délicatement puis étala le glaçage par-dessus. Cela faisait des semaines qu'elle travaillait sur cette nouvelle recette.

Un quart d'heure plus tard, ses cookies étaient cuits mais encore trop chauds pour qu'elle les goûte, alors qu'elle en mourait d'envie. Plus tôt, au restaurant, après avoir longuement déroulé les divers scénarios envisageables,

Shawna Lee dans le rôle de la victime et Mike dans celui de l'assassin, elle n'avait pas eu le cœur de prendre un dessert. Et maintenant, elle le regrettait. Histoire de patienter, elle sortit un bac de glace au chocolat du congélateur.

Ses cookies avaient bel aspect, mais, en pâtisserie, l'aspect était une chose et le goût une autre. Si jamais ils se révélaient décevants, elle n'hésiterait pas une seconde à les précipiter dans les profondeurs nauséabondes de la benne à ordures.

Hannah s'empara d'une cuillère à sorbet et déposa une boule de glace dans l'une des coupelles en verre ciselé que Delores lui avait offertes deux ans auparavant pour Noël tout en récapitulant ce qui avait été dit et décidé pendant le dîner. Pour satisfaire tout le monde, elle avait dû répartir les tâches. Andrea avait reçu pour mission de reconstituer l'emploi du temps de Mike entre 17 heures et 19 heures. Delores et Carrie compareraient la liste des suspects aux registres des invités, en prenant en compte non seulement les personnes ayant assisté soit à la cérémonie, soit au banquet, soit aux deux, mais aussi celles qui s'étaient dispensées de venir. Quant à Norman, il était censé parler de Shawna Lee à ses patients puis d'étudier leur réaction. Si l'un d'entre eux manifestait une quelconque animosité envers la défunte, il devait aussitôt lui en parler. Par ailleurs, Norman s'était porté volontaire pour l'accompagner dans ses investigations vespérales.

Hannah s'était réservé la partie la plus délicate. Étant donné le grand nombre de suspects potentiels, elle avait décidé de changer de méthode. Au lieu de procéder comme d'habitude en dressant la liste des personnes possédant un mobile – autrement dit, la plupart des habitants de

Lake Eden – et en les éliminant au fur et à mesure, elle prévoyait de se concentrer sur les faits et gestes de Shawna Lee le jour de sa mort, en prenant comme point de départ la livraison des deux bouquets commandés par Mike pour la Saint-Valentin. Ce qui impliquait une visite chez le fleuriste Bouchard.

« Rrrrrrr », fit Moshe en lui poussant le coude avec la tête. Reprenant ses esprits, Hannah vit qu'elle tenait sa cuillère immobile, en suspension au-dessus de la coupelle. Moshe voulait sa part. Quoi de plus normal ? Comme le lui rappelait en permanence le magnet sur la porte du frigo, il n'y avait rien de tel qu'une bonne glace, la nuit, quand il gelait dehors.

Hannah relut le nom de la société inscrit sur le magnet : *Snowmobile – dépannage – Lake Eden*. Elle avait eu besoin de leurs services le premier hiver après son emménagement, alors que la neige bloquait toutes les voies d'accès. Quand ils lui avaient demandé ce dont elle avait besoin, Hannah avait répondu « de glace au chocolat ». Croyant à une plaisanterie, ils ne s'étaient pas déplacés, si bien que Hannah, pour tromper le manque, avait dû renifler un sachet ayant contenu des pépites de chocolat jusqu'à ce que les routes soient dégagées, deux jours plus tard.

« Attends un peu, mon grand. Je vais te chercher de la crème à la vanille et nous mangerons au salon tous les deux. »

Hannah attrapa deux cookies au passage. Ils étaient encore un peu chauds, mais, après tout, pourquoi ne pas les déguster en trois phases : tièdes maintenant, à température ambiante tout à l'heure et froids demain matin, au petit déjeuner ?

Quand la coupelle de crème à la vanille eut rejoint la coupelle de glace au chocolat sur la table basse, Hannah et Moshe s'installèrent confortablement. Ses cookies étaient réussis, constata-t-elle, ravie. Quant à la glace, une nouvelle marque que Florence, la patronne du Red Owl, lui avait recommandée, elle se laissait manger.

« Tu crois que Mike aurait pu la tuer ? dit Hannah en sortant brusquement de son recueillement.

— Yowww, répondit Moshe dont la langue rose se déplaçait rapidement sur le pourtour de la coupelle.

— Oui ? Je sais que tu préfères Norman, mais Mike ne te déplaît pas ! Avoue.

— Rowww, fit Moshe avec la plus totale indifférence.

— Bon, laisse tomber. Je retourne chercher d'autres cookies. Le chocolat n'est pas recommandé pour toi, mais tu peux goûter le glaçage. »

Elle rapporta les coupelles vides, revint avec deux cookies supplémentaires et poursuivit sa dégustation. Ils étaient encore meilleurs à température ambiante. Delores en serait folle, elle qui avait un faible pour le gâteau d'origine allemande nommé forêt noire.

Le téléphone sonna. Hannah regarda la pendule. Il n'était que 9 heures. C'était peut-être sa mère. Pourtant, Moshe restait calme.

« Allô ? fit Hannah, la bouche pleine.

— Bonsoir, Hannah. C'est Phil, ton voisin du dessous. Sauf que je ne suis pas en dessous actuellement puisque je travaille. » Phil soupira. « Tu me suis ?

— Parfaitement. Que puis-je faire pour toi, Phil ?

— Eh bien, figure-toi que je suis passé au Grenier de Mamie cet après-midi. Pour acheter un tableau que Sue a remarqué et qui lui plaît beaucoup. C'est notre anniversaire de mariage. Ta mère m'a reçu, et au détour de la conversation elle m'a dit que Moshe chassait les souris. »

Hannah se demanda un bref instant où Phil voulait en venir. Puis elle posa la main sur le micro et gémit. Elle venait de comprendre ce qui les attendait, elle et Moshe. Ils allaient devoir descendre d'un étage alors qu'il faisait un froid de canard.

« Je sais qu'il est tard et que tu te lèves aux aurores, mais c'est une urgence. Sue vient de m'appeler. Elle a vu une souris dans la chambre de Kevin, au fond du placard. Elle panique. Je lui ai promis de placer un piège en rentrant mais je sais qu'elle ne dormira pas de la nuit. Tu crois que tu pourrais...

— Naturellement », répondit Hannah. Sue voulait surtout qu'on la rassure. « J'enfile mes bottes, j'équipe Moshe et on y va. »

À sa grande surprise, Moshe resta sagement perché sur le dossier du canapé pendant qu'elle lui enfilait son harnais. Après quoi, pour éviter à ses coussinets le contact du sol glacé, elle le prit dans ses bras et le porta jusqu'à l'appartement des Plotnik.

« C'est vraiment adorable de ta part, Hannah, dit Sue en ouvrant, le regard empreint de gratitude. Il paraît que Moshe aime les crevettes. Tant mieux, parce que j'en ai un sac de 900 grammes pour lui au congélateur.

— Pas d'obligation », protesta Hannah en songeant aux deux kilos qui encombraient encore le sien.

Elle avait mis le premier sac offert par Delores dans un gombo, mais il lui en restait un autre, plus les crevettes moyennes de Carrie.

« Je sais, mais ça me fait plaisir. Tu n'imagines pas à quel point j'apprécie ton geste, Hannah. Je me sens déjà mieux.

— Vraiment ? dit Hannah en observant les genoux flageolants de sa voisine. Il y a du café ?

— Je viens d'en faire. Tu en veux une tasse ?

— Ne te dérange pas, répliqua Hannah en lui donnant la laisse fixée au harnais de Moshe. Tu trembles tellement que tu la ficherais par terre. De la crème, du sucre ?

— Non, je le bois sans rien. Les tasses sont dans le buffet au-dessus de l'évier. »

Hannah en remplit deux. En retournant dans le salon, elle trouva Moshe couché sur les genoux de Sue. Il faisait semblant d'apprécier ses caresses tout en lorgnant l'assiette de cookies posée sur la table. Par chance, Hannah l'avait recouverte d'un papier d'aluminium.

« Pas touche ! » Hannah intervint avant qu'il ne commette un cookicide. « Nous avons déjà eu notre dessert, je te signale. Ces cookies sont pour Sue.

— Ils ont l'air délicieux ! s'extasia cette dernière après avoir retiré la feuille.

— Ils le sont. C'est une nouvelle recette, des cookies forêt noire. Je te conseille d'en manger deux au minimum. Rien de tel que les endorphines du chocolat pour vous remonter le moral.

— J'ignorais que le chocolat contenait des endorphines, mais je veux bien essayer ! Puisque c'est un médicament, mon régime n'en souffrira pas.

— Tu as parfaitement raison. Les calories des médicaments ne font pas grossir. »

Hannah lui fit un clin d'œil et Sue éclata de rire.

« Ils sont drôlement bons, dit-elle en entamant son deuxième cookie. C'est comme tes gâteaux de mariage. Une tuerie. Phil a goûté celui au chocolat, moi celui à la vanille, et après, nous avons échangé nos assiettes. Entre les bonbons de l'hôpital, les desserts du repas de noces et maintenant tes cookies, mon régime a pris un sacré coup, cette semaine.

— Ne t'inquiète pas, tu vas vite corriger le tir, la rassura Hannah avant de demander : Tu es allée à l'hôpital ?

— Oui, pour rendre visite à la cousine de Phil. Elle a glissé en descendant les marches de son perron et s'est cassé la cheville. Une mauvaise fracture. Le Dr Knight la garde en observation.

— La pauvre. J'espère que ce n'est pas trop douloureux. »

Sue fit signe que non.

« On lui donne des analgésiques. Quand nous sommes arrivés, elle papotait avec Ronni Ward qui occupait le lit d'à côté. Sous analgésiques, elle aussi.

— Ronni est hospitalisée ? »

Hannah se pencha vers Sue, intriguée.

« Elle s'est cassé la cheville au même moment ou presque. Curieuse coïncidence, tu ne trouves pas ? Comme elles regrettaient de ne pas pouvoir assister au mariage, nous avons promis de leur garder une part de gâteau. »

Hannah nota d'appeler sa mère et Carrie pour qu'elles retirent Ronni de la liste des suspects, puis elle aborda le problème du rongeur indélicat.

« Je vais lâcher Moshe dans la chambre de Kevin, mais je ne te garantis pas le résultat.

— Je suis sûre qu'il va l'attraper. Ta mère ne tarit pas d'éloges à son égard. Carrie non plus. Elles disent qu'il est plus efficace que les pièges ou les dératiseurs.

— Eh bien... ça fait plaisir à entendre, bredouilla Hannah en se demandant ce qui lui était passé par la tête la première fois chez Delores. Ta souris se cache dans le placard de Kevin, m'a dit Phil ?

— Oui. J'ai eu la présence d'esprit de fermer la porte pour l'empêcher de sortir. Si elle était dans notre chambre, ce serait moins grave. Mais Kevin est si petit...

— Je comprends », répondit Hannah en lui emboîtant le pas. Puis elle murmura à l'oreille de Moshe, blotti au creux de ses bras : « Tu as entendu ? Celle-ci, tu dois t'en occuper ! »

Une minute plus tard, Hannah était assise en tailleur sur la moquette devant le placard de Kevin, son gros matou posé en travers des cuisses. Pour ne pas déranger le bébé qui dormait comme un ange dans son berceau, Hannah lui dit à voix basse :

« Écoute, mon grand, je te demande de regarder dans ce placard, et, s'il y a une souris, de passer à l'action. Si tu n'as pas envie de la tuer, libre à toi. Fais-la juste déguerpir. Mais sans bruit, s'il te plaît, sinon Kevin se réveillera. Et ne compte pas sur mon aide, d'accord ? »

Moshe lui jeta un regard de sa composition, c'est-à-dire parfaitement inexpressif. Pourtant Hannah crut y lire quelque chose comme : Tu ne vas quand même pas m'expliquer comment on attrape une souris ? De nous deux, c'est moi le chat !

« Désolée. Je suis un peu tendue, c'est tout. Bon, je vais ouvrir la porte du placard. Ensuite, ce sera à toi de jouer. »

Moshe attendit qu'elle tire sur le battant, puis se glissa dans l'entrebâillement et se mit à fourrager derrière un paquet de couches-culottes. Dix secondes plus tard, il ressortit, tout guilleret. Une queue de souris pendait entre ses babines.

« Une queue, c'est tout ? l'interrogea Hannah, le cœur battant. Je veux dire... il y a un truc au bout ? Ou pas ? »

Au lieu de répondre, Moshe s'assit sur son postérieur et commença à ronronner.

« Alors ? Qu'est-ce que je dis à Sue ? Tu l'as eue ? Ou tu lui as juste arraché la queue ? D'ailleurs, est-ce qu'une souris peut vivre sans sa queue ? »

Moshe ronronnait de plus en plus fort. Supposant qu'elle n'obtiendrait rien d'autre de sa part, Hannah le fit sortir de la pièce.

« C'est fait ? demanda Sue en les voyant réapparaître.

— Oui, je crois. Moshe était dans le placard lorsque le... l'incident s'est produit. Il avait un bout de queue entre les dents.

— Ça me suffit, dit Sue en tapotant la tête du matou. Que dirais-tu de quelques bonnes crevettes pour ta peine ? »

Hannah eut beau protester qu'entre voisins il était normal de se rendre service, Sue lui colla dans les mains le sac de crevettes promis.

« Alors, qu'est-ce qu'on fait maintenant ? souffla Hannah à l'oreille de son chat tandis qu'ils regagnaient leurs pénates. Tu comptes publier une annonce dans le *Lake Eden Journal* ? »

Imperméable à son humour, Moshe continuait à ronronner de satisfaction. Ce bruit de moteur l'accompagna pendant qu'elle ouvrait la porte de son appartement, retirait ses bottes et programmait la cafetière pour le lendemain matin. Il persista alors qu'elle se lavait les mains, le visage, les dents et enfilait le sweat-shirt trop grand qui lui tenait lieu de chemise de nuit en hiver.

Hannah régla l'alarme du réveil, éteignit la lumière et se glissa sous la couette. Moshe ronronnait encore quand elle l'éjecta de son oreiller en plume d'oie pour qu'il s'installe sur l'oreiller parfaitement identique qu'elle avait acheté spécialement pour lui. Il ronronnait toujours lorsqu'elle se lova près de lui, surprise mais heureuse qu'il accepte ses câlins.

« Tu es de bonne composition, ce soir. » D'habitude, au bout de trois caresses, il filait au pied du lit.

Hannah se demandait si les endorphines des souris avaient sur les chats le même effet que les endorphines du chocolat sur les humains quand soudain Moshe ouvrit la gueule. Une petite boule sombre en surgit, tomba sur la couette, s'élança dans le vide, atterrit sur le parquet et détala en direction du dressing, laissant Hannah paralysée de stupeur.

« Je comprends mieux pourquoi tu ronronnais ! » dit Hannah en se redressant. Elle alluma juste à temps pour voir son colocataire félin sauter du lit tel un léopard en chasse. « Tu as ramené la souris des voisins pour pouvoir jouer avec ! »

Cookies forêt noire

Attendre avant de préchauffer le four.

1 tasse de beurre (2 plaquettes, soit 250 g)
1 tasse de pépites de chocolat au lait
2 tasses de sucre blanc (semoule)
2 œufs
½ cuillerée à thé de levure chimique
½ cuillerée à thé de bicarbonate de soude
½ cuillerée à thé de sel
2 cuillerées à thé de vanille
3 tasses de farine (inutile de tamiser)

Glaçage :

½ tasse de sucre roux bien tassé
¾ tasse de noix de coco coupée en petits morceaux
½ tasse de noix de pécan hachées
¼ tasse de beurre bien dur (½ plaquette, soit 75 g)
2 jaunes d'œufs battus

Dans un bol allant au micro-ondes, faire fondre le beurre et les pépites de chocolat pendant 2 minutes à 900 W. Remuer jusqu'à obtenir une matière homogène.

Dans un autre bol, mélanger le sucre et les œufs, puis la levure chimique, le bicarbonate de soude, le sel et la vanille.

Quand le chocolat fondu a un peu refroidi, l'ajouter à la préparation tout en mélangeant soigneusement.

Verser la farine sans cesser de tourner. (La pâte doit être légèrement friable.)

Couvrir et réserver pendant la préparation du glaçage.

Dans un mixeur (lame en acier), mettre le sucre et les morceaux de noix de coco. Quand ceux-ci sont réduits en de minuscules pépites, ajouter les noix de pécan hachées. Couper en quatre le morceau de beurre froid, le mettre dans le mixeur et faire tourner jusqu'à ce qu'il soit émietté.

Casser les œufs, mettre les jaunes dans un verre, les battre à la fourchette et les incorporer à la préparation. Mixer. (Le glaçage peut aussi être réalisé à la main, avec du beurre à température ambiante.)

Préchauffer le four à 175 °C, la grille en position médiane.

Pendant que le four chauffe, laisser reposer le glaçage au frigo, il sera plus facile à travailler. Ce conseil s'applique en particulier dans le cas où le glaçage a été réalisé à la main et que la noix de coco n'est pas très finement hachée.

Confectionner des boules de pâte d'environ 2 cm de diamètre en les roulant avec les mains. Les poser sur une plaque préalablement enduite de matière grasse, 12 pour une plaque standard. Appuyer légèrement au centre de chaque boule avec le pouce. (Si les services sanitaires sont dans les parages, utiliser une petite cuillère.)

Sortir le glaçage du frigo. Confectionner des petites boules d'environ 1 cm de diamètre et les déposer dans l'encoche pratiquée au centre de chaque boule de pâte.

Cuire à 175 °C pendant 10 à 12 minutes. Laisser reposer sur la plaque pendant 2 minutes puis les mettre sur une échelle pâtissière jusqu'à complet refroidissement.

Rendement : 5 à 6 douzaines, en fonction de la taille des cookies.

Chapitre 15

À la fin de la journée, Hannah avait terriblement mal aux pieds. Les clients étaient venus en masse, même à la pause de 11 h 30. Dans un premier temps, Hannah avait fait le service au comptoir, pendant que Lisa effectuait des allers-retours entre la boutique et le fournil pour cuire trois fournées de Hannah's Bananas et en remplir leurs bocaux. Puis, quand les ingrédients avaient commencé à manquer, les rôles s'étaient inversés et Hannah s'était éclipsée pour préparer trois fournées de croustillants aux raisins et aux flocons d'avoine.

Vers 15 heures, Andrea était passée faire son rapport. Pour savoir si des véhicules de patrouille étaient sortis du parking durant la cérémonie de mariage, elle s'était rendue au poste de police dans la matinée. En arrivant, elle était tombée sur Marjorie Hanks, qui repartait après avoir touché le chèque correspondant aux heures de ménage qu'elle avait effectuées le jour de la Saint-Valentin. À Andrea, qui ne comprenait pas qu'elle ait travaillé un jour férié, Marjorie avait répondu qu'elle préférait quand les locaux étaient déserts. À force de persuasion, Andrea avait fini par obtenir le renseignement qu'elle cherchait, à savoir que Marjorie avait passé l'aspirateur dans les bureaux jusqu'à 19 heures, et que, durant tout ce temps, Mike n'avait pas quitté son poste.

« J'ai servi plus de cafés aujourd'hui que durant toute la semaine dernière ! annonça Lisa en la rejoignant dans le fournil.

— Combien de fontaines ça représente ?

— Je n'en sais rien. À douze, j'ai arrêté de compter. Mais on a dû dépasser les... trente fois douze... trois cent soixante tasses !

— Il en reste ?

— Un fond. Je vais récupérer le marc pour en refaire. Vous en aurez besoin pendant votre réunion. Tu veux que j'y participe ?

— Oui, si tu as le temps.

— Je l'ai. Herb vient me chercher, mais dans vingt minutes. Tout à l'heure, au téléphone, il m'a demandé si tu avais besoin de lui. Comme les conjoints des vendeuses Pretty Girl passent la journée de demain au casino, il aura quartier libre.

— Il n'a pas envie de les accompagner ?

— Pas trop. Il préférerait t'aider, si tu es d'accord. L'inactivité commence à lui peser.

— Et vous n'êtes mariés que depuis deux jours ! s'esclaffa Hannah.

— Oui, mais tu sais qu'il adore son travail. Et la fébrilité qu'il lui procure. »

Parce que tu n'es pas là pour lui procurer un autre genre de fébrilité. Hannah garda cette réflexion pour elle. Lisa rechignait à aborder certains sujets trop intimes, même avec son amie et associée.

La sonnerie du minuteur se déclencha. Hannah alla sortir du four une dernière plaque de cookies forêt noire. Elle en avait déjà préparé une bonne quantité et elle comptait les soumettre à l'appréciation de sa mère.

Hannah consacra les cinq minutes suivantes à disposer ses cookies dans une assiette et Lisa à refaire du café. Puis les deux femmes s'assirent de part et d'autre du plan de travail. Un instant de repos bien mérité qui fut interrompu par des coups frappés à la porte. Lisa se releva pour aller ouvrir.

« Bonjour, madame Beeseman », claironna Norman en entrant. Lorsque Lisa, surprise, se retourna pour voir si sa belle-mère était derrière elle, il se mit à rire et ajouta : « À moins que vous n'ayez gardé votre nom de jeune fille. »

Lisa secoua la tête.

« Mme Beeseman me convient. Il faut juste que je m'habitue. Je me demande combien de temps ça prendra.

— Un an minimum, affirma Andrea en passant le seuil à la suite de Norman. Ça irait plus vite si tu bossais dans une grande entreprise où tout le monde se donne du monsieur et du madame, mais comme tu évolues dans un milieu professionnel plus décontracté où la plupart des gens t'appellent Lisa... Il y a du café ? Je suis en manque.

— Ça vient. » Lisa, qui connaissait ses goûts, s'empara d'une tasse, la remplit, ajouta de la crème, du sucre et la déposa devant elle. « On dirait que tu as couru toute la journée. »

Andrea prit une bonne gorgée de café.

« Exact. Ce matin, j'ai passé trois heures à entrer de nouveaux biens dans la base informatique de l'agence. Ensuite, j'ai filé au bureau du shérif me renseigner sur Mike. Après quoi j'ai fait visiter trois maisons. D'ailleurs, en sortant de la deuxième, j'ai décroché un nouveau client, le type qui habite à côté. Ensuite, je suis allée chercher Tracey et ses copines à la sortie de l'école et je les ai emmenées à leur cours de danse. À présent, je n'ai plus qu'à filer au centre commercial commander des stylos publicitaires pour Al et à revenir à la maison avant 21 heures pour relever mamie McCann qui ne veut pas rater *Tendres Instants* sur la chaîne Romance.

— *Tendres Instants* ! Qu'est-ce que c'est ? » s'enquit Lisa en manifestant un intérêt que Hannah ne lui connaissait pas.

Le mariage lui avait peut-être ouvert de nouveaux horizons.

« Une série romantique. Torride ! Elle a récolté cinq piments, c'est dire ! Si mamie McCann a consenti à s'installer dans notre chambre d'amis pendant trois mois pour s'occuper de Bethany, c'est en partie pour pouvoir la suivre. Comme sa ferme n'est pas raccordée, elle ne reçoit que les chaînes classiques.

— On devrait peut-être abonner Delores... » commença Hannah avant de s'interrompre subitement. Non, tout compte fait, ce genre de programmes ne servirait qu'à la rapprocher davantage de son Winthrop. « Laisse tomber.

— Ça lui donnerait des idées... Enfin, tu vois ce que je veux dire ? répondit Andrea.

— On est d'accord. » Hannah lui lança un regard de connivence. « Alors, comme ça, tu as prévu de passer au centre commercial ?

— Oui. Tu veux m'accompagner ?

— J'en serais ravie », répliqua Hannah, à la grande stupeur des trois autres.

Depuis que le centre des Trois Comtés avait ouvert ses portes, Hannah ne cessait de répéter qu'elle détestait son atmosphère bruyante.

« Pour quoi faire ?

— Je tente de reconstituer les faits et gestes de Shawna Lee le jour de sa mort. Pour cela, j'ai besoin de parler à Kyle.

— Qui est Kyle ? demanda Lisa.

— Le livreur du fleuriste Bouchard. » Devant la mine interdite de ses interlocuteurs, Hannah crut bon de se justifier. « Je sais, reconstituer les faits et gestes d'une victime ne nous a pas servi à grand-chose les fois précédentes, mais peut-être que ça marchera ce coup-ci. C'est surtout que... je ne vois rien d'autre à faire. Je suis bloquée. »

Sa déclaration fut suivie d'un silence sidéral. Comme après l'annonce d'une déculottée au basket ou l'assassinat d'un président. Norman fut le premier à trouver le courage de lui demander :

« Vous êtes bloquée ? Vous ?

— Oui. »

Andrea tapota l'épaule de sa sœur.

« Je sais ce que tu ressens. C'est comme si nous étions tous à bord d'un canoë sans rames fonçant vers les rapides.

— Les canoës n'ont pas de rames mais des pagaies ! » Delores venait d'entrer, suivie de Carrie. « Quel est le problème ?

— Hannah est bloquée, l'informa Norman. Et de votre côté ? La pêche a été bonne ?

— Pas formidable, dit Delores en acceptant la tasse de café que Lisa lui tendait. Après avoir confronté la liste des suspects aux registres des invités, nous n'avons obtenu qu'un seul nom. Celui d'une personne qui a raté la cérémonie mais a participé au banquet.

— Qui ? demanda Hannah en espérant sans trop y croire que la personne en question soit pourvue d'un mobile.

— Gloria Travis, annonça Carrie.

— Elle était assise près de nous à la réception, expliqua Delores. Gloria est venue à Lake Eden pour la convention Pretty Girl. Elle ne connaît pas la région.

— Donc elle n'a pas de mobile, soupira Hannah. C'est tout ? »

Les deux mères opinèrent du bonnet. Il était temps de passer à la phase dégustation. Hannah alla chercher les assiettes de cookies.

« Goûte-moi ça, maman. Je les ai préparés en pensant à toi.

— Forêt noire ! s'exclama Delores dès la première bouchée. Dis-moi que j'ai raison.

— Tu as raison.

— Comment as-tu fait, ma chérie ?

— Secret professionnel.

— Eh bien, je te félicite. Ils sont encore meilleurs que la forêt noire de ta grand-mère. »

Hannah sourit jusqu'aux oreilles. Les félicitations maternelles étaient rares et d'autant plus appréciables.

« La seule différence, c'est la densité, poursuivit Delores. La forêt noire de ma mère était un peu trop légère à mon goût. » Delores se tut et fronça les sourcils. « Tu as noté la recette, j'espère.

— Oui, maman.

— Donc, tu peux en refaire ?

— Oui, maman.

— Ah, tant mieux ! dit Delores en rapprochant son assiette comme si elle craignait qu'on la lui vole. J'ai besoin de tes services pour un buffet. Le club des dames de Lake Eden se réunit jeudi prochain. J'aimerais que tu nous en prépares quatre douzaines.

— Avec plaisir, maman.

— Parfait. Tu en as d'autres à nous faire goûter, ma chérie ? Pour ma part, je veux bien emporter ceux-ci. Je les mangerai ce soir avant d'aller dormir. »

Hannah et Andrea se regardèrent. D'habitude, leur mère se contentait d'un dessert par jour. C'était même, à l'en croire, ce qui lui avait permis de conserver sa silhouette de rêve. Et voilà qu'à présent elle mangeait du sucre avant d'aller dormir ? Ce changement de régime alimentaire, annoncé de surcroît de manière si désinvolte, serait-il la preuve de l'influence grandissante de Winthrop ? se demanda Hannah. Et si tel était le cas, pouvait-on aller jusqu'à imaginer que ce monsieur participait à ce grignotage vespéral ?

« Je vais les emballer », dit Hannah en se levant. Elle les transféra dans l'un des petits sacs à anses estampillés *Cookie Jar* et rapporta l'assiette après l'avoir garnie d'une autre sorte de cookies.

« Pas mal ! commenta Delores en les découvrant. Tu leur as donné un nom ?

— J'hésite. J'ai pensé à « faute de mieux ». Il y a eu une telle affluence aujourd'hui qu'à la fin nous étions à court d'ingrédients.

— Pourtant, ils m'ont l'air appétissants, s'étonna Norman en se servant. Qu'avez-vous mis dedans ?

— Un peu de ci, un peu de ça. J'ai l'habitude de garder tous mes fonds de bocaux et de sacs. J'ignore pourquoi, mais c'est ainsi. Donc parfois, quand nous sommes à sec, je me sers de ces restes pour lancer une dernière fournée.

— C'est drôlement bon, en tout cas, dit Norman en mastiquant. À chaque bouchée, je découvre un nouveau goût. »

Lisa croqua à son tour.

« Dans le mien, il y a quatre sortes de pépites.

— Moi, j'en ai de deux sortes, dit Andrea. Au caramel et au chocolat noir.

— Et moi, j'ai trouvé une pépite au chocolat blanc et une autre au chocolat au lait, intervint Carrie. Ça se marie bien. Vous avez mis des fruits secs ?

— Oui, des noix et des noix de pécan. Vous trouverez peut-être aussi quelques noix de cajou.

— Il y a encore autre chose, fit Lisa, pensive. C'est un peu mou...

— De la noix de coco, probablement. Ou un raisin de Corinthe. Ou une airelle séchée. Je ne peux rien affirmer.

— Vous pourriez en refaire ? » s'enquit Norman.

Hannah réfléchit une seconde et éclata de rire.

« Si vous m'apportez les mêmes ingrédients. »

« Il y a un monde fou, s'écria Hannah en faisant un pas de côté pour laisser passer une femme manœuvrant une poussette d'une main et tenant un garçonnet de l'autre. Que viennent-ils chercher ici ? »

Avant d'aller au centre commercial, elles avaient fait un détour par son appartement pour nourrir Moshe. Hannah commençait à regretter de ne pas y être restée. Entre les voix, les annonces publicitaires et le grincement des escalators, il régnait une véritable cacophonie dans cette galerie marchande. Dépourvus de déflecteurs, les murs et les plafonds en béton renvoyaient les sons en les mélangeant, de telle sorte que les paroles, les cris, les plaintes et autres manifestations de joie ou de dépit formaient un amas indistinct ressemblant à s'y méprendre aux mugissements d'un vaste troupeau de bovins.

« En hiver, c'est toujours bondé. Surtout le soir. Les gens sortent du travail et viennent ici faire du lèche-vitrine, manger un morceau ou voir un film. C'est agréable de pouvoir se promener sans être obligé de s'emmitoufler.

— Si tu le dis, marmonna Hannah qui, pour sa part, préférait rentrer chez elle, réchauffer un plat au micro-ondes et regarder un film à la télé avec son chat sur les genoux.

— On commence par là. » Andrea désignait une étroite devanture marquée *Mr. Logo*. « Tu verras, c'est un magasin très rigolo. »

Hannah la suivit en se demandant depuis quand le mot *rigolo* s'employait à toutes les sauces. Laissant Andrea et le vendeur discuter de la police de caractères et de la couleur des trois cents stylos publicitaires que l'agence immobilière Lake Eden Realty destinait à ses fidèles clients, elle s'avança vers un portant chargé de tee-shirts rouge sombre vendus à seulement un dollar pièce. *Lake Eden Gulps* y était imprimé sur le devant en grosses lettres blanches. Une erreur triviale puisque les équipes sportives rattachées au lycée Jordan répondaient au nom générique de Lake Eden Gulls. D'où la forte démarque, sans doute.

« Bonjour, je m'appelle Tammy. Puis-je vous aider, madame ? proposa une jolie brune vêtue d'une chemisette Mr. Logo.

— Oui, dit Hannah en comprenant qu'elle avait atteint l'âge d'être appelée madame par les moins de dix-huit ans. Ces tee-shirts valent-ils vraiment un dollar pièce ?

— Non, plus maintenant. Le gérant a décidé de les baisser à cinquante cents. Nous avons besoin de ce portant pour autre chose. Il y a eu un problème d'impression. En fait, il faut lire *Lake Eden Gulls.*

— Je sais. Je suis de Lake Eden.

— Ah. Enfin bref, c'est pour ça qu'ils sont si... bon marché. Voulez-vous en acheter un ?

— Non, je les prends tous », répliqua Hannah, saisie d'une brusque intuition.

À l'issue du dernier conseil municipal, le maire Bascomb avait proposé aux commerçants de sponsoriser les équipes de softball amateur qui participeraient au championnat prévu pour le mois de juillet. Hannah et Lisa avaient trouvé l'idée excellente mais difficile à concrétiser, pour la bonne raison que chaque sponsor était censé habiller ses joueurs. Grâce à ces tee-shirts floqués *Lake Eden Gulps* à cinquante cents, le Cookie Jar serait en mesure de le faire, le mot *gulps*[1] évoquant le café qu'on y servait à longueur de journée.

« Vous les prenez... tous ? bredouilla Tammy, éberluée. Euh... ça ne me regarde pas mais... qu'allez-vous en faire ? »

Hannah lui exposa son idée.

« J'aimerais beaucoup jouer dans votre équipe, s'enthousiasma Tammy. J'ai pratiqué le softball quand j'étais au lycée, et, depuis, ça me manque.

— Vous avez déjà fini vos études secondaires ?

— J'ai passé mon bac au lycée Eagle Valley à Clarissa il y a deux ans. Je suis inscrite à la fac du coin mais ils n'ont pas de gymnase.

— Nous serions ravies de vous compter parmi nos protégées, répondit spontanément Hannah, avant de lui tendre une carte de visite que Norman avait créée pour elle sur son ordinateur. Appelez-moi la semaine prochaine, le temps que nous mettions tout en place.

— Merci ! J'ai trop hâte ! Bon, attendez-moi avant de passer en caisse. Je vais voir si mon patron ne peut pas vous faire un prix pour le lot. »

Tout en guettant le retour de Tammy, Hannah se posa une autre question existentielle. À quel âge avait-elle commencé à trouver les étudiants trop jeunes pour avoir le bac ? À mesure qu'on avançait en âge, les autres vous paraissaient-ils de plus en plus jeunes ? se demanda-t-elle. Peut-être devrait-elle interroger Mme Walstrom qui venait de fêter son cent unième anniversaire à la maison de retraite de Lake Eden. Hannah se souvenait de la photo parue dans le journal à cette occasion. Mme Walstrom,

1. *Gulps* signifie « gorgées ».

assise dans un fauteuil, dégustait une part de gâteau au chocolat en sirotant un martini. Quand le journaliste lui avait demandé pourquoi un martini, la centenaire avait répondu : « J'ai toujours dit que je ne boirais jamais une goutte l'alcool, quand bien même je vivrais jusqu'à cent ans. Comme j'en ai cent un, j'ai voulu essayer. Eh bien, je ne comprends pas qu'on en fasse toute une histoire. On dirait de l'essence de térébenthine ! »

« Si vous les prenez tous, il vous les fait à un dollar les quatre », lança Tammy, qui venait de réapparaître. Hannah sursauta et prit le bout de papier que la jeune fille lui tendait. « Vous présenterez cette note à la caisse. En plus, on vous les livre ! Nous avons une grosse commande pour le lycée Jordan la semaine prochaine. Notre chauffeur fera un détour par votre boutique. Il y a toutes les tailles, de S à XXL, à raison de huit tee-shirts par taille.

— Merci, Tammy. »

Hannah la gratifia d'un sourire radieux, lui fit promettre de l'appeler la semaine suivante et courut régler ses achats avant que le gérant ne change d'avis.

« Je t'ai vu donner un billet de dix dollars à la caissière, lui dit Andrea à la sortie du magasin. Qu'as-tu acheté ? Et pourquoi tu as les mains vides ?

— Parce que quarante tee-shirts, c'est un peu encombrant. »

Andrea la fixa d'un air médusé.

« Et moi qui me prenais pour la reine des bonnes affaires ! Tu as vraiment acheté quarante tee-shirts pour dix dollars ?

— Eh oui. On me les livrera la semaine prochaine. Il y a eu une erreur de flocage. L'imprimeur a inscrit *Lake Eden Gulps* au lieu de *Gulls*. Mais ce sera parfait pour l'équipe de softball sponsorisée par le Cookie Jar. On pourra même distribuer des gobelets de café glacé à nos supporters le jour du championnat.

— J'ignorais que vous sponsorisiez une équipe de softball.

— Je l'ignorais aussi jusqu'à ce que je tombe sur ces tee-shirts. Lisa et moi avions renoncé à cette idée par manque de moyens.

— Vous comptez recruter des pom-pom girls ? lui demanda Andrea, pensive.

— Je n'en sais rien. L'équipe n'est même pas encore constituée.

— Je pourrais peut-être vous en trouver. Voire assurer leur formation. Je n'étais pas mauvaise au lycée. Qu'en dis-tu ?

— Si tu penses que tu auras le temps...

— Je le prendrai. Ce sera très rigolo, ajouta-t-elle en s'arrêtant dix mètres plus loin, devant la boutique du fleuriste. Qu'espères-tu découvrir chez Bouchard ?

— Je t'expliquerai en mangeant un bretzel. »

Hannah avait repéré le vendeur ambulant stationné près la vitrine et, sur son chariot, les bretzels salés dont elle raffolait. Ceux-là mêmes qui, au cours des années précédentes, avaient mis un coup d'arrêt à plusieurs de ses régimes amincissants.

« Je n'en veux pas. J'ai l'intention de dîner avec Bill quand il rentrera ce soir. » Andrea attendit que sa sœur revienne avec son bretzel pour lui demander : « Alors, quel genre de questions vas-tu poser à Kyle ?

— Je souhaite savoir à quelle heure il a livré le bouquet de Shawna Lee, s'il le lui a remis en personne et à quelle heure il est reparti. C'est lui qui tient la boutique ce soir, j'ai appelé pour m'en assurer. Peut-être pourra-t-il m'en dire un peu plus sur elle. Je suis prête à parier qu'elle lui a offert du cobbler aux pêches et toute son attention.

— Pour qu'il lui ramène de la clientèle ?

— Non, parce que Kyle est très mignon. »

Cookies faute de mieux

Préchauffer le four à 175 °C,
la grille en position médiane.

2 tasses de beurre fondu (4 plaquettes, environ 450 g)
3 tasses de sucre blanc
1 ½ tasse de sucre roux
4 cuillerées à thé de vanille
4 cuillerées à thé de bicarbonate de soude
2 cuillerées à thé de sel
4 œufs battus
5 tasses de farine (inutile de tamiser)
2 tasses de pépites*
4 tasses de fruits secs hachés**

*** On peut utiliser toutes sortes de pépites : au chocolat noir, blanc ou au lait, au caramel, à la vanille, à la cerise, à la fraise, au beurre de cacahuète...**

**** Prendre n'importe quel fruit sec : noix, noix de pécan, noix de cajou, amandes, cacahuètes... Compléter éventuellement avec des cornflakes broyés, du riz soufflé, de la noix de coco hachée, des raisins secs ou autre.**

Faire fondre le beurre (3 minutes au micro-ondes, réglé sur la puissance maximum, ou à la casserole). Ajouter le sucre blanc, le sucre roux, la vanille, le bicarbonate de soude, le sel. Mélanger entre chaque ajout. Verser les œufs battus, et, quand le mélange est bien homogène, incorporer la moitié de la farine sans cesser de remuer, puis les pépites et les fruits secs, et enfin le reste de la farine.

Avec une cuillère à thé, prélever de petites quantités de pâte et les poser sur une plaque préalablement graissée, 12 par plaque. Si la pâte est trop collante, la laisser quelques minutes au frigo puis refaire un essai. Cuire à 175 °C pendant 10 à 12 minutes ou jusqu'à ce que les cookies prennent une jolie teinte dorée.

Laisser reposer 2 minutes sur la plaque, puis transférer les cookies sur l'échelle pâtissière jusqu'à complet refroidissement.

Rendement : environ 10 douzaines.

Norman les adore. D'après lui, ils sont comme la vie à Lake Eden : bourrés de surprises.

Chapitre 16

Les bouquets exposés dans la vitrine de Bouchard étaient plus originaux les uns que les autres. Oubliant presque la raison de leur visite, les deux sœurs passèrent quelques minutes à les admirer. L'un d'entre eux en particulier, nommé « délice de marguerites », attira leur attention. Il était composé non pas de fleurs mais de fruits taillés en forme de corolles piqués sur des tiges en bambou, elles-mêmes plantées dans une corbeille en osier.

Hannah n'en revenait pas. Pour figurer les marguerites, l'artisan fleuriste avait utilisé des ananas rehaussés de framboises. Des fougères formées de grappes de raisin rouge et blanc prenaient racine dans un substrat de mousse carmin constitué de fraises bien mûres. Pour compléter sa palette, il avait sculpté et disposé çà et là plusieurs morceaux de fromage dans les tons blancs, jaunes et orangés. Même le descriptif du bouquet était comestible. En fait, tout se mangeait à part les tiges en bambou et le panier en osier.

« Ce truc doit coûter une fortune. D'autant plus qu'on est en hiver. Où trouvent-ils tous ces fruits ? » murmura Andrea.

Sa sœur devait regretter de n'avoir pas découvert ce chef-d'œuvre avant que Bill soit nommé shérif, songea Hannah. Un tel bouquet aurait sans doute trouvé sa place lors de la cérémonie d'investiture.

« En tout cas, intervint-elle de peur qu'Andrea ne dégaine sa carte de crédit, il est bien trop cher pour moi. Et pour toi aussi. J'ai une idée. Prenons-le en photo. Je parie que Lisa sera capable de le reproduire quand viendra l'été.

— Je me demande où ils se fournissent, dit Andrea qui réfléchissait tout haut.

— Je n'en sais rien, mais c'est presque trop beau pour être vrai. » Hannah s'interrompit. « Tu penses comme moi ?

— Ça dépend. Qu'est-ce que tu penses ?

— Les fruits. Tu crois qu'ils sont vrais ?

— Je vais me renseigner. »

Joignant le geste à la parole, Andrea pénétra dans la boutique, sa sœur sur les talons. Au bout de deux pas, elle s'arrêta net, au risque de provoquer un carambolage.

« Qu'y a-t-il ? lui demanda Hannah, intriguée.

— Que dirais-tu de finir tranquillement ton bretzel sur ce banc, là-bas, avant qu'il refroidisse ? De toute façon, on n'a pas le droit d'entrer avec de la nourriture. Je m'occupe de Kyle. Si on l'interroge à deux, je crains qu'il ne se ferme comme une huître. Moi, il ne m'a jamais vue, donc il ne se méfiera pas. Je te rejoins dès qu'il sera passé à table.

— Ça me va », répondit Hannah sans la moindre hésitation.

Andrea n'avait pas sa pareille pour faire parler les gens.

Dix minutes plus tard, Hannah avait fini son bretzel et commençait à trouver le temps long. Elle allait se lever pour tenter d'apercevoir Kyle et Andrea à travers la vitrine quand une voix familière prononça son prénom :

« Hannah ? » Elle pivota sur elle-même et faillit s'étrangler. Mike se tenait là, à quelques mètres d'elle, avec ses cheveux blond roux, sa moustache, ses yeux bleu vif, son mètre quatre-vingt-dix et l'uniforme qui mettait en valeur ses épaules musclées. Immédiatement, son cœur se mit à battre la chamade. Pourtant, elle était toujours fâchée contre lui.

Comme dotée d'un cerveau autonome, sa main se leva d'elle-même et s'agita au bout de son bras. Mike dut prendre ce geste pour une invitation car il fonça dans sa direction en fendant la foule qui piétinait devant la caisse du cinéma.

Consciente que le regarder dans les yeux la mènerait à sa perte, Hannah décida de fixer l'espace entre ses sourcils.

« Vous allez voir un film ? fit-elle sur un ton qui se voulait désinvolte.

— Non. Quelque chose vous tente ? »

Cette phrase manquait de clarté. Lui proposait-il de l'accompagner au cinéma ? Lui demandait-il son avis sur la programmation ? Dans le premier cas, elle lui répondrait non merci. Dans le second, elle se fendrait d'un bref commentaire, par simple politesse. Il existait une autre option, plus prudente, consistant à s'en sortir par une boutade. Hannah regarda les affiches et dit la première chose qui lui vint à l'esprit.

« Tiens, *La Revanche des dieux tortues* ! Je l'ai vu trois fois. Pourquoi pas une quatrième.

— *La Revanche des...* »

Mike s'interrompit, interloqué. Puis il se mit à rire.

« Vous plaisantez... n'est-ce pas ?

— Oui.

— Si nous allions manger un morceau ? Je ne suis pas de service ce soir et j'ai des tas de choses à vous dire.

— Désolée, mais je ne suis pas seule...

— Bonsoir, Mike, la coupa Andrea, apparaissant à point nommé. Que faites-vous dans ce centre commercial ? Il y a eu un crime ?

— Je suis venu vérifier des alibis. Et vous ?

— Commander des stylos pour Al.

— Hannah et moi avions l'intention d'aller dîner. Ça vous tente ?

— Non, mais ne vous gênez pas pour moi. Je dois être rentrée pour 21 heures. J'ai promis de manger avec Bill ce soir, répondit-elle en ignorant le coup d'œil assassin que venait de lui lancer sa sœur aînée. Je t'appelle plus tard, Hannah. Au fait, les fruits sont faux, mais j'ai appris deux ou trois trucs. »

Mike la regarda s'éloigner puis se tourna vers Hannah.

« Quelqu'un vend des faux fruits ?

— Non. C'est juste que j'ai vu des fruits décoratifs dans une vitrine. Comme je les trouvais trop beaux pour être vrais, Andrea est allée poser la question au vendeur. »

Mike lui prit la main.

« Où voulez-vous dîner ?

— À l'auberge de Lake Eden », décida Hannah.

Quitte à passer la soirée en face de l'homme qui l'avait piégée avec la complicité de sa sœur, pourquoi ne pas choisir le meilleur restaurant du coin ?

« Ce dîner était excellent, dit Mike en se garant derrière le Cookie Jar. Vraiment, vous ne voulez pas que je vous suive jusque chez vous ?

— Non, ça ira, répondit Hannah, tout en songeant : en fait, ça me ferait très plaisir, mais ce serait une erreur.

— Vous étiez sérieuse quand vous avez dit que vous l'aviez ?

— Pardon ?

— La recette du jus d'orange Julius.

— Oui, je l'ai. Peut-être pas la recette officielle mais c'est tout comme.

— Vous savez pourquoi j'en ai besoin, n'est-ce pas ? »

D'habitude, Mike tenait plutôt bien l'alcool. Et ce soir, il n'avait bu que deux verres de vin. Alors, pourquoi lui posait-il cette question ? Avait-il oublié qu'ils en avaient parlé durant le repas ?

« Vous m'avez dit que deux amies à vous en achetaient autrefois dans une boutique qui a fermé depuis.

— J'en ai vainement cherché au centre commercial des Trois Comtés. La société qui produit cette boisson aurait-elle fait faillite ? »

Hannah haussa les épaules.

« Comment voulez-vous que je le sache ?

— Et la recette ? Vous l'avez ici, au Cookie Jar ?

— Oui, dans mon classeur. Nous en faisons souvent pour les enfants. J'en ai préparé il y a de cela deux semaines, pour une fête d'anniversaire.

— Donc vous avez tous les ingrédients sur place.

— Naturellement. Le jus d'orange Julius est inscrit sur notre carte des boissons fraîches, au même titre que la limonade, le lait, le punch...

— Donc, vous pouvez en faire à tout moment. »

Hannah se tourna pour l'observer à la lueur du tableau de bord. Mike se comportait bizarrement. Où voulait-il en venir ?

« Oui, c'est possible. Pourquoi ?

— J'aimerais que vous m'en fassiez tout de suite. »

Hannah écarquilla les yeux.

« Vous avez envie d'un jus d'orange Julius maintenant ?

— Oui. Très envie. Vous voulez bien m'en faire ? répéta-t-il.

— D'accord », dit Hannah en descendant de voiture pour aller ouvrir la porte du fournil.

Heureusement, elle le connaissait, sinon elle se serait inquiétée pour sa santé mentale. Cela dit... elle ne le connaissait peut-être pas si bien que ça. Mais il avait réglé l'addition et le bœuf Wellington qu'elle avait mangé n'était pas donné. Alors, pourquoi ne pas lui accorder ce petit plaisir ? D'autant plus qu'il suffisait de jeter quelques ingrédients dans un mixeur.

Mike la regarda procéder, perché sur un tabouret. Avant de brancher l'appareil, Hannah crut bon de préciser :

« Ça donnera environ deux litres et ça se sert avec de la glace. Vous l'emporterez chez vous ?

— Je ne rentre pas chez moi. Je suis attendu de l'autre côté de la rue, chez Shawna Lee. »

Hannah, qui était en train de verser du jus d'orange, suspendit son geste.

« Vanessa est rentrée ?

— Pas encore. » Mike regarda la pendule accrochée au mur. « Son avion ne va pas tarder à atterrir. Elle a laissé sa voiture sur le parking de l'aéroport. Comme la circulation est fluide, je suppose qu'elle arrivera vers minuit au plus tard.

— Vous... vous connaissez son emploi du temps ?

— Oui. Je l'ai eue au téléphone ce matin. Quand j'ai su qu'elle revenait ce soir, j'ai promis de la retrouver dans sa pâtisserie.

— Vous avez la clé ?

— Shawna Lee m'en avait remis une pour que je puisse intervenir... en cas de problème. Cambriolage, ou autre. Vous voyez ?

— Parfaitement, répondit Hannah en pensant : je vois surtout que vous me prenez pour une idiote.

— Bref, je ne voulais pas qu'elle revienne seule en pleine nuit sur les lieux où Shawna Lee a été assassinée... »

Hannah le considéra d'un œil soupçonneux. Dans un sens, il avait raison : Vanessa venait de perdre sa sœur dans des circonstances dramatiques. Pourtant, elle aurait très bien pu passer sa première nuit à l'hôtel près de l'aéroport et repartir pour Lake Eden le lendemain matin. Y avait-il une raison particulière pour que Mike veuille la retrouver chez elle à minuit ? D'après la rumeur, les sœurs Quinn avaient coutume d'échanger leurs petits amis. Quand l'une se lassait d'un homme, elle rompait et le refilait à sa frangine. Vanessa avait-elle prévu de récupérer Mike lorsqu'il aurait cessé d'amuser Shawna Lee ?

Mince alors ! Hannah mit de l'ordre dans ses pensées. Et si Vanessa n'avait pas eu la patience d'attendre ? Et si elle avait voulu Mike pour elle toute seule ? Aurait-elle pu éliminer sa propre sœur ? S'était-elle réellement envolée pour la Géorgie le soir du crime ? Ou avait-elle d'abord supprimé Shawna Lee et pris l'avion ensuite ? C'était une possibilité que Hannah ne pouvait raisonnablement pas écarter.

« Nous avons prévu de passer la nuit à parler de Shawna Lee, poursuivit Mike. Comme pour une veillée funèbre. »

La chose lui avait échappé jusqu'à présent, mais Quinn était un nom irlandais.

« Elles sont d'origine irlandaise ?

— Non. Leur arrière-grand-père a abrégé son patronyme parce qu'il était imprononçable.

— Ah. Mais si Vanessa n'est pas irlandaise, pourquoi une veillée funèbre ?

— Parce qu'elle en a vu une dans un film et qu'elle a trouvé que c'était une belle manière de rendre hommage à un défunt. Elle a des tas d'anecdotes à raconter sur leur enfance commune, paraît-il. Je vous aurais bien proposé de venir mais je sais que vous ne l'aimiez pas beaucoup. »

C'est le moins qu'on puisse dire ! fut-elle tentée de répliquer. Au lieu de cela, elle demanda :

« Quel rapport avec le jus d'orange Julius ?

— Shawna Lee adorait cette boisson, m'a dit Vanessa. Étant ados, elles versaient de la vodka dans une bouteille de jus d'orange Julius et elles partaient se balader au centre commercial. Quand elles commençaient à être un peu pompettes, elles allaient essayer des robes de mariée. C'est triste, non ?

— Quoi donc ?

— Que Shawna Lee soit morte avant de pouvoir porter l'une de ces robes qu'elle aimait tant.

— Euh... » bredouilla Hannah tout en cherchant une réponse inoffensive.

Mais comment compatir au malheur d'une femme qui avait sans doute espéré porter ce genre de robe le jour de son mariage avec Mike ?

« Bref, reprit-il sans paraître noter son embarras. Je ne voulais pas y aller trop tôt. À cause de tous ces souvenirs, vous savez ? Du coup, j'ai été ravi de tomber sur vous au centre commercial. Ce dîner m'a permis de passer le temps de manière fort agréable. Je veux dire... De toute façon, il fallait bien qu'on mange, n'est-ce pas ?

— Parfaitement. »

Hannah regrettait de n'avoir pas choisi un plat plus cher encore que le bœuf Wellington. Mike s'était servi d'elle, purement et simplement.

« Vous comprenez à présent pourquoi j'ai réagi de la sorte lorsque vous avez évoqué le jus d'orange Julius.

— Parfaitement », répéta Hannah pour éviter de dire autre chose.

Une chose qu'elle aurait peut-être regrettée par la suite. Ou pas.

« J'y mettrai de la vodka, comme elles le faisaient autrefois. Si Vanessa veut boire jusqu'à l'ivresse, je resterai pour m'assurer qu'elle va bien. Le seul problème, c'est qu'elle risque de me demander où en est l'enquête, or je ne peux rien lui révéler. »

Fonce, s'écria une voix dans la tête de Hannah. C'est le moment idéal pour lui tirer les vers du nez ! Une occasion en or, effectivement. Mike était accablé de tristesse. Il avait baissé sa garde. Si elle savait s'y prendre, elle obtiendrait sans problème toutes les informations qu'il lui manquait.

Toutefois, profiter du désarroi d'autrui n'était-il pas moralement condamnable ? Hannah soupesa la question. C'était mal, évidemment, mais, après tout, Mike s'était servi d'elle comme d'un bouche-trou. Par-dessus le marché, il lui avait demandé de préparer du jus d'orange Julius pour une femme avec laquelle il s'apprêtait à passer la nuit. En amour comme à la guerre, tous les coups sont permis, conclut-elle sans vraiment savoir s'il s'agissait d'amour, de guerre ou d'un mélange des deux.

« À ce propos, l'enquête avance ? fit Hannah de sa voix la plus innocente, avant de mettre le reste des ingrédients dans le mixeur.

— Non, elle stagne. Tous ceux qui ont un mobile disposent aussi d'un alibi.

— Moi comprise ?

— Vous comprise. Je commence à penser qu'elle a été victime d'un déséquilibré. Si l'individu a agi sur un coup de tête et a quitté la région aussitôt après, je doute fort que nous le retrouvions un jour.

— Tout est possible, en effet, répondit-elle sans y croire. D'après vous, quelles sont les chances pour qu'un déséquilibré roule jusqu'à Lake Eden, s'arrête près du Fournil des Magnolias, descende de voiture, fasse le tour du bâtiment, s'arrête devant la porte du fournil, essuie la neige sur la lucarne et abatte Shawna Lee à l'instant même où celle-ci sort un cobbler aux pêches de son four ?

— Très peu, je l'avoue. Mais je n'ai aucune autre solution.

— Vous avez passé en revue les gens qu'elle connaissait autrefois ?

— Oui. D'ailleurs, nous fréquentions les mêmes, à peu de chose près. Je les ai contactés. Ils ne savent rien.

— Même ceux d'avant Minneapolis ? À l'époque où elle habitait en Géorgie ?

— Shawna Lee avait quitté la Géorgie depuis cinq ans. Je doute qu'une rancune puisse durer aussi longtemps.

— Je suis d'accord, mais imaginez qu'elle se soit fait un ennemi en décembre dernier, quand elle y est retournée pour l'enterrement de son beau-frère.

— Qui sait ? marmonna Mike, pensif. Je poserai la question à Vanessa. Merci pour cette suggestion, Hannah.

— Pas de quoi », répondit-elle avant de clore la conversation en appuyant sur le bouton du mixeur.

À présent, Hannah s'en voulait de lui avoir offert cette piste sur un plateau. C'était lui qui était censé lui fournir des infos, pas le contraire !

Le jus d'orange Julius fut prêt en deux temps, trois mouvements. Hannah le versa dans un pichet, ajouta un peu de jus d'orange concentré et posa le couvercle par-dessus.

« Tenez. Vous me le rapporterez quand il sera vide.

— Promis », dit Mike en la serrant dans ses bras si fort qu'elle en eut le souffle coupé.

Le baiser qui s'ensuivit ne fit qu'aggraver le problème. Quand il la libéra, deux minutes plus tard, Hannah était aussi molle que la poupée de chiffon exposée dans la vitrine du Grenier de Mamie. Elle dut même se toucher les lèvres pour vérifier qu'elles n'avaient pas fondu sous le coup de la chaleur.

« Je dois y aller. » Mike prit le pichet et se dirigea vers la sortie. « Merci, Hannah. Vraiment, je ne sais pas ce que je ferais sans vous. Vous êtes la meilleure amie que j'ai jamais eue. »

Hannah regarda la porte se refermer derrière lui. Comment pouvait-il s'en aller ainsi, comme si rien ne s'était passé ? Ces baisers qui la rendaient toute chose et lui donnaient des palpitations n'avaient-ils donc aucun effet sur lui ? Si tel était le cas, elle méritait la médaille d'or des idiotes !

Jus d'orange Julius

6 tasses de jus d'orange
2 tasses de crème fouettée instantanée (en poudre)
2 tasses de crème anglaise instantanée (en poudre)

Verser 3 tasses de jus d'orange dans un blender. Ajouter les 4 tasses contenant les crèmes en poudre. Mixer à vitesse minimum pendant 1 minute puis pendant 1 minute à vitesse maximum.

Verser la préparation dans un pichet de 2 litres. Ajouter 3 tasses de jus d'orange et bien mélanger.

Servir avec des glaçons.

Rendement : plus ou moins 2 litres.

Chapitre 17

Hannah était d'une humeur massacrante quand elle partit travailler le lendemain matin. Et ce n'était pas à cause du rapport qu'Andrea lui avait présenté la veille au soir. Fidèle à ses habitudes, sa cadette avait fait des merveilles avec Kyle, lui soutirant des informations sans même qu'il s'en aperçoive. À présent, Hannah savait que les roses jaunes avaient été livrées à 11 heures, alors que le Fournil des Magnolias regorgeait de monde. La surprise, c'était que Shawna Lee avait eu droit à un deuxième bouquet le même jour, à 16 h 30, alors que sa boutique était fermée. Elle avait reçu Kyle avec une tasse de café et ils avaient papoté une demi-heure. Ce qui signifiait que, à 17 heures, lorsque le livreur était reparti, Shawna Lee vivait encore. La cérémonie de mariage ayant commencé à 17 heures pile, le tueur ne pouvait pas faire partie des invités présents à l'église.

En bonne enquêtrice, Andrea avait voulu connaître l'identité de l'expéditeur du deuxième bouquet. La réponse de Kyle avait été pour le moins déconcertante. C'était le maire Bascomb. Kyle se souvenait du texte écrit sur la carte, *Des fleurs du sud pour une fleur du sud*, et de la composition florale, un assortiment de magnolias, de camélias et d'aubépines qui avait coûté la coquette somme de cent cinquante dollars.

Bien qu'intéressante, et probablement graveleuse, cette histoire ne la concernait en rien, songea Hannah. Le maire Bascomb n'avait pas pu tuer Shawna Lee puisqu'il était resté assis au premier rang de l'église à côté de sa femme durant toute la cérémonie. À la sortie, elle l'avait même aperçu dans le rétro de la limousine.

Hannah secoua la tête pour se remettre les idées en place. Son humeur empirait et le temps abominable n'arrangeait rien. Une neige épaisse tombait à gros flocons sur son pare-brise crasseux, et les balais de ses essuie-glaces ne servaient qu'à étaler cette couche grisâtre en deux arcs de cercle qui déjà l'empêchaient de voir la route. Hannah se rangea sur le bas-côté et, laissant les essuie-glaces exécuter leur majestueuse mais inutile gavotte, descendit de voiture. Trouver de la neige vierge près d'une voie de circulation au mois de février tenait de la prouesse. Elle passa sans s'arrêter devant une couche fraîche mais trop mince à son goût, délaissa les vieilles congères marronnasses épargnées par le chasse-neige et se dirigea vers une plaque relativement blanche et propre, recouverte d'une fine pellicule de glace qu'elle brisa avec ses deux mains pour pouvoir recueillir la neige immaculée qui se trouvait en dessous. En faisant ce geste, une scène de son enfance lui revint en mémoire : son père, à table, brisant la croûte d'une tourte au poulet avec une fourchette pour piocher la garniture sous la pâte.

Hannah ramassa une brassée de neige, regagna prudemment son break, la balança sur le pare-brise et alla en chercher une autre. Un jour, quelqu'un lui avait recommandé de ne jamais prendre la voiture en hiver sans emporter une canette de Coca-Cola dans sa boîte à gants. Le Coca était, paraît-il, souverain pour nettoyer les pare-brise. Hannah le savait depuis longtemps. Quand elle était en CM2, son institutrice, Mlle Bruder, avait plongé des pièces de monnaie incrustées de terre dans un verre de Coca et elles étaient ressorties propres et brillantes. En revanche, Hannah n'aurait jamais pris le risque de transporter une canette dans son break en hiver. Par température négative, le métal aurait cédé, libérant son contenu sur le sol de la voiture qui se serait bientôt transformé en minipatinoire aromatisée au cola.

Il lui fallut quatre allers-retours et autant de gavottes pour venir à bout de la saleté accumulée sur le pare-brise. Estimant avoir obtenu un résultat suffisant, Hannah frotta ses mains gantées l'une contre l'autre, secoua la neige collée à ses bottes et se remit au volant.

En roulant vers la ville, Hannah tâcha de se convaincre que tout allait pour le mieux. Parfois il suffisait de sourire pour évacuer ses soucis, comme si les commissures des lèvres étaient directement reliées au cerveau. Cette fois-ci cependant, Hannah eut beau se forcer, elle n'obtint qu'un rictus maussade. En plus, elle avait les pieds gelés après avoir marché dans la neige. Or, comme chacun sait, il est difficile d'être optimiste quand on a les pieds gelés.

Ayant vérifié l'heure sur la pendule du tableau de bord, l'un des rares accessoires qui fonctionnaient correctement dans son break, Hannah appuya sur le champignon. Pas question de traîner si elle voulait être au Cookie Jar pour 5 heures. D'habitude, elle n'arrivait jamais avant 6 heures, mais, ce jour-là, elle s'était fixé une mission très particulière. Consciente qu'à trop jouer les espionnes elle risquait d'apprendre ce qu'elle ne désirait pas savoir, Hannah avait néanmoins décidé de vérifier si le Hummer de Mike était encore garé dans la ruelle derrière le Fournil des Magnolias.

Mue par une implacable détermination, Hannah franchit le dernier carrefour et prit la direction du centre-ville. Certes, Mike ne lui avait jamais rien promis, mais il lui avait quand même déclaré que, si un jour il se remariait, ce serait avec elle. Il lui avait également dit qu'il l'aimait. Il l'avait dit seulement deux fois, mais Hannah l'avait cru. La loyauté étant pour elle le fondement de toute relation amoureuse, elle comptait donc vérifier par elle-même si Mike en était pourvu ou pas. Car, après tout, consoler une sœur éplorée ne prenait pas toute une nuit.

Que ferait-elle si jamais elle apercevait les ombres de Mike et de Vanessa enlacées, derrière la fenêtre ? Hannah gémit à cette pensée. Non seulement elle n'appartenait pas à la police des mœurs, mais elle se voyait mal hurler depuis la ruelle : « Haut les mains ! Touchez pas au flic ! Exécution ! » Si elle assistait à une telle scène, elle ferait certainement demi-tour l'oreille basse et ne parlerait à personne de ce qu'elle avait vu. Au moins, elle saurait qu'elle ne devait pas épouser Mike. Si d'aventure il la demandait en mariage, bien sûr.

Lorsqu'elle s'engagea dans la ruelle, ses mains se crispèrent sur le volant. Elle les aurait bien jointes en signe de prière mais cela n'aurait pas été prudent. Donc elle se contenta de rouler droit devant elle sur le manteau de neige intact qui recouvrait le bitume.

Hannah atteignait les emplacements réservés au Fournil des Magnolias quand une chose molle heurta sa portière droite. Elle enfonça la pédale de frein et, au même moment, vit une boule de neige s'écraser sur la vitre, du même côté.

Il faisait si sombre qu'elle dut plisser les yeux pour apercevoir l'auteur de l'agression : un homme en parka debout sur le trottoir, un troisième projectile dans la main.

« Mike ? » fit Hannah dans un hoquet de surprise. Elle espéra qu'un ovni apparaisse tout à coup et balaie la zone avec ses projecteurs, mais, comme aucun ne se présentait, elle dut se résoudre à baisser la vitre.

« Qu'est-ce que vous faites ici ? lui demanda Mike.

— Je m'inquiétais pour Vanessa, répondit Hannah, faute de mieux. Si j'avais vu de la lumière, je lui aurais préparé un café. »

Une excuse aussi lamentable que le fard qu'elle avait piqué en la prononçant. Mike lui tapota la main comme s'il n'avait rien remarqué.

« C'est très gentil de votre part, mais, rassurez-vous, Vanessa va bien. Elle s'est endormie sur le canapé il y a une heure. Je l'ai couverte d'un plaid et je l'ai laissée se reposer. Elle a besoin de sommeil.

— Vous avez raison », parvint-elle à articuler malgré la honte qui l'accablait.

Non seulement elle l'avait espionné, mais aussi elle avait menti pour se couvrir.

« J'avais l'intention de manger un bout avant de prendre mon service. Que diriez-vous d'un petit déjeuner à la Corner Tavern ?

— Je n'ai pas le temps », répondit Hannah sans hésiter. Rester en tête à tête avec lui l'aurait obligée à proférer d'autres mensonges. « Nous avons beaucoup plus de clients maintenant que... vous savez. Vanessa ne compte pas ouvrir aujourd'hui, j'imagine.

— Non. Elle n'en a pas le courage. »

Quel courage faut-il pour mettre un cobbler congelé dans un four ? persifla la petite voix qui avait élu domicile dans la tête de Hannah.

« Je crois même qu'elle songe à fermer définitivement. Le Fournil des Magnolias, c'était Shawna Lee qui en avait eu l'idée. À plus tard, Hannah. »

Hannah lui fit un petit signe d'adieu et redémarra, tremblante mais soulagée que Mike n'ait pas compris le véritable but de sa démarche.

Tout compte fait, qu'avait-elle appris, ce matin ? s'interrogea-t-elle en branchant son chauffe-moteur dans la ruelle derrière le Cookie Jar. Que Mike était resté auprès de Vanessa jusqu'à 5 heures ? Oui, mais elle ignorait toujours s'il s'était comporté avec elle comme un ami dévoué ou comme un amant empressé. Hannah penchait pour la première solution, la plus plausible. En effet, quel homme aurait l'aplomb d'inviter sa petite amie officielle à prendre un petit déjeuner alors qu'il venait de coucher avec une autre ?

La réponse lui vint au moment où elle alluma la lumière dans le fournil. Un seul homme aurait l'aplomb de faire une chose pareille. Cet homme s'appelait Mike Kingston.

Andrea entra, salua Lisa qui lui avait ouvert, accrocha son manteau en frissonnant et déclara :

« Il y a des jours où le Minnesota me sort par les yeux !

— Que s'est-il passé ? demanda Hannah.

— Je me suis embourbée dans l'allée du lycée. J'y serais encore si trois joueurs de basket, des élèves de Drew Vavra, ne m'avaient pas poussée.

— Ce n'est pas si grave, dit Lisa en lui apportant d'office une tasse de café et deux cookies.

— Bien sûr que si. C'était très gênant. J'étais la seule à m'embourber ! Les autres automobilistes roulaient sans problème.

— Donc, tu détestes le Minnesota en hiver, conclut Hannah. Et en été ?

— En été, c'est pareil. J'ai horreur des moustiques. Et ces abominables insectes volants qui s'écrasent contre les moustiquaires au mois de juin, ça me fait trop peur. Moi, j'aimerais vivre... je ne sais pas où, mais il y a forcément des endroits plus agréables.

— Non, ça n'existe pas, répliqua Hannah en s'improvisant porte-parole des commerçants de Lake Eden et de l'office du tourisme du Minnesota.

— Si, forcément !

— Je te répète que non. Le Minnesota occupe une place privilégiée parmi les États américains.

— Tu plaisantes, j'imagine ! lui renvoya Andrea pour la mettre au défi de s'expliquer.

— Je ne comprends vraiment pas qu'on songe à quitter un État où les gens peuvent se réchauffer les mains en les mettant au freezer. »

Andrea avala le café qu'elle avait dans la bouche et reposa sèchement sa tasse.

« Tu peux répéter ?

— J'ai dit que, chez nous, les gens peuvent se réchauffer les mains en les mettant au freezer.

— C'est bien ce que j'avais entendu. Tu es folle, Hannah !

— Pas du tout. Hier soir, le thermomètre est descendu à moins trente. Ils l'ont dit à la radio. Le compartiment freezer de mon frigo est réglé sur un degré. Du coup, il faisait vingt-neuf degrés de moins en dehors qu'à l'intérieur.

— Oui, mais… »

Andrea se tut, le front soucieux.

« Donc, si j'étais rentrée avec les mains gelées, j'aurais pu les réchauffer en les mettant dans le freezer… » termina Hannah.

Lisa applaudit.

« Trop drôle ! J'ai hâte de raconter ça à Herb !

— Bon, d'accord, concéda Andrea. Mais ce n'est pas propre au Minnesota. En Alaska, c'est pareil. Donc tu ne peux pas affirmer que le Minnesota occupe une place privilégiée.

— Certes, il fait très froid en Alaska, mais ils n'ont pas autant de refuges pour les déshérités, s'immisça Lisa pour le plaisir de pousser le raisonnement jusqu'à l'absurde. Autour de Lake Eden, on trouve autant de soupes populaires que de jours dans l'année.

— C'est possible, fit Andrea en retrouvant le sourire. Quoi d'autre ?

— La rhubarbe, renchérit Hannah. À ton avis, dans quels autres États les gens s'inquiètent-ils de l'effet de la pluie sur la croissance de la rhubarbe ?

— Les Minnésotains ont cinquante-sept desserts à base de rhubarbe, affirma Lisa. J'ai lu cela dans le livre de recettes de ma mère.

— Les feuilles de rhubarbe sont toxiques, rebondit Andrea en se prêtant au jeu. Je me demande qui le premier a dit : “Mangeons la tige, pas les feuilles.” »

Hannah approuva d’un signe de tête.

« Et qui le premier a eu l’idée de manger un artichaut ? J’aimerais bien savoir combien avant lui s’y sont cassé les dents ? Mais pour revenir à la rhubarbe, vous vous souvenez quand Carol Becker a sorti la recette du cake à la rhubarbe dans la rubrique gastronomique du *Lake Eden Journal* ?

— Je ne pourrai jamais l’oublier, s’esclaffa Lisa. Comme ma mère était dingue de ce cake, elle envoyait mon père récolter de la rhubarbe dans les champs en friche. Moi, je devais l’accompagner pour vérifier qu’il la coupe selon les règles. Après quoi on la lavait, on la réduisait en petits morceaux, on la mettait au congélateur et on avait de quoi faire du cake à la rhubarbe pendant tout l’hiver.

— Ce n’était pas comme ça chez nous, dit Andrea en prenant sa sœur à témoin. Tu sais pourquoi ? »

Hannah haussa les épaules.

« Notre mère déteste la rhubarbe. En revanche, rappelle-toi mes carrés aux fraises.

— Ça oui. Ils étaient à tomber !

— Et mes carrés aux pêches ? Et mes carrés aux cerises ?

— Grandioses ! » Andrea soupira en regardant le plafond. « Tu en avais fait pour l’anniversaire de Washington. Moi qui ignorais qu’on fêtait son anniversaire !

— Pardon ? » bredouilla Lisa.

Hannah lui expliqua que, autrefois, avant l’instauration du Presidents’ Day, les Américains célébraient les anniversaires de Washington et de Lincoln séparément.

« J'imagine qu'aujourd'hui, Washington crache ses noyaux de cerise sur Johnson », lança Hannah. Puis, notant l'expression interloquée de sa sœur, elle s'empressa d'ajouter : « C'est sous le mandat de Lyndon B. Johnson qu'a été créé le Presidents' Day. Certains arguaient que Washington était né le 11 février 1879 et pas le 22. Alors, pour couper court aux polémiques, il l'a collé avec Lincoln et le tour était joué.

— Tu es une vraie encyclopédie sur pattes, fit Andrea, admirative. Parfois j'ai l'impression d'être une imbécile face à toi.

— Ne dis pas de bêtises, et cesse de te dévaloriser, répondit Hannah, que sa sœur n'avait pas habituée à tant d'humilité. Tu es beaucoup plus intelligente que tu ne le penses.

— Ah bon ?

— Oui. Combien de personnes ont-elles réussi l'examen d'agent immobilier du premier coup ?

— Assez peu. Mais c'est parce que j'adore ce métier. Pour autant, je n'arrive toujours pas à dire *bail emphytéotique* sans bafouiller. Quant à l'écrire... Je crois qu'il y a un Y quelque part mais je ne sais plus où.

— Ce n'est pas grave. Tu ne signes pas ce genre de bail tous les jours.

— C'est sûr. Mais il y a d'autres choses. Par exemple, j'ignorais que l'expression *L'étoile du nord*, la devise de notre drapeau, était du français. C'est Tracey qui me l'a appris dernièrement. »

Les trois femmes éclatèrent de rire. Elles riaient encore quand le téléphone se mit à sonner. Lisa courut décrocher.

« C'est Herb, dit Hannah à sa sœur.

— Comment tu le sais ?

— À la lumière dans ses yeux. Elle a le même regard que toi quand Bill t'appelle. » Hannah s'interrompit. « Ai-je un regard lumineux quand je parle avec Norman ? Ou avec Mike ? »

Andrea prit le temps de mûrir sa réponse.

« Je ne crois pas. Mais ça a pu m'échapper.

— C'est ce que je pensais », soupira Hannah.

Sachant que peu de choses échappaient à l'attention de sa sœur, elle devait en conclure qu'elle n'aimait aucun des deux hommes qui la courtisaient, du moins pas comme Andrea et Lisa aimaient leurs maris.

« Tu peux rayer le nom de Vanessa de ta liste, annonça Lisa en les rejoignant à la table après avoir raccroché. C'était Herb qui m'appelait depuis l'aéroport. Un employé du comptoir d'enregistrement l'a reconnue sur une photo. Il dit l'avoir remarquée alors qu'elle gravissait la passerelle.

— Ça ne m'étonne guère, ronchonna Andrea. Vanessa n'est pas du genre à passer inaperçue. Même chose pour Shawna Lee. Ici, elles avaient tous les mecs à leurs pieds. »

Hannah passa en alerte rouge. Sa sœur était-elle jalouse ? Ce serait bien la première fois. Heureusement, en tant qu'organisatrice, elle était restée dans l'église jusqu'au bout. Sinon, Hannah n'aurait eu d'autre choix que de l'ajouter à sa liste.

« Oh non, c'est impossible ! » s'écria Andrea en se tenant la poitrine. Son visage était devenu aussi blanc que les branches du grand sapin planté sur le trottoir d'en face. Hannah et Lisa suivirent son regard halluciné. Il n'y avait rien d'effrayant dehors, juste une rue déserte bordée de monticules de neige sale.

« Qu'y a-t-il ? demandèrent les deux femmes à l'unisson.

— Là ! chevrota-t-elle. Shawna Lee !

— Shawna Lee est morte, dit Hannah en lui prenant la main. Ça ne peut pas être elle.

— Je sais. Pourtant... » Andrea s'interrompit et respira un bon coup. « J'ai cru la voir sortir de sa pâtisserie.

— C'était sûrement Vanessa. Elle est rentrée hier soir.

— Elle est rentrée ? répéta Lisa.

— Pas pour longtemps, à mon avis. D'après Mike, elle n'a pas très envie de tenir la boutique sans sa sœur.

— Eh bien, elle a failli me provoquer une crise cardiaque ! Elles se ressemblent tellement. J'ai vraiment cru voir un fantôme ! »

Hannah resta un instant perdue dans ses pensées. Puis elle se tourna vers Andrea et, la considérant entre ses paupières mi-closes, lui demanda :

« Tu as croisé Shawna Lee à plusieurs reprises quand tu allais voir Bill au poste de police, n'est-ce pas ?

— Oui. À chaque fois, elle me déroulait le tapis rouge. "Comment allez-vous, madame Todd ? C'est pour quand le bébé ?" Tu vois le genre. Je crois qu'elle cherchait à se placer...

— Peu importe », l'interrompit Hannah. Tout le monde savait que Shawna Lee était une fine politique. « Et Vanessa, tu l'as rencontrée combien de fois ?

— Plus souvent encore. Al m'avait demandé de lui trouver un fonds de commerce. Quand j'ai vu qu'elle lorgnait le local en face de chez vous, j'ai tenté de la dissuader. Hélas...

— Je connais la suite.

— J'ai mis l'accent sur les problèmes qu'elle risquait d'avoir mais rien n'y a fait.

— C'est bon, tu n'as rien à te reprocher, Andrea. Il y a un autre point que j'aimerais éclaircir. Tout à l'heure, quand tu as manqué de t'évanouir... tu as vraiment cru que c'était Shawna Lee ?

— Je te le jure ! Les fois où elles se coiffaient de la même manière, je n'arrivais pas à les différencier. Je sais que Vanessa est un peu plus grande que Shawna Lee, mais comme je ne les ai jamais vues côte à côte... »

Hannah garda le silence si longtemps que Lisa lui toucha le bras pour la réveiller.

« À quoi penses-tu ?

— Je pense qu'Andrea n'est peut-être pas la seule à ne pas pouvoir les différencier quand elles ne sont pas côte à côte. »

Andrea laissa passer un ange et résuma l'hypothèse que sa sœur venait de formuler :

« Tu veux dire que le meurtrier de Shawna Lee l'a prise pour Vanessa ? »

Cake à la rhubarbe

Préchauffer le four à 175 °C,
la grille en position médiane.

1 sachet de préparation instantanée pour moelleux au citron
3 ou 4 tasses de tiges de rhubarbe coupées et pelées*
1 tasse de sucre blanc (semoule)
2 tasses de crème liquide
Crème fouettée sucrée pour la garniture

Chemiser un moule rectangulaire de 22 par 33 cm. Retirer le trop-plein de farine.

Préparer la pâte du moelleux au citron en suivant les indications imprimées sur le paquet. Verser le résultat dans le moule chemisé.

Disperser par-dessus les morceaux de rhubarbe.

Saupoudrer avec du sucre.

Recouvrir avec la crème liquide.

Cuire à 175 °C pendant 45 à 60 minutes.

*** On peut utiliser de la rhubarbe congelée. Dans ce cas, veiller à la sécher avec de l'essuie-tout après décongélation.**

Bon à savoir : pendant la cuisson, les fruits et la crème vont tomber au fond du moule pour former un genre de flanc ou de clafoutis tandis que la partie supérieure aura l'aspect d'un moelleux classique.

Laisser refroidir avant de démouler, puis couper le moelleux en cubes qui seront servis dans des coupes individuelles et recouverts de crème fouettée sucrée ou d'une boule de glace.

Ce gâteau se déguste aussi bien tiède, froid ou à température ambiante.

Carrés aux fraises

Préchauffer le four à 190 °C,
la grille en position médiane.

1 tasse de farine (inutile de tamiser)
½ cuillerée à thé de sel
½ tasse de beurre froid (1 plaquette, soit 125 g)
2 cuillerées à soupe de crème fouettée
½ tasse de farine (ceci n'est pas une coquille – cette partie de la recette nécessite bien ½ tasse de farine)
½ tasse de sucre blanc (semoule)
3 tasses de fraises coupées en petits morceaux*

Garniture :

½ tasse de sucre blanc (semoule)
1 cuillerée à soupe de farine
2 œufs battus (à la fourchette)
1 tasse de crème fouettée
1 cuillerée à thé d'extrait de vanille (ou d'extrait de fraises)

*** Il m'arrive de mettre des morceaux de pêche ou de cerise noire à la place des fraises.**

Chemiser un moule rectangulaire de 22 par 30 cm.

Dans un petit bol, mélanger la farine et le sel. Ajouter le beurre en l'écrasant avec une fourchette jusqu'à obtenir une consistance granuleuse. (On peut aussi utiliser un mixeur avec une lame en acier.) Incorporer délicatement la crème puis verser la pâte au fond du moule.

Mélanger la ½ tasse de farine et le sucre. Disperser la matière ainsi obtenue sur la pâte et disposer les fraises préalablement tranchées par-dessus.

Garniture :

Mélanger le sucre et la farine. Incorporer les œufs, la crème et l'extrait de vanille. Verser cette préparation sur la couche de fruits.

Cuire à 190 °C pendant 40 à 45 minutes ou jusqu'à ce que le dessus commence à dorer. Laisser refroidir sur l'échelle pâtissière puis au frigo.

Couper le fraisier en carrés. Servir tiède ou froid, accompagné de crème fouettée sucrée ou d'une boule de glace.

Rendement : 10 à 12 parts.

Chapitre 18

« Bonjour, vous êtes bien à la clinique dentaire Rhodes. S'il s'agit d'une urgence, tapez 1. Dans le cas contraire, laissez un message après avoir tapé 2. Pour une prise de rendez-vous, tapez 3. Pour envoyer un fax, tapez 4. Pour connaître l'adresse du cabinet, tapez 5. Pour obtenir des conseils contre la douleur avant votre consultation, tapez 6. Pour réécouter ce message, veuillez rester en ligne. »

Hannah gémit d'exaspération. Elle avait l'impression d'errer dans un labyrinthe ponctué de chiffres dont on ne pouvait sortir qu'en raccrochant. À cela s'ajoutaient une musique de fond agaçante et une voix synthétique exagérément cordiale répétant à qui mieux mieux que son appel était important et qu'elle devait rester en ligne. On se serait cru au standard d'une multinationale, pas dans un modeste cabinet dentaire tenu par une seule personne.

« Un problème ? lui demanda Andrea.

— Oui, le nouveau répondeur de Norman. Je ne sais pas sur quelle touche appuyer.

— Essaie le zéro.

— On me propose juste un, deux, trois, quatre, cinq ou six.

— Essaie quand même. Parfois, il suffit d'appuyer sur zéro pour franchir la barrière et entrer en relation avec un être vivant. »

Hannah appuya sur zéro et entendit une sonnerie. Une seconde plus tard, Norman décrochait.

« Vous êtes vivant ?

— Oui, pour autant que je sache. Que se passe-t-il, Hannah ?

— Je déteste votre nouveau répondeur.

— Moi aussi.

— Alors pourquoi l'avoir acheté ?

— Je n'y suis pour rien. Ma mère a décidé que j'en avais besoin et elle m'a pris un abonnement assorti d'une période d'essai d'un mois.

— Oh », fit Hannah avec un sourire malicieux. Leurs mères respectives adoraient se mêler de ce qui ne les regardait pas. « Vous allez le résilier, j'espère.

— La société doit passer dans l'après-midi récupérer l'engin. Pour écouter mes messages, je dois entrer un code alphanumérique à douze caractères en moins de trois secondes. Vous imaginez ?

— Oui, parfaitement. Auriez-vous un peu de temps à me consacrer ce matin ?

— Voyons voir. »

Hannah l'entendit tourner les pages du carnet de rendez-vous. Il était donc à l'accueil.

« J'ai un dernier essayage de couronne, une incisive brisée et un blanchiment. Le blanchiment prend plus de temps que le reste. Vous avez des dents à vous faire arracher ?

— Non. Je prévois de les garder quelques années encore. En revanche, si vous aviez cinq minutes pour chercher quelque chose sur votre ordinateur, je serais preneuse.

— Je dispose d'une heure entre la couronne et le blanchiment.

— Génial. Je veux tout savoir sur Vanessa.

— Rien de plus simple. Vous connaissez son nom de femme mariée ? »

Hannah se tourna vers Andrea, laquelle venait de s'installer devant des cookies qu'elle avait pris sur l'échelle pâtissière.

« L'acte de vente était à quel nom ?

— Quinn. Elle a repris son nom de jeune fille à la mort de son mari.

— Et ce monsieur s'appelait... ? »

Andrea fit un geste d'ignorance.

« Pour le désigner, elle disait juste "mon mari" ou "il".

— On n'en sait rien, répondit Hannah en revenant au téléphone. Mais on va trouver. J'ai à mes côtés une personne capable de faire parler n'importe qui. Dites-moi juste ce dont vous avez besoin pour démarrer vos recherches. »

Hannah raccrocha et, au même instant, vit Lisa entrer dans le fournil par la porte de communication.

« Vanessa t'a appelée sur l'autre poste. Elle aimerait que tu passes la voir. D'après ce que j'ai compris, elle veut vendre et liquider ses actifs.

— Elle a prononcé le mot *actifs* ? s'étonna Hannah.

— Non, elle a dit “trucs”. Mais j’ai compris quand même. Bref, si jamais tu veux lui acheter quelque chose, elle te donne la primeur.

— C’est intéressant, tu crois ?

— Tout dépend du prix. Elle possède un superbe mixeur qu’elles n’ont presque pas utilisé. »

Hannah renifla de mépris. À quoi bon posséder un mixeur quand on servait à ses clients des gâteaux déjà prêts ?

« Ce ne sera pas très agréable pour toi, vu que tu la détestes à cause de Mike. Mais je crois que ça peut valoir le coup.

— C’est bon, je m’y colle. De toute façon, Andrea a des questions à lui poser. Et puis, ce serait dommage de rater une bonne affaire.

— Absolument. Nous avons besoin d’une nouvelle échelle pâtissière, entre autres choses. Cela dit, au téléphone, elle m’a paru drôle…

— Drôle dans le sens de marrant ou de bizarre ? demanda Hannah selon la formule qu’affectionnait son institutrice de CE2, Mme Carlson, laquelle enseignait encore du temps de Lisa.

— Bizarre. On était en décalage. Tu sais, comme quand on discute au téléphone avec quelqu’un qui se trouve dans un pays étranger. À un moment, j’ai posé une question et il y a eu un long blanc avant qu’elle réponde.

— Parfait, dit Hannah en faisant un clin d’œil à sa sœur. De deux choses l’une : soit Vanessa n’a pas encore récupéré de sa nuit blanche, soit elle tient une gueule de bois carabinée. Dans un cas comme dans l’autre, c’est bon pour nous. »

Plutôt que traverser la salle du Cookie Jar et risquer d'être sollicitées par des clients, les deux sœurs sortirent par-derrière puis contournèrent le bâtiment. Hannah se serait volontiers épargné cette visite, mais deux motifs puissants l'incitaient à agir. D'une part, Norman avait besoin d'indications claires et précises ; d'autre part, ce n'était pas tous les jours qu'on pouvait se procurer du matériel haut de gamme et flambant neuf pour une bouchée de pain.

« Pourquoi devrait-on lui apporter quelque chose ? grommela Hannah en transférant la boîte de bonbons d'une main à l'autre. Ce n'est pas une visite de courtoisie.

— Tu as raison. Mais si, comme tu le supposes, Vanessa a abusé du jus d'orange Julius, les boules au rhum de tante Kitty lui feront du bien.

— Le mal par le mal ?

— Il paraît que ça marche. En tout cas, ces bonbons soulagent la douleur. C'est prouvé. Pendant la noce, il a suffi que j'en mange trois pour oublier mes pieds meurtris.

— C'est peut-être parce que, au même moment, tu t'es assise sur un tabouret.

— Peut-être, admit Andrea. On a bien fait de les cacher derrière le comptoir, près du champagne, au lieu de les poser sur la table des desserts.

— Sally ne voulait pas les laisser à la portée des enfants.

— Elle a toujours d'excellentes idées. Bon, escaladons cette congère.

— On y va », dit Hannah, le cœur plus léger tout à coup. Rien de tel pour vous donner un coup de fouet qu'escalader une congère et se laisser glisser de l'autre côté. « Tu ne crains pas de te tordre la cheville avec ces bottines ?

— Tu plaisantes ? J'ai l'habitude des talons. Et ceux-là ne sont pas tellement hauts. En plus, ils m'aident à garder l'équilibre. Il suffit de les planter dans la neige. »

Pour parer à toute éventualité, Hannah la prit par la main au moment de redescendre.

« Vanessa nous attend côté boutique. »

Elles gagnèrent l'autre trottoir en deux temps, trois mouvements. Hannah frappa à la porte pendant qu'Andrea s'employait à débarrasser ses bottines de la neige collée dessus.

« Bonjour, Hannah », chantonna Vanessa en leur ouvrant, les yeux cachés derrière des lunettes noires. « Et Andrea ! Comment va votre adorable mari ?

— Très bien, répondit Andrea avec un sourire aussi glacé que l'air extérieur.

— Toutes nos condoléances, intervint Hannah, histoire de rattraper le coup. Quel terrible choc ça a dû être pour vous.

— Oui... en effet. Vous êtes venues voir les trucs à vendre ?

— Oui. Et pour vous offrir ceci. »

Quand elle lui remit la boîte de bonbons, Hannah vit que les mains de Vanessa tremblaient un peu.

« Des bonbons ! » s'écria Vanessa, deux secondes trop tard. Lisa avait raison : elle était en décalage.

« Des boules au rhum de tante Kitty, articula Andrea au prix d'un effort surhumain. J'espère que vous les aimerez.

— Oh. Eh bien... merci.

— Que vendez-vous exactement ? rebondit Hannah.

— Euh... Tout. Même ce qu'il y a dans l'appartement. J'ai... décidé de retourner en Géorgie, et comme... ces trucs n'ont plus d'utilité pour moi, je ne vois pas pourquoi je les garderais.

— Très juste. Voyons voir. Les tables ? Les chaises ?

— Euh... oui... je crois. Qu'est-ce que j'en ferais ? »

Vanessa désigna d'un geste vague les jolis meubles que Hannah lui enviait.

« Et la caisse enregistreuse ? s'enquit Andrea.

— Aussi... enfin, je suppose. Je veux dire... à quoi me servirait-elle ? Pareil pour les bocaux et tout le reste. Je n'exercerai plus ce métier. C'était... pour faire plaisir à Shawna Lee. Je voulais juste la soutenir... l'accompagner...

— Avez-vous d'autres projets ? demanda Hannah par simple politesse.

— Euh... je prendrai peut-être des cours de théâtre. Vous savez... je n'ai aucune obligation particulière. Mike m'a conseillé de... faire ce qui m'amuse. Oui, je crois qu'il a dit ça. Et de laisser travailler les gens qui en ont besoin pour... vivre.

— Une situation plutôt enviable, déclara Hannah en décidant de changer de sujet avant de lui balancer son poing dans la figure. Et ce qu'il y a dans le fournil ? Vous le vendez aussi ?

— Oui. J'ai déjà parlé du mixeur à... votre copine. Tout est comme neuf. Shawna Lee n'utilisait pas tellement ces trucs-là.

— On pourrait jeter un œil ? insista Andrea.

— Bien sûr. Allons-y. »

Vanessa ouvrit la marche en se tenant au mur. « Je liquide tout... Je veux juste... partir. »

Dès le premier regard, Hannah se mit à baver de convoitise. Le mixeur, un engin de toute beauté, leur serait bien utile, le leur étant sur le point de rendre l'âme. Même chose pour le robot de cuisine. Et puis il y avait les fours : des merveilles qu'elle n'aurait jamais rêvé de posséder. Ceux du Cookie Jar avaient connu deux propriétaires avant elle.

Hannah se garda de tout commentaire. Elle avait sur l'argent et le phénomène d'addiction qu'il suscitait une théorie selon laquelle les riches ne pouvaient s'empêcher d'en vouloir toujours plus. Donc, pour parvenir à ses fins, elle allait sans doute devoir négocier pied à pied. D'où l'air blasé qu'elle affichait en arpentant le fournil.

« Je ne sais pas, fit-elle en haussant les épaules. Nous avons déjà tant de choses. Nous pourrions peut-être vous prendre ces deux échelles pâtissières que je vois là-bas, mais je dois en discuter avec mon associée d'abord.

— Euh... naturellement. Mais n'attendez pas trop. Je voudrais m'en aller le plus tôt possible. Venez. Je vous montre l'appartement.

— Oui, j'ai hâte de le voir, fit Andrea. Je prendrais bien une tasse de café, si vous avez le temps. D'ailleurs, je vous conseille de goûter ces boules au rhum. C'est Hannah qui les a faites. Vous m'en direz des nouvelles.

— Des boules au rhum ? Ah oui. Les bonbons ! » Vanessa regarda la boîte, le temps pour elle de traiter l'ensemble des informations. « Je n'ai pas fait... de café, bredouilla-t-elle en montant l'escalier.

— Je m'en charge. » Hannah lui emboîta le pas. « J'ai ma recette personnelle. Vous avez du café en grains, n'est-ce pas ?

— Je crois que... oui, dans la cuisine. »

Hannah fit un clin d'œil à Andrea, qui montait derrière elle. Visiblement, cette fille ne recevait pas toutes les chaînes, ce matin. Lui tirer les vers du nez serait peut-être plus facile que prévu, tout compte fait.

« La cuisine, annonça Vanessa en montrant la porte à droite d'un geste las. Le café est rangé...

— Ne vous embêtez pas. Je vais le trouver, coupa Hannah, laissant sa sœur escorter leur hôtesse dans le salon.

— Mais vous avez tout transformé ! s'écria Andrea en entrant. C'est magnifique ! Vous avez eu recours à un décorateur, j'imagine. »

Hannah n'entendit pas la réponse, mais Andrea avait raison. L'appartement était admirablement conçu. De là où elle se tenait, elle apercevait la chambre ouverte sur le couloir. Les meubles étaient beaux, les teintes délicates, harmonieuses. Pourtant l'ensemble lui parut impersonnel, dépourvu de toute fantaisie. On se serait cru dans un magasin d'ameublement.

C'était le même décorateur qui avait sévi dans la cuisine, supposa Hannah en découvrant un espace aseptisé, garni de jolis torchons assortis aux porte-casseroles et aux placards immaculés. Une cuisine d'exposition n'ayant jamais servi. Pour s'en assurer, Hannah regarda dans le four. Pas la moindre éclaboussure. Les grilles de cuisson étincelaient. Les deux sœurs devaient se contenter de réchauffer des plats au micro-ondes.

Hannah trouva vite le café mais continua d'inspecter les placards en feignant de le chercher encore.

Question nourriture, il n'y avait pas grand-chose, à part une boîte de lait en poudre et un paquet entamé de biscuits à la figue. Le frigo criait famine lui aussi. Hannah inventoria un flacon de ketchup, une cartouche de cigarettes mentholées, du fromage en tranche périmé et, sur l'étagère du haut, un bocal de vinaigrette mal bouché et un pack dans lequel il ne restait que trois bières.

Se rappelant soudain qu'elle était censée faire du café, Hannah se mit au travail. Pendant que le breuvage s'écoulait dans la verseuse – qu'elle avait dû récurer au préalable –, elle jeta un œil dans le lave-vaisselle. Son pichet était là. Hannah le nettoya avec soin et le mit à sécher près de l'évier. Elle s'apprêtait à refermer le lave-vaisselle quand elle aperçut plusieurs cuillères en argent dans le panier à couverts.

Était-ce vraiment des cuillères en argent ? Hannah en sortit une, l'examina et reconnut le poinçon de la marque de luxe Gorham. Mettre de l'argenterie au lave-vaisselle constituait une faute impardonnable. Ces pièces devaient être lavées à la main, essuyées avec un torchon bien propre et astiquées une fois par mois au moyen d'un produit adapté. Delores lui avait enseigné très tôt à prendre soin des belles choses.

Encore sous le choc de sa découverte, Hannah replongea dans le lave-vaisselle maudit. Cette fois, elle tomba sur trois assiettes en porcelaine de Limoges incrustées de fromage séché et une demi-douzaine de verres à vin en cristal de Bohême. De même que l'argenterie, les cristaux et la porcelaine se lavaient exclusivement à la main. Delores serait tombée raide morte, songea Hannah en se disant que, décidément, les sœurs Quinn étaient très douées pour claquer leur argent mais beaucoup moins pour entretenir les objets précieux auxquels cet argent leur donnait accès.

Hannah referma le lave-vaisselle et s'en voulut aussitôt. Pourquoi tant de scrupules ? se demanda-t-elle. Après tout, ces assiettes, ces verres et ces cuillères ne lui appartenaient pas. S'ils subissaient des dommages, ce n'était aucunement de sa faute. Pourtant, il fallait qu'elle les sauve. Ne rien faire aurait été aussi criminel que voir un enfant descendre du trottoir et ne pas se précipiter pour le retenir.

Comme si cela ne suffisait pas, elle imagina Delores la désignant d'un doigt accusateur.

« OK, c'est bon », marmonna Hannah en remplissant l'évier d'eau tiède savonneuse. Après s'être acquittée de son devoir, elle laisserait un mot d'excuse à Vanessa et tenterait d'oublier, au moins pour un temps, que sa mère occupait un siège permanent au fond de son inconscient.

Quand, dix minutes plus tard, Hannah ressortit de la cuisine avec trois tasses de café posées sur un plateau, la voix de Vanessa résonna à son oreille. Andrea venait de lui demander le prénom de son défunt mari.

« Neil voulait être incinéré, disait-elle en se tamponnant les yeux avec un mouchoir. Il devait penser que ce serait moins pénible pour moi. Pour les obsèques de la pauvre Shawna Lee, je ne sais pas quoi faire.

— Vous n'êtes pas obligée de décider tout de suite. Attendez d'y voir plus clair, lui conseilla Andrea.

— Oui, c'est vrai, abonda Hannah en déposant le plateau sur la table basse. Rien ne presse. »

Trois emballages de bonbon traînaient au fond de la boîte entamée. Vanessa semblait avoir retrouvé une élocution normale.

« Reprenez une boule au rhum. Tante Kitty disait qu'elles l'aidaient à rassembler ses idées.

— Merci. Désolée. Je n'aurais jamais cru la voir partir si tôt ! »

Hannah rapprocha la boîte d'elle. Andrea avait obtenu le prénom du mari. Ne restait plus que le nom de famille.

« Je comprends. D'autant que vous venez de perdre votre conjoint. Monsieur... Comment s'appelait-il, déjà ?

— Roper. Neil Roper. Il était nettement plus vieux que moi mais je l'aimais de tout mon cœur, vous savez ? »

Tout en hochant la tête pour montrer qu'elle compatissait à son malheur, Hannah se questionna sur la manière dont le vieux monsieur était passé de vie à trépas. Si Neil Roper était mort chez lui, trucidé par un intrus, on pourrait supposer que Vanessa avait fait le coup.

« Neil était si gentil avec moi ! J'avais tout ce que je voulais. Il m'a laissé une splendide demeure. Une villa comme dans *Autant en emporte le vent*, entourée d'un grand parc planté de magnolias. »

Ce fut au tour d'Andrea de hocher tristement la tête.

« Depuis que j'ai vu ce film, je rêve d'habiter une maison comme ça. Où est-elle ?

— Non loin de Macon. Près de la société que dirigeait Neil. » Vanessa s'interrompit et se tourna vers Hannah. « Je vous trouve très sympathique, Hannah... contrairement à ce que m'avait dit Shawna Lee.

— Sans bl... » commença Hannah, avant qu'un coup de pied sous la table lui intime le silence. Comme le répétait sa grand-mère, les mouches ne s'attrapent pas avec du vinaigre, or la présente visite était justement destinée à attraper autant de mouches que possible. « Euh, eh bien, vous ressemblez vous-même exactement au portrait flatteur que Mike m'a fait de vous.

— Il est chou, pas vrai ? » dit Vanessa avec un sourire si large que Hannah craignit un instant d'apercevoir ses amygdales. Elle se demanda combien lui avait coûté cet impeccable râtelier puis chassa cette idée en se promettant de poser la question à Norman. « Au fait, merci pour le jus d'orange Julius que Mike m'a apporté pour la fête, poursuivit-elle. Il était aussi bon que celui que nous buvions avec Shawna Lee au centre commercial.

— Vous avez fait la fête hier soir avec Mike ? s'étonna Andrea.

— Pas une vraie fête. Plutôt une... comment appelle-t-on cela ?

— Une veillée ? proposa Hannah à la femme qui voulait lui piquer Mike.

— Exactement. Nous avons beaucoup parlé de Shawna Lee. Puis Mike est parti parce qu'il avait rendez-vous avec vous.

— Vraiment ? Pourtant, quand je l'ai croisé tôt ce matin, il m'a dit qu'il avait passé la nuit chez vous. »

Malgré sa gueule de bois, Vanessa parvint à se composer une expression stupéfaite.

« Euh... enfin, oui, c'est vrai, dans un sens. Mais nous n'avons pas... Vous savez ?

— Non, malheureusement, je ne sais pas.

— Je vous assure. Il ne s'est rien passé. Si Mike a prétendu le contraire, c'était pour se vanter. Vous connaissez les hommes. Ils adorent jouer les... comment dit-on en italien ?

— *Machos*. Et c'est de l'espagnol.

— Oui, exact. Comme dans cette comédie musicale, *L'Homme de la Macho*.

— De la Mancha, corrigea Hannah.

— Oui, enfin bref. J'y suis allée avec une copine. Neil nous avait pris des places d'orchestre. Non, franchement, Hannah, vous n'avez pas de souci à vous faire. C'était une soirée entre amis, un point c'est tout. Il faut me croire. »

Redoutant que sa sœur ne perde de vue leur objectif initial, Andrea donna le signal du départ.

« J'ai été ravie de vous revoir, dit-elle avant de se lever. Même si je regrette que ce soit en de telles circonstances.

— Pareil pour moi, confirma Hannah en employant sciemment une tournure grammaticalement incorrecte.

— Merci pour les boules au rhum, Hannah. Elles sont délicieuses, dit Vanessa, la bouche pleine de chocolat. Je vous raccompagne. »

La voyant vaciller sur ses jambes, Hannah lui saisit le bras et l'aida à se rasseoir.

« Ça ira. On connaît le chemin. Je crois qu'il suffit de tirer la porte et le verrou se ferme de lui-même, c'est cela ?

— Oui, exactement, répondit Vanessa en lui décochant un grand sourire de sa composition. De toute façon, Mike a la clé. Il rentrera sans problème. »

Andrea dut presque empoigner sa sœur pour l'entraîner loin de la femme qui venait de s'afficher comme sa rivale.

« Allez, on y va. Dépêche-toi.

— OK, dit Hannah en s'éloignant rapidement de Vanessa avant de changer d'avis et de lui coller son poing dans la figure, comme elle avait été tentée de le faire quelques minutes plus tôt. On y va. »

En guise d'au revoir, Vanessa agita la main et reprit un bonbon au rhum. « Ne vous inquiétez pas, Hannah. Mike est juste un ami pour moi. »

Hannah lui aurait volontiers renvoyé le genre de truc qu'on évite de dire en société, mais, sentant les ongles d'Andrea s'enfoncer dans son avant-bras, elle se contenta de pousser un cri de douleur. Après quoi, propulsée hors du salon, elle se retrouva dans l'escalier et dix secondes plus tard sur le trottoir enneigé.

« Pourquoi tu ne m'as pas… J'aurais pu… Tu aurais dû… bredouilla-t-elle en se libérant d'un geste brusque.

— C'était hors de question. Tu n'as pas remarqué son manège ? Elle voulait te faire sortir de tes gonds. Et toi, tu as foncé dans le panneau.

— Tu crois ? fit Hannah en s'accrochant à ce faible espoir.

— J'en suis sûre, répondit Andrea sur un ton qui démentait ses paroles.

— Non, tu n'en penses rien. Tu cherches juste à me remonter le moral.

— Euh… peut-être bien, reconnut Andrea au moment où elles débouchèrent sur Main Street. Mais elle a quand même dit qu'elle n'avait pas couché avec Mike.

— Elle l'a même répété plusieurs fois. « La dame fait trop de protestations, ce me semble. »

— J'ai reconnu ! dit Andrea en s'arrêtant pour laisser passer une voiture. C'est du Shakespeare.

— Oui. *Hamlet*.

— Tu crois que Vanessa lit Shakespeare ? demanda Andrea, pensive.

— Peut-être, mais en suivant les lignes avec son doigt. »

Boules au rhum de tante Kitty

Inutile de préchauffer le four
– aucune cuisson n'est nécessaire !

4 tasses de gaufrettes à la vanille finement broyées (mesurer après broyage)
1 tasse de noix hachées (mesurer après hachage – on peut aussi prendre des noix de pécan, des noix de macadamia, des noisettes ou des noix de cajou)
½ tasse de sirop de maïs (incolore)
½ tasse de rhum (ou de n'importe quel autre alcool pourvu qu'il soit de bonne qualité)
2 cuillerées à soupe de poudre de cacao sucré
1 cuillerée à soupe de café corsé

Garniture :

Poudre de cacao
Sucre glace
Éclats de chocolat

Broyer les gaufrettes à la vanille dans un mixeur ou avec un rouleau à pâtisserie après les avoir mises dans un sac en plastique hermétique.

Hacher les noix dans un mixeur ou avec un couteau.

Mélanger les gaufrettes et les noix dans un bol, verser par-dessus le sirop de maïs, le rhum, la poudre de cacao et le café. Malaxer jusqu'à obtenir une pâte homogène.

Frotter ses mains dans le sucre en poudre et confectionner de petites boules (petites mais assez grosses pour remplir des caissettes en papier). Les rouler dans de la poudre de cacao, du sucre en poudre ou des éclats de chocolat. Ou dans un mélange des 3. Mettre au frigo.

Ne les sortir qu'au moment de servir. Elles peuvent se conserver un mois. (Je n'ai jamais pu le vérifier personnellement parce qu'elles ont toujours disparu en moins d'une semaine.)

Rendement : au moins 5 douzaines en fonction de la taille des boules.

Bien présentées, les boules au rhum de tante Kitty peuvent s'offrir pour les fêtes, les anniversaires... Pour cela, il suffit de se procurer de jolies caissettes et des boîtes de présentation. On en trouve dans tous les bons magasins d'articles pour pâtissiers.

Pour ceux qui n'aiment pas l'alcool, remplacer le rhum par du jus de fruit (choisir un fruit qui rehausse le goût du chocolat : pêche, orange, ananas). Dans ce cas, il faudra les manger en une semaine et, bien sûr, les appeler autrement.

Note : je n'ai jamais essayé de les tremper dans du chocolat fondu, mais je suis sûre que ça doit être succulent !

Chapitre 19

C'était l'heure creuse. Autrement dit, le laps de temps coincé entre la pause cookie de 10 heures et la pause cookie de midi. Sauf que, pour une fois, cette « heure creuse » ne l'était pas. Bien au contraire. Il n'y avait plus une chaise de libre dans la salle du Cookie Jar. Les uns buvaient du café, les autres mangeaient un cookie. Ou les deux. En réalité, la plupart étaient venus interroger Hannah à propos du meurtre de Shawna Lee Quinn.

Hannah, qui savait ce qui l'attendait, s'était retranchée dans le fournil peu après 11 heures, laissant Lisa affronter la meute et calmer les ardeurs des plus curieux en leur délivrant le message suivant : « Hannah est tenue au secret. » Elle venait de lancer deux fournées supplémentaires et s'attaquait à la troisième quand Norman se présenta à la porte de derrière.

« Ça sent drôlement bon, ici, dit-il en se perchant sur son tabouret préféré, près du plan de travail.

— J'ai compris. Je vais vous en chercher un. »

Hannah remplit une tasse, la posa devant lui, choisit un cookie tiède sur l'échelle pâtissière, le lui offrit et s'assit à son tour. « C'est une nouvelle recette : toast amandes-chocolat. Trempez-le dans le café. Vous m'en direz des nouvelles. »

Norman s'exécuta et, après en avoir croqué un bout, déclara :

« Délicieux ! Ça me rappelle les croquets que j'achetais à l'époque où j'habitais Seattle. Vous pourriez rajouter du chocolat par-dessus ?

— Rien n'est impossible. La prochaine fois, je les parsèmerai de pépites de chocolat fondu.

— Cela dit, ils sont très bien tels quels.

— Qu'est-ce qui est bien tel quel ? demanda Lisa en entrant dans le fournil, un bocal vide dans chaque main.

— Les toasts amandes-chocolat, répondit Hannah. Tu devrais en garnir l'un de ces bocaux et observer la réaction des clients.

— Ils les aimeront puisqu'ils contiennent du chocolat », prédit Lisa.

Norman attrapa sa mallette, la posa sur la surface en inox, l'ouvrit et en sortit une trentaine de feuillets perforés reliés par une attache en cuivre.

« Voici le résultat de mes recherches dans les bases de données disponibles.

— Tant que ça ?

— Eh oui. Il y est surtout question du mari de Vanessa. C'était un personnage très connu à Macon.

— Macon ? »

Lisa cessa de remplir le bocal pour se tourner vers Norman.

« Oui. La société qu'il dirigeait est basée à Macon, en Géorgie.

— Comme le siège social de Pretty Girl. Qui sait, les deux entreprises sont peut-être voisines ! Hier soir au dîner, Gloria disait qu'elle travaillait dans un immeuble en forme de bâton de rouge à lèvres et...

— Attendez, dit Norman en feuilletant les documents. Je crois avoir vu passer quelque chose à ce propos en imprimant les données financières de Neil Roper... Voilà, c'est ici, vous voyez ?

— Où dois-je regarder ?

— Là ! Le mari de Vanessa était l'un des membres fondateurs de la société Pretty Girl.

— Deux secondes ! » souffla Hannah avant de se précipiter sur le téléphone.

Un instant plus tard, ayant composé le numéro du Grenier de Mamie, elle attendait en faisant les cent pas que sa mère décroche.

« Bonjour, Carrie. Est-ce que Luanne est auprès de vous ?

— Oui, ma chère. Dois-je l'appeler ?

— Non. J'ai besoin de lui parler mais pas au téléphone. Si vous n'êtes pas surchargées, pouvez-vous lui demander de passer me voir ? Je viens de mettre au point une nouvelle recette : toasts amandes-chocolat. Je lui en donnerai quelques-uns pour vous. »

Carrie éclata de rire.

« Je suis incorruptible, Hannah. Mais je veux bien vous envoyer Luanne. C'est au sujet du meurtre de Shawna Lee ?

— Pas directement. Je cherche des informations sur la société de cosmétiques Pretty Girl. Et comme Luanne a travaillé pour eux... »

Hannah était en train de disposer des toasts amandes-chocolat à l'intérieur d'un petit sac à anses quand Luanne entra. Pour laisser les trois femmes discuter tranquillement, Norman proposa à Lisa de la remplacer quelques minutes côté boutique. Peu après qu'il eut franchi la porte de communication, Andrea fit irruption dans le fournil.

« Norman m'a dit de vous rejoindre. Il paraît que vous tenez un symposium.

— En effet. » Hannah lui versa une tasse de café, lui désigna un siège puis se tourna vers Luanne. « J'ai des questions à te poser sur la société Pretty Girl. As-tu déjà visité leur siège social à Macon, en Géorgie ?

— Oui. J'ai participé à un séminaire de deux jours là-bas quand j'étais représentante pour la marque. Comme ils offraient le voyage et le séjour, et que maman voulait bien garder Suzy, je n'ai pas hésité. Et j'ai eu raison. C'était génial, j'avais l'impression d'être en vacances.

— As-tu rencontré des membres du conseil d'administration ? »

Luanne secoua la tête.

« Juste le PDG qui nous a accueillis le premier jour. J'ai lié connaissance avec d'autres vendeuses, enfin celles qui avaient gagné le voyage comme moi. Bien sûr, on nous a aussi présenté Gloria Travis, la directrice commerciale. C'est elle qui avait tout organisé.

— Tu sais que cette année le séminaire Pretty Girl se déroule à l'auberge de Lake Eden ? demanda Lisa.

— Évidemment. Gloria m'a appelée dès son arrivée. Ce soir, je dîne avec elle et son mari.

— Son mari ? s'étonna Lisa. Mais... Gloria nous a dit qu'elle était célibataire.

— Ah ? Eh bien, merci de m'avoir évité une gaffe ! Quand je l'ai rencontrée à Macon, elle était sur le point de se marier.

— Attends un peu ! » Hannah l'interrompit d'un geste signifiant « temps mort » dans toutes les langues. « Ça remonte à quand ?

— Ce séminaire en Géorgie a eu lieu voilà un an et demi. On a beaucoup parlé toutes les deux, et elle m'a dit qu'elle était fiancée à l'un des membres du conseil d'administration.

— Neil Roper ? suggéra Hannah tandis que dans sa tête des éléments apparemment disparates commençaient à s'assembler comme des ingrédients dans un bol à mélanger.

— C'est possible. Je me rappelle juste que son prénom commençait par un N. Du temps a passé depuis.

— Je sais. Je t'en prie, cherche dans ta mémoire, l'encouragea Hannah. Que t'a raconté Gloria au sujet de son fiancé ?

— Je... je ne m'en souviens pas précisément. J'ai eu l'impression qu'il était riche. Et âgé. Oui, je suis quasiment sûre que le fiancé de Gloria avait au moins vingt ans de plus qu'elle. »

« Alors, quel est le programme ? demanda Andrea en se garant sur l'aire de livraison, derrière l'auberge de Lake Eden.

— Il faut qu'on vérifie si l'ex-fiancé de Gloria et le défunt mari de Vanessa sont bien la même personne. Ensuite, nous essaierons de savoir si Gloria était au courant du mariage de Neil et Vanessa.

— Et si elle a choisi d'organiser le séminaire Pretty Girl à l'auberge de Lake Eden pour pouvoir se rapprocher de Vanessa.

— Exactement. Mais tu ne peux pas te garer ici.

— Pourquoi ?

— Parce que c'est réservé aux livraisons.

— Eh bien, sache que j'effectue une livraison, articula Andrea en sortant de son sac une photo de Bethany qu'elle colla sous le nez de sa sœur. Sally m'a demandé de lui apporter un portrait de ma fille. En plus... aucun agent n'osera mettre un PV à la femme du shérif. »

Hannah haussa les épaules. Andrea avait raison. Lord Acton aussi quand il disait que le pouvoir corrompt. Même une personne foncièrement honnête comme sa sœur n'était pas à l'abri de ce danger.

« Qu'est-ce que tu attends ? » reprit Andrea en ouvrant sa portière. Ayant refusé de circuler à bord de la « glacière ambulante », comme elle appelait le break de Hannah, elles avaient fait le trajet dans sa Volvo. « Allez, viens. Ça caille et on a du pain sur la planche ! »

Après que Sally se fut extasiée devant la photo du bébé et que Hannah eut pour la centième fois soupiré d'envie devant l'immense et rutilante cuisine de l'auberge, les deux sœurs expliquèrent la vraie raison de leur visite.

« Vous voulez dire que Gloria était fiancée au mari de Vanessa ? fit Sally en fronçant les sourcils. Vous pensez qu'elle est liée au meurtre de Shawna Lee ? »

Andrea haussa les épaules.

« Peut-être ! De toute façon, on est obligées de vérifier.

— Bien sûr, mais, à mon avis, vous faites fausse route. Gloria ne ferait pas de mal à une mouche. Elle préférerait perdre une heure à tenter de l'expulser par la fenêtre.

— Tu as sans doute raison », répondit Hannah pour la rassurer.

Apparemment, Sally s'était prise d'amitié pour Gloria.

« Mais elle aura sans doute des choses à nous apprendre. Même en supposant qu'elle n'ait pas été fiancée au défunt mari de Vanessa, il n'en demeure pas moins que ce monsieur faisait partie du conseil d'administration de l'entreprise qui l'emploie. » Sally haussa les épaules. « Oui, c'est juste... Suivez-moi, je vais vous présenter. »

C'était l'heure de la pause-café, et les participantes au séminaire se trouvaient toutes rassemblées dans la salle de restaurant. Sally escorta ses amies jusqu'à la table de Gloria.

« Ma chère ! lança-t-elle, tout sourire, à la directrice commerciale de Pretty Girl. Je te présente mes amies Andrea Todd et Hannah Swensen. Ce sont les filles de Delores Swensen. Tu te souviens d'elle, n'est-ce pas ?

— Parfaitement, répondit Gloria, affable. Votre mère est une femme charmante. Grâce à elle, je me sens ici comme chez moi. J'en viens même à me demander si je ne vais pas m'installer pour de bon à Lake Eden ! »

Elle en vient même à se demander ? répéta Hannah en elle-même. Mlle Travis parlait comme un livre et c'était bien agréable. Attention, toutefois, cet accès de sympathie ne devait pas lui faire oublier son enquête, se reprit-elle. Devant une suspecte, il fallait rester impartiale.

« Hannah et Andrea aimeraient te poser des questions sur Pretty Girl. As-tu un peu de temps à leur consacrer ?

— Naturellement », fit Gloria.

Elle devait avoir à peu près l'âge de leur mère, et elle aussi était restée belle et séduisante. Son tailleur-pantalon vert, cousu dans un tissu fluide, lui allait à ravir. Quand elle se leva, les pans de sa veste s'écartèrent légèrement, révélant un chemisier en soie crème boutonné jusqu'au cou et quelques kilos de trop autour de la taille.

« Ces dames pourront se passer de moi quelques minutes… N'est-ce pas ? » lança-t-elle à la cantonade.

Des réponses fusèrent : “Franchement, je n'en sais rien !” “Sans vous, on est perdues !” Mais toutes les stagiaires souriaient lorsque Gloria s'éloigna en compagnie des sœurs Swensen pour rejoindre une petite table au fond de la salle.

« Bon, si j'en juge par votre air sérieux, il s'agit d'une affaire importante, dit-elle en s'asseyant. Je vous en prie, parlez.

— Étiez-vous fiancée à Neil Roper ? » attaqua Hannah, bille en tête.

L'espace d'une fraction de seconde, elle crut que Gloria allait nier. Puis celle-ci se ravisa.

« Oui, c'est exact. J'aurais dû deviner que cela finirait par se savoir.

— Nous parlons bien du Neil Roper qui a épousé Vanessa Quinn ?

— Lui-même. Par qui l'avez-vous appris ? Luanne Hanks ?

— Peu importe, intervint Andrea. Nous sommes au courant, un point c'est tout.

— En revanche, nous ignorons pourquoi vous avez rompu, renchérit Hannah, s'engouffrant dans l'ouverture pratiquée par sa sœur.

— Nous n'avons pas rompu, fit-elle tristement. En fait, je n'ai rien vu venir. Vous savez que Neil était plus âgé que moi ?

— Oui, nous le savons, confirma Hannah. Continuez, s'il vous plaît, ajouta-t-elle lorsque la serveuse dépêchée par Sally retourna en cuisine après avoir posé devant elles une cafetière remplie, trois tasses et une assiette de roulés à la cannelle.

— Je n'ai pas grand-chose d'autre à vous dire. En réalité, je n'ai jamais compris ce qui s'était réellement passé. Tout ce dont je suis sûre, c'est que les problèmes ont commencé peu après que Neil s'est cassé la cheville au ski.

— Au ski ? répéta Andrea.

— Oui, à Aspen. C'était un homme très actif pour son âge. Il était allé rendre visite à un vieil ami qui vivait là-bas, et, quand il est revenu, il avait la cheville dans le plâtre. Rien de grave, d'après le médecin. Mais voilà que, une semaine plus tard, la gouvernante qui était à son service depuis plus de trente ans meurt d'une crise cardiaque. »

Hannah retint son souffle. Sa grand-mère disait toujours que les malheurs venaient par trois.

« Neil a embauché une autre personne. Nous pensions que tout allait rentrer dans l'ordre, mais, hélas, il a commencé à ressentir de fortes douleurs à la cheville. Son généraliste lui a conseillé des séances de kiné, il a trouvé quelqu'un sur une liste de praticiens, une femme, et l'a engagée. Je n'en sais pas davantage. Nous nous sommes reparlé une fois au téléphone et... c'est tout.

— Quoi ! s'écria Hannah, horrifiée. Vous voulez dire... que vous ne l'avez plus revu ?

— Je sais, ça paraît complètement dingue, mais chaque fois que j'appelais chez Neil, soit il se faisait masser, soit il dormait, soit il était en déplacement... Je recevais des petits mots, des bouquets de fleurs, ce genre de choses, mais impossible de le voir ni même de lui parler. Sauf une fois, comme je vous l'ai dit.

— De quoi avez-vous discuté ce jour-là ? voulut savoir Andrea.

— Il venait d'embaucher cette fameuse kiné. Quand j'ai appelé, c'est Neil qui a décroché. Il n'avait pas l'air dans son état normal. D'abord, j'ai cru qu'il était ivre, mais Neil ne buvait pas. À un moment, il a dit que sa kiné était allée lui chercher ses comprimés, et là j'ai compris qu'il prenait de puissants analgésiques. Ça m'a fait peur. Il s'exprimait à peu près correctement mais il était totalement désorienté, incapable de répondre à mes questions. Il m'a demandé mon nom plusieurs fois. Franchement, je crois qu'il ne savait même plus qui il était !

— C'est affreux ! fit Andrea dans un frisson. Comment avez-vous réagi ?

— J'ai téléphoné à son médecin, qui a refusé de m'en dire davantage. Nous n'avions aucun lien de parenté, après tout. Ensuite j'ai rappelé chez Neil et j'ai demandé qu'on me passe la kiné. Quand je lui ai exprimé mon inquiétude, elle m'a répondu qu'il était entre de bonnes mains, qu'il avait eu une très mauvaise passe, que sa confusion était due au fait qu'elle avait dû lui administrer une forte dose de médicaments, mais que son généraliste était au courant.

— Et vous l'avez crue ? s'étonna Hannah.

— Oui. Elle m'a paru compétente, sympathique. Alors, j'ai cessé de m'inquiéter. D'autant plus que, le lendemain matin, je recevais un nouveau bouquet à mon bureau, assorti d'une gentille carte dans laquelle Neil disait qu'il était désolé de m'avoir fait peur, qu'il m'aimait et qu'il espérait me revoir bientôt.

— Donc, vous avez baissé la garde, supposa Andrea.

— Pendant un temps, oui. Voyez-vous, Neil et moi n'étions pas toujours ensemble. Il était très pris par ses affaires, il voyageait énormément. Parfois, on ne se voyait pas pendant une semaine. Mais il n'oubliait jamais de me passer un coup de fil, de m'envoyer des fleurs... Je suis moi aussi très investie dans mon métier. Je ne compte pas mes heures. J'avais prévu de démissionner après notre mariage pour pouvoir le suivre dans ses déplacements en Europe ou en Chine.

— Combien de temps s'est-il écoulé entre votre dernière conversation téléphonique et le moment où vous avez recommencé à vous faire du souci ?

— Trois semaines. C'était une période très intense chez Pretty Girl, j'étais surchargée de travail. Et puis les bouquets continuaient de m'être livrés au bureau chaque lundi matin. Des jonquilles, mes fleurs préférées. Un jour, j'ai vu la date sur mon calendrier, et brusquement j'ai pris conscience qu'on ne s'était pas parlé depuis presque un mois. J'ai rappelé, sa kiné a décroché et j'ai eu droit à la même rengaine : Neil va bien, il se remet peu à peu... C'était comme si cette femme lui avait pris sa vie. En fait, c'est exactement ce qu'il s'est passé.

— Qu'entendez-vous par là ? fit Andrea en plissant les paupières.

— J'entends qu'en moins de temps qu'il ne m'en a fallu pour comprendre ce qu'elle tramait, Neil lui a passé la bague au doigt.

— Nous parlons bien de Vanessa Quinn, n'est-ce pas ? demanda Hannah pour en avoir le cœur net.

— Oui. J'ai continué à téléphoner mais Neil n'a jamais décroché. On ne s'est jamais revus, lui et moi. » Gloria retint ses larmes. « Je suis convaincue qu'elle l'a tué. Je m'en veux terriblement de n'avoir pu l'en empêcher mais...

— Vous aviez le mauvais rôle. Celui de la fiancée éconduite...

— Absolument. J'ai appelé la police, je les ai suppliés d'ouvrir une enquête. Ils m'ont répondu qu'ils n'avaient aucune raison valable pour cela. À leurs yeux, je n'étais qu'une femme jalouse cherchant à se venger de sa rivale. Je leur ai dit que cette personne l'avait retenu prisonnier, transformé en légume et s'était débarrassée de lui après avoir obtenu ce qu'elle voulait. Mais ils m'ont ri au nez.

— Selon vous, elle avait tout organisé depuis le départ ?

— Oui, j'en suis convaincue. J'ai commencé à avoir des soupçons en apprenant la mort de Neil par les journaux. Ensuite, quand j'ai lu qu'il lui avait légué toute sa fortune, c'est devenu une certitude. Neil m'avait toujours dit qu'il laisserait une partie de ses biens à la fille de son cousin, une gamine qui n'avait pas les moyens de se payer la fac. Finalement, la pauvre n'a rien eu. Vanessa a tout raflé, alors que leur mariage n'a même pas duré un an. Cette fille a forcé Neil à l'épouser, j'en mettrais ma main au feu. Cette mort est tout sauf naturelle. Je ne dis pas cela par jalousie.

— Venons-en à ce qui s'est passé après votre arrivée chez nous. Vous avez choisi d'organiser le séminaire Pretty Girl à Lake Eden pour pouvoir surveiller discrètement Vanessa, j'imagine.

— Oui. C'était l'occasion idéale. En plus, le lieu est magnifique, l'auberge très accueillante. Le comité directeur a décidé de renouveler l'expérience l'année prochaine et les suivantes.

— Sally sera ravie de l'apprendre, dit Andrea avant de lancer à sa sœur un regard signifiant "Promis, je ne ferai plus de digressions".

— Avez-vous pu rencontrer Vanessa ?

— Non, je n'en ai pas eu l'occasion. Pourtant, je me suis rendue au Fournil des Magnolias dès le premier jour.

— À quelle heure ? »

Hannah leva son stylo, prête à noter.

« Voyons... J'ai quitté l'auberge peu après 17 h 30. Donc, il devait être autour de 18 heures. J'ai trouvé la boutique fermée. J'ai frappé à la porte mais personne n'est venu m'ouvrir.

— Alors, qu'avez-vous fait ?

— J'ai voulu passer par-derrière. En tournant au coin, j'ai remarqué la porte du fournil entrouverte.

— Vous êtes entrée ?

— Oui. D'abord, j'ai grimpé les deux marches du perron et j'ai crié son nom. Pas de réponse. Comme les lumières étaient allumées, j'ai fait quelques pas et... j'ai vu Vanessa étalée par terre.

— Sauf que ce n'était pas Vanessa, intervint Andrea avec un regard navré à l'intention de sa sœur.

— Je l'ai appris par la suite, mais à cet instant je l'ignorais. Je ne l'avais jamais rencontrée. J'avais juste aperçu une photo d'elle dans la presse après l'annonce de leur mariage.

— Donc, qu'avez-vous fait en découvrant le cadavre de Shawna Lee ?

— Je... j'ai paniqué. Je craignais qu'on m'accuse de l'avoir assassinée. Après tout, le lien était facile à faire entre nous deux. En plus, il était trop tard pour tenter de la sauver. Alors... je suis ressortie, j'ai fermé la porte et j'ai couru jusqu'à ma voiture.

— Quelle heure était-il ?

— Je n'ai pas regardé ma montre. Je me rappelle juste que, à ce moment-là, les cloches de l'église se sont mises à sonner. Je me suis dit que la cérémonie allait se terminer et que je devais rentrer à l'auberge en vitesse pour me changer avant l'arrivée des invités. »

« Tu penses qu'elle dit la vérité ? demanda Andrea en démarrant.

— Oui.

— Moi aussi. Et ça prouve que je ne suis pas la seule.

— Pardon ?

— Je ne suis pas la seule à confondre les deux sœurs. »

À ces mots, son portable sonna. « Attrape le volant, Hannah. Il faut que je réponde. »

Hannah s'efforça de maintenir la Volvo sur la bonne trajectoire pendant qu'Andrea fourrageait dans son sac. Conduire un véhicule depuis le siège passager était-il autorisé par la loi ? En cas d'accident, qui de sa sœur ou d'elle serait responsable ? Cet accident serait-il considéré comme lié à l'usage d'un téléphone portable, alors qu'elle avait les deux mains posées sur le volant ? Pour qualifier l'infraction, était-il important de savoir à qui ces mains appartenaient ?

« Bonjour, maman, fit Andrea en tenant l'appareil de la main gauche et en reprenant le volant de la droite. C'est bon. Tu peux lâcher.

— Tu es sûre de pouvoir faire les deux en même temps ? s'inquiéta Hannah, peu désireuse de gonfler les statistiques de la sécurité routière.

— Absolument ».

Comme pour souligner ses dires, Andrea changea de file sans mettre son clignotant. « Oui, maman. Tu as bien entendu. Hannah est avec moi. Nous revenons de l'auberge. »

Hannah ferma les yeux. Elle n'aimait pas monter en voiture avec sa sœur, même quand les conditions étaient optimales. Or ce jour-là, elles ne l'étaient pas, tant s'en fallait. Mais si elle lui demandait de lever le pied, Andrea le prendrait mal.

« Oui, bien sûr, c'est d'accord, maman. » Andrea vira sèchement sur la droite et prit la direction de Lake Eden sans même regarder dans son rétro. « Nous serons là dans moins de dix minutes. Détends-toi, on arrive.

— On passe au Grenier de Mamie ? voulut savoir Hannah quand sa sœur eut raccroché.

— Non, chez elle. Elle est rentrée vers midi.

— Elle est malade ? s'affola Hannah, connaissant l'assiduité au travail de Delores.

— Je ne crois pas. En revanche, quelque chose ne tourne pas rond.

— C'est ce qu'elle t'a dit ?

— Pas exactement. Elle voulait juste nous voir pour un conseil.

— Rien d'autre ?

— Non.

— Dans ce cas, tu as raison, elle a un problème. C'est la première fois qu'elle nous demande notre avis. »

Toasts amandes-chocolat

Préchauffer le four à 175 °C,
la grille en position médiane.

1 ½ tasse de beurre fondu (3 plaquettes, soit 375 g)
1 tasse de poudre de cacao (non sucré)
2 ½ tasses de sucre roux
2 gros œufs battus (à la fourchette dans un verre)
4 cuillerées à thé de bicarbonate de soude
1 cuillerée à thé de sel
2 cuillerées à thé de vanille
1 tasse d'amandes effilées
6 tasses de farine (inutile de tamiser)

Faire fondre le beurre et l'incorporer à la poudre de cacao. Ajouter le sucre roux. Laisser refroidir un moment puis incorporer les œufs battus, le bicarbonate de soude, le sel, la vanille et les amandes effilées. Mélanger jusqu'à ce que la pâte soit bien homogène et ajouter peu à peu la farine sans cesser de remuer.

Enduire deux plaques de matière grasse. Partager la pâte en cinq. Chaque morceau doit avoir la forme d'un petit pain ovale. Répartir sur les deux plaques et cuire à 175 °C pendant 35 minutes.

Laisser reposer les miches pendant 10 minutes sans éteindre le four. Transférer les pains sur une échelle pâtissière pour qu'ils refroidissent encore 5 minutes avant de les couper en tranches d'un bon centimètre d'épaisseur. (Inutile de remettre les entames dans le four.)

Poser les tranches à plat sur les plaques. Cuire encore 15 minutes en les retournant à mi-temps. Laisser reposer sur la plaque pendant 5 minutes puis déposer les toasts sur une échelle patissière jusqu'à complet refroidissement.

Ces cookies sont excellents trempés dans le café. Pour leur donner une allure de biscuits, les garnir de pépites de chocolat quand ils sont encore tièdes et les mettre au frigo sur une feuille de papier sulfurisé (de cette manière, le chocolat se fixera sur le toast).

Rendement : environ 4 douzaines, selon la taille des cookies.

Chapitre 20

Quand Delores vint leur ouvrir, Hannah ravala un cri de stupeur. Jamais auparavant leur mère n'avait autant accusé son âge. Le rapide coup d'œil qu'elle jeta à sa sœur lui apprit qu'elle non plus n'en revenait pas. Oui, décidément, Delores avait un problème.

« Bonjour, maman. Ça va ? » fit Hannah sur un ton faussement dégagé. Puis elle se rattrapa. « Désolée. Je vois bien que non.

— Aucune importance, marmonna Delores en faisant entrer ses deux filles. Venez. J'ai préparé du café. Dans le salon. »

Hannah s'arma de courage et la suivit. En règle générale, les questions familiales de nature courante se traitaient dans la cuisine, autour de la table ronde en chêne. C'était là que Delores avait annoncé la somme qu'elle comptait mettre dans l'achat de la robe qu'Andrea porterait pour son bal de promotion, là qu'on avait décidé quel enseignement Hannah suivrait à la fac. Le salon, lui, ne servait qu'aux événements de première importance, comme lorsque Andrea avait déclaré son intention d'épouser Bill, ou Hannah de prolonger ses études jusqu'au master au lieu de rentrer au bercail où l'attendait une place de professeur au lycée Jordan.

« Tu me fais peur, maman, avoua Hannah en s'asseyant. J'espère que tu n'es pas malade ?

— Non, mais j'ai le cœur brisé. Quelle tristesse ! Moi qui avais trouvé l'âme sœur, l'homme idéal. Enfin, c'est ce que je croyais... jusqu'à ce que je découvre que... Winthrop est... volage. »

Hannah regarda Andrea, laquelle lui laissa la priorité. Ce genre d'affaire était du ressort de l'aînée.

« Tu le savais déjà, maman. Rappelle-toi, en décembre dernier, le soir du banquet citoyen, quand il flirtait avec Carrie, Bertie Straub et Florence Evans.

— Oui, d'accord. Mais il n'y avait pas de quoi fouetter un chat. Il s'amusait. Ça n'aurait jamais été... plus loin. Je l'admets, il a parfois le regard... baladeur. Malheureusement, cette fois-ci, il ne s'est pas contenté de regarder... si vous voyez ce que je veux dire. »

Andrea semblait captivée par ses propres genoux. Comprenant qu'elle ne recevrait aucune aide de sa part, Hannah renchérit, mais en marchant sur des œufs.

« Qu'est-ce qui te fait soupçonner que... cette fois... il s'agit d'autre chose ?

— Parce que la femme en question n'est ni Carrie, ni Florence, ni Bertie, justement. Il s'agit d'une personne qui a une mauvaise réputation et une grosse différence d'âge avec Winthrop.

— Je vois, dit Hannah qui ne voyait qu'à moitié. Donc la femme que tu soupçonnes de... de fricoter avec Winthrop est plus jeune que lui et a l'habitude de...

— Exactement.

— Eh bien, dans ce cas… » Hannah s'interrompit. « Si on cessait de tourner autour du pot ?

— Quel pot ?

— Je veux dire… appelons un chat un chat, répondit-elle, consciente qu'elle-même avait tendance à abuser des tournures idiomatiques. Tu crois que Winthrop te trompe avec une jeune femme aux mœurs légères. C'est cela ?

— Eh bien… si tu tiens à l'exprimer ainsi… » Delores respira un bon coup. « Oui, c'est cela. J'ignore comment réagir ! »

Pour la première fois depuis le début de la conversation, Andrea leva les yeux et les fixa sur sa mère.

« Il doit mourir, articula-t-elle. De ta main. C'est ce que je ferais si Bill me trompait.

— Sauf que Bill et toi êtes mariés. Ce qui n'est pas notre cas.

— Quand même, vous êtes très proches, n'est-ce pas ? rebondit Hannah. Entends-moi bien, je ne te demande pas votre degré d'intimité ni rien. Je veux juste savoir si Winthrop t'a offert de l'épouser ?

— Oui. Plusieurs fois. Et j'ai accepté. On peut donc considérer que nous sommes fiancés. Voilà quelques semaines, il a écrit en Angleterre pour qu'on lui envoie la bague de sa défunte mère. »

Hannah faillit gémir de désespoir. Mais Delores avait besoin qu'on l'aide, pas qu'on la juge.

« Dis-moi ce qui t'a mis la puce à l'oreille. As-tu surpris Winthrop avec cette femme ?

— Non. Mais il possède une photo de Shawna Lee Quinn. »

Au théâtre, après une telle réplique, on se serait attendu à un baisser de rideau. Hannah fut tentée d'applaudir mais s'en abstint. Par pitié pour sa mère. La matrone qui ne craignait rien ni personne et menait son monde à la baguette avait disparu, remplacée par une femme éperdue de chagrin.

« Reprends-toi, maman, la bouscula-t-elle gentiment. Tu n'en fais pas un peu trop ?

— Comme si c'était mon genre ! s'indigna Delores dont les joues reprirent aussitôt quelques couleurs. Qu'est-ce que tu racontes, Hannah ?

— Shawna Lee Quinn est morte, donc ce n'est plus une rivale.

— Oui, bien sûr... » Delores fronça les sourcils. « Tu as raison. Elle est morte et pas moi. Mais je veux savoir pourquoi Winthrop garde sa photo.

— Tu n'as qu'à lui poser la question, dit Andrea, platement.

— Bonne idée, répondit Hannah avant de se tourner vers Delores. Interroge-le. Si ça se trouve, il n'y a pas de quoi fouetter un chat. Je veux dire... Il arrive qu'on garde des trucs auxquels on n'attache pas d'importance. Quand elle a ouvert sa pâtisserie, Shawna Lee a peut-être distribué des prospectus avec sa photo imprimée dessus. Winthrop en aura glissé un dans son portefeuille et oublié de le jeter.

— Cette photo n'est pas imprimée sur un prospectus. Et elle n'est pas dans son portefeuille.

— D'accord. De quel genre de photo s'agit-il, dans ce cas ? Où l'as-tu vue ?

— C'est un tirage treize par dix-huit glissé à l'intérieur d'un cadre. Je l'ai trouvé chez Winthrop... dans un tiroir de sa commode, cachée entre ses caleçons. »

Décidément, Delores possédait un vrai talent comique. Cette dernière saillie aurait pu clore l'acte 2 d'un vaudeville. Hannah coula un regard vers sa sœur mais ne fit pas de commentaire.

« Bon, dit-elle en reprenant son souffle. Maintenant, je vais te poser la question qui nous turlupine, Andrea et moi : qu'est-ce que tu fabriquais dans le tiroir où Winthrop met ses caleçons ?

— Si je vous disais que je rangeais son linge, vous me croiriez ?

— Non. Tu ne ranges même pas le tien. C'est Marjorie Hanks qui s'en charge quand elle vient faire le ménage chez toi.

— Oui, c'est vrai. Mais je... La manière dont j'ai trouvé cette photo importe peu. Ce qui compte, c'est que je l'ai trouvée. Vous admettrez que, étant donné les circonstances, je peux difficilement lui demander ce qu'il fiche avec !

— Parce qu'il pourrait te reprocher d'avoir fouillé dans ses affaires ? proposa Andrea, ironique.

— Euh... oui. C'est une façon de voir les choses. Pour ma part, je dirais plutôt que je... rassemblais des preuves.

— Délicieux euphémisme, dit Hannah. Je le ressortirai un jour. Mais revenons à ce fameux tirage. Tu peux nous le décrire ?

— Bien sûr ! Je n'ai pas eu le temps de l'examiner de près parce que Winthrop sortait de la douche, mais je ne suis pas près de l'oublier. »

En voyant le regard atterré de sa sœur, Hannah comprit que la même question avait germé au même moment dans leurs deux esprits. Que faisait Delores dans la chambre de Winthrop alors que ce dernier sortait de la douche ?

« On devait dîner au restaurant et il n'avait pas beaucoup de temps pour se préparer. J'étais censée l'attendre dans le salon. Raison pour laquelle je n'ai pas pu examiner la photo comme je l'aurais voulu. »

Andrea se détendit légèrement. Hannah aussi.

« Tu as bien dû remarquer quelque chose, pourtant, renchérit cette dernière.

— Oui. À mon avis, elle a été prise dans un genre de cabaret. Vous savez, ces établissements où des photographes professionnels passent de table en table.

— Un club chic, suggéra Hannah.

— Oui, chic et tendance. On les voit assis ensemble dans un box. Il a le bras posé sur ses épaules. Ils sourient. Ils ont l'air heureux et... très proches.

— Tu es sûre qu'il s'agit de Shawna Lee ? demanda Andrea en lançant un autre coup d'œil à sa sœur. Je veux dire... ça pourrait être Vanessa, non ? Elles se ressemblent beaucoup.

— Oui, c'est possible, répondit Delores après un temps d'hésitation. Ça ne m'avait même pas effleurée. Du coup, si c'est Vanessa, j'ai toujours des raisons de m'inquiéter ! Je vais aller chez lui et j'en aurai le cœur net.

— Non, l'arrêta Hannah. C'est trop risqué, maman. Imagine qu'il te prenne sur le fait. Nous irons à ta place, Andrea et moi. Je te promets que nous saurons bientôt si la femme du cabaret est Shawna Lee ou Vanessa. »

Andrea la fixa, l'air de dire : Vraiment ? On va faire ça ? Puis, belle preuve de solidarité sororale, elle confirma ses dires d'un hochement de tête.

« Ne t'inquiète pas, maman. On s'en occupe.

— Si vous y tenez, soupira Delores. Après tout, les enquêtes, ça vous connaît. De cette manière, demain, quand il rentrera, si Winthrop s'aperçoit qu'on a fouillé dans ses affaires, je pourrai lui affirmer sans mentir que ce n'est pas moi.

— Attends une seconde. Tu veux dire qu'il n'est pas chez lui en ce moment ? s'exclama Hannah.

— Oui. Il assiste à un genre de colloque pour investisseurs. Il revient à 18 heures demain soir.

— Ce colloque tombe à pic, dit Hannah en se tournant vers Andrea. Puisque la voie est libre, allons-y de ce pas. Si cette photo est toujours à la même place, nous la trouverons. »

Delores eut un petit sourire satisfait.

« Je savais que je pouvais compter sur vous, mes chéries. » Elle se pencha, attrapa la clé posée sur la table basse et la remit à sa fille aînée. « C'est la mienne. Comme ça, il n'y aura pas effraction. »

« Je ne veux pas savoir ce que ça implique, dit Andrea, les mains crispées sur le volant. Je ne veux même pas y penser.

— Moi non plus. J'espère qu'on trouvera des gants de ménage sous son évier. Pas question de toucher les caleçons de ce type à mains nues.

— Oh, Hannah ! » pouffa Andrea.

Puis elle partit d'un rire si contagieux que Hannah n'eut d'autre choix que de l'imiter. La Volvo se mit à zigzaguer sur la route, à tel point qu'elles durent s'arrêter devant le garage automobile de Cyril Murphy pour attendre l'accalmie.

« Salut, Andrea ! Tu as un problème avec ton bolide ? demanda Cyril en sortant de son bureau.

— Non, c'est lui qui a besoin d'une nouvelle conductrice », rétorqua Hannah en riant de plus belle.

Quand les sœurs reprirent leur souffle, ce fut au tour de Cyril de glousser comme un dindon. Mais il retrouva vite son sérieux.

« Au fait, Hannah. J'ai essayé de te joindre. Il faut que j'effectue un réglage sur ton break. Tu pourrais me l'apporter cet après-midi ?

— Qu'est-ce qui ne va pas ? marmonna Hannah, qui détestait être privée de son véhicule.

— Rien. C'est juste un rappel d'usine. Ça ne te coûtera rien. Si tu ne peux pas venir, l'un de mes apprentis passera le prendre et t'en laissera un autre en dépannage. Je devrais en avoir fini ce soir, avant la fermeture.

— Tant mieux », se réjouit Hannah. Puis elle se souvint que Cyril ne fermait pas avant 22 heures. « Je dois venir le récupérer à la nuit tombée ? »

Cyril hocha négativement la tête.

« Il te sera livré à domicile. Tu n'auras qu'à glisser la clé de l'autre sous le tapis côté chauffeur et mon gars fera l'échange.

— Parfait, ça me convient », s'empressa de répondre Hannah.

Après les politesses d'usage, les deux sœurs reprirent la route. Hannah attendit qu'elles soient en vue du dernier carrefour pour se tourner vers Andrea.

« Si on en profitait pour regarder partout ?

— Tu veux qu'on fouille son appartement ?

— Oui. J'aimerais bien savoir s'il a d'autres choses à se reprocher.

— Vois-tu, si tu ne l'avais pas proposé, j'aurais été affreusement déçue, articula Andrea en prenant la direction de Lakeside Villas, un lotissement qui abritait essentiellement des jeunes couples et des personnes célibataires. Regarde donc s'il y a quelque chose d'écrit sur la clé que Delores nous a confiée. Un numéro de porte, par exemple.

— 223, lut Hannah.

— OK. Donc, Winthrop habite au deuxième étage du bâtiment 2.

— Tu connais le quartier ?

— Je m'y rends chaque fois que c'est à mon tour de ramener les copines de Tracey après leur cours de danse. L'une des petites vit au numéro 3 avec ses parents, c'est l'immeuble des trois pièces. »

Sur sa droite, Hannah vit un bâtiment ressemblant à un chalet en rondins doté d'un toit pointu qui descendait jusqu'au sol. Puis elles contournèrent le bâtiment 2, et, à l'arrière, trouvèrent un espace protégé réservé aux véhicules des résidents. Les visiteurs, eux, devaient se contenter du parking à ciel ouvert. Andrea y trouva une place et coupa le moteur.

« À présent, allons défendre l'honneur de notre mère, dit-elle.

— Il est peut-être un peu tard pour ça, répliqua Hannah avec un sourire espiègle.

— Je ne veux rien savoir. Allez, on y va. »

Sur la porte d'entrée, une plaque était fixée à l'intention de ceux qui auraient été tentés de ne pas refermer derrière eux. Andrea ouvrit avec la clé et déboucha dans un vestibule fermé par une autre porte où était affichée la même consigne.

« Ils sont très à cheval sur la sécurité, ici », dit-elle après avoir franchi le sas.

Hannah la suivit, un grand sourire sur le visage.

« Non, je ne crois pas. As-tu remarqué que les serrures étaient bloquées par des bouts de papier ? Sans doute pour maintenir les portes ouvertes.

— Non ! » Andrea revint sur ses pas, examina les serrures et se retourna vers Hannah d'un air choqué. « Tu as raison ! N'importe qui pourrait entrer. Dans ce cas, pourquoi recommander de bien refermer derrière soi ?

— Pour dissuader les voleurs qui savent lire », lança gaiement Hannah.

Puis, prenant sa sœur par le bras, elle l'entraîna vers l'ascenseur.

Hannah détestait les cabines tapissées de miroirs. Celle-ci affichait le portrait en abyme de trente femmes qui riaient ; la moitié d'entre elles étaient des blondes minces et élégantes, l'autre des rouquines replètes.

« Ouf ! souffla Hannah en émergeant sur le palier du deuxième étage. Cette synchronisation m'a donné le tournis.

— Quelle synchronisation ?

— À un moment, je me suis gratté le nez, et toutes les rouquines ont fait le même geste.

— Je te comprends. Moi aussi je déteste les imitations. »

Il n'y avait personne à l'étage, et pourtant elles s'avancèrent à pas de loup jusqu'à la porte numéro 23. Laissant Andrea faire le guet, Hannah glissa la clé dans la serrure.

Une fois entrées, elles refermèrent discrètement et firent le tour des pièces.

« C'est bon, annonça Hannah en revenant dans le salon. Il n'est pas ici. Que penses-tu de cet appartement ? »

Andrea regarda autour d'elle en haussant les épaules.

« Il est… caricatural. Comme lui.

— Caricatural ! s'esclaffa Hannah. C'est le terme que je cherchais. Winthrop correspond tellement à l'idée que nous autres Américains nous faisons des aristocrates anglais. On dirait qu'il a trouvé sa personnalité dans un roman historique.

— Plutôt dans un film. J'ai du mal à l'imaginer en train de lire.

— Tu as sans doute raison. » Hannah se mit en devoir d'inspecter le salon. « Je trouve ce lieu terriblement froid.

— Absolument. Comment Delores peut-elle supporter un tel manque d'âme ? »

Andrea poussa un cri étouffé en apercevant les photos alignées sur le manteau de la fausse cheminée.

« Quoi ? Qu'y a-t-il ?

— Ces photos ! C'est Pete et Daisy.

— Tu les connais ?

— Pas personnellement. Ce sont les personnages d'un film pour enfants. L'histoire d'un petit garçon et de son chien. Je le sais parce que je l'ai vu l'année dernière avec Tracey et Karen. Winthrop a dû l'adorer, sinon il n'aurait pas posé leurs portraits sur…

— Peut-être voulait-il éviter de mettre de vraies photos, l'interrompit Hannah.

— Comment cela ?

— Pour ne pas montrer les gens qu'il connaît ?

— Oui, mais pour quelle raison ?

— Parce que c'est un repris de justice.

— Ou un témoin sous protection judiciaire.

— Possible, mais il n'a pas le profil. Cela dit, les témoins protégés n'ont pas obligatoirement un profil de témoins protégés, à supposer qu'il en existe un. Peut-être qu'il est juste dingue de ce film pour enfants, tout compte fait. Voyons les autres photos. Tu reconnais d'autres acteurs ?

— Non, je n'en vois pas, mais... »

Andrea se rapprocha, prit un cadre et le retourna.

« Quoi ?

— C'est un Keep-it.

— En clair ?

— Keep-it est une marque de cadres vendue chez CostMart. J'en ai acheté un l'autre jour. Pour y mettre la photo que Norman a prise de Tracey sur le char du Cookie Jar à la parade du 4 juillet.

— En quoi ça nous intéresse ? » demanda Hannah, dubitative.

Elle redoutait que sa sœur ne se lance dans l'une de ses interminables digressions.

« Eh bien... » Andrea s'éloigna de la cheminée, le cadre à la main. « Tu vois ce couple de gens âgés ?

— Oui. Des vedettes de cinéma ?

— Je pencherais davantage pour des modèles publicitaires. Je crois bien que ce portrait-là garnissait le cadre que j'ai acheté.

— Winthrop aurait donc laissé les images publicitaires à l'intérieur ?

— Ça m'en a tout l'air. J'ai encadré la photo de Tracey hier soir. La pub est sûrement encore dans la corbeille à papier. Je regarderai en rentrant.

— Heureusement que tu es là, fit Hannah en lui donnant une petite tape dans le dos. Moi, je n'aurais rien remarqué.

— Cela dit, Winthrop a tout à fait le droit de décorer son appartement avec des photos de pub. Ça n'a rien d'illégal.

— Illégal, non, mais louche, oui. Bon, tu n'as qu'à commencer par le salon. Moi, je vais chercher les gants de ménage et je m'occupe de la chambre. »

Chapitre 21

« C'est bon, je suis réveillée », gémit Hannah en s'asseyant dans son lit pour échapper à la langue râpeuse de son tigre domestique.

Cette pratique dont Moshe avait pris l'habitude signifiait que le jour s'était levé sur la toundra enneigée, qu'il était temps de couper l'alarme avant qu'elle se déclenche, un bruit que son chat détestait au plus haut point, et que son estomac criait famine.

Hannah appuya sur le bouton *off* du réveille-matin, fourra ses pieds dans les mocassins en peau de mouton qui lui servaient de pantoufles en hiver et sortit de son lit.

« Viens, Moshe. J'ai besoin d'un café. Je ne voudrais pas me rendormir et refaire le même rêve. »

Hannah enfila une robe de chambre en laine polaire si délavée qu'on en devinait à peine la couleur d'origine. Elle l'avait trouvée à la friperie Helping Hands, l'année où elle s'était installée à Lake Eden, et en était devenue l'heureuse propriétaire contre la modique somme d'un dollar. Cette robe de chambre lui rappelait Ingrid, la grand-mère de laquelle elle tenait la plupart de ses recettes. Chaque fois qu'elle la mettait, elle se revoyait petite fille, lovée au creux de ses bras.

« J'ai rêvé de Shawna Lee et de Vanessa, dit-elle à son chat dans le couloir qui menait à la cuisine. Elles disputaient un match de tennis à Wimbledon, la tête de Winthrop remplaçait la balle.

— Roww ! répondit Moshe en esquissant un amorti sur la pantoufle de sa maîtresse.

— Je sais, il y a pire comme cauchemar, mais quand même, j'ai trouvé ça pénible. À mon avis, j'ai rêvé de ces trois-là à cause de la photo que nous avons trouvée dans...

— Roww ! l'interrompit Moshe.

— D'accord. Que nous avons volée dans l'appartement de Winthrop. Mais comme je la rapporterai cet après-midi, il ne s'agit pas vraiment d'un vol. D'un emprunt, tout au plus.

— Roww ! répéta Moshe, avec plus de conviction cette fois.

— Très bien. Nous l'avons empruntée sans sa permission. Ça te va comme ça ? » lui demanda Hannah avec un sourire qui s'épanouit lorsqu'il se remit à miauler.

Elle ignorait si les chats comprenaient le langage des humains, mais comme Moshe miaulait toujours à bon escient, elle avait tendance à penser que oui.

« Enfin bref, je suis incapable d'affirmer laquelle des deux sœurs figure sur cette photo. Pareil pour Andrea. Mike le pourrait peut-être, mais je ne compte pas lui poser la question. »

Quand Moshe termina ses croquettes, sa maîtresse avait absorbé juste assez de caféine pour atteindre la salle de bains sans trop d'encombre. Comme chaque jour, elle fit en sorte de se laver et de s'habiller avant d'être totalement réveillée. Moins de dix minutes plus tard, Hannah revenait s'asseoir à la table de la cuisine. Ayant de nouveau rempli la gamelle du chat, elle savourait sa deuxième tasse de café quand la mémoire lui revint.

« Maman, s'écria-t-elle.

— Oww ! cracha Moshe en faisant le gros dos.

— Désolée. Je m'étais promis de l'appeler hier soir pour lui parler des cadres sur la cheminée. Après tout, j'ai peut-être bien fait d'oublier. Il faut rassembler un maximum de munitions avant de partir à la chasse au canard. »

Moshe ferma à demi les yeux, ce qui devait signifier qu'il appréciait la métaphore. Puis il replongea la tête dans son bol Garfield et se mit à broyer ses croquettes avec un enthousiasme renouvelé.

« Norman ! » s'exclama-t-elle. Moshe sursauta et braqua son œil rond sur elle. « Excuse-moi, je ne voulais pas te faire peur, mais tu viens de me donner une idée. » Hannah alla chercher les friandises au saumon dont il raffolait et lui en donna deux. « Tu te rappelles l'émission sur le rôle des empreintes dentaires dans la médecine légale que nous avons regardée la semaine dernière ? Vanessa et Shawna Lee se faisaient soigner chez Norman. Donc il a leurs dossiers. Tu crois qu'il pourrait reconnaître la femme qui sourit sur la photo grâce à ses quenottes ? »

Hannah attrapa son bloc sténo pour y inscrire le programme de la journée. Sur la première ligne, elle traça le mot *cookies*, sur la deuxième *Norman et photo* et sur la troisième *rapporter photo*. Puis elle tourna quelques pages, s'arrêta sur celles consacrées à l'affaire Shawna Lee et attendit qu'une ampoule s'allume au-dessus de sa tête.

D'abord, elle relut la liste des suspects. En numéro 1, Mike et son mobile : querelle d'amoureux. Hannah l'avait rayé après qu'Andrea s'était renseignée auprès de Marjorie Hanks. Comment Mike aurait-il pu assassiner Shawna Lee dans sa pâtisserie alors qu'au même moment il se trouvait dans son bureau au poste de police, sous les yeux de Marjorie qui passait l'aspirateur ?

Après Mike venaient les épouses des agents avec lesquels Shawna Lee avait flirté à l'époque où elle travaillait pour le shérif du comté. Mais au moment du meurtre, ces femmes ainsi que leurs maris assistaient à la cérémonie de mariage dans l'église.

Le nom de Ronni Ward suivait, mais lui aussi était rayé. Une femme souffrant d'une fracture à la cheville faisait une mauvaise suspecte. Avant d'abattre sa rivale, il aurait fallu qu'elle contourne l'immeuble en sautant à cloche-pied dans la neige. Par acquit de conscience, Hannah avait tout de même appelé l'hôpital de Lake Eden et obtenu la confirmation que Ronni n'avait pas quitté sa chambre le soir du meurtre.

Barbara Donnelly était également hors de cause. Grâce à Norman. Lors d'une séance de détartrage, elle lui avait confié s'être rendue au mariage de Lisa et de Herb en compagnie de Nettie Grant, laquelle, une fois jointe par téléphone, avait corroboré ses dires.

Plus bas sur la page, après une césure matérialisée par un trait horizontal, Hannah avait inscrit le prénom *VANESSA* en lettres capitales. Cette dernière piste datait de sa discussion avec Andrea, quand celle-ci avait émis l'hypothèse que le tueur s'était trompé de sœur. De nouveaux mobiles étaient apparus, ainsi que de nouveaux suspects, dont la directrice commerciale de Pretty Girl. À la suite de leur entrevue avec Gloria Travis, Hannah avait tracé un ? à côté de son nom. Certes, Gloria ne disposait d'aucun alibi et avait toutes les raisons de vouloir la mort de Vanessa, pourtant ni Hannah ni Andrea ne la croyaient coupable.

Pensive, Hannah tapotait la page du bout de son stylo. Devait-elle l'ajouter ou pas ? Elle s'accorda encore quelques minutes de réflexion puis écrivit *Winthrop* au bas de sa liste. Pour autant qu'elle le sache, il n'avait pas de mobile. Mais cette photo cachée entre ses caleçons signifiait forcément quelque chose. Il avait assisté à la cérémonie de mariage, mais à un moment donné s'était éclipsé pour aller chercher le riz dans la voiture de Delores. Son absence n'avait duré que quelques minutes, mais il n'en fallait pas davantage pour parcourir la distance séparant l'église du Fournil des Magnolias, abattre Shawna Lee à travers la vitre, faire demi-tour, cacher l'arme dans sa voiture, prendre le sac de riz et revenir à la case départ.

Entendant miauler, Hannah se retourna vers Moshe et lui dit :

« Je sais, mon grand, je manque d'objectivité, mais avoue tout de même que ce Winthrop n'est pas très net. D'abord, peux-tu m'expliquer ce que fiche un lord anglais à Lake Eden ? »

Moshe lui fit part de son avis sur la question. À sa manière, bien sûr.

« Oui, d'accord, répondit-elle, Eden Lake est connu des pêcheurs du monde entier. Mais je te ferai remarquer que nous ne sommes pas en été et que, sauf erreur, Winthrop ne s'intéresse pas à la pêche. Ce n'est pas comme s'il était arrivé chez nous à bord d'une soucoupe volante en perdition. Il a dû choisir Lake Eden pour une bonne raison, mais laquelle ? »

Au troisième miaulement, Hannah fut tentée de le féliciter pour ses remarques pertinentes. Puis elle vit que sa gamelle était vide. Moshe ne discutait pas avec elle ; il réclamait du rab de croquettes. Hannah le servit généreusement, jeta le carnet dans sa sacoche, enfila sa parka et sortit.

L'air glacé lui fit l'effet d'une gifle. Hannah tira sur son bonnet de laine, s'engouffra dans l'escalier – heureusement protégé par un toit – et, parvenue au rez-de-chaussée, dévala les marches en ciment menant au parking souterrain.

Comme Cyril l'avait promis, son break rouge était garé sur sa place attitrée. Le mécano ayant procédé à l'échange avait pensé à brancher le chauffe-moteur et la carrosserie étincelait. Chaque fois qu'elle faisait vérifier son véhicule, Cyril le lui rendait propre comme un sou neuf. C'était l'une des choses qu'elle appréciait chez lui. Hannah débrancha le câble, l'enroula autour du pare-chocs et se mit au volant. Il était temps de partir travailler.

Hannah sortit en marche arrière, s'engagea sur la rampe et déboucha dans l'allée qui serpentait entre les bâtiments et qui était ponctuée de jolis réverbères à l'ancienne, comme des îlots de lumière au cœur des ténèbres. À 4 h 30 du matin, tous ses voisins dormaient à poings fermés. Sauf peut-être le jeune couple qui habitait l'immeuble près du sien. Leur appartement était éclairé, mais c'était parce que leur bébé ne faisait pas encore ses nuits.

Elle glissa sa carte magnétique dans la fente, attendit l'ouverture de la barrière et s'engagea sur la route d'accès. Une pluie verglaçante avait dû balayer la région au cours des dernières heures car il n'y avait pas un souffle de vent et le monde autour d'elle était recouvert d'une pellicule argentée qui scintillait comme de la poussière de diamant sous les phares de son véhicule. Un spectacle magique avec, dans le rôle principal, les guirlandes de cristaux qui ornaient les fils électriques de part et d'autre de la chaussée.

Avant de passer sur la grand-route, Hannah dut franchir une énorme congère, ce qu'elle fit d'une simple pression sur l'accélérateur. Deux panaches de neige jaillirent de chaque côté de son break et retombèrent en poudre sur son pare-brise. Rien ne bougeait. Le silence était absolu. Comme si le comté de Winnetka avait été vidé de ses habitants. Un vaisseau spatial les avait-il emportés vers une planète lointaine, la laissant seule au monde ? Avait-elle raté le rendez-vous donné par les extraterrestres ? Si tel était le cas, elle allait devoir trouver un moyen de les contacter pour qu'ils lui en donnent un autre...

Sa randonnée cosmique fut brutalement interrompue par l'irruption dans son rétro d'un camion de livraison, celui de la laiterie Cosy Cow. En la dépassant, le chauffeur salua Hannah d'un coup de klaxon. Tout compte fait, rien de définitif ne s'était passé durant la nuit. Pourtant... Elle fronça les sourcils. Quelque chose avait changé.

« Waouh ! » fit-elle pour exprimer sa perplexité et vérifier, par la même occasion, l'hypothèse qui venait de germer dans son esprit. L'expérience fut concluante, car au lieu de créer un halo blanc devant ses lèvres, ce « waouh » se dilua, invisible, à l'intérieur de l'habitacle.

Hannah refit un essai. *Idem*. Aucune buée ne sortait de sa bouche. Interloquée, elle retira un gant et toucha le skaï recouvrant la console entre les sièges avant. Le plastique était tiède. De même que le volant, le tableau de bord et le boîtier du rétroviseur. Il faisait bon dans sa voiture ! Hannah poussa un cri de joie digne d'une femelle orignal. Cyril avait réparé son chauffage. C'était donc cela, l'objet de ce rappel d'usine !

Hannah arriva au carrefour avec un grand sourire sur les lèvres. Quand elle bifurqua en direction de Lake Eden, elle souriait toujours. En traversant le centre-ville, elle souriait encore. Même chose lorsqu'elle se gara derrière le Cookie Jar. Malheureusement, cet instant de pure félicité s'interrompit subitement lorsque, s'apprêtant à descendre, elle découvrit l'objet posé sur le siège à côté d'elle.

« Mais c'est mon pichet ! » s'écria-t-elle comme s'il y avait eu quelqu'un pour lui répondre : Oui, en effet, c'est bien lui.

Un peu gênée d'avoir parlé toute seule, Hannah se pencha sur le récipient en plastique transparent, celui-là même qu'elle avait extrait du lave-vaisselle de Vanessa, nettoyé à la main et laissé à égoutter près de l'évier. Que faisait-il dans son break ?

En l'attrapant, Hannah aperçut un mot à l'intérieur. Elle retira le couvercle, y plongea la main, sortit le papier et lut : *Chère Hannah, merci pour le jus d'orange Julius. Vanessa a lavé votre pichet.*

« Non, c'est faux », marmonna-t-elle avant de poursuivre sa lecture. *Comme vous ne vous décidiez pas à le faire vous-même, Bill, Cyril et moi avons décidé de prendre l'initiative. Nous avons installé un chauffage auxiliaire dans votre break et bouché la fente par laquelle entrait l'air. Vous n'aurez plus froid aux pieds l'hiver. Je voulais vous remercier pour l'indulgence dont vous avez fait preuve l'autre soir quand j'étais avec Vanessa. Je me suis dit que c'était un bon moyen de le faire.* Avant de signer de son prénom, Mike avait écrit *Je vous aime.*

Hannah aurait dû monter sur ses grands chevaux. Une femme libre et indépendante comme elle, qui avait toujours mené sa barque sans le secours de personne, ne pouvait que mal réagir à cette intrusion dans sa vie privée. Pourtant, elle ne ressentait aucune colère. Juste de la gratitude. Mike avait usé d'un prétexte fallacieux pour prendre à sa place une décision qui ne regardait qu'elle, et, malgré cela, elle ne lui en voulait pas. Son chauffage fonctionnait et, pour la toute première fois depuis qu'elle possédait ce break, elle avait roulé dans la neige sans claquer des dents. Hannah était tellement euphorique qu'à cet instant, si Mike s'était présenté devant elle en s'excusant de l'avoir trompée avec les deux sœurs Quinn, elle lui aurait peut-être même pardonné !

Les cookies du matin étaient prêts. Dix douzaines de croustillants à l'orange, douze douzaines de croustillants aux pépites de chocolat, huit douzaines de croustillants aux raisins et aux flocons d'avoine, six douzaines de *boggles*, neuf douzaines de *black and white*, quatorze douzaines de barreaux en tout genre. À présent, Hannah devait se consacrer à la préparation du déjeuner, l'idée consistant à se débarrasser d'une partie des crevettes – petites, moyennes et grosses – qui encombraient son congélateur. Avec les petites, elle comptait préparer un consommé qu'elle proposerait aux amis de passage. Cette recette lui venait d'Edna Ferguson qui elle-même la tenait de Trudi Nash, l'ancienne prof d'arts plastiques du lycée Jordan. Le fameux consommé faisait désormais partie des « contrefaçons » d'Edna. Par ce terme, Edna désignait les plats qu'elle réalisait à partir d'aliments déjà transformés. Mais comme elle aimait à le répéter : seuls les puristes étaient capables de faire la différence.

Hannah décongela les crevettes sous le robinet, les coupa en menus morceaux puis alla chercher les autres ingrédients, à savoir deux boîtes de soupe concentrée, l'une à la tomate, l'autre aux petits pois. Elle versa leur contenu dans le mixeur, ajouta un peu de lait et fit tourner à petite vitesse. La préparation ainsi obtenue fut transférée dans une casserole qu'elle emporta dans la chambre froide et posa près des crevettes hachées. À l'heure du déjeuner, il ne lui resterait plus qu'à mélanger le tout et faire chauffer.

Ayant refermé la chambre froide, Hannah se versa une autre tasse de café et passa côté boutique pour s'asseoir à sa table préférée, dans le fond de la salle. Il faisait encore sombre. Pas un chat dans la rue. Après tout, il n'était que 6 h 47. Sans doute Lisa dormait-elle encore. Pourtant c'était une lève-tôt. Cela dit, maintenant qu'elle était mariée...

Pour éviter de poursuivre sur cette pente glissante, Hannah tâcha de se concentrer sur les tâches qui l'attendaient, un sujet de réflexion beaucoup moins intéressant mais aussi moins dangereux pour une femme célibataire désirant le rester encore quelque temps.

Consommé de crevettes de Trudi

Note : cette recette peut également se réaliser avec du crabe ou un mélange crevettes/crabe.

1 boîte de soupe de tomate concentrée (250 g)
1 boîte de soupe de petits pois concentrée (250 g)
3 tasses de lait entier (ou de crème liquide pour une texture plus onctueuse)
900 g de petites crevettes (cuites et épluchées)
½ tasse de vin de Xérès (en option)

Mélanger les deux soupes concentrées. Celle aux petits pois a tendance à faire des grumeaux, donc ne pas hésiter à utiliser un mixeur. Ajouter le lait ou la crème.

Verser dans une casserole, réchauffer à feu doux en remuant de temps à autre. Décongeler et hacher les crevettes. Les ajouter au mélange quand celui-ci est tiède.

Quand le consommé est bien chaud, ajouter le vin de Xérès et servir.

Rendement : pour 6 personnes environ, en fonction de leur appétit.

Lisa préfère ce consommé à celui qu'elle a goûté dans un restaurant gastronomique de Minneapolis où Herb l'avait invitée pour la Saint-Valentin. Herb est du même avis, et pas juste à cause du prix.

Chapitre 22

« Tu sais ce que Bill et Mike ont fait à ma voiture ? demanda Hannah en montant dans la Volvo de sa sœur.

— Oui, j'étais au courant, mais ils m'ont fait jurer le secret. C'est pour ça que je me suis arrêtée devant le garage de Cyril, hier. Ça devait avoir l'air d'une coïncidence.

— Quel plaisir de rouler le matin sans avoir froid nulle part !

— Même pas aux pieds ? Mike était encore en train de chercher cette maudite fente quand Bill l'a quitté hier soir.

— Eh bien, je peux te dire qu'il l'a trouvée. Figure-toi qu'en arrivant au Cookie Jar, je sentais mes orteils.

— Donc… tu lui as pardonné ?

— À qui ? À Bill ? répliqua Hannah pour la faire marcher.

— Non, idiote. À Mike. Il s'en veut beaucoup, tu sais. Il a dit à Bill qu'il aimerait pouvoir revenir en arrière.

— En arrière de *quoi* ? »

Andrea se crispa. « Heu... je veux dire... qu'il regrette d'avoir passé tout ce temps avec Shawna Lee. »

Hannah serra les dents. Toute la gratitude qu'elle avait ressentie envers Mike venait de disparaître à la même vitesse que les sodas qu'elle servait gratis au pique-nique du 4 juillet. C'est-à-dire, en un clin d'œil.

« Il lui a juré qu'il ne s'était rien passé entre eux, tenta de se rattraper Andrea.

— Mike n'est pas stupide. Il savait que Bill te rapporterait ses paroles et que tu m'en parlerais.

— Peut-être. Mais rappelle-toi ce que tu as dit à Delores. Shawna Lee est morte, alors adieu la concurrence. »

Non seulement Hannah ne se rappelait pas avoir prononcé cette noble sentence, mais ce qui valait pour sa mère ne s'appliquait pas nécessairement à elle.

« Bill les a souvent vus ensemble ?

— Bien sûr. Je veux dire, Bill et Mike sont collègues et ils déjeunent dans les mêmes lieux. Quand Mike mangeait avec Shawna Lee, Bill ne pouvait que le remarquer. Mais tu n'as pas à t'inquiéter. À chaque fois, Mike disait à Bill que c'était en tout bien tout honneur.

— Ça fait beaucoup de "tout bien tout honneur". À se demander pourquoi Shawna Lee s'intéressait encore à lui. »

« Ne dites rien, mesdames, fit Norman en ouvrant le panneau coulissant séparant la salle d'attente de l'espace de réception. Vous voulez parler à l'expert en dentisterie exerçant auprès du shérif du comté. »

Hannah sourit. Norman faisait toujours preuve d'une grande perspicacité.

« En effet. Comment avez-vous deviné ?

— Simple supposition. J'aurais été fort étonné que vous soyez là toutes les deux pour une soudaine rage de dents, d'autant que ni l'une ni l'autre ne se tient la joue. Et je ne suis pas assez prétentieux pour croire que c'est mon intelligence doublée de mon incroyable sex-appeal qui vous ont attirées vers moi...

— Cessez de vous dénigrer, Norman, dit Hannah, interrompant sa logorrhée. Pourriez-vous jeter un coup d'œil à cette photo ? J'ai besoin de votre avis.

— Voyons voir, dit-il en prenant le cadre qu'elle lui tendait.

— Êtes-vous en mesure de nous dire qui est la femme assise à côté de Winthrop ? C'est important. S'agit-il de Shawna Lee ou bien de Vanessa ?

— C'est Vanessa.

— Mais... vous n'avez pas besoin de vérifier son dossier dentaire ? s'étonna Andrea.

— Non. C'est Vanessa.

— Comment pouvez-vous en être sûr ? Pour moi, cette femme ressemble plutôt à Shawna Lee.

— Non. L'incisive gauche de Shawna Lee était légèrement ébréchée.

— Et si cette photo avait été prise avant qu'elle le soit ? suggéra Hannah.

— Impossible. Cette ébréchure datait de son enfance, m'a-t-elle dit. Une chute de balançoire au cours préparatoire.

— Vous pouvez donc me certifier qu'il s'agit de Vanessa ? »

Norman confirma d'un hochement de tête.

« J'en mettrais mon diplôme au feu. Si vous y tenez, je peux aller consulter son dossier, mais personnellement je n'ai aucun doute.

— Je vous crois sur parole, dit Andrea avant de se tourner vers Hannah. On n'en parlera pas à Delores, d'accord ? Tu as réussi à la calmer, ce serait dommage qu'elle replonge.

— Tu as raison. Il faudra bien qu'on le lui dise tôt ou tard, mais mieux vaut tard que tôt. »

À son air éberlué, Hannah comprit que Norman peinait à suivre.

« Pourquoi cette photo dérangerait-elle votre mère ? J'y vois juste deux personnes qui passent un bon moment dans un restaurant ou dans un club...

— À cela près que Winthrop lui a caché qu'il connaissait Vanessa. Or, Delores croyait qu'il n'avait pas de secrets pour elle.

— Peut-être a-t-il estimé que c'était sans importance. Peut-être qu'il ne l'a vue qu'une seule fois. Je comprends que votre mère ait envie d'en savoir plus, mais, franchement, il n'y a pas de quoi fouetter un chat.

— Oh que si ! répliqua Hannah.

— Dans ce genre d'endroit, des tas de gens se font tirer le portrait par des photographes professionnels. C'est très banal.

— Je sais mais, voyez-vous, Winthrop et Vanessa se connaissaient très bien. Sinon, pourquoi Delores aurait-elle trouvé cette photo dans le tiroir où il range ses caleçons ?

— Ah », se contenta de répondre Norman.

Un bon point pour lui : il ne demanda pas ce que Delores faisait dans le tiroir où Winthrop rangeait ses caleçons. Peut-être, à l'instar de Hannah et d'Andrea, préférait-il n'en rien savoir.

« Maintenant que vous l'avez identifiée, nous devons déterminer où cette photo a été prise, renchérit Hannah.

— C'est facile, dit Norman en lui rendant le cadre. Comme de toute évidence c'est l'œuvre d'un professionnel, vous n'avez qu'à regarder au verso. Il devrait y avoir le cachet du studio.

— À toi de jouer, dit Hannah avant de refiler la patate chaude à sa sœur.

— D'accord. »

Andrea posa le cadre à plat sur le comptoir. « Maintenant, on croise les doigts... »

Norman et Hannah la regardèrent redresser les agrafes, soulever la plaque de carton et se pencher pour déchiffrer le nom inscrit sur le tampon, dans le coin en bas à gauche.

« Peachtree Photo », lut Andrea. Puis elle se retourna vers eux, enchantée de sa trouvaille. « L'adresse et le numéro de téléphone sont indiqués. Le studio se trouve à Macon, en Géorgie. Vous voulez que j'appelle ?

— Et comment ! » fit Hannah.

Toujours prête à exercer ses talents d'enquêtrice, Andrea sauta sur son portable. Pendant qu'elle composait le numéro, Hannah pêcha son bloc sténo au fond de sa sacoche, l'ouvrit sur une page vierge et le lui donna, accompagné d'un stylo-bille.

« Bonjour ! dit Andrea, affable, lorsque sa correspondante fut en ligne. Une amie m'a montré un portrait que vous avez fait d'elle. Il est magnifique. Je me demandais si je pouvais vous en commander un tirage, à moins que je puisse avoir le négatif. Enfin, vous voyez... Nous lui organisons une petite surprise pour son anniversaire, et je suis chargée de collecter des photos pour les afficher dans la salle de restaurant. Comme j'ai adoré celle-ci... »

La voyant griffonner un visage souriant sur le calepin, Hannah supposa que l'affaire était bien engagée.

« Cette photo a été prise dans un restaurant, un cabaret ou un club, poursuivit Andrea. Vanessa est assise à côté d'un monsieur qu'elle connaissait du temps où elle vivait en Géorgie. Je la trouve vraiment ravissante sur ce portrait. »

Quand un deuxième visage souriant apparut sur la page, Hannah comprit que c'était gagné. Encore une fois, Andrea avait trouvé les mots et le ton justes.

« Oui, deux personnes, confirma-t-elle en faisant un clin d'œil à l'intention de sa sœur. Il y a comme une ambiance tropicale, avec des fauteuils Emmanuelle, des tables en rotin... Au fond, on aperçoit un perroquet dans une cage, si ça peut vous aider. »

Andrea écouta un bon moment puis se pencha au-dessus de la photo.

« Un numéro, vous dites ? En bas à gauche ? Oui ! Je le vois. Il est vraiment tout petit. Attendez une seconde, je vous le donne. »

Norman et Hannah l'écoutèrent égrener une série de chiffres.

« OK. Je patiente, dit Andrea avant de poser l'appareil. Elle cherche dans ses dossiers, expliqua-t-elle en secouant la tête comme un coureur à l'arrivée d'un cent dix mètres haies. Elle veut bien m'aider. »

Le silence s'installa, ponctué de respirations pesantes et de regards inquiets. Puis l'employée de Peachtree Photo revint en ligne.

« Oui, je suis toujours là. Vous dites qu'un certain Bobby Joe Peeters a acheté le négatif ? Qui est-ce ? »

Une seconde plus tard, Andrea partit d'un rire poli.

« Oui, bien sûr, vous n'avez pas le droit de me fournir ce genre d'informations. Mais dites-moi, ce monsieur a payé pour les deux ? Le tirage *et* le négatif ? »

Les deux sœurs se regardèrent. Qui pouvait bien être ce Bobby Joe Peeters ?

« Mais oui ! Suis-je bête ! Il suffit de scanner la photo et de la faire tirer au format que nous souhaitons. Merci pour le conseil ! Au revoir.

— Bobby Joe Peeters ? répéta Norman quand Andrea eut raccroché.

— Oui, c'est bien cela, confirma Hannah en récupérant son bloc-notes. J'imagine que Vanessa et Winthrop passaient la soirée avec un autre couple et que leurs compagnons leur ont offert cette photo.

— Oui, ce serait logique, dit Andrea, un peu déçue. On n'est pas tellement plus avancés.

— Au contraire. Nous en savons suffisamment pour lancer une recherche sur Internet, intervint Norman. Je m'en charge. En attendant, retournez au Cookie Jar. Je vous y rejoindrai vers 13 h 30, après mon dernier rendez-vous de la matinée. Avec un peu de chance, à ce moment-là, je serai en mesure de vous dire qui est Bobby Joe Peeters. »

« Grands dieux ! gémit Lisa en découvrant la photo. Votre mère est au courant ?

— Non. Enfin, si... mais pas de tout, bredouilla Andrea. C'est-à-dire, elle sait, mais... »

Elle renonça et regarda sa sœur d'un air suppliant. « Hannah ! »

Andrea faisait la même grimace qu'à l'époque où elle butait sur ses problèmes de maths. Hannah vola à son secours avec la même gentillesse qu'en ce temps-là.

« Détends-toi. Je lui explique, la rassura-t-elle avant de se tourner vers Lisa. Notre mère a vu cette photo mais elle croit qu'il s'agit de Shawna Lee. Or, ce n'est pas elle mais Vanessa.

— Vanessa connaît Winthrop ?

— Visiblement. Ce cliché a été pris alors qu'ils étaient en compagnie d'un homme nommé Bobby Joe Peeters. C'est lui qui a payé la photo. Norman le cherche sur Internet. Dans deux heures, il viendra nous montrer ce qu'il a trouvé.

— Vous pensez que ce Bobby Joe Peters est important pour l'enquête ? demanda Lisa.

— Ce n'est pas impossible, si nous partons du principe que Shawna Lee a été tuée à cause de sa ressemblance avec Vanessa. » Hannah s'arrêta pour reprendre son souffle. « Je sais, c'est un peu tiré par les cheveux, admit-elle, mais nous n'avons pas d'autre piste. De toute façon, quand elle sera au courant, notre mère exigera que nous contactions Bobby Joe Peeters pour qu'il lui en dise davantage. Alors, autant le chercher dès maintenant. »

Chapitre 23

« Vous êtes en avance ! s'exclama Hannah quand elle ouvrit la porte du fournil et vit Norman debout sur le seuil. Vous voulez du consommé de crevettes ? Il est fameux.

— Je n'en doute pas. Mettez-m'en un peu dans un tupperware. Je le réchaufferai au micro-ondes. »

Hannah lui en versa une bonne louche et ferma le couvercle en plastique.

« Voilà pour vous.

— Merci. Si je suis venu si vite, c'est parce que j'ai jeté un coup d'œil aux sorties imprimante en attendant les radios de Mme Kuehn. D'ailleurs, je dois y retourner immédiatement, je l'ai laissée dans le fauteuil.

— Qu'y a-t-il de tellement important sur ces sorties imprimante ? demanda Andrea en refermant la porte pour éviter les déperditions de chaleur.

— À la cinquième page, il y a une photo de Bobby Joe Peeters. Mis à part la moustache, je trouve qu'il ressemble beaucoup à Winthrop.

— Oups ! fit Hannah, la gorge serrée. Mais… vous ne pouvez pas l'identifier grâce à ses dents ? Comme vous l'avez fait avec Vanessa ?

— Encore faudrait-il qu'il les montre. Or, vous n'ignorez pas qu'il est interdit de sourire sur les photos d'identité. Lisez, vous comprendrez. Je vous laisse, sinon Mme Kuehn va croire que je l'ai abandonnée. »

Après que Norman fut parti retrouver sa patiente, les deux sœurs s'installèrent confortablement et, à tour de rôle, prirent connaissance du dossier. En effet, Bobby Joe Peeters et Winthrop se ressemblaient comme deux gouttes d'eau. Mais c'était bien véniel au regard de ce qu'elles découvrirent à la lecture d'un article de presse. Le fameux Bobby Joe Peeters avait été condamné à dix ans ferme pour escroquerie et, au mois d'août précédent, il s'était évadé de la prison de Géorgie où il purgeait sa peine. Sa victime, une dame âgée, avait été dépouillée de ses économies et de sa pension de retraite.

« Tu penses que Bobby Joe et Winthrop sont une seule et même personne ? Et qu'il ne s'intéresse à notre mère que pour lui voler son argent ?

— Pour l'instant, j'ai du mal à penser, répondit Hannah en lui tendant le feuillet suivant. Tiens, lis ça. »

Quelques minutes plus tard, à l'exception de sa pointure, les deux sœurs savaient tout sur Bobby Joe Peeters. En résumé, il s'agissait d'un individu peu recommandable qui avait changé d'identité à plusieurs reprises et commettait ses forfaits avec l'aide d'une complice.

« Winthrop était seul quand il s'est installé à Lake Eden, fit remarquer Andrea.

— Cette femme l'attend peut-être en prison. Ou il a décidé de se passer d'elle, cette fois-ci. Tu crois qu'il faut montrer ça à Delores ?

— Oui. » Andrea alla chercher son manteau. « Et tout de suite.

— Attends-moi deux secondes, s'il te plaît, dit Hannah en transférant une douzaine de délices aux deux chocolats dans un petit sac à anses. Elle aura besoin d'un remontant quand nous lui apprendrons que Winthrop n'est pas Winthrop. »

Un vent glacé soufflait en rafales lorsque les deux sœurs, ayant parcouru la dizaine de mètres qui les séparaient du Grenier de Mamie, s'engouffrèrent dans l'arrière-boutique encombrée de l'habituel bric-à-brac. Andrea ouvrit le passage en se faufilant derrière un miroir ovale. Puis elle enjamba un tabouret Régence[1] muni de pieds griffus, vérifia que Hannah la suivait et, après plusieurs tours et détours, finit par atteindre la porte de communication.

« Bonjour, Carrie, lança-t-elle en émergeant côté boutique. Où est Delores ?

— Vous l'avez ratée. Elle est partie voilà une demi-heure environ en disant qu'elle avait une course à faire et qu'elle serait de retour avant la fermeture.

— Savez-vous quel genre de course ? demanda Hannah en comptant sur l'indiscrétion quasi proverbiale de son interlocutrice.

— Non, pas vraiment, mais, comme avant de partir elle a vérifié qu'elle avait bien son livret d'épargne, j'imagine

1. Régence anglaise (1811-1820).

qu'elle est passée par la banque. Je pense qu'il y a un rapport avec Winthrop, mais je ne peux rien affirmer.

— Pourquoi pensez-vous cela ? insista Hannah.

— À cause de ce qu'elle m'a dit. Comme quoi amour et confiance devraient aller de pair. Elle a ajouté qu'elle savait où il cachait le double de ses clés et que c'était une bonne chose. J'ai supposé qu'elle parlait de Winthrop vu qu'elle n'a fréquenté aucun autre homme depuis le décès de votre père. Je la connais depuis toujours et c'est ma meilleure amie. J'espère que Winthrop ne la fera pas souffrir. Il y a quelque chose en lui... quelque chose de trop...

— Lisse ? » proposa Hannah. Puis elle lui tendit le sac de cookies. « Ne vous inquiétez pas, Carrie. Nous allons la retrouver. En attendant, mangez un peu de chocolat. Je sens que vous en avez besoin. »

Après l'avoir priée de retenir Delores si jamais celle-ci réapparaissait, Hannah retourna au Cookie Jar, donna la même consigne à Lisa, s'arma d'un autre sac de délices aux deux chocolats et rejoignit sa sœur, destination la First National Mercantile Bank. L'agence était à deux pas, mais Andrea avait tenu à prendre sa voiture au cas où Delores leur filerait sous le nez.

Il y avait la queue au guichet. Hannah passa directement dans le bureau de Doug Greerson, le directeur. Doug suivait de près tout ce qui se passait dans son agence. Donc il saurait si Delores était venue.

« Tiens, Hannah ! s'écria-t-il en se levant pour l'accueillir. Et Andrea est avec toi ! Voulez-vous une tasse de café ? J'ai reçu un excellent arabica du Guatemala.

— Pas cette fois, Doug. Nous sommes vraiment pressées.

— On veut juste savoir si notre mère est passée par ici, intervint Andrea.

— Oui, je l'ai vue. Elle est partie il y a quinze minutes environ.

— T'aurait-elle dit où elle allait, par hasard ? renchérit Hannah.

— Non, et je ne lui ai pas posé la question. Il y a un problème ? »

Les deux sœurs se regardèrent. Doug était un homme de confiance.

« Je t'en prie, garde ça pour toi, commença Hannah, mais nous craignons qu'une personne de sa connaissance n'essaie de lui soutirer une grosse somme d'argent. Nous voulons seulement nous assurer que cela n'arrive pas.

— Pour un investissement ?

— Oui, quelque chose comme ça. J'espère qu'elle n'a pas fait de retrait important.

— Je n'ai pas le droit de vous révéler combien elle a sorti, répondit Doug en secouant la tête. Mais je peux vous dire qu'elle a eu besoin de l'accord de son conseiller pour effectuer l'opération.

— À partir de combien doit-on avoir l'accord de son conseiller ?

— Deux mille dollars. Et quand la somme dépasse les cinquante mille, c'est moi qui interviens. Pour info, je n'ai pas eu à donner mon accord aujourd'hui.

— Merci, Doug, dit Hannah avant de se rendre compte qu'il leur avait annoncé une fourchette allant de deux mille à cinquante mille dollars.

— Au moins, on sait qu'elle n'a pas retiré cinquante mille, fit remarquer Andrea en se remettant au volant.

— Certes, mais quarante-neuf mille, peut-être.

— C'est énorme ! Qu'allons-nous faire ? Nous lancer à sa recherche ?

— D'abord, on va passer par chez elle pour voir si sa voiture est là. »

Andrea tourna au coin et continua jusqu'à la maison de Delores. Hannah descendit, sonna et, n'obtenant pas de réponse, ouvrit la porte. Le garage était vide.

« Je vais lui laisser un message », dit Hannah en repérant un bout de carton abandonné sur le comptoir de la cuisine. Elle y griffonna quelques mots et le scotcha sur le mur face à la porte d'entrée. « Comme ça, elle le verra immédiatement.

— Sauf si elle entre par le garage.

— Ce qui risque de se passer puisqu'elle est partie en voiture. Merci, Andrea. Je suis tellement perturbée que j'en perds la tête. » Hannah posa le bout de carton sur une chaise qu'elle installa devant la porte menant au garage. « Ça devrait aller. Elle sera obligée de pousser cette chaise pour passer. Que penses-tu de mon message ? ajouta-t-elle.

— *Winthrop est un criminel opérant sous une fausse identité*, lut Andrea. *Il y a danger ! Appelle-nous dès que tu rentres*, signé *Hannah et Andrea*. C'est bien. Encore faudrait-il qu'elle nous croie.

— Espérons. À présent, on va chez Winthrop. L'argent qu'elle a sorti de la banque lui est destiné. J'en suis quasiment sûre.

— Il n'était pas censé rentrer en fin d'après-midi ? Je vois mal Delores poireauter sur place en guettant son retour.

— Moi non plus. La patience n'est pas son fort. Je suppose qu'elle va lui laisser les billets dans une enveloppe, comme elle le faisait avec notre argent de poche quand on était petites.

— Des enveloppes fermées, se remémora Andrea. Pour qu'on ne sache pas combien l'autre avait. Tu t'en souviens ?

— Très bien. Au fait, combien tu avais ?

— Tu peux toujours courir pour que je te le dise.

— Toi aussi. Allez, on y va. Si nous trouvons une enveloppe sur laquelle est écrit le nom de Winthrop, nous la prendrons et le tour sera joué. »

Quand Andrea s'engagea sur la grand-route, la neige recommençait à tomber. Connaissant sa manière de conduire, Hannah aurait préféré tenir le volant qu'occuper la place du mort.

« Si on prenait mon break maintenant que le chauffage fonctionne ?

— Il est trop voyant. Si on repart avec l'enveloppe, il vaut mieux que personne ne sache qu'un break rouge estampillé *Cookie Jar* était garé sur le parking des visiteurs.

— Tu as raison. Donc, tu penses que Winthrop est Bobby Joe Peeters ? Ou que Bobby Joe est le jumeau maléfique de Winthrop ?

— Ces deux individus n'en sont qu'un. Souviens-toi, je le trouvais caricatural, comme s'il jouait le rôle d'un lord anglais dans un film d'époque.

— Oui, je m'en souviens.

— Eh bien, je n'étais pas très loin de la vérité. Ce type est un escroc, et nous devons agir avant que Delores nous dépouille de notre héritage.

— De quoi tu parles ? répliqua Hannah, choquée.

— OK, ça fait pingre, je sais. Mais elle a promis de faire un geste pour Tracey et Bethany.

— Quel geste ?

— Leur payer la fac. Tu n'ignores pas que les frais d'inscription grimpent chaque année. Si elle refile quarante-neuf mille dollars à Winthrop, il ne restera quasiment plus rien pour mes enfants.

— Oh », fit Hannah, sans autre commentaire.

Elle était bien placée pour savoir ce que Delores possédait. À la mort de leur père, elle était rentrée au bercail pour gérer la succession, leur mère étant incapable de tenir une comptabilité. Contrairement à ses deux sœurs, Hannah connaissait donc l'étendue du patrimoine familial. Entre ses comptes d'épargne et ses divers placements, Delores pouvait vivre confortablement sans entamer son capital, et ce, jusqu'à la fin de ses jours. Mais elle ne s'en était jamais vantée auprès d'Andrea et de Michelle. Et Hannah n'avait pas vendu la mèche.

« Elle ne va pas se retrouver sur la paille, j'espère ? insista Andrea, pétrie d'inquiétude.

— C'est peu probable. Même si elle retirait une grosse somme d'argent, il lui en resterait encore beaucoup. Pour autant, il n'est pas question de laisser cette vipère profiter de sa crédulité.

— Bien dit, fit Andrea en enfonçant la pédale d'accélérateur.

— Ralentis un peu, tu veux ? Grossir les statistiques de la sécurité routière n'empêchera pas Winthrop, ou Bobby Joe, ou Machin Chose, de plumer notre pauvre mère.

— Exact. »

Andrea leva le pied, mais pas assez au goût de Hannah, laquelle se mit en devoir de surveiller le compteur du coin de l'œil tout en se répétant que sa sœur n'avait jamais eu d'accident. Elles seraient bientôt sur place. Elles redresseraient la situation. C'était la seule chose à faire. Elles surprendraient Delores en train de glisser les billets dans l'enveloppe et la feraient sortir de cet appartement caricatural avant que le vil séducteur ne débarque pour récupérer son butin.

Chapitre 24

« Gare-toi ici, dit Hannah en désignant une place libre près de l'emplacement 223. Si Winthrop arrive, tu donnes trois coups de klaxon.

— Mais... il va me voir !

— Tant mieux. Il pensera que tu klaxonnes pour attirer son attention. Tiens-lui la jambe deux ou trois minutes, le temps que je ressorte de l'immeuble. Ensuite, fais le tour et arrête-toi près des bennes à ordures. J'y serai. Commence déjà à préparer une histoire pour expliquer ta présence.

— Je sais ce que je vais lui dire.

— Quelle rapidité ! s'étonna Hannah.

— En tant qu'agent immobilier, je dois savoir improviser. Je lui dirai que l'un de mes clients cherche à louer un deux-pièces en attendant que sa maison soit construite. Je l'interrogerai à propos de son appartement, des espaces communs... Je pourrai tenir comme ça au moins cinq minutes, voire dix.

— Parfait. Ne t'inquiète pas si je ne redescends pas tout de suite. L'enveloppe ne sera pas forcément posée à vue.

— Prends ton temps, répondit Andrea en se retournant pour saisir le sac de cookies posé sur la banquette arrière. J'ai de quoi patienter. »

Hannah fonça vers l'entrée principale en se demandant si les délices aux deux chocolats qu'elle avait emportés pour Delores n'auraient pas disparu à son retour. Arrivée devant la première porte, elle put tirer sur la poignée sans utiliser la clé de sa mère. La deuxième, elle aussi, s'ouvrit sans difficulté. Apparemment, personne n'avait encore fait remonter le problème au syndic.

Une fois passé le sas, elle hésita, puis, se rappelant qu'elle portait une grosse doudoune, renonça à prendre l'ascenseur. Sa dernière expérience dans la cabine à reflets lui avait servi de leçon. Cette fois-ci, pas question de rester coincée avec une bande de trolls roux et joufflus tout droit sortis d'un recueil de contes scandinaves, songea-t-elle en se ruant dans l'escalier. C'était juste une illusion d'optique, bien sûr, mais elle ne se sentait pas d'humeur. En plus, le temps lui était compté. Elle devait remettre la photo dans le tiroir de la commode, trouver l'enveloppe laissée par sa mère et regagner dare-dare la voiture d'Andrea, tout cela avant le retour de Winthrop.

Le souffle court, Hannah déboucha dans le couloir moquetté du deuxième étage et mit le cap sur le numéro 223 en jetant des regards inquiets autour d'elle. Personne. Dix secondes plus tard, elle s'introduisait dans l'appartement de Winthrop et refermait derrière elle.

Le cadre photo à la main, Hannah fit le tour du salon. Elle regarda sur la cheminée, près des faux portraits de famille, sur la table basse, sur les accoudoirs du canapé... Rien. Elle allait passer à la chambre quand un bruit la fit sursauter. Celui d'un tiroir qui coulissait. Il y avait quelqu'un à côté, et ce quelqu'un ne pouvait être que Winthrop ! Elle s'apprêtait à faire volte-face pour partir en courant quand la porte de la chambre s'ouvrit.

« Que faites-vous ici ? Comment êtes-vous entrée ? » gronda Winthrop.

Hannah répondit la première chose qui lui vint à l'esprit.

« Je suis venue vous poser quelques questions. J'ai vu la porte entrebâillée. Vous ne m'avez pas entendue frapper ?

— Non. » De toute évidence, il ne la croyait pas. « Quel genre de questions ? »

Hannah respira un bon coup et se jeta à l'eau en se disant que, à la moindre distraction de sa part, elle se précipiterait sur lui.

« Pourquoi vous faire appeler Winthrop Harrington alors que votre vrai nom est Bobby Joe Peters ? Qu'attendez-vous de ma mère ?

— Oh, ma chère. Vous êtes donc au courant ? Vous m'en voyez navré », grinça-t-il. Son accent britannique avait miraculeusement disparu. « Soyez gentille, asseyez-vous là, sur ce canapé », ajouta-t-il en sortant une arme à feu de sa poche.

Hannah s'exécuta. Avait-elle le choix ? Son père lui avait maintes fois recommandé : « Si jamais quelqu'un pointe une arme sur toi, fais exactement ce qu'il te dit de faire. » Mike lui avait conseillé la même chose plus récemment.

« Vous êtes une petite maligne, Miss Cookie. Pas vrai ? »

Hannah resta coite. C'était une question qui n'appelait pas vraiment de réponse. De toute façon, son esprit était occupé à trouver une échappatoire.

« Vous avez tout compris, hein ? Vous savez que Vanessa et moi avions prévu de nous retrouver à Lake Eden après le meurtre de son vieux mari.

— Le meurtre ? s'écria-t-elle, sachant que son seul espoir consistait à gagner du temps jusqu'à ce qu'une solution se présente. Je croyais que Neil Roper était décédé de mort naturelle ?

— Oui, si on veut, répliqua Winthrop avec un rire sardonique qui n'augurait rien de bon. Après tout, l'oreiller qu'elle lui a collé sur la figure était en fibres naturelles. »

Hannah crut s'entendre gémir. Cet aveu signifiait qu'il ne la laisserait pas partir. Sans une idée géniale, et immédiate, elle serait bientôt aussi morte que l'oie dont le duvet avait servi à fabriquer le fameux oreiller.

« Sauf qu'après elle n'a plus voulu partager. Sous prétexte qu'elle s'était coltiné le vioque pendant quasi un an et que, du coup, le fric lui appartenait. C'était plutôt dégueulasse de sa part, vu qu'on avait monté le coup ensemble. »

Hannah essaya de calculer la distance qui la séparait du pistolet. Trois mètres, au bas mot. Même une championne de karaté – ce qu'elle n'était pas – n'aurait pas réussi à le désarmer d'un coup de pied.

« Quand elle a débarqué ici, je suis allé la voir direct. Je ne me doutais de rien, à ce moment-là. Chacun avait fait sa part. Comme prévu, je venais toucher la mienne. Mais tout ce fric lui était monté à la tête. Elle ne me trouvait plus assez bien pour elle. Elle a même parlé de me dénoncer aux flics si je ne quittais pas la ville immédiatement. »

Sachant qu'elle prenait un risque, Hannah l'interrompit en disant :

« Mais vous n'êtes pas parti.

— On était coincés l'un et l'autre. Elle ne pouvait pas me dénoncer sinon j'aurais raconté ce que je savais sur la mort de son mari. Et je ne pouvais pas la dénoncer parce qu'elle m'aurait renvoyé en taule.

— Pourquoi ne pas avoir joué le *statu quo* ? Personne ne dénonce personne et la vie continue.

— Parce qu'on avait un accord, voilà pourquoi ! Parce qu'elle voulait tout garder pour elle ! » La haine qui brillait dans les yeux de Winthrop lui fit regretter sa question. « Je n'allais pas la laisser s'en tirer comme ça ! »

La coupure de presse que Norman avait imprimée s'afficha devant ses yeux. *Un individu peu recommandable... commettant ses forfaits avec l'aide d'une complice.*

« J'ai rempli ma part du marché, répéta-t-il. Si je l'avais dénoncée, j'aurais certainement obtenu une remise de peine. Mais je ne l'ai pas fait. »

Une phrase qu'elle avait un jour entendue dans la bouche de sa grand-mère Ingrid lui revint en tête. Elle ne se souvenait plus des termes exacts, mais, en gros, cela signifiait que, dans le monde des truands, la victime d'une trahison devait laver son honneur dans le sang.

« Je lui avais expliqué comment s'y prendre avec le vioque. Sans moi, elle se serait fait choper tout de suite. Je ne suis pas le genre de type qu'on menace impunément ! Alors j'ai attendu mon heure, et quand l'occasion s'est présentée...

— La cérémonie de mariage, le coupa encore Hannah en se rappelant le riz resté dans la voiture de sa mère.

— Exactement. Tout le monde m'avait vu entrer dans l'église avec Delores. À un moment, j'ai fait semblant d'avoir oublié le sac de riz dans la bagnole, j'ai proposé d'aller le chercher et...

— Vous y êtes allé, mais avant cela, vous avez fait un détour par le Fournil des Magnolias.

— Bravo ! dit Winthrop en souriant comme un professeur face à sa meilleure élève. Vous pigez vite. Dommage que vous soyez honnête. Ça m'aurait plu de bosser avec vous. »

Était-ce un compliment ? Hannah décida que non : recevoir les louanges d'un escroc n'avait rien de glorieux. Donc, au lieu de le remercier pour son offre d'emploi, elle passa discrètement la main droite sur le canapé derrière elle. Hélas, elle ne trouva que des coussins. Un coup de klaxon retentit au loin. Pourquoi Andrea klaxonnait-elle ? Elle n'était censée le faire qu'au cas où Winthrop, alias Bobby Joe, débarquerait, se dit Hannah en fixant l'arme pointée sur elle.

« Seulement voilà, Vanessa n'était pas à Lake Eden, ce jour-là, renchérit-elle pour continuer à le faire parler.

— Je n'en savais rien. »

Hannah regarda la photo posée sur ses genoux. Le cadre en métal ne faisait pas le poids face à un pistolet, mais elle devrait s'en contenter. Restait à espérer qu'Andrea ne s'avise pas de la rejoindre dans l'antre du tueur.

« Que s'est-il passé quand vous êtes arrivé au Fournil des Magnolias ? Il neigeait, c'est cela ?

— Oui, beaucoup. J'ai fait le tour par-derrière et je l'ai vue qui sortait un truc du four.

— Sauf que ce n'était pas Vanessa, mais Shawna Lee.

— Il y avait du givre sur la vitre. On n'y voyait que dalle. J'ai tiré une première fois, mais je l'ai ratée.

— Vous avez juste réussi à briser le carreau.

— Ouais. Quand elle s'est retournée, par contre, je l'ai eue. Je me croyais débarrassé d'elle, mais voilà que, le lendemain, j'apprends par Delores que Vanessa est en Géorgie…

— Et que vous vous êtes trompé de sœur, compléta Hannah.

— Elle ne perd rien pour attendre. Je m'occuperai de son cas dès qu'on vous aura un peu oubliée. » Winthrop lui fit signe de se lever. « Allez, en route. On descend à la cave. J'ai repéré un petit coin peinard, près de la chaudière. Personne ne vous entendra crier.

— Vous allez… me tuer ? » bredouilla Hannah, toujours pour gagner du temps.

La cavalerie allait peut-être débarquer, ou alors sa sœur klaxonnerait encore une fois, ce qui détournerait l'attention du tueur juste assez pour qu'elle se jette sur lui…

« Je ne peux pas vous laisser en vie. Vous devriez le savoir, maligne comme vous êtes.

— Et ma mère ? reprit-elle, en tremblant à l'idée qu'il s'en prenne à Delores. Vous ne lui ferez pas de mal, j'espère.

— Inutile. Cette vieille excentrique est dingue de moi. Comme ça que je les aime. Pour peu qu'on fasse un peu attention à elles, les vieilles sont prêtes à tout vous pardonner. » Winthrop s'interrompit. « Qu'est-ce que c'est ?

— Pardon ? fit Hannah en feignant n'avoir pas entendu le bruit derrière la porte d'entrée.

— Quelque chose a bougé dehors, dans le couloir.

— Ah bon ? Je n'ai pas remarqué.

— Je n'entends plus rien. J'ai dû rêver. Vous savez que votre disparition va bien arranger mes affaires ? La vieille avait très peur de votre opinion à mon sujet. En fait, vous étiez mon unique obstacle. Quand elle apprendra que sa fille chérie a été victime d'un tragique accident, je serai là pour la consoler. Pendant qu'elle pleurera sur mon épaule, je pourrai lui soutirer tout son fric. »

La main de Hannah se crispa sur le cadre. Ce qu'elle venait d'entendre lui avait redonné un peu d'espoir. Si Winthrop prévoyait de maquiller sa mort en accident, c'était qu'il ne comptait pas l'abattre sur-le-champ.

« Levez-vous. Dépêchons ! » répéta Winthrop en agitant son arme.

Hannah se leva sans le quitter des yeux. Au moindre moment d'inattention, elle se jetterait sur lui et le frapperait à la tête avec un coin du cadre. Elle en était là de ses réflexions quand un autre bruit retentit, cette fois assez fort pour les faire sursauter l'un et l'autre. La porte d'entrée s'ouvrit à la volée et une tornade se déplaçant à une vitesse subsonique surgit dans l'appartement.

« Espèce de sale vaurien ! glapit Delores en brandissant comme une épée le parapluie qu'elle avait trouvé dans le hall.

— Maman ! » hurla Hannah avant d'abattre le cadre métallique sur le bras droit de Winthrop.

Le pistolet s'envola. L'escroc poussa un cri de douleur. La pointe du parapluie venait de lui percer l'épaule. Le coup n'était pas mortel mais assez puissant pour le déséquilibrer. Quand il tomba à la renverse, Hannah lui sauta dessus à califourchon sans attendre qu'il revienne de sa surprise.

« Trouve de quoi l'attacher, maman.

— Avec plaisir, fit Delores d'une voix encore tremblante de fureur. Un câble d'extension, ça t'irait ? J'en vois un derrière la télé.

— Ce sera parfait. Donne-le-moi, et, après, appelle une ambulance.

— Pourquoi une ambulance ?

— Il saigne. La pointe du parapluie lui a entamé l'épaule.

— On ne va pas déranger des ambulanciers pour deux gouttes de sang, répondit Delores, méprisante. Je préfère appeler la police. Ce sera à eux de décider s'il a besoin de soins.

— D'accord », concéda Hannah.

Le ton sur lequel Delores venait de s'exprimer ne laissait planer aucun doute. Elle avait entendu les horreurs que Winthrop avait déballées sur son compte. Sa vengeance serait terrible.

Le câble était assez long pour attacher les mains et les pieds du séducteur pourfendu par sa propre victime. Quand il fut ficelé comme une dinde de Noël, Hannah avisa le peignoir accroché dans la salle de bains, se releva et alla chercher la ceinture pour en faire un bâillon.

« Pourquoi te donner cette peine, ma chérie ? lui demanda Delores qui revenait de la cuisine où elle avait téléphoné à la police.

— Je l'ai déjà trop entendu.

— Tu as raison, acquiesça Delores. Au fait, une voiture de patrouille devrait arriver d'une minute à l'autre.

— Le plus tôt sera le mieux. Merci, maman.

— D'avoir appelé le poste de police ?

— Non, d'être arrivée à point nommé. Tu m'as sauvé la vie. »

Delores haussa les épaules.

« Peut-être. En tout cas, tu t'en es bien sortie avec ce cadre.

— C'est gentil. Mais dis-moi, que faisais-tu derrière la porte ? Tu venais lui remettre de l'argent ? »

Delores la regarda d'un air perplexe.

« Tu veux vraiment le savoir ?

— Non. Ça n'a plus d'importance, maintenant. La vertu a triomphé du vice et les honnêtes femmes du sale type.

— Ainsi soit-il. » Delores s'assit sur l'accoudoir du canapé. « Que penses-tu de ma technique, ma chérie ?

— Quelle technique ?

— J'ai appris l'escrime au lycée. On avait des fleurets, pas des parapluies, mais le principe est le même.

— Ta technique est impeccable, maman. Tu as remporté l'épreuve.

— Oui, j'ai terrassé l'adversaire », gloussa Delores.

Chapitre 25

Hannah apposa sa signature en bas de la page puis donna le stylo à sa mère. Elles avaient attendu une heure qu'on tape leurs dépositions, et, à présent, elles avaient hâte de passer à autre chose. Comme Andrea n'avait pas assisté à la confrontation, Mike l'avait autorisée à regagner ses pénates. Bill se chargerait de l'interroger le lendemain matin.

« Je vous recommande la plus grande discrétion, leur dit Mike quand elles furent sur le point de partir. Rien ne doit filtrer de ce qui s'est produit cet après-midi. »

Hannah fronça les sourcils.

« Vous allez laisser Vanessa en liberté ? Pourtant Winthrop… je veux dire Bobby Joe m'a avoué qu'elle avait tué son mari. Ce n'est pas suffisant pour l'arrêter ?

— Normalement si, mais, dans le cas présent, les choses sont plus compliquées. Bobby Joe Peeters est un criminel évadé, donc sa parole ne vaut pas grand-chose. Quant au meurtre dont il vous a parlé, il a été commis à Macon, en Géorgie. C'est-à-dire hors de notre juridiction. À la rigueur, nous pourrions arrêter Vanessa avant d'obtenir le mandat, mais ce serait prendre le risque qu'un avocat fasse annuler la procédure pour vice de forme.

— Oui, je vois », dit Delores avant de lever à ses lèvres le gobelet de café qu'un adjoint lui avait apporté.

Elle prit une gorgée, grimaça et se tourna vers Hannah qui lui adressa un petit sourire de connivence : toujours le même jus de chaussette.

« Vous devez respecter les règles, je comprends ça, poursuivit Hannah. Cependant, ne craignez-vous pas que, en apprenant le sort de Bobby Joe, Vanessa ne vous file entre les pattes ? »

Mike secoua la tête.

« Si vous ne parlez pas, elle n'en saura rien. Bill a passé la consigne à Andrea. Donc, je le redis : motus et bouche cousue.

— Motus et bouche cousue, répéta Hannah plus par automatisme que par conviction. Moi je veux bien, mais les autres ? Nous ne sommes pas les seules à être au courant. Que faites-vous de la secrétaire qui a tapé nos dépositions ? Et des agents qui ont vu Bobby Joe arriver menotté au poste de police ? Ils pourraient vendre la mèche, eux aussi.

— Impossible. Ils ont prêté serment. Ils ne peuvent pas parler.

— Vous voulez dire qu'ils ne *doivent* pas parler. S'ils ne pouvaient pas parler, ça signifierait qu'ils sont muets, marmonna Hannah.

— Pardon ?

— Non, rien. Je réfléchissais à voix haute. On en a terminé ? Parce que j'ai encore des choses à faire aujourd'hui.

— On en a terminé.

— Dieu merci ! souffla Delores, soulagée. Parce que cette pièce est vraiment moche. Je vais dire à Andrea de remédier à cela, maintenant que Bill est shérif. Ces murs ocre, quelle horreur ! Il faudrait tout repeindre en jaune pâle, ça mettrait un peu de lumière vu qu'il n'y a pas de fenêtres. Changer les meubles, aussi. Je ne comprendrai jamais pourquoi dans un poste de police les chaises sont vissées au sol. Comme si quelqu'un pouvait être assez stupide pour tenter de les voler ! »

Mike la regarda en souriant.

« Vous avez parfaitement raison, cette pièce n'a rien d'agréable. Mais une salle d'interrogatoire n'a pas besoin de l'être. Vous voyez cette marque d'usure sur votre accoudoir gauche ?

— Ici ? demanda Delores en désignant une surface où le métal apparaissait sous la peinture écaillée.

— Oui. C'est la trace des menottes. Quand on interroge un suspect, on lui libère une main pour qu'il puisse écrire. L'autre reste attachée à l'accoudoir. Maintenant, vous comprenez pourquoi les sièges sont vissés au sol.

— Euh, bredouilla Delores. Je l'ignorais.

— Rien d'étonnant. J'imagine que vous n'avez jamais été arrêtée.

— Non, je l'avoue. »

Delores partit d'un petit rire. Mike l'imita. Hannah elle-même se mit à glousser, ravie de constater qu'il prenait garde à ne pas brusquer sa mère. Celle-ci était encore sous le choc et son amour-propre en avait pris un coup.

« Merci pour votre coopération, reprit Mike, affable. Je sais qu'une déposition n'a rien d'une partie de plaisir, mais c'est un mal nécessaire.

— Vous dites ça à toutes les filles, je parie », plaisanta Hannah. Puis, constatant que Mike ne percutait pas, elle ajouta : « Désolée. Bon, on y va. N'ayez pas d'inquiétude, nous serons muettes. »

Une fois dehors, elles marchèrent jusqu'à la voiture de Delores sans prononcer un mot.

« Tu as prévu de rentrer chez toi directement, ma chérie ? demanda Delores après avoir attaché sa ceinture.

— Pas forcément, répondit Hannah en voyant sa mine défaite.

— Tu as le temps pour un café ?

— Bien sûr ! »

Elle ne l'avait pas, mais elle le prendrait. La pendule du tableau de bord indiquait 17 h 55, la nuit était tombée.

« Retournons au Cookie Jar, je t'en ferai. Lisa sera partie mais il restera sûrement quelques cookies. J'en avais pris pour toi, mais Andrea les a mangés pendant qu'elle m'attendait dans sa voiture. »

Delores, qui en temps normal aurait réagi au quart de tour, soit en feignant l'indignation soit en se moquant gentiment de la gourmandise de sa fille cadette, se contenta de hocher la tête. Signe alarmant, s'il en était. Plus inquiétant encore, elle n'avait pas demandé quel genre de cookie c'était, ce qu'elle avait coutume de faire.

À part les rares automobilistes qui se dépêchaient de rentrer chez eux, elles ne croisèrent quasiment personne dans le centre-ville. Quand il s'était installé à Lake Eden, Mike avait été surpris de constater qu'en hiver la plupart des commerces sur Main Street fermaient leurs portes à 18 heures. Ce soir-là, seul le salon de coiffure de Bertie

Straub était encore allumé. Une dernière cliente, sans doute.

« J'espère que Carrie a pensé à brancher l'alarme avant de partir, dit Delores en s'engageant dans la ruelle.

— Tu veux aller vérifier ? proposa Hannah.

— Non, ça ira. Elle n'oublie pas souvent. »

Delores s'arrêta au niveau du Cookie Jar, derrière le break de sa fille.

« Je peux te laisser, si jamais tu as autre chose à faire ou...

— Je n'ai rien à faire d'urgent, répondit Hannah sur un ton qu'elle aurait voulu plus léger. Entre, maman. Tu as besoin de chocolat. »

Cinq minutes plus tard, assises au fond de la salle, la mère et la fille se gavaient de toasts amandes-chocolat.

« Délicieux, fit Delores dont le moral remontait à vue d'œil. Tu as raison, Hannah. Le chocolat agit sur l'humeur. C'est sûrement pour cela que les hommes en offrent aux femmes qu'ils veulent séduire. Tu sais que le chocolat était très prisé sous la Régence ?

— Sans blague !

— Si, si. On le consommait sous forme liquide. Les dames de la noblesse buvaient du chocolat au petit déjeuner.

— Comme nous aujourd'hui ?

— Oui, c'était le même, en moins sucré. Marge Beeseman nous a fait un exposé sur la question, l'année dernière. » Delores s'interrompit et se tamponna le coin de l'œil avec sa serviette en papier. « Excuse-moi. Un petit coup de mou. Vois-tu, je n'arrête pas d'entendre la voix de Winthrop. Il avait une devise.

— Laquelle ? demanda Hannah, trop indulgente pour lui rappeler que Winthrop s'appelait en réalité Bobby Joe Peeters, que c'était un escroc de bas étage et que, au vu de ce qui venait de lui arriver, sa seule devise aurait dû être *À malin, malin et demi*.

— La vie ne se mesure pas au nombre de fois où nous respirons, mais aux instants où elle nous coupe le souffle.

— Pour Neil Roper, ça n'a pas fonctionné, ne put s'empêcher de répliquer Hannah.

— Comment cela ? »

Elle s'en voulut aussitôt. Sa mère était déprimée, l'homme qu'elle voulait épouser l'avait odieusement trahie, elle avait besoin d'attention et de tendresse, pas de réflexions sarcastiques.

« Eh bien… euh, il a eu le souffle coupé. Pour de bon. À mon avis, il n'a pas tellement apprécié.

— Hannah ! s'écria Delores, avec un petit sourire en coin. C'est horrible, ce que tu dis.

— Je sais. Mais mon esprit fonctionne ainsi. Je dois tenir ça de papa.

— Ou de moi, lui renvoya Delores dont le visage s'éclaira brusquement. J'avais beaucoup d'humour autrefois. Je l'ai perdu à la mort de votre père.

— Tu le retrouveras peut-être un jour, répondit prudemment Hannah, sachant que la délicatesse n'était pas son fort, contrairement à la franchise.

— Je l'espère. C'est important de ne pas se prendre au sérieux. Tu ne voudrais pas changer de place avec moi ? Ce miroir me gêne.

— OK. » Hannah se leva et s'installa sur la chaise que sa mère venait de quitter. « Tu veux bien me dire pourquoi ?

— Parce que je suis horrible.

— Non, c'est faux ! » Hannah examina sa mère d'un air stupéfait : son tailleur-pantalon vert foncé mettait en valeur sa fine silhouette, son maquillage était impeccable, sa coiffure parfaite. « Tu es superbe, maman. Cet ensemble te va à ravir. Je tuerais pour avoir un corps comme le tien.

— Vraiment ? se rengorgea Delores.

— Oui.

— Garder la ligne, ce n'est pas si difficile, ma chérie. Il faut juste surveiller son alimentation et faire beaucoup de sport.

— Je suis au courant, mais ce n'est pas pour moi.

— Pourtant… tu disais que… tu serais capable de tuer pour avoir un corps comme le mien.

— Je serais capable de tuer, oui, mais pas de faire du sport et de me mettre au régime. »

Delores éclata d'un rire nerveux. Une fois calmée, elle s'essuya les yeux.

« J'ai tellement honte de moi, Hannah. Winthrop avait raison. Je ne suis qu'une vieille excentrique.

— Non, pas du tout ! s'insurgea Hannah tout en se creusant la tête pour trouver de quoi étayer son propos.

— C'est vrai, je suis une excentrique. Comment appelle-t-on une femme de cinquante ans assez stupide pour s'éprendre d'un homme de quarante juste parce qu'il est beau, raffiné et qu'il danse bien le tango ? »

Hannah s'estima rassurée. Sa mère avait cinquante-sept ans, pas cinquante. Si elle pouvait encore mentir sur son âge, cela signifiait qu'elle croyait toujours en l'avenir. Mais peut-être qu'elle ne mentait pas ! Peut-être que, à force de tricher, elle avait vraiment oublié son âge.

« Alors ? Comment l'appelle-t-on ? insista Delores.

— Une romantique. C'est ce que j'admire chez toi, maman. Tu ne crains pas d'aller jusqu'au bout de tes rêves. J'aimerais avoir ce courage.

— Mon courage, oui, mais pas ma crédulité.

— C'est vrai, reconnut Hannah en la serrant contre elle. Pourtant... c'est un trait de caractère qui protège de l'ennui.

— Tu t'ennuies, ma chérie ?

— Non. Dès que j'ai l'impression que ça va m'arriver, un truc à faire me tombe dessus.

— Moi aussi, j'ai remarqué ça. Justement, l'autre jour, je disais à... » Delores s'interrompit et plissa les paupières en regardant droit devant elle. « J'ai vu passer la Corvette de Vanessa.

— Tu es sûre que c'était la sienne ?

— Bien sûr que j'en suis sûre, ricana-t-elle. Combien y a-t-il de Corvette mordorées à Lake Eden ?

— Certes, dit Hannah en se penchant juste à temps pour voir les feux arrière disparaître au coin de la rue. Je suppose qu'elle rentre chez elle.

— Eh bien, qu'elle y reste. »

Les deux femmes se regardèrent intensément. Le radar mère-fille était enclenché.

« Tu penses que quelqu'un va l'appeler pour lui dire que son complice a été arrêté ? demanda Hannah. Et qu'elle va nous fausser compagnie avant que Mike obtienne son mandat d'arrêt ?

— Oui, c'est exactement ce que je pense. Et toi ?

— Pareil. À Lake Eden, il est impossible de garder un secret. Mike devrait le savoir, depuis le temps. Que doit-on faire ?

— La surveiller.

— La surveiller, c'est bien beau, mais si elle quitte la ville ?

— On la suivra. Et on préviendra le bureau du shérif. C'est la meilleure chose à faire, non ?

— Oui, la meilleure. Mais je n'ai pas de portable. Et toi ?

— Non. Je voulais en acheter un, mais… Zut ! Elle repart ! » La Corvette émergea de la ruelle longeant l'arrière du Fournil des Magnolias. « Elle est au courant. Et elle est passée prendre son passeport et de l'argent avant de mettre les voiles. »

Hannah se leva d'un bond et s'approcha de la vitrine. « Tu as raison. C'est bien elle. Elle va s'engager sur Main Street. Allons-y ! »

« Comme c'est excitant ! fit Delores en bouclant sa ceinture d'une main tout en tenant sa tasse de café en équilibre de l'autre. Tu crois que ton break est assez puissant pour la suivre ?

— Elle ne roule pas très vite.

— C'est parce qu'elle est du sud. Ces gens-là ne savent pas conduire sur le verglas. Tu crois qu'elle nous a repérées ?

— Peut-être, mais c'est sans importance. Mon réservoir est plein. Nous avons de quoi la suivre où qu'elle aille. »

Le silence se fit. La Corvette poursuivait son chemin à travers la ville déserte. Hannah actionna les essuie-glaces. La neige s'était remise à tomber, fine mais suffisante pour voiler son pare-brise.

« Et si elle nous voit et qu'elle s'arrête ? reprit Delores. Tu as une arme ?

— Non, juste des cookies. Nous pourrions lui administrer une overdose de chocolat, mais je doute que ça marche.

— Et si je lui jetais ma tasse à la figure ?

— Tu l'atteindrais ?

— Évidemment. Sache que j'ai pratiqué le softball au lycée. C'était même moi la lanceuse de l'équipe.

— Ça tombe bien ! s'exclama Hannah en la regardant à la dérobée. Je constitue une équipe de softball en prévision du championnat qui aura lieu cet été. Tu accepterais de jouer pour le Cookie Jar ? »

Hannah n'avait jamais vu sa mère si excitée.

« Avec plaisir ! claironna Delores. Je serai ta lanceuse !

— Merci, maman. »

Dix secondes plus tard, Hannah poussa un cri de surprise. Vanessa venait de faire demi-tour et fonçait sur elles à toute allure.

« Qu'est-ce qu'elle fabrique ? demanda Delores.

— Je n'en sais rien. Accroche-toi. Je vais l'envoyer dans le fossé. Ça vaudra mieux pour elle que de nous heurter de plein fouet. »

Hannah avait raison. La petite Corvette ne faisait pas le poids face à son gros break. Vanessa dut s'en apercevoir car elle donna un coup de volant au dernier moment, dérapa sur une plaque de verglas et partit dans le décor.

« On la tient ! » brailla Delores. La Corvette était si profondément enfoncée dans la neige qu'on ne voyait plus ses roues. « Elle est coincée !

— Oui. Mais je ne comprends pas pourquoi elle a fait demi-tour… Oh, regarde ! »

Elle venait d'apercevoir quatre voitures de patrouille stationnées à l'entrée de l'autoroute, gyrophares allumés.

« J'en vois d'autres qui arrivent derrière nous ! » annonça Delores.

Hannah se retourna. En effet, une dizaine de véhicules approchaient, toutes sirènes hurlantes. Le vacarme était tel qu'elles durent se boucher les oreilles. Déjà, deux agents s'avançaient vers la Corvette. Des voix entrecoupées de parasites hurlaient dans leurs radios portatives.

« Ça va, maman ? demanda Hannah, fascinée par le reflet des lumières rouges sur la neige.

— Très bien, répondit Delores, le regard brillant. Cela fait des années que je ne me suis pas autant amusée. »

Hannah lui laissa les cookies qu'elle avait emportés par mesure de précaution, descendit de voiture et partit en direction du barrage de police. Pour mieux profiter du spectacle, elle grimpa sur une congère. Vanessa venait de sortir de la Corvette. Aussitôt, les deux agents lui passèrent les menottes puis la hissèrent hors du fossé. Mike, qui assistait à l'opération depuis la route, tourna la tête vers Hannah et la rejoignit sur le tas de neige.

« Pourquoi la suiviez-vous ? » Mike avait sa tête des mauvais jours.

Hannah déglutit.

« Eh bien… on a pensé, ma mère et moi, que…

— Que j'étais trop stupide pour avoir mis son domicile sous surveillance ?

— Non, pas vraiment. C'est juste que...

— Juste que, d'après vous, je suis incapable de faire mon boulot correctement ?

— Non ! En fait, nous étions tranquillement installées dans la salle du Cookie Jar quand soudain nous l'avons vue partir en voiture. J'ignorais que vous l'aviez mise sous surveillance. Si vous me l'aviez dit, je ne l'aurais jamais prise en chasse. Naturellement.

— Donc, vous m'avez sous-estimé.

— Euh... je... » Hannah chercha une réponse diplomatique et, n'en trouvant aucune, décida de jouer franc jeu. « C'est exact. Je vous ai sous-estimé. Veuillez m'excuser, Mike. »

Mike la dévisagea un long moment puis lui demanda :

« Ai-je bien entendu ? Vous m'avez présenté vos excuses ?

— Oui, confirma-t-elle avant de nuancer son propos. Je regrette de vous avoir sous-estimé. Rien d'autre. »

Mike sourit.

« Excuses acceptées. »

Hannah crut qu'il allait l'embrasser. Mais non, il la prit simplement par la taille et la serra doucement contre lui.

« Vous devez être fatiguée. Sauver le monde n'est pas un travail de tout repos. Pas vrai, Hannah ?

— Je ne... » Elle l'aurait bien remis à sa place mais jugea plus malin de lui demander une faveur. « Puis-je lui dire un mot en particulier ? Nous avons une affaire à régler, Vanessa et moi.

— Allez-y, tant que vous ne lui arrachez pas les yeux.

— N'ayez pas d'inquiétude. Je ne ferais jamais cela devant témoins. »

Mike éclata de rire. Hannah s'en réjouit. Ce rire avait plus de valeur que des excuses.

« Attendez une seconde », ordonna Mike à ses deux subordonnés avant que le véhicule ne démarre. Puis, se tournant vers Hannah : « Suivez-moi. »

Il ouvrit la porte arrière et dit :

« Quelqu'un veut vous parler, Vanessa. »

La femme menottée leva la tête et découvrit Hannah penchée vers elle.

« Vous ! cracha-t-elle. C'est à cause de vous que j'ai dérapé.

— Je n'allais quand même pas vous laisser filer sans réagir ! Si vous voulez, je peux vous trouver un avocat. »

Vanessa en resta bouche bée.

« Vous feriez ça pour moi ?

— Parfaitement... Mais d'abord, parlons affaires. J'ai décidé de tout acheter.

— Servez-vous. C'est gratuit. Avant cela, trouvez-moi un avocat.

— Je ne peux accepter un tel cadeau venant d'une personne soupçonnée de meurtre. Fixez un prix.

— Mille dollars pour le tout. À prendre ou à laisser. Mais promettez-moi que j'aurai le meilleur avocat de la ville.

— Promis. C'est votre dernier mot ?

— Absolument.

— Eh bien, marché conclu », fit Hannah, enchantée. Puis elle ajouta en prenant Mike à témoin : « Vous avez entendu ?

— J'ai entendu.

— Parfait. Maintenant, je vous laisse. Il faut que je cherche un avocat. »

Hannah souriait toujours en regagnant son break. Cette soirée avait été mouvementée mais fort rentable.

« Tu as l'air contente de toi, lui dit Delores.

— Je le suis. »

Hannah se mit au volant, effectua un demi-tour et partit en direction du centre-ville. Howie Levine était le meilleur avocat de Lake Eden. C'était aussi le seul, mais cela n'entrait pas en ligne de compte. Dès qu'elle aurait regagné son appartement, elle l'appellerait pour lui annoncer qu'il avait une nouvelle cliente. Après quoi il ne lui resterait plus qu'à transporter au Cookie Jar le matériel dont elle avait urgemment besoin. Le reste, elle le mettrait en vente. Peut-être en tirerait-elle de quoi renflouer ses caisses et compenser les pertes subies au cours du mois écoulé.

« Je peux savoir pourquoi tu souris ? »

Hannah lui aurait volontiers exposé les raisons de sa bonne humeur – à savoir qu'elle venait de réaliser une excellente affaire et s'était presque réconciliée avec Mike –, mais, trop épuisée pour se lancer dans un tel récit, elle opta pour la version abrégée en disant :

« Parce que, encore une fois, les gentils ont triomphé des méchants. »

Chapitre 26

Hannah regarda son reflet dans le miroir et se trouva fort présentable. Grâce au nouveau gel offert par Andrea, ses cheveux ne rebiquaient plus dans tous les sens, et, depuis qu'elle avait sorti les poubelles dans le matin glacé, ses joues luisaient comme deux petites pommes.

Parmi les modèles de la saison, sa voisine Claire Rodgers, la patronne du Beau Monde, avait choisi pour elle un magnifique tailleur couleur « grain d'orge » – un mélange d'ocre brun et d'orangé – qui mettait en valeur sa belle chevelure rousse. Sa veste cintrée et sa jupe corolle étaient coupées de telle sorte qu'elles rehaussaient les atouts de sa silhouette tout en masquant ses défauts, lui avait assuré Claire. Ce dernier argument avait achevé de la convaincre, cette tenue était faite pour elle.

Elle l'étrennait pour une occasion très particulière. Lisa et Herb l'avaient invitée à partager le cadeau que Gloria Travis leur avait offert pour leur mariage. Comme les brunchs au champagne de Sally jouissaient d'une réputation largement méritée, Hannah, qui voulait en profiter au maximum, n'avait quasiment rien avalé depuis vingt-quatre heures. Les motifs de réjouissance ne manquaient pas. Il y avait l'inculpation de Bobby Joe Peeters, alias Winthrop Harrington II, pour le meurtre de Shawna Lee Quinn, celle de Vanessa Quinn-Roper pour le meurtre de son mari, Neil Roper, mais aussi le cadeau que Hannah avait offert aux jeunes mariés pour leur emménagement. Après avoir vidé le rez-de-chaussée du Fournil des Magnolias et récupéré ce qui l'intéressait, elle leur avait fait visiter l'appartement du dessus en leur proposant d'emporter les meubles qui leur plaisaient.

Hannah sortit une paire de boucles d'oreille de son coffret à bijoux – une fois n'était pas coutume – et, au moment de les mettre, aperçut son chat dans le miroir.

Moshe entra dans la chambre d'un pas tranquille. Il avait quelque chose dans la gueule mais ce n'était pas exceptionnel. Souvent, il transportait ses croquettes d'une pièce à l'autre pour les savourer plus confortablement, tantôt sur le canapé, tantôt sur le lit. Cette fois-ci, au lieu de déposer son casse-croûte au centre de la couette, il fila vers le placard où il pénétra en ouvrant la porte coulissante d'un adroit coup de patte.

Bizarre, songea Hannah en le regardant disparaître entre les cartons à chaussures et autres encombrants qu'elle n'avait pas eu le courage de descendre aux ordures. Un instant plus tard, Moshe ressortit et retourna dans la cuisine chercher la suite.

Doublement bizarre. Qu'est-ce qu'il y a là-dedans ? Un élevage de souris ?

Hannah riait encore de sa propre blague en accrochant la deuxième boucle d'oreille. Les chats qui nourrissaient les souris, on en voyait dans les dessins animés, pas dans la vraie vie. Dans la vraie vie, c'était l'inverse. Non, Moshe avait sans doute décidé de stocker ses croquettes au fond de ce placard après l'avoir transformé en salle à manger.

Hannah se battait avec le fermoir de son collier quand Moshe réapparut, la gueule toujours aussi pleine. Même cérémonial : il poussa la porte d'un coup de patte, entra et se fondit dans l'ombre. Hannah eut beau tendre l'oreille, elle n'entendit aucun bruit de mâchoires. Donc Moshe ne mangeait pas. En revanche, elle crut percevoir un léger couinement. Après tout, sa première idée n'était peut-être pas si absurde que cela, songea-t-elle. Moshe nourrissait peut-être une souris. Pour quelle raison ? De deux choses l'une : soit il s'était pris d'affection pour l'une d'entre elles et lui offrait ses croquettes en gage d'amitié, soit il l'engraissait dans l'espoir de s'en repaître, comme les fermiers le font avec leurs cochons.

Poussée par une irrépressible curiosité, Hannah attendit que Moshe retourne sur ses pas et ouvrit le placard. Pas de souris en vue, juste un tas de croquettes.

« De plus en plus bizarre », chantonna-t-elle en s'engageant dans le couloir. Elle entra dans la cuisine juste à temps pour le voir se glisser dans le cagibi par le trou qu'il avait fini par creuser au bas de la porte. Connaissant d'avance la réaction de sa maîtresse lorsqu'elle découvrirait son forfait, Moshe avait entrepris de déplacer son trésor pour le mettre en lieu sûr !

« Je n'en peux plus ! dit Hannah à Sally qui revenait avec une deuxième fournée de pains briochés. J'ai déjà trop mangé.

— Vraiment ? s'étonna Sally en lui présentant le panier rempli de jolies petites miches dorées.

— Oui, enfin... Bon, d'accord, mais juste un seul, avec une lichette de beurre. Et de la confiture d'abricot. »

Un éclat de rire général accueillit ses paroles. Hannah regarda Norman assis à sa droite, Mike assis à sa gauche et leur fit un clin d'œil chacun.

« Voici le beurre, dit Mike en lui passant le beurrier.

— Et voici la confiture, ajouta Norman en attrapant le pot de confiture. Reprendrez-vous une tasse de café ? Un verre de jus d'orange ?

— À moins que vous ne préfériez un mimosa ? renchérit Mike avant d'extraire la bouteille de champagne du seau à glace.

— Non, merci, pas de mimosa. En revanche, je boirais bien un peu de champagne. » Puis, à l'intention de Norman : « D'accord pour le café. Mais je fais l'impasse sur le jus d'orange. »

Coincée entre ses deux chevaliers servants, Hannah ne savait plus où donner de la tête. Elle tenait le beurrier dans la main gauche, la confiture dans la main droite. Norman lui tendait une tasse de café. Mike une coupe de champagne. D'accord, ils se mettaient en quatre pour lui plaire, mais ça frisait le ridicule, à la fin. La prochaine fois, avant d'accepter une invitation, elle demanderait à voir le plan de table.

La fête battait son plein et chacun des convives avait de quoi se réjouir. Les trois couples – Andrea et Bill, Lisa et

Herb, Marge Beeseman et Jack Herman – nageaient dans le bonheur. Mike se félicitait d'avoir bouclé deux affaires de première importance. Norman était fier d'avoir aidé Hannah dans son enquête. Quant à Tracey, elle ne se tenait plus de joie. C'était son premier brunch au champagne, elle avait droit à une vraie coupe en cristal remplie de jus de fruit pétillant et, dès qu'elle ouvrait la bouche, Carrie et Delores, assises de chaque côté d'elle, s'esclaffaient en louant son intelligence.

« Et maintenant, voici la dernière création de Hannah », annonça Sally en brandissant un plateau chargé de barreaux au chocolat, une nouvelle recette conçue tout spécialement pour marquer l'incarcération de Bobby Joe et de Vanessa.

Durant un long moment, pas une mouche ne vola. Quoi de plus élogieux que le silence pour une pâtissière en quête de compliments ? Sur le visage de ses amis et parents, Hannah reconnut cette expression grave et concentrée qui accompagne le plaisir gustatif. Très vite, il ne resta plus une seule miette. Des sourires bienheureux s'épanouissaient autour d'elle.

« Hannah ? commença Mike, profitant du fait que Norman s'était tourné pour dire un mot à Bill. Auriez-vous une minute à me consacrer ? J'ai besoin de vous parler seul à seule. »

Cette proposition ne l'emballait guère, mais elle ne voulait pas se montrer impolie. En plus, elle brûlait de savoir ce que Mike avait à lui dire. Comme selon elle, la curiosité n'était pas un vilain défaut...

S'étant excusée auprès de la tablée, elle suivit Mike dans le hall de l'auberge. Il la fit asseoir sur le canapé posé près de la grande cheminée en granit.

« Je suis vraiment désolé », dit-il en lui prenant la main. Puis il s'assit à son tour. « J'ai agi comme un imbécile. Me pardonnerez-vous un jour ?

— Je suis incapable de vous répondre », répondit Hannah.

C'était vrai. En sa présence, elle était comme une droguée devant sa dose. Sans lui, elle se sentait vide. Avec lui, le monde lui appartenait. Cette constatation l'effraya. Ce n'était pas de l'amour. C'était de l'addiction.

« J'ai beaucoup réfléchi. » Mike prit ses deux mains dans les siennes. « Et j'ai compris que je vous aimais... d'amour. Je vous promets de ne plus jamais poser les yeux sur une autre femme. Vous êtes la seule au monde. »

Comme Hannah ne respirait plus, elle était incapable de parler. Le moment tant attendu était-il arrivé ?

« Avant, je n'étais pas prêt, poursuivit Mike. Aujourd'hui, c'est différent. Je veux tourner le dos au passé et marcher vers l'avenir à vos côtés. Si vous êtes d'accord, bien sûr. Dites-moi oui, Hannah... je vous en prie. »

Hannah essaya de bouger, de respirer, de parler. En vain. Elle était paralysée comme un renard pris dans des phares.

Combien de temps pouvait-on survivre sans oxygène ? se demanda-t-elle. Au même instant, Mike posa un genou à terre et sortit de sa poche un écrin en velours bleu.

« J'avais prévu de vous l'offrir le jour du mariage de Herb et Lisa mais... eh bien... avec ce qu'il s'est passé... Bref. Je sais que vous préférez les pierres de couleur aux diamants.

— C'est vrai », parvint-elle à articuler, surprise et soulagée d'avoir retrouvé sa langue.

Mike ouvrit la petite boîte et lui présenta la bague.

« J'ai choisi une émeraude parce que le vert fait ressortir la couleur de vos yeux. Voulez-vous m'épouser, Hannah ? »

Pour la deuxième fois, Hannah perdit l'usage de la parole. Que devait-elle répondre ? Oui ? Non ? Peut-être ? Sa poitrine était sur le point d'exploser. Une demande en mariage, enfin ! Venant de Mike, par-dessus le marché ! Elle n'avait qu'un mot à dire et elle deviendrait Mme Michael Kingston.

Tout à coup, Norman apparut dans le hall. Elle l'aperçut du coin de l'œil et le « oui » qu'elle allait prononcer lui resta en travers du gosier. Norman, qui avait vu Mike s'agenouiller devant elle, leva les bras très haut, comme pour demander un temps mort.

Malgré l'émotion qui l'étreignait, Hannah ne put s'empêcher de sourire en le voyant brasser l'air comme un moulin.

« Que se passe-t-il ? s'étonna Mike à qui sa distraction n'avait pas échappé.

— Rien. »

Entre-temps, Norman avait fait volte-face. Qu'est-ce qu'il fabrique ? songea-t-elle, agacée. Au lieu de se battre pour la conquérir, voilà qu'il prenait la poudre d'escampette ?

« Hannah ? répéta Mike, intrigué. Voulez-vous m'épouser ?

— Un appel urgent pour Mike Kingston, cracha un haut-parleur. Mike Kingston, veuillez vous présenter à l'accueil.

— Mince, marmonna Mike en se redressant. Excusez-moi. Il faut que j'y aille. C'est peut-être important. Vous m'attendez ? »

Hannah voulut répondre mais constata qu'il était déjà parti. À cet instant, une certitude se fit jour en elle : si jamais elle épousait cet homme, elle passerait sa vie à l'attendre. Elle viendrait toujours en second, derrière son boulot. Quel dommage que Norman ne soit pas…

« Hannah ! cria Norman en courant vers elle. Ne l'épousez pas ! Il vous aime peut-être, mais vous serez malheureuse avec lui. Alors que moi, je promets de vous faire rire chaque jour de notre vie. Nous serons heureux ensemble, vous verrez. »

Hannah regarda les cabines téléphoniques alignées contre le mur du fond. L'un des combinés pendait au bout de son fil. C'était donc Norman l'auteur de l'appel urgent ! Une sale blague, mais merveilleusement diabolique !

« Hannah ? reprit Norman avec insistance. Voulez-vous m'épouser et vivre à mes côtés dans notre maison idéale ? »

Hannah s'accorda quelques secondes de réflexion. L'obstination de ses deux soupirants frisait le harcèlement. Elle avait besoin de prendre un peu de distance.

« Je vous rendrai bientôt ma réponse, murmura-t-elle en posant un doux baiser sur les lèvres de Norman. Quand Mike reviendra, je lui dirai la même chose. »

Barreaux au chocolat

Préchauffer le four à 175 °C,
la grille en position médiane.

1 ½ tasse de farine
¼ tasse de poudre de cacao
¾ tasse de sucre
¾ tasse de beurre ramolli (½ plaquette, soit 75 g)

Garniture :

450 g de fromage à la crème (bien compact)
1 tasse de mayonnaise
1 tasse de sucre
4 œufs
2 tasses d'un mélange de pépites de chocolat (350 g)
2 cuillerées à thé d'extrait de vanille

Mélanger les 3 premiers ingrédients puis ajouter le beurre petit à petit. (On peut utiliser un mixeur avec une lame en acier, mais dans ce cas le beurre doit être froid.)

Étaler la pâte au fond d'un moule rectangulaire de 22 par 40 cm préalablement enduit de matière grasse et l'aplatir avec une spatule.

Cuire à 175 °C pendant 15 minutes. (Ne pas éteindre le four, il doit encore servir.)

Garniture :

On peut le faire à la main, mais c'est plus facile avec un mixeur électrique. Dans un bol, écraser le fromage à la crème au moyen d'une fourchette avant de le battre avec la mayonnaise jusqu'à ce qu'il soit bien lisse. Ajouter le sucre peu à peu, puis les œufs, l'un après l'autre, en continuant à battre. Faire fondre les pépites de chocolat au micro-ondes pendant 3 minutes. Laisser refroidir quelques minutes, puis les verser doucement dans le bol tout en remuant. Ajouter la vanille. Quand le mélange est bien homogène, le verser sur la pâte.

Cuire à 175 °C pendant 35 minutes. Laisser refroidir à température ambiante et mettre au frigo pendant 4 heures minimum.

Quand le gâteau est bien froid, le découper en barreaux. Poser chaque barreau sur une assiette et le garnir ou non avec des morceaux de fraises, de la crème fouettée, du sucre glace. Au choix.

Index des recettes

Conversion des volumes

USA	**France**
½ cuillerée à thé	2 millilitres
1 cuillerée à thé	5 millilitres
1 cuillerée à soupe	15 millilitres
¼ tasse	50 millilitres
⅓ tasse	75 millilitres
½ tasse	125 millilitres
¾ tasse	175 millilitres
1 tasse	250 millilitres

(NB : Les quantités prévues dans les différentes recettes sont généreuses !)

MIXTE
Papier issu de sources responsables
FSC® C003309

L'éditeur de cet ouvrage s'engage dans une démarche de certification FSC® qui contribue à la préservation des forêts pour les générations futures.

Pour en savoir plus :
www.editis.com/engagement-rse/

Achevé d'imprimer par
Normandie Roto Impression s.a.s. à Lonrai
N° d'impression : 2400083

Imprimé en France